La Légende du Pendragon

La Saga du Dernier Pendragon, Volume 3

Sarah Woodbury

Published by The Morgan-Stanwood Publishing Group, 2024.

LA LÉGENDE DU PENDRAGON

First edition. March 9, 2024.

Copyright © 2024 Sarah Woodbury.

ISBN: 979-8224977765

Written by Sarah Woodbury.

À mon père
qui aimait Cade et tous ses amis
Tu me manques.

Traduit de l'anglais par Sylviane Basler

Un bref résumé de la Saga du Dernier Pendragon...

Lorsque nous avons laissé Cade, Rhiann et leurs amis, ils avaient vaincu les armées de Mercie menées par l'oncle de Cade, le roi Penda, à Caer Fawr, une forteresse située à l'est du Pays de Galles. Penda et son fils Peada (à qui Rhiann avait autrefois été promise) avaient été séduits par Mabon, le fils de la déesse Arianrhod et d'Arawn, seigneur du Monde Souterrain. Une grande partie du carnage semblant résulter de la bataille avait en fait été l'effet d'un *glamour*, une illusion créée par Mabon. Lorsque celui-ci est renvoyé dans l'Autre Monde et que Penda réalise sa folie, il demande à Cade de s'allier à lui dans le combat de la Mercie contre un autre roi saxon, Oswin de Northumbrie.

Cade refuse de se joindre à son oncle, essentiellement parce que la bataille a révélé à Taliesin et à Cade le réel danger auquel ils doivent faire face : les Treize Trésors des Britons sont en jeu et Mabon et Arianrhod ne sont pas les seuls *Sidhe* à interférer avec le monde des humains. Ils décident qu'au cours des mois précédant le couronnement de Cade comme Roi Suprême des Britons, fixé au jour du solstice d'été, Cade doit retourner à Dinas Bran pour renforcer son pouvoir sur le royaume du Gwynedd. Pendant ce temps, Taliesin partira à la recherche des Trésors qui ne sont pas encore en leur possession.

Le Légende du Pendragon commence trois mois après les événements décrits dans *L'Ascension du Pendragon*.

Personnages Principaux

Cadwaladr (Cade) ap Cadwallon—Roi duGwynedd
Rhiann ferch Cadfael—Epouse de Cade (et Reine du Gwynedd)
Cadfael—Père de Rhiann, Roi du Gwynedd (décédé)
Cadwallon—Père de Cade, Roi du Gwynedd (décédé)
Alcfrith—Mère de Cade
Penda—Roi de Mercie
Peada—Fils de Penda
Oswin—Roi de Northumbrie
Siawn—Gouverneur de Caer Dathyl

<u>Les Compagnons de Cade</u>
Taliesin—devin/barde
Goronwy—chevalier
Catrin—devineresse
Dafydd—chevalier, frère de Goronwy
Angharad—épouse de Dafydd
Bedwyr—chevalier
Hywel—chevalier

<u>Les Sidhe</u>
Arianrhod—déesse de la roue d'argent de la destinée et du temps,
fille de Beli et de Dôn
Gwydion—frère d'Arianrhod, fils de Dôn
Efnysien—dieu de l'illusion et de l'arnaque, petit-fils de Beli
Nysien—frère d'Efnysien
Mabon—fils d'Arawn et d'Arianrhod
Arawn—seigneur du Monde Souterrain

Manawydan—demi-frère d'Efnysien, petit-fils de Beli
Beli—dieu solaire des Gallois, souverain de l'Autre Monde

Premier Chapitre

Dinas Bran
Juin 655 de notre ère

Un cri résonna dans toute la cour. « Acclamons Cadwaladr ! Le roi des Cymry ! La lumière de votre roi vous guide ! » Effectivement, le halo lumineux que même le manteau ne pouvait dissimuler baignait à la fois l'endroit où aurait dû se trouver Cade, Dafydd et la demi-douzaine d'hommes qui les entourait.

La porte s'ouvrit et ils talonnèrent leurs chevaux. L'étroit chemin qui serpentait entre les murailles était plein de Saxons apparemment incertains sur ce qu'ils devaient faire. Ils n'avaient sûrement pas compris les mots criés par les Gallois ou, s'ils avaient compris, n'en connaissaient pas la signification. Plusieurs échelles utilisées contre les remparts extérieurs avaient été hissées jusque-là mais le peu de temps que Cade avait accordé à ses hommes pour se préparer n'avait pas permis aux Saxons d'organiser leur assaut.

Les cavaliers balayèrent la route à grands coups d'épée en descendant, leurs chevaux fonçant sur tous les Saxons à leur portée tout en accélérant le pas. Tout le long du chemin jusqu'au pied de la colline, les infortunés Saxons qui se trouvaient là tombèrent sous les sabots ou, pour les plus chanceux, furent poussés de côté avant d'être pourfendus d'une épée galloise.

Puis ils découvrirent le champ de bataille.

« *Mon Dieu !* » *C'était Bedwyr, à côté de lui.*

Juste devant eux, Hywel ralentit son cheval.

Goronwy renversa la tête vers le ciel, éclata de rire, et éperonna son cheval pour se jeter dans la mêlée. Hywel et Bedwyr le suivaient de près. Si l'aventure devait se terminer ainsi, il mourrait entouré de ses amis. Puis il vida son esprit de tout ce qui n'était pas son épée et les hommes qu'il espérait bien tuer avec.

Il contra une hache saxonne de son épée et l'arracha des mains de son possesseur. Sur son autre flanc, il enfonça la pointe de sa lame dans la gorge d'un autre Saxon. Mais un troisième homme entailla de sa hache le poitrail de son cheval et l'animal s'effondra. Goronwy eut tout juste le temps d'ôter ses pieds des étriers et de sauter dans un rare espace libre sur ce qui avait été de l'herbe. Dos à dos avec Hywel, sans prendre le temps de respirer, il continua le combat.

La sueur ruisselait sur son visage. Goronwy enfonça son épée dans le ventre d'un Saxon, la retira et dans le même mouvement taillada la cuisse d'un autre guerrier. Pivotant sur lui-même, il contra la lame d'un troisième soldat ennemi. Une barbe rousse fendue d'un large sourire couvrait la face du Saxon. Pour la première fois, Goronwy sentit son bras faiblir et il recula sous l'assaut.

A cet instant la pointe d'une flèche s'enfonça entre les côtes du guerrier. L'homme se précipitait sur Goronwy, la hache au-dessus de la tête, prêt à asséner le coup fatal. Rhiann avait abattu son adversaire depuis le sommet du donjon.

Derrière lui, Hywel se battait toujours comme un possédé et Goronwy reprit sa place dans son dos. De la sueur mêlée de sang coulait dans les yeux de Goronwy et il s'essuya d'un revers de la main.

Ou bien peut-être était-ce des larmes.

C'étaient bien des larmes, de douleur et de rage, à la vue du massacre perpétré par les Saxons. Et à présent, alors que debout sur les remparts de Dinas Bran, le regard tourné vers l'est, il regardait la bannière de la Mercie approcher, la vision lui coupa les jambes. Le souvenir de ce qu'ils avaient subi à Caer Fawr troublait encore sa vision et il dut lutter pour l'écarter de son esprit. Ce jour-là, des hommes étaient morts par la volonté de Penda. Qu'une partie de ces morts n'aient été que l'effet de l'illusion créée par Mabon n'avait aucun effet sur la brûlure qui ravageait les entrailles de Goronwy dès qu'il pensait à ce qu'ils avaient affronté. Encore maintenant, trois mois plus tard, la plupart de ses rêves restaient hantés par la bataille.

Quand il parvenait à dormir.

Il s'humecta les lèvres, la bouche amère et desséchée par cette vision. L'intrusion des *Sidhe* ne symbolisait ni plus ni moins que tout ce qui allait mal dans ce monde. L'estomac de Goronwy se retournait dès qu'il pensait à l'expression d'arrogance que Mabon affichait en permanence, à son petit sourire de supériorité. Il détestait la manière dont Arianrhod, déesse de la destinée et de la roue du temps, manipulait les mortels, Cade en particulier, mais elle impliquait tous ceux qui le servaient, pour qu'il se plie à sa volonté qu'il le veuille ou non. Et il voyait comme un crime le fait que

Taliesin soit lié à Gwydion, le frère d'Arianrhod, qui pouvait à son gré lui conférer ou lui retirer sa *vision*.

Goronwy était convaincu au plus profond de son âme que le monde serait bien meilleur sans les *Sidhe*, et pourtant...

La main qui se posa sur son bras le fit sursauter. Il se retourna, encore bouillonnant de rage. « Quoi ? »

Catrin le regardait, les yeux écarquillés. Elle recula d'un pas, levant les deux mains devant elle comme pour se défendre. « Pardonnez-moi, Monseigneur. Je ne voulais pas vous troubler dans vos réflexions. »

Goronwy respira profondément et s'efforça de contenir ses émotions. Ces jours-ci, sa colère n'était jamais loin de la surface. « C'est moi qui vous demande pardon. Vous n'y êtes pour rien. » Il pointa du doigt, au-delà des remparts, la compagnie de Merciens qui abordait la longue route menant au château depuis le fond de la vallée. « Je les ai vus et je pensais à Caer Fawr. »

Une ombre passa dans les yeux de Catrin. Elle s'était trouvée là-bas aussi, comme guérisseuse et non pour combattre. « Je suis désolée. Je voudrais pouvoir vous aider. »

De la part de quelqu'un d'autre, ces mots auraient pu paraître condescendants et une expression de sympathie était la dernière chose dont Goronwy avait besoin. Mais venant de Catrin, ils représentaient exactement le fond de sa pensée. C'était aussi l'une des raisons pour lesquelles il ne pouvait haïr longtemps le monde des *Sidhe*. Comme Taliesin, Catrin avait un lien avec l'univers des dieux. A la différence de Taliesin, elle ne *voyait* pas l'avenir mais sentait la présence de la magie et discernait la vraie nature des êtres, humains ou non.

Malheureusement pour Goronwy, haïr le monde des *Sidhe* voulait presque dire se haïr lui-même. Sa mère avait été la célèbre enchanteresse Nest, et il avait hérité d'une petite partie de ses talents. Enfant, il voyait les auras, cette auréole scintillante qui émanait de chaque personne dont la couleur, du rouge au violet, révélait s'il s'agissait d'un être bon ou mauvais, ou si la personne était malade ou en bonne santé. Sa mère s'était montrée extraordinairement ravie de constater qu'il avait hérité de ce don. Mais la manière dont elle en avait parlé, et dont elle avait parlé de lui, avait mis Goronwy mal à l'aise. Il n'avait pas demandé à être *voyant*. Il voulait être un guerrier.

Très vite, il avait appris à se forcer à ignorer ce que son œil intérieur lui montrait et il avait refusé d'en parler avec elle. La première fois qu'il avait nié son talent, sa mère l'avait giflé. Mais tout enfant doué de volonté apprend rapidement comment s'imposer et son déni avait attiré sur lui l'attention de sa mère, pour un temps. Ensuite, comme ce don qu'il refusait se manifestait de moins en moins, sa mère avait perdu tout intérêt pour lui.

Quel qu'ait le caractère de sa mère, son talent de *devineresse* avait été certain. Catrin lui faisait beaucoup penser à elle, mais Catrin était bien plus chaleureuse, malgré les nombreuses années qu'elle avait vécues dans la solitude, que sa mère ne l'avait jamais été. A la suite des événements de Caer Fawr, il était venu à l'esprit de Goronwy, pour la première fois depuis bien longtemps, qu'il ne s'était peut-être pas rendu service en niant son propre talent et en se concentrant uniquement sur les informations que lui communiquaient ses sens physiques : la douceur du cuir de la poignée de son épée dans sa main, le craquement du nez de l'adversaire que Goronwy venait de frapper d'un coup de coude, le parfum de la peau d'une femme.

Pour lui, ces sensations étaient bien plus réelles, bien plus importantes que ce qui provenait du monde des *Sidhe*, mais sa familiarité avec les interventions des dieux était probablement la raison pour laquelle il n'avait pas fui Cade lorsqu'il avait appris ce qu'il était réellement, ni Catrin, d'ailleurs, lorsqu'il l'avait rencontrée sur la route de Caerleon. Cacher son talent n'avait jamais troublé outre mesure Goronwy. Il s'était convaincu que n'importe qui possédait le même s'il acceptait d'ouvrir son esprit au surnaturel.

Cependant, plus il rêvait de Caer Fawr, plus il commençait à se dire que ce n'était peut-être pas tout à fait vrai.

Il s'était répété que la conscience surnaturelle de ce qui l'entourait dont il jouissait faisait intrinsèquement partie des dons auxquels n'importe quel combattant de valeur pouvait faire appel en cas de besoin. Cade possédait cette même capacité. Goronwy avait même pensé que son petit frère, Dafydd, né d'une autre femme, la possédait aussi. Mais s'il était honnête avec lui-même, Goronwy devait bien admettre que son talent sortait de l'ordinaire et qu'attribuer ses mérites de combattant uniquement à l'entraînement dont il avait bénéficié constituait la pire forme d'*hubris*, un orgueil que les *Sidhe* regarderaient en fronçant sévèrement les sourcils.

C'était comme si, après toutes ces années d'aventure et d'errance, il était revenu à son point de départ.

Catrin désigna du menton les Merciens qui approchaient. « Qu'est ce que Penda vient faire ici ? »

Goronwy suivit son regard. « Je doute qu'il s'agisse de Penda. Peada, au mieux, ou peut-être un autre seigneur de moindre importance aux ordres de Penda. Quoi qu'il en soit, Penda devrait savoir qu'il vaudrait mieux pour lui ne plus jamais montrer sa tête à la cour de Cade. »

La rage menaçait de submerger à nouveau Goronwy. Tandis qu'il luttait pour ne pas lui laisser libre cours, il sentit la main de Catrin se poser sur son bras, comme lorsqu'il lui avait aboyé dessus. « Je sais que la colère aide les hommes lors des combats, et qu'il est difficile de s'en débarrasser lorsque vous avez quitté le champ de bataille, mais je vois qu'elle vous ronge. Puis-je vous aider ? »

Goronwy faillit lui répondre d'un grognement mais il le ravala aussi. « Je n'ai pas besoin d'aide. Je sais la contrôler. » Pourtant, tout en prononçant ces mots, il savait que son déni prouvait à lui seul que ce n'était pas la vérité.

Elle ne le contredit pas, se contenta de l'étudier avec une expression pleine de douceur. Il se racla la gorge, sachant que s'il plongeait dans ces yeux gris le temps d'un seul battement de cœur, les larmes lui remonteraient aux yeux. Et ce n'était pas possible, pas avec la Mercie à leur porte. Alors, au lieu de répondre, de se montrer honnête, il toussota encore une fois, s'inclina devant elle avec une certaine raideur et partit en direction du poste de garde.

En s'éloignant à grands pas, il décida consciemment d'écarter Catrin de son esprit. Avec le couronnement de Cade dans quatre jours, la dernière chose dont il avait besoin était de se laisser distraire par les émotions de Catrin, ou les siennes. Un guerrier devait apprendre à accepter son rôle dans l'ordre des choses et à vivre avec les conséquences qui en découlaient, ou bien il ne faisait pas de vieux os.

* * * * *

Catrin regarda Goronwy s'éloigner rapidement vers le poste de garde où il serait sans doute l'un des premiers à inspecter celui qui se dirigeait vers Dinas Bran au nom du roi Penda. Depuis des mois, Catrin essayait d'établir une connexion avec Goronwy. Repoussée une fois de plus, elle dut admettre que cette tentative serait la dernière. Elle avait seulement voulu lui dire qu'elle sentait une grave menace dans la montagne sous leurs pieds. Ce pressentiment prenait de plus en plus de place dans son esprit mais elle ne parvenait pas à formuler ce qu'elle ressentait. Elle ne doutait cependant plus de sa réalité et avait voulu en parler avec Goronwy avant d'aller trouver Taliesin ou Cade.

Lorsqu'ils s'étaient rencontrés, elle n'avait vu en Goronwy qu'un soldat, donc par définition un être fruste qui ne méritait pas son intérêt. Les mois passés dans son entourage lui avaient démontré qu'il s'agissait en réalité d'un prince guerrier doté d'une intelligence aiguë qui comprenait bien davantage qu'il ne le montrait. C'était en outre un homme honorable non dénué d'humour, un homme au grand cœur qu'il cachait sous le masque abrupt qu'il avait pris soin de perfectionner.

Catrin resta là un moment à contempler ses pieds. Elle avait longtemps vécu seule et s'était persuadée pendant des années que jamais plus elle ne laisserait un homme l'émouvoir. A Caer Fawr, elle s'était demandé si la seule voie qui s'ouvrait à elle était de rester aux côtés de Taliesin mais avant de partir dans sa quête des Treize Trésors des Britons, celui-ci lui avait clairement fait comprendre que ce n'était pas leur destin et elle s'était inclinée devant ses souhaits et sa sagesse.

Après cela, il lui avait paru naturel de rechercher la compagnie de Goronwy. A la différence de beaucoup d'autres, il n'avait pas peur d'elle et en quelques rares occasions elle avait senti en lui une sorte de magie, bien que cela ne se produise pas souvent. Mais lorsqu'il était en colère, comme un instant auparavant, il n'était en rien différent des mortels ordinaires.

Après Caer Fawr, si elle le lui avait demandé, Cade l'aurait fait escorter là où elle voulait aller. A travers tout le Pays de Galles, il avait des alliés qui auraient été ravis d'héberger une guérisseuse de talent.

Mais elle était restée et tandis qu'elle regardait les Merciens approcher, Catrin réalisa qu'elle avait fait une erreur. Avant de venir dans le nord avec Goronwy, elle avait été capable de sentir la vibration de la terre dans tout ce qu'elle touchait. Mais depuis son arrivée à la cour de Cade, elle se sentait déconnectée du vivant. Au début, elle avait pensé que c'était parce qu'elle avait passé trop de temps à l'intérieur du château, isolée de la terre par l'escarpement rocheux sur lequel le château était érigé.

Mais elle avait vite compris que l'absence de lien n'avait rien à voir avec le fait qu'elle ait du roc ou de la terre sous les pieds. Elle possédait la *vision*, la terre était un être vivant avec sa propre respiration et ce n'étaient pas quelques pieds d'un roc tout aussi naturel que la terre qui pouvaient l'affecter. Non, cela devait venir du fait qu'elle avait laissé à d'autres le soin de décider pour elle du chemin à suivre.

Il était temps de partir et il était peut-être raisonnable de ne pas attendre plus longtemps. Elle allait prévenir Cade de la présence des ténèbres qu'elle sentait se répandre sous la montagne, avertir Rhiann qu'elle partait, puis s'éclipser par la poterne. Avec l'arrivée des Merciens et l'agitation due aux préparatifs pour le départ de Cade le lendemain à destination de Caer Fawr, personne, et elle ne refusait pas d'admettre que par ce mot elle pensait à Goronwy, ne se rendrait seulement compte qu'elle n'était plus là. Sans se donner le temps de revenir sur sa décision, elle se hâta de quitter les remparts pour aller trouver Cade et Rhiann puis rassembler ses affaires.

Chapitre Deux

Rhiann

Rhiann dévisageait son mari d'un regard noir, les mains sur les hanches. « Tu ne croyais tout de même pas que ce serait aussi facile, non ? »

Cade se mit à rire, tout le corps secoué par l'amusement. « Je suis un imbécile, Rhiann. Pardonne-moi. »

Rhiann secoua la tête. *Comme s'il y avait quoi que ce soit à pardonner.* « Alors, pourquoi pas Llywelyn ? »

« J'en ai connu trop qui n'hésitaient pas à revenir sur la parole donnée pour choisir ce prénom. »

Rhiann se laissa tomber sur un siège à proximité. « Tu as connu bien trop d'hommes sans honneur. Comment allons-nous choisir un nom alors que tu les élimines tous pour cette raison ? »

« Notre fils, si je ne me trompe pas en pensant que cet enfant sera bien un fils, aura suffisamment à faire pour se montrer à la hauteur, ou le cas échéant à se faire pardonner, sans être en plus affublé d'un nom inapproprié. »

Rhiann le contempla un instant. « Quelle est la probabilité que tu te trompes sur le fait que l'enfant soit un garçon ? »

Cade baissa les yeux. Rhiann connaissait cette attitude. Il baissait les yeux quand il luttait contre lui-même, dans ce cas parce qu'il ne voulait pas faire preuve d'arrogance. Mais il aurait menti s'il avait dit qu'il était possible qu'il ne le sache pas avec certitude.

Elle émit un petit *euh* qui voulait dire qu'il n'avait pas besoin de répondre. Ce n'était pas qu'elle ne voulait pas avoir un fils. Elle savait que Cade serait ravi d'avoir une fille, et n'hésiterait pas à le dire si on lui posait la question, mais tous les hommes avaient besoin d'un fils, d'autant plus quand l'homme en question allait bientôt être couronné Roi Suprême des Britons. L'enfant n'avait pas été conçu depuis plus de trois mois qu'il portait déjà le fardeau d'une future couronne. « Alors je suppose que Cadfael ne va pas te plaire non plus. J'aurais pourtant tellement aimé donner à notre fils le nom de mon père. »

Cade leva les yeux en pâlissant. Puis il vit le sourire qui frémissait sur les lèvres de Rhiann. « Tu m'as inquiété un instant. »

« Je ne refuserais pas de l'appeler Cadwallon. »

« Ça va peut-être finir comme ça. Mais Cadwallon ap Cadwaladr ap Cadwallon, c'est lourd à porter pour un enfant. »

« Je suis sûre qu'on y arriverait. On le surnommerait Waly. » Rhiann vit avec un large sourire Cade pâlir à nouveau. « Cela dit, il va naître à Noël. On pourrait l'appeler... »

On frappa à la porte. Rhiann s'interrompit, ce qui n'était sûrement pas plus mal car Cade n'aurait pas plus aimé le nom qui lui venait aux lèvres que ceux qu'elle avait suggérés jusqu'à présent.

« Entrez, » dit Cade.

Taliesin poussa la porte suffisamment pour passer la tête entre la porte et son encadrement. Sur un signe d'impatience de Cade, il l'ouvrit en grand. Le barde portait son vieux manteau usé, ses bottes de voyage et un sac sur le dos.

Rhiann fronça les sourcils. « On ne part que demain. Pourquoi êtes-vous déjà habillé pour voyager ? »

« Parce que je m'en vais, » dit Taliesin. « Tout seul. »

Un sentiment de tristesse serra le cœur de Rhiann. Catrin venait de les informer qu'il lui était impossible de rester une heure de plus à Dinas Bran. Maintenant, Taliesin semblait vouloir leur dire la même chose. Elle vit cependant que Cade ne paraissait pas surpris. « Je n'essaierai pas de vous retenir. Que Dieu vous guide. » Il pencha un peu la tête. « Ou les dieux, si vous préférez. »

« Je peux vous assurer que mon chemin ne sera probablement pas direct. » Taliesin souffla. « Jusqu'à Caer Fawr, nous avons eu plus de chance que nous ne le méritions sans doute, ou qu'on aurait pu nous le garantir. Mais tout ce que j'ai découvert depuis n'a fait que m'inquiéter davantage à propos de ce qui nous attend. »

Cade acquiesça. « Il y a un instant, Catrin m'a dit qu'elle sentait une puissance sombre s'animer dans la montagne. Est-ce ce qui vous incite à partir ? »

« J'étais prêt à partir de toute façon. » Taliesin leva les yeux pour plonger son regard dans celui de Cade. « Vous devriez en faire autant. »

« J'avais prévu de prendre la route de Caer Fawr demain soir. »

« Non. Maintenant. »

C'était une réponse extraordinairement claire de la part de Taliesin. Cade le dévisagea le temps d'un battement de cœur puis hocha la tête. Il avait compris que ces quelques mots abrupts traduisaient un vrai sentiment d'urgence. « Très bien. On va partir. » Il fit la grimace. « Dès que j'aurai parlé à celui qui vient de Mercie. »

Rhiann se leva et prit Taliesin dans ses bras pour une brève étreinte à laquelle il ne réagit pas, restant planté là, raide comme un piquet. « Merci. » Elle le libéra. « Pour tout. » Elle ne s'était pas attendue à ce qu'il lui rende son étreinte. Ce n'était pas son genre et elle ne se vexa pas.

« Je vais revenir, ma chère. » Puis Taliesin sourit, de ce sourire joyeux, enfantin, qui le faisait paraître plus jeune que Rhiann elle-même, bien qu'elle sache que derrière cette façade il était tellement plus âgé qu'elle. « J'ai déjà promis à votre époux que je reviendrais. »

« Je le sais, » dit Rhiann. « Je compte bien vous revoir, mais parfois vous vous égarez et je ne voulais pas que vous partiez sans vous dire ce que je pensais. »

Taliesin les avait quittés tout de suite après la bataille de Caer Fawr et avait passé les mois qui s'étaient écoulés depuis à la recherche des Treize Trésors des Britons. Partout où il était allé, d'autres l'avaient précédé ou le suivaient de près. Il n'avait trouvé nulle trace des Trésors encore dispersés. D'une part, cela avait un côté rassurant. Mais d'autre part, si en fait quelqu'un était en train de déplacer les Trésors ou de les cacher, celui qui en était responsable voyait de jour en jour grandir son pouvoir.

Taliesin accueillit la franchise avec laquelle elle exprimait son émotion sans perdre le sourire mais il avait à présent l'air un peu figé. Puis il s'inclina. Elle avait ajouté sa remarque sur sa propension à s'égarer pour lui faire comprendre que la manière dont il les assurait de son prochain retour ne la trompait pas. Il était inquiet, pour eux, pour le Pays de Galles, et à propos des ténèbres qui s'agitaient sous leurs pieds.

Les bras croisés, Cade n'avait pas quitté Taliesin des yeux durant son échange avec Rhiann. « *Cariad*, veux-tu nous excuser un moment ? »

Rhiann acquiesça et sortit de la chambre en refermant doucement la porte derrière elle. Cade et Taliesin communiquaient sur un plan qui lui était étranger mais après tout ce que Cade et elle avaient traversé, elle lui faisait confiance pour lui dire ce dont il avait discuté avec Taliesin lorsqu'elle aurait besoin de le savoir.

Dans la grande salle, elle s'arrêta net à la vue de la délégation de Merciens qui entraient par la porte opposée. Ils avaient dû gravir la montagne au galop pour avoir déjà atteint le château.

A la tête des dix hommes qui composaient sa troupe se trouvait Peada, le fils de Penda, roi de Mercie. En la voyant, il s'arrêta aussi, alors qu'il venait de passer le foyer au centre de la pièce. Le feu brûlait vivement, répandant peu de fumée, grâce à une invocation de Taliesin, et à la bouche d'aération récemment dégagée dans le mur à la droite de Rhiann qui permettait à l'air d'entrer dans la pièce et de pousser la fumée vers le trou d'évacuation percé dans le plafond.

La lueur des flammes éclairait le visage de Peada. « Je suis venu parler à votre seigneur. »

Rhiann trouvait le simple fait de poser les yeux sur Peada douloureux. Dire qu'elle ressentait de la colère vis-à-vis de Penda, responsable la mort de tant de Gallois, était bien au-dessous de la vérité. Les Merciens avaient été leurrés par les fausses promesses de Mabon, comme bien d'autres avant eux, mais la bataille de Caer Fawr n'avait été qu'un drame parmi une longue suite d'outrages commis par le peuple de Peada à l'encontre des Gallois.

« Pourquoi ? » Elle n'avait aucune intention de faire preuve de la moindre courtoisie.

Sa question abrupte fit ciller Peada. Il ne s'était pas attendu à un tel accueil.

Rhiann respira, prit le temps de maîtriser sa colère et désigna les petites tables réparties autour du feu. « Veuillez prendre place. Ce n'est pas encore l'heure du repas du soir mais je vais vous faire servir quelque chose. Mon mari est en conférence avec ses conseillers et je vais le prévenir que vous êtes là. »

Le visage de Peada s'éclaira et il s'inclina. « Je vous remercie, Madame. » Il fit signe à ses hommes de s'installer sur les bancs de chaque côté de l'une des tables.

Rhiann pivota sur ses talons et repartit en sens inverse en direction de la cuisine. Il lui fallait prévenir la cuisinière qu'un prince de Mercie et ses hommes se trouvaient dans la grande salle. Il aurait été traditionnel, de la part de la reine du Gwynedd, de le servir elle-même, mais elle ne s'en sentait pas capable.

Par chance, à l'instant où elle arrivait sur le seuil, Cade et Taliesin firent leur apparition, émergeant du couloir qui menait à la chambre, et Rhiann put les intercepter avant qu'ils ne pénètrent dans la grande salle. « C'est Peada qui est venu ! »

Cade la prit par la taille et la guida derrière un angle du couloir, à l'écart de la grande salle. Mais quand il prit la parole, ses mots étaient pour Taliesin. « Si vous devez partir, mon ami, vous devriez le faire tout de suite, avant que nous ne nous retrouvions englués dans les nouvelles sûrement mauvaises que Peada nous apporte. »

« Si vous avez besoin que je reste, Monseigneur... »

« Bien-sûr que j'ai besoin que vous restiez, mais votre tâche est urgente, plus urgente que tout ce que Peada pourrait avoir à me demander. Je ne sais pas ce que vous pourrez faire au cours des quatre jours qui restent avant mon couronnement, mais s'il vous est possible d'accomplir quelque chose, ça ne peut pas attendre. Rien n'est plus important que ça. Si vous avez réellement identifié et repéré la puissance qui a envoyé Mabon en quête des Trésors, il nous faut mettre la main dessus en premier. »

« C'est ce que vous aviez à lui dire ? » Le regard de Rhiann passa de Taliesin à Cade puis revint sur Taliesin. « Vous savez enfin qui est derrière ce jeu qui n'en est pas un ? »

Taliesin regarda directement Rhiann, ce qui n'était pas fréquent. Elle pensait que c'était parce qu'en regardant un mortel dans les yeux il en voyait bien plus que le mortel en question n'avait l'intention de révéler, ce qu'il considérait comme un viol des pensées intimes de son interlocuteur. Mais Rhiann ne craignait pas qu'il voie jusqu'au fond de son âme. Elle avait des secrets, comme n'importe qui, mais aucun n'était si terrible qu'elle ne pouvait les partager avec lui.

« A travers les siècles, nombreux sont ceux qui ont voulu réunir les Treize Trésors des Britons. Mortels ou immortels, tous cherchent à acquérir plus de pouvoir. Mais cette fois, c'est différent. Peut-être est-ce de l'hubris, un orgueil démesuré de ma part, mais je me fais confiance plus qu'à n'importe qui pour me charger d'eux. »

« Ce n'est pas de l'hubris, Taliesin, » dit Rhiann d'un ton catégorique. « Personne d'autre que vous et Cade ne veut simplement les protéger. »

Le bras de Cade lui entourait toujours la taille et il la pressa légèrement contre lui. « Je suis heureux que tu en sois aussi certaine, *cariad*, parce que ce n'est pas mon cas. » Il ponctua sa phrase d'un petit rire d'auto-dérision. « J'ai moi aussi bien l'intention de m'en servir. Je me couperais la main droite plutôt que de céder Caledfwlch. » Il posa la main sur la poignée de son épée. « Et elle fait partie des Trésors tout autant que les autres objets. Certes, je ne souhaite l'utiliser que pour de bonnes causes, pour guérir et protéger, mais j'ai aussi tué avec. Qui peut dire que mes raisons sont plus pures que celles d'un autre ? »

« Elles le sont, » dit Rhiann. « Ton peuple peut en attester. »

« C'est ce que je me dis. C'est ce que Taliesin me dit. »

Taliesin pressa les lèvres, réfléchissant encore avant de parler. « Je ne vous ai jamais expliqué toute la puissance des Trésors, Rhiann, car la vérité n'est pas pour toutes les oreilles. Mais vous allez être reine et vous portez l'héritier de Cade. Peut-être est-il temps que vous sachiez la vérité vous aussi. »

« Aussi ? » Rhiann glissa un regard vers Cade qui n'affichait que de la gravité. C'était le moment pour lequel elle avait suffisamment fait confiance à Cade et à Taliesin pour attendre, le moment où ils lui diraient ce qu'elle avait besoin de savoir.

« Si nous ne trouvons pas les Trésors, Cade réussira à unir le Pays de Galles pour un temps. Puis, comme tous les rois, quelle que soit leur valeur, il faillira et le royaume tombera avec lui. La mort est le sort qui attend tous les êtres humains, bien-sûr, mais votre époux est spécial. Il est l'héritier d'Arthur, le successeur dont les étoiles prédisent l'avènement depuis plus d'un siècle. Plus encore, le Pays de Galles devra faire face à de nombreux défis dans les années qui viennent. Si nous ne rassemblons pas les Trésors maintenant, alors qu'ils réapparaissent en quelque sorte, ils vont à nouveau disparaître. » Avec une violence qui ne lui ressemblait pas, Taliesin serra le poing droit et en frappa sa paume gauche. « Dans des centaines d'années, le Pays de Galles sera dévasté... »

« Par les Saxons ? » interrompit Rhiann, horrifiée de penser que tous leurs sacrifices ne serviraient à rien.

« Par eux, oui, mais ils seront alors au service d'un autre envahisseur, un puissant seigneur qui ne fait pas encore partie de notre monde. Si les Trésors sont en notre possession, leur pouvoir nous protégera. Même quand tout semblera perdu, ils nous rappelleront que notre sang est gallois, et grâce à leur pouvoir, nous trouverons toujours la force de nous relever. »

Rhiann le regarda avec attention. Elle ne lui avait encore jamais vu une expression aussi déterminée. « Vous savez que vous ne vous trompez pas, n'est-ce pas ? »

Cade fit la grimace. « Il a vu beaucoup de choses. »

« La défaite ? »

« Bien-sûr, » dit Taliesin. « La possibilité d'une défaite rôde toujours à l'horizon. Mais ce que je crains le plus, c'est la main noire qui tente d'effacer l'existence même de notre peuple de la surface de la terre. Notre langue, notre culture, nos lois... Je ne vois aucun futur dans lequel ce marteau ne nous écrase pas. Mais si nous avons les Trésors, il nous prendra peut-être notre terre, mais il ne prendra jamais nos cœurs. »

Rhiann avait pâli. Elle posa une main sur son ventre, terrifiée pour l'enfant à naître et ce à quoi il aurait à faire face.

« Les quatre prochains jours sont d'une importance primordiale car je sens que le pouvoir de mon adversaire ne cesse de s'accroître. Il veut que ce futur soit le nôtre et il craint Cade et son couronnement. »

« Pourquoi ? » demanda Rhiann.

« Parce que le couronnement d'un Roi Suprême constitue un nœud, un point de focalisation de tous les pouvoirs des anciens. » Taliesin avait répondu comme si c'était une évidence. « Je désespère à la pensée qu'on a tellement oublié les traditions qu'aujourd'hui tout le monde croit que le but du couronnement d'un Roi Suprême est de choisir celui qui conduira nos armées. » Taliesin s'esclaffa, plein de mépris.

« Pensez-vous que cette puissance essaiera de semer le trouble lors de mon couronnement ? » interrogea Cade.

« J'en suis certain. C'est pourquoi je refuse de prononcer son nom. Et je ne le ferai pas. Pas avant d'être sûr qu'il s'agit bien de lui. »

Cade soupira. « Vous ne me rassurez pas. »

« Tant mieux. Ce n'est pas mon intention. » Taliesin secoua la tête. « J'ai eu une vision de ce qui vous attend de la part de Peada. Je m'en vais, parce que, dans cette vision, je suis présent au lieu de me trouver ailleurs, et l'issue est... » Il marqua une pause, le temps de trouver le mot approprié. « Indésirable. »

Rhiann et Cade le fixaient du regard. C'était étrange d'entendre la révélation d'un avenir tumultueux dans ce coin de couloir ordinaire.

« Alors au revoir, Monseigneur, Madame. » Taliesin se retourna brusquement et s'éloigna à grands pas.

Rhiann essaya de ne pas le regarder partir bouche bée, les mots sur lesquels il les avait laissés résonnant encore à ses oreilles. Partagée entre le doute et un sentiment d'horreur, elle leva les yeux vers Cade. « Que voulait-il dire par *indésirable* ? Et quel est cet être si puissant qu'il craint autant ? *Qui tire les ficelles qui animent Mabon depuis le début ?* »

« Je ne sais pas. Je crois que Taliesin voudrait désespérément se tromper et il craint le pouvoir qui réside dans un nom. Le prononcer attirerait l'attention de l'ennemi sur nous. » D'un geste de la main, sans vouloir balayer la teneur de leur conversation avec Taliesin, il indiqua qu'il leur fallait avancer. « Bien... Que fait Peada ici ? »

« Je ne sais pas ce qu'il veut. Taliesin ne t'a pas dit non plus quel futur il voyait à propos de ces Merciens ? »

Cade se mit à rire. « Bien-sûr que non. Il aime se montrer obscur et semer le doute. Pourtant, je dois dire qu'il s'est montré plus franc avec nous aujourd'hui qu'il ne l'a jamais été. Ce qui devrait suffire à nous prouver à quel point le chemin qui nous attend est dangereux. Cela dit, voir le futur, ou plutôt un grand nombre de futurs possibles, est un fardeau que je ne souhaite à personne. Il est parti parce que le futur où il se voyait rester était le pire. »

Rhiann secoua la tête. « Il est clair que celui vers lequel il s'en va ne semble pas beaucoup plus favorable. »

Cade prit la main de Rhiann et la pressa dans la sienne. « Je n'ai pas besoin des prédictions de Taliesin pour savoir ce que veut Peada. Mon oncle Penda veut mon aide. Il a réfléchi à ce que je lui ai dit sur le champ de bataille à Caer Fawr, quand j'ai refusé de me battre à ses côtés, et il ne veut pas accepter mon refus. Ce n'était qu'une question de temps avant qu'Oswin de Northumbrie tente une nouvelle incursion en Mercie. Penda a repoussé la première tentative mais davantage par chance que par compétence. »

Rhiann pencha un peu la tête pour le regarder. « Je t'ai déjà entendu dire que les hommes sages engendrent leur propre chance. »

« C'est vrai. » Cade l'enlaça de son bras pour la guider vers la grande salle. « Mais Peada est ici parce que son père est assez sage pour savoir qu'il ne peut compter sur la chance une seconde fois et qu'il a peut-être épuisé le capital dont il a bénéficié jusqu'ici. J'ai l'impression qu'il veut un peu de la mienne. »

Chapitre Trois

Dyrnwyn, l'épée de flamme, perdue pendant des siècles sous la terre,
Un panier qui nourrit cent hommes, un couteau qui en sert
vingt-quatre,
Un char qui file comme le vent,
Un licol qui dompte le cheval le plus sauvage,
Le chaudron géant qui met les braves à l'épreuve,
Une pierre à aiguiser qui rend le tranchant des épées mortel,
Un jeu d'échecs pour se distraire,
Un pot et un plat qui exaucent tous les vœux,
Une corne à boire qui rend immortels ceux qui en sont dignes,
Et le manteau d'Arthur.
Lorsque l'épée qui guérit s'abat sur eux,
Nos ennemis fuient devant la puissance de notre champion invisible.

—Taliesin,
Les Treize Trésors des Britons,
Le Livre Noir du Gwynedd

Taliesin

Taliesin vérifia encore une fois le contenu de son sac pour s'assurer que le manteau vert qu'il avait porté lors du mariage de Cade et de Rhiann s'y trouvait bien. La couleur était assortie à ses yeux et même s'il risquait de payer plus tard ce soupçon de vanité, il ne voulait pas s'en séparer. Même un devin pouvait avoir besoin d'un peu de chaleur supplémentaire par les nuits froides.

Il jeta le sac sur son épaule et laissa la petite porte du donjon le pousser dans le dos lorsqu'elle se referma doucement derrière lui. Immobile dans l'ombre du mur, il flaira les flux d'air à la recherche de la menace dont Catrin avait parlé. A présent qu'une autre que lui l'avait sentie, il ne pouvait l'ignorer un instant de plus et il sentit son estomac se serrer. Il avait certes déjà décidé de partir, il avait dit la vérité à Cade à ce sujet, mais la force maléfique le poussait dehors, alors même qu'il craignait les éventuelles conséquences de son départ

Taliesin avait vu la désolation qui envahirait le monde s'il ne reprenait pas sa quête. Mais cela ne voulait pas dire que le danger imminent qui menaçait Cade était moins important. De quelque côté qu'il se tourne, Taliesin ne voyait que carnage, mort, désespoir. Trouver parmi ses différentes visions le chemin qui présentait le moins de danger et aboutissait à l'issue la plus favorable poussait ses capacités à leur extrême limite.

Pourtant, il respira profondément l'air tiède du soir qui semblait caresser le fort, dépourvu à cet instant de toute noirceur. Il ne décela aucune menace immédiate, pas même de la part des Merciens présents dans la cour et dans la grande salle. Les serviteurs de la cuisine allaient travailler sans relâche entre ce moment et celui du départ de Cade et de sa troupe pour Caer Fawr plus tard dans la soirée. La dernière chose dont ils avaient besoin était de bouches supplémentaires à nourrir mais Cade recevrait Peada comme le méritait le fils d'un roi. C'était une tâche à sa portée et à celle de Rhiann, Taliesin n'en avait aucun doute alors qu'il doutait de tout le reste. Cade aurait à faire face à d'autres *alliés* tout aussi dangereux aussi longtemps qu'il règnerait sur le Pays de Galles.

Malgré les dangers qui l'attendaient et le sentiment d'urgence qui le pressait, lui répétant inlassablement de *se mettre à la tâche*, son cœur s'allégea. Il sentait la route l'appeler. Il avait passé la plus grande partie des trois derniers mois depuis la bataille de Caer Fawr à poursuivre de vagues rumeurs concernant les Trésors. Au début, en mars, il était parti plein d'espoir mais au fil des semaines de voyage, les échecs répétés avaient fini par lui peser, au point qu'il avait finalement décidé de revenir sur ses pas et de rentrer à Dinas Bran. La nouvelle selon laquelle les Trésors avaient refait surface s'était répandue partout et nombreux étaient ceux qui rêvaient du pouvoir que la possession d'un seul d'entre eux pourrait leur apporter. Heureusement, ils n'avaient pour la plupart justement entendu que les rumeurs et non la réalité et Taliesin avait dû passer plus de temps à tenter d'étouffer ces rumeurs qu'à chercher effectivement les Trésors.

Peut-être était-ce un excès d'orgueil de la part de Taliesin, capable de temps à autre d'enjamber le chiasme entre le monde des *Sidhe* et celui des humains, de penser que cette tâche lui revenait, mais ses voyages ces derniers mois lui avaient prouvé que les Trésors jusque-là dormants s'animaient. Bien que Cade n'ait nul besoin de ceux qui lui manquaient encore pour devenir Roi Suprême, cet honneur resterait vide de sens si les Trésors étaient toujours en jeu.

Car ils voulaient être réunis, et il devenait impératif de les rassembler sous la bannière au dragon de Cade, quel qu'en soit le coût. Même au prix de la vie de Taliesin. Maintenant qu'il ne restait plus que quatre jours avant le couronnement, il devenait de plus en plus probable qu'un tel sacrifice s'avérerait nécessaire.

C'était l'un des futurs que Taliesin avait vus. Il y en avait d'autres.

Les voies potentielles de ce qui pourrait advenir apparaissaient à Taliesin comme une pelote d'impressions mais il pouvait parfois distinguer des scènes particulières. En suivant l'un des fils, il voyait Cade enfoncer son épée dans le ventre de Penda. S'il en suivait un autre, il voyait Goronwy prendre Catrin dans ses bras et cette possibilité faisait sourire Taliesin. A un moment, Catrin avait été attirée par Taliesin mais celui-ci savait que leurs chemins divergeaient. Une douzaine d'autres futurs possibles, tous aussi probables ou improbables les uns qu les autres, se dessinaient devant ses yeux. Il avait décrit à Cade et à Rhiann ce qu'il voyait de pire, mais il y en avait beaucoup d'autres dans lesquels les ennemis des Gallois les écrasaient comme une charrette folle qui dévalait une pente abrupte. Ce que son peuple devrait affronter était déjà effrayant si Cade parvenait à réunir les Trésors. Sans eux, ce serait une catastrophe.

Initialement, Cade avait rassemblé les Trésors pour empêcher l'enfant-dieu, Mabon, de s'emparer du pouvoir dans le monde des *Sidhe*. Cependant, le fait que Cade ait réussi à arrêter Mabon ne signifiait pas que la menace avait disparu. Mabon n'avait pas renoncé mais Taliesin n'avait vu aucun signe de sa présence au cours de ces derniers mois. En fait, il n'avait décelé aucune trace des *Sidhe*, bénéfiques, maléfiques ou autres. Aucun démon n'avait surgi des bois. Les guerriers de Cade avaient éliminé bon nombre de monstres au cours des mois qui avaient précédé Caer Fawr mais Taliesin trouvait pourtant leur soudaine absence presque plus inquiétante que leur présence.

Sur la tapisserie de l'avenir qui se tissait à partir de cet instant, Taliesin voyait essentiellement des défaites et des échecs. Mais il y avait aussi ces petits moments de joie, de rire, de vrai bonheur qui l'incitaient à mettre un pied devant l'autre. Il s'accrochait à ces visions. Peu importait qu'elles soient rares et espacées dans le temps. Tant qu'il restait de l'espoir, il continuerait à se battre. Il allait sans dire que ce même espoir était ce qui animait Cade et ses compagnons.

Sur les treize Trésors, ils en possédaient ou en avaient localisé pour l'instant sept. Le plus puissant peut-être se trouvait sous Dinas Bran. C'était le calice, la coupe du Christ, que les druides appelaient la corne à boire. A une époque, Taliesin avait refusé de croire que la corne et la coupe étaient en fait un seul et même objet mais à présent il n'en doutait plus. Du fait de l'endroit où elle se trouvait, dans l'esprit de Taliesin, elle appartenait déjà à Cade et tous deux préféraient qu'elle reste cachée là pour toujours. Le dieu des Chrétiens, le dieu de Cade, s'était allié aux efforts de Taliesin pour contenir la noirceur sous Dinas Bran. Le barde avait longuement médité sur tout ce qui s'était produit dans la caverne, comment, pourquoi, sans parvenir à une conclusion satisfaisante. Son seul recours avait été d'accepter, pour le moment, les choses comme elles étaient.

Cade détenait également le manteau qui lui permettait de se déplacer indemne au soleil et qui le rendait invisible aux yeux des mortels, Caledfwlch, son épée qui guérissait les blessures, trouvée à Castle Ddu, Dyrnwyn, l'épée de flamme qu'Arawn en personne avait autrefois portée, le couteau, la pierre à aiguiser et une unique pièce du jeu d'échecs avec laquelle Mabon avait provoqué Rhiann. Le dernier des sept, le chaudron, se trouvait dans la caverne sous Caer Dathyl sous la garde de Gwyn, un cousin de Cade. Comme Gwyn lui-même l'avait dit, il était lié au chaudron et celui-ci était lié à lui. Son allégeance allait à Cade. Comme la coupe, Taliesin pensait qu'il était à l'abri de tous ceux qui se lançaient à sa recherche.

Il en restait donc six à trouver : le panier, le pot, le plat, le licol, le char et le jeu d'échecs. A lui seul, assembler ce dernier représentait une tâche herculéenne. A cette pensée, Taliesin se moqua de lui-même. Il avait vécu le temps de plusieurs vies humaines mais il lui semblait que tout dépendait en fin de compte de celle-ci.

Comme il en avait averti Cade et Rhiann, quelqu'un tentait à ce moment d'accroître son pouvoir. Il n'avait pas mentionné son nom à Cade, parce qu'il y avait du pouvoir dans un nom et dans ce cas, nommer le dieu Efnysien aurait fait plus qu'attirer sa colère. Son nom seul frapperait de terreur le cœur de tous les êtres qui l'entendraient. La liste interminable des atrocités commises par Efnysien faisait des actes de Mabon de simples peccadilles.

« Vous partez aussi ? » Catrin surgit de derrière un pilier près du portillon de Dinas Bran. Les hommes de Peada avaient quitté le poste de garde pour gagner les écuries et les baraquements, si bien que Catrin et Taliesin étaient seuls.

« En effet. »

« Je viens avec vous. »

« Oh ma chère, non, vous... »

« Pourquoi voulez-vous m'en empêcher ? Avez-vous eu tant de succès tout seul que vous pensez que répéter plusieurs fois la même erreur vous permettra d'obtenir un résultat différent, alors qu'il nous reste si peu de temps ? »

La journée avait été fraîche pour un mois de juin et Catrin était vêtue de manière appropriée pour voyager, enveloppée dans un vaste manteau. Elle avait son propre sac à l'épaule. La vision de ses cheveux d'un noir de suie, de son corps souple et de ses yeux gris semblait par moments pénétrer jusqu'au plus profond de l'âme de Taliesin. Jamais personne ne lui avait donné ce sentiment, homme ou femme, pas même Cade avec qui il partageait pourtant la connexion avec le monde des *Sidhe*.

« J'apprécie ma propre compagnie. » Taliesin recourut au seul élément de sa liste qu'elle ne pouvait contester.

« Et vous dormez d'un seul œil ? »

« Ce n'est pas parce que je ne porte pas d'épée que je suis sans défense. »

« Je ne suggérerais jamais... »

Mais une autre voix lui coupa la parole avant qu'elle puisse finir. « Une femme seule, quelle que soit sa bravoure, ne suffira pas à vous protéger, Taliesin. » Goronwy émergea de l'ombre dans laquelle il se tenait près du poste de garde. « Je viens aussi. »

Goronwy, prince guerrier et bras droit de Cade, était vêtu comme à l'accoutumée de sa cotte de maille et de son manteau. Outre son épée, il était armé de tout ce qu'on pouvait imaginer. Au minimum, un couteau se dissimulait dans chacune de ses manchettes et dans chacune de ses bottes. Sa chevelure blonde luisait à la lumière des torches que l'on venait d'allumer avec l'arrivée du crépuscule. S'il était moins grand que Dafydd et Taliesin, Goronwy dominait tout de même Catrin de plusieurs pouces. Tout ce qui différait de son apparence habituelle, c'était le sac qu'il portait à l'épaule.

« Mes amis... » Taliesin regarda Catrin puis Goronwy, peinant à cacher son désarroi. Il avait cru que ce qu'il avait fait avec Cade dans les souterrains lui avait rendu sa *vision*, mais il n'avait pas soupçonné avant cet instant que ces deux-là lui tendraient une telle embuscade avant même le début de son voyage. En fait, dans toutes ses visions du futur, il ne les avait jamais vus à ses côtés. Il s'était préparé à un voyage solitaire, que ce soit ou non ce qu'il désirait. « Par le passé, votre compagnie a été la bienvenue, mais là où je vais à présent, vous ne pourrez me protéger. »

« Je n'ai jamais tenu Dyrnwyn, » dit Goronwy, « mais cela ne veut pas dire que je ne suis pas digne de voyager avec vous. Peu de choses m'effraient et il n'y a pas d'endroit où je ne vous suivrai pas. »

Taliesin se vit assiégé. Il comprenait instinctivement les pensées des membres de son entourage mais n'avait jamais été très doué pour leur parler. « Vous... » Il hésita, ne termina pas sa phrase. Goronwy n'avait pas tort, au sens où, parmi tous les compagnons de Cade, il était de la lignée la plus ancienne, qui s'alignait avec celle de Cade. Ses capacités latentes de devin ne lui seraient pas inutiles dans l'Autre Monde, là où bien-sûr Taliesin allait.

« Si vous ne nous permettez pas de venir avec vous, » dit Catrin, « on va vous suivre et vous protéger de toute façon. »

« Il ne vous sera pas si facile de suivre ma piste, » dit Taliesin.

« Mais ça ne veut pas dire qu'on n'essaiera pas, » poursuivit Goronwy, « et si vous arrivez à nous semer, vous allez vous faire du souci pour nous. Il vaudrait bien mieux que vous consentiez à ce qu'on vous accompagne. »

Avaient-ils raison ? Les Sidhe se moquaient-ils de lui encore une fois ? Taliesin dévisagea ses deux amis. Quand ils lui rendirent son regard, il plongea en eux, explorant leurs personnalités, leurs besoins, leurs désirs. Il avait cru qu'ils étaient transparents pour lui et pourtant ils le surprenaient.

« Vous avez bien compris qu'on va voyager à pied ? » finit-il par dire.

Goronwy souffla bruyamment, incrédule. « Pourquoi feriez-vous ça ? »

« Marcher m'oblige à me déplacer lentement mais cela me relie à la terre. Je me suis trompé jusque-là en pensant qu'il me fallait me hâter et je me suis laissé distraire. Si je veux trouver les Trésors, il me faut sentir leur présence de la seule manière que je connais. »

Catrin et Goronwy échangèrent un coup d'œil puis Goronwy haussa les épaules. « Comme vous voulez. » Il tendit un pied devant lui. « J'ai ces bottes depuis un moment. Elles sont confortables et parfaites pour marcher. Cela dit, » ajouta-t-il, « si vous décidiez finalement d'aller à cheval, je n'aurais pas d'objection. »

« Je ne veux pas avoir à me préoccuper de nos chevaux, » dit Taliesin. « Les Trésors appartiennent à la fois au monde des humains et à celui des *Sidhe*, et c'est dans le monde des *Sidhe* que ne les ai pas encore cherchés. »

Goronwy avança le menton. « Ici ou dans l'Autre Monde, je vous suivrai où que vous alliez. »

Taliesin regarda Catrin. « Et vous ? »

« Je sais que je peux vous aider. J'ai des dons qui peuvent vous être utiles, même s'ils sont moins puissants que les vôtres. »

« Différents. » Taliesin ne savait pas exactement pourquoi il éprouvait le besoin de préciser. « Ils sont différents des miens, c'est tout. »

Catrin inclina la tête pour montrer qu'elle comprenait sa remarque, puis elle tendit la main pour saisir le loquet du portillon qui permettait d'entrer et de sortir de Dinas Bran sans avoir à ouvrir la grande porte à deux vantaux sous le poste de garde.

« Tant que vous ne troublez pas mes réflexions, » dit Taliesin.

« Est-ce déjà arrivé ? »

Sans donner de consentement formel, Taliesin franchit le seuil de la porte et s'avança sur le sentier qui descendait de Dinas Bran. Au pied de la colline s'étendait le village de Llangollen. Goronwy avait raison, bien-sûr, de dire qu'il aurait été plus rapide d'aller à cheval. Atteindre le fond de la vallée allait leur prendre une heure au lieu d'un quart d'heure à cheval. Mais Taliesin savait qu'il ne se trompait pas. Il lui fallait sentir les vibrations de la terre sous ses pieds.

Enfant, pendant sa période de formation, il allait généralement pieds nus. Mais sous sa forme adulte, son corps était plus lourd et bien qu'il rechignât à l'admettre, depuis l'été précédent la plante de ses pieds s'était ramollie. Il se promit que lorsqu'il aurait achevé cette tâche, s'il l'achevait un jour, il se trouverait une chaumière quelque part dans les montagnes et s'obligerait à courir pieds nus chaque jour.

Taliesin glissa un regard vers Catrin. Il lui sembla qu'elle faisait elle aussi partie de ces rares personnes qui préféraient marcher pieds nus. En fait, à cet instant, il la *vit* danser dans une prairie, les bras levés, foulant de ses pieds nus les fleurs sauvages de la montagne, sa robe tournoyant autour de ses chevilles. Il se laissa absorber un moment par cette vision avant de l'écarter de son esprit. Il savait sans aucun doute que la vision était bien réelle et faisait partie de ces petits moments de joie qui lui permettaient de continuer à avancer. Puis son regard se porta sur Goronwy, qui fermait la marche, essayant de l'imaginer pieds nus. Impossible. Mais il se dit avec un peu d'amusement que si quelqu'un avait une chance de transformer Goronwy, c'était sans aucun doute Catrin.

Le trio s'engagea sur le sentier d'un pas régulier. Au début, ils croisèrent une douzaine de paysans qui rentraient au château après avoir passé la journée dans les champs ou les pâtures, mais lorsqu'ils arrivèrent à mi-chemin, la nuit était complètement tombée et ils ne virent plus âme qui vive. Taliesin murmura l'incantation qui allumait le bout de son bâton, projetant assez d'énergie pour qu'ils voient tous les trois le chemin devant eux.

Ils avançaient dans un silence seulement rompu de temps à autre par un grognement de Goronwy, ou une plaisanterie pour amuser Catrin, ou encore un commentaire à propos de la journée écoulée. C'était sa manière d'être. Chaque fois que Taliesin avait voyagé en sa compagnie, il avait constaté que Goronwy, avec Bedwyr qui le plus souvent lui donnait la réplique ou lui servait de faire-valoir, maintenait un discours constant plein d'humour et d'ironie qui contrastait avec son apparence bourrue.

Il ne fallut pourtant pas longtemps avant qu'il ne pose une question à laquelle il ne pouvait répondre lui-même. « Au fait, comment allons-nous gagner l'Autre Monde ? »

« Vous n'avez pas pensé à poser cette question avant de décider de m'accompagner ? » demanda Taliesin.

Nouveau grognement. « Eh bien, je la pose... »

Mais Goronwy ne put achever sa phrase. A cet instant, la terre trembla sous leurs pieds. En un clin d'œil, au lieu de se trouver sur la terre battue du sentier, Taliesin se retrouva dans une caverne en forme de dôme. Devant lui apparut une lumière qui l'aveugla et le transperça jusqu'au plus profond de son être. De la lumière surgirent la déesse à la chevelure aile de corbeau, Arianrhod, puis son frère, le dieu protecteur de Taliesin, Gwydion. Si leurs cheveux noirs et leurs yeux bleus mettaient en évidence le lien qui les unissait, on ne pouvait se contenter de les décrire ainsi car leur beauté était en fait indescriptible. Taliesin tenta mentalement de trouver le mot qui convenait puis renonça.

Il s'inclina. « Madame. Monseigneur. »

« Taliesin. » Gwydion le salua à son tour.

Arianrhod tendit la main au barde.

En hésitant, Taliesin s'avança sans oser croire qu'elle voulait vraiment qu'il la touche.

Mais elle ne retira pas sa main et continua à le fixer du regard, jusqu'à ce qu'il se résolve à effleurer le bout des doigts de la déesse. Il sentit comme un éclair le traverser et son corps vibrer de la tête aux pieds.

Approuvant de la tête, Arianrhod laissa retomber sa main.

Taliesin s'inclina de nouveau en frissonnant malgré la tiédeur de l'air ambiant. « Serait-il possible que je vous sois utile ? »

« C'est possible, » dit Arianrhod.

Taliesin sentit l'angoisse l'envahir. Il avait prononcé ces mots par souci d'obéissance, d'allégeance, sous l'emprise de l'événement, tout en espérant contre tout espoir qu'elle ne le prendrait pas au mot. Comment un *Sidhe* aurait-il eu besoin d'un humain, même d'un être aussi ancien que Taliesin ? Puis une autre silhouette se dessina dans la lumière et apparut derrière Arianrhod et Gwydion. Comme sa mère, il s'était transformé pour adopter la conception humaine de la plus parfaite beauté, avec les mêmes cheveux d'un noir de jais et les yeux bleus typiques des Celtes dont il ne faisait pas partie. L'enfant-dieu, Mabon.

Taliesin serra les mâchoires. Il était difficile de dire d'un dieu qu'il avait du caractère et bien-sûr Mabon était dépourvu d'âme mais l'absence de l'un comme de l'autre représentait chez Mabon une faiblesse évidente et dangereuse. Cade le méprisait et Mabon avait conscience de son dédain. Il savait aussi que les compagnons de Cade partageaient cette opinion. Si Taliesin s'était permis d'avoir un avis, il aurait été identique. Mais dans les faits, il était un barde, un *gweledydd*, un voyant, et il ne pouvait se permettre le luxe d'avoir de telles opinions. Malgré tout, aux yeux des *Sidhe*, il existait peu de péchés plus graves chez un humain que celui de manquer de révérence à leur égard.

Derrière lui, Taliesin entendit Goronwy émettre un petit reniflement de dédain.

Taliesin ne voyait pas le chevalier car Goronwy et Catrin s'étaient immobilisés ensemble au bord de la caverne, mais il n'avait pas besoin de le voir pour sentir le regard moqueur sans subtilité avec lequel Goronwy regardait Mabon. Taliesin aurait voulu se retourner et lui faire signe de cesser immédiatement mais il n'osait pas bouger ni lever les yeux.

« Le conseil a rendu son verdict, » dit Arianrhod. « Mon fils doit quitter notre monde pendant un temps et vivre parmi vous comme l'un des vôtres. Je vous charge de prendre soin de lui, Taliesin. »

Un sentiment d'horreur impossible à décrire envahit Taliesin qui leva la tête pour regarder la déesse, prêt à protester. Goronwy pouvait bien se moquer et se montrer sarcastique, mais Taliesin sentait le pouvoir qui émanait de Mabon et savait quelle terrible menace il représentait pour le monde des humains. A cet instant, Taliesin n'imaginait pas pire destin que celui d'être responsable de ce fils dévoyé de la protectrice de Cade.

L'existence des *Sidhe* n'était pas régie par les mêmes règles que celle des humains. Certains portaient une attention particulière à l'humanité mais en fin de compte ils n'étaient redevables de leurs actes qu'envers le souverain de tous les dieux, Beli, et envers son conseil, dont Gwydion et Arianrhod faisaient partie. Pour la plupart d'entre eux, seule la menace de bannissement les tenait en respect et se substituait à un sens moral autrement absent. Mabon les avait défiés et il payait maintenant le prix de son ambition. Pour des raisons que Taliesin ne comprenait pas, Efnysien faisait partie d'une autre classe. Comme Mabon, il était le petit-fils de Beli, né de sa fille Penarddun. Mais à la différence de Mabon, le conseil ne le punissait jamais, quelle que soit la gravité des crimes commis, dont la trahison et le meurtre.

Soit Arianrhod ne remarqua pas l'horreur qui s'était emparée de Taliesin, soit elle s'en moquait, soit elle avait passé trop peu de temps dans le monde des humains pour lire ses émotions. Il s'efforça de contrôler l'expression de son visage pour qu'elle ne devine pas ce qu'il pensait.

« En outre, mon père a décrété que le monde des humains devait être puni de son manque de foi. Personne ne nous révère plus, nous qui leur avons apporté tant de bienfaits et d'assistance depuis si longtemps. Les anciennes coutumes ne sont plus respectées. En conséquence, il ne nous est plus permis d'avoir des relations avec vous jusqu'à ce que mon père estime que le temps de lever cette interdiction est venu. »

« Mais... » Inconsciemment, Taliesin avança d'un pas vers la déesse. Elle ne le repoussa pas mais ses traits se figèrent comme un masque de fer. Taliesin s'était apprêté à dire que cette mesure allait à l'encontre de ce qu'ils souhaitaient. Que les humains les imploraient de les guider. Que s'ils ne pouvaient obtenir l'aide des *Sidhe*, ou jugeaient les *Sidhe* trop capricieux ou indifférents, ils se tourneraient plus encore vers le dieu des Chrétiens, dont Cade avait dit qu'il écoutait toujours les prières, même si sa réponse n'était pas toujours ce que celui qui l'invoquait avait souhaité entendre.

Taliesin tourna les yeux vers Gwydion. Son protecteur regardait droit devant lui mais son regard se porta fugitivement sur Taliesin et il pencha la tête à droite dans un mouvement infime. Taliesin fit de son mieux pour ne pas le regarder bouche bée. *Qu'essaie-t-il de me dire ?*

Taliesin serra les dents et recula. « Madame. » Mais alors qu'il s'apprêtait à être renvoyé, son regard fut attiré par la paroi de la caverne que Gwydion avait semblé indiquer. Une image stylisée d'une reine, d'un château et d'un cheval cabré y était dessinée. Si le cheval cabré représentait un cavalier, les trois dessins pouvaient représenter des pièces d'un jeu d'échecs.

Puis Arianrhod, Gwydion et la caverne disparurent et avec eux l'illusion qu'ils avaient créée, laissant Mabon seul sur la route. Le dieu, les mains sur les hanches, eut un large sourire. « Eh bien, on va donc passer un moment ensemble. Je crois que mon séjour parmi les humains pourrait finalement s'avérer très amusant ! »

Le sourire ironique que Mabon adressa aux trois compagnons retourna l'estomac de Taliesin. Pourtant, ce n'était pas parce que Arianrhod leur avait imposé la compagnie de son fils. Comparé à ce que Gwydion venait de lui montrer, ce n'était qu'un détail. Ce qui le força à regarder Mabon avec le plus complet désarroi fut la réalisation que le cheval cabré, s'il représentait bien une pièce d'un jeu d'échecs, était avant tout le symbole personnel d'Efnysien.

Chapitre Quatre

Cade

Cade avait suggéré à Rhiann d'éviter de s'exposer au mépris de Peada. Comme elle n'avait aucune envie de se retrouver dans la même pièce que ce Saxon inepte, elle avait volontiers saisi cette opportunité et pris le chemin de leurs quartiers. Le dîner ne serait pas servi tout de suite et elle avait le temps de faire une sieste. Parce que Cade appartenait à la nuit, il avait tendance à la faire veiller tard. Que ce soit parce qu'il connaissait les impératifs de Cade ou par simple hasard, Peada était arrivé au coucher du soleil.

Taliesin avait dit à Cade de ne pas trop tenir compte du fait que Penda et Peada avaient permis à Mabon de les influencer dans son jugement des deux hommes. Mabon savait plier des hommes bien plus forts qu'eux à sa volonté et l'avait fait depuis la nuit des temps. Si Peada était bien responsable de sa couardise, ce que Cade ne parvenait pas à lui pardonner, il était son cousin, le fils du roi de Mercie, et donc une personne que Cade ne pouvait ni renvoyer ni ignorer.

« Pourquoi êtes-vous venu ? » Cade s'arrêta au bout de la table près du feu à laquelle Peada et ses hommes avaient pris place. On leur avait apporté à manger et à boire sans que Rhiann se croie obligée de les servir personnellement. Cade se réjouit qu'elle ait eu le courage de défier les conventions à cet égard. A quoi bon être la reine du Gwynedd si de temps en temps on ne pouvait agir comme on le voulait ?

« Après la bataille devant Caer Fawr, mon père vous a demandé si vous accepteriez de combattre à ses côtés. » Peada marqua une pause pour étudier le visage de Cade. Pour la première fois dans le souvenir de Cade, Peada ne montrait aucun sentiment de supériorité. Il semblait plutôt plein d'appréhension. « Ce que vous ignorez peut-être, c'est que la nouvelle armée d'Oswin est encore plus vaste que celle avec laquelle il nous a affronté après Caer Fawr. A ce moment-là, nous avons à peine réussi à le repousser. Cette fois, nous n'y arriverons pas. »

Cade tira un siège vers lui et s'assit, sans quitter Peada des yeux. « Après Caer Fawr, votre père n'aurait jamais réussi à le repousser sans la maladie qui a alors ravagé la Northumbrie. Oswin lui-même a failli mourir. »

Peada balaya sa réponse d'un geste, sans nier la vérité de la remarque de Cade mais apparemment peu désireux de revenir sur le passé. « Mon père m'envoie vous demander encore une fois, voire vous supplier de nous aider. »

Peada avait prononcé ces derniers mots d'une voix presque chevrotante, comme s'il considérait la seule idée de supplier comme un anathème. Cade aurait ressenti la même chose et n'avait donc rien à reprocher à Peada à ce sujet.

Ce que Peada ignorait, c'était que Taliesin, dans un des rares moments où il donnait un conseil concret et non quelque avertissement obscur, avait dit à Cade qu'il ne pouvait rien faire pour Penda à part mourir à ses côtés. Le roi de Mercie était condamné, sinon cette semaine ou ce mois, du moins avant la fin de l'année. Il en irait de même pour Peada, mais plus tard et pour des raisons différentes. Peu après la défaite de Caer Fawr, il avait épousé la fille d'Oswin et son sort reposait entre les mains de son épouse.

Oswin voulait s'emparer de toute l'Angleterre saxonne et il n'avait aucun scrupule à utiliser tous les moyens à sa disposition pour y parvenir. En fait, il considérait qu'avoir donné sa fille en mariage à Peada signifiait que celui-ci lui était à présent assujetti. Aux yeux d'Oswin, la Mercie était maintenant une annexe de la Northumbrie et la guerre qu'il menait n'était pas celle d'un roi qui en défiait un autre mais destinée à soumettre une fois pour toutes Penda et Peada. Cela dit, pour Cade, refuser d'aider Penda n'était pas sans conséquences. S'il laissait la Mercie tomber aux mains de la Northumbrie, ce serait sans doute ensuite au tour du Pays de Galles. Bien-sûr, si Taliesin ne se trompait pas, et Cade n'avait aucune intention de douter de lui en la matière, ce n'était qu'une question de temps avant que la Mercie ne tombe quelle que soit la décision de Cade. Et si Cade et ses hommes mouraient pour une cause perdue d'avance, il n'y aurait plus personne pour défendre le Pays de Galles.

« Mon père demande, au moins, si vous accepteriez de vous entretenir avec lui, d'oncle à neveu, de roi à roi, » dit Peada. « En fait, nous souhaiterions que vous veniez avec moi ce soir. »

Cade réussit à ne pas éclater de rire mais ne put cacher son incrédulité. « Ce soir ? Vous voulez que je parte avec vous ce soir ? Pour aller où ? »

« A Chester. »

La cité de Chester avait longtemps été un centre de pouvoir, d'abord pour les anciens Britons, puis pour les Romains qui en avaient fait leur capitale du nord de l'île, puis encore pour les seigneurs du Rheged à l'époque d'Arthur, et à présent pour les Merciens. Située dans un coude de la rive orientale de la Dee, Chester protégeait la Mercie des incursions des Gallois qui franchissaient la frontière du Gwynedd. Cadfael, le père de Rhiann, avait toujours convoité la ville mais comme ceux qui avaient régné sur le Gwynedd avant lui, il ne l'avait jamais prise.

« Vous me demandez de me rendre à Chester quatre jours seulement avant mon couronnement ? »

Sans tenir compte de l'emploi par Peada du mot *supplier* qui lui avait tant coûté, cette requête suffisait à démontrer à Cade à quel point la situation de Penda était désespérée.

« Pourquoi pas ? Vous le rencontrez demain matin et vous pouvez prendre la route du sud vers Caer Fawr tout de suite après. » Les paroles de Peada paraissaient raisonnables mais il finit sa requête sur un petit rire méprisant. « Je sais pourquoi vous avez décidé de recevoir la couronne des Britons là-bas mais ce n'est pas d'une grande subtilité. »

« Ce n'était pas l'intention. » Le bras sur l'accoudoir de son fauteuil, un doigt sur les lèvres, Cade étudia son cousin le temps de compter jusqu'à cinq. « Il est plutôt audacieux de la part de votre père de me demander de pénétrer dans l'antre du lion. »

Le visage de Peada pâlit soudain. « Vous savez que mon père n'est pas croyant. »

« Pas même maintenant que c'est votre cas ? » Cade s'était attendu à ce que son cousin comprenne sa référence à la bible, puisqu'il s'était converti à la religion chrétienne à la demande de sa femme lorsqu'il l'avait épousée.

« C'est en partie la raison pour laquelle Oswin s'en prend au royaume de mon père avant tous les autres. Ses prêtres ne cessent de lui dire que tous doivent suivre la voie du Christ et que s'il ne peut les convaincre de se convertir par la parole, il doit le faire par l'épée. »

« Pas très chrétien de leur part, » observa Cade.

Peada secoua la tête. « Je dois avouer, mon cousin, que ma nouvelle foi se trouve ébranlée lorsque je revois les événements de Caer Fawr. »

« Pour quelle raison ? »

Peada tendit brusquement la main. « On a vu des démons surgir de l'Autre Monde, menés par un dieu, Mabon ! Comment pouvez-vous croire dans le Christ après ce que vous avez vu de vos propres yeux ? »

« Le fait que Mabon existe ne signifie pas que le Christ n'est pas mort pour nos péchés, » dit Cade d'un ton patient. « Avoir la foi signifie croire même sans preuve. »

« Oui, mais... »

« N'avons-nous pas gagné ? »

Peada le fixa du regard sans répondre.

« Mabon est plus puissant que n'importe quel humain, mais ses préoccupations ne sont pas les nôtres. Il ne se soucie que de lui-même, » dit Cade. « Le Christ revendique le cœur et l'âme des humains, qui n'intéressent ni Mabon ni le reste des *Sidhe*. »

Peada répondit en serrant les dents. « Les prêtres de ma femme refusent de croire que j'ai vraiment vu ce qui s'est passé. »

« Là réside leur aveuglement. » Cade se pencha en avant. « Mais le fait d'adorer Mabon l'incite-t-il à changer ses plans ? Tient-il compte de votre adulation, vous comble-t-il de bienfaits, vous ou votre père, parce que vous croyez en lui ? »

Peada parut se dégonfler d'un coup. « Non. »

« Vous attachez de l'importance à ce qui n'en a pas, mon cousin. Mabon souhaite se servir de vous à ses fins, sans amour pour vous, sans vous offrir autre chose que l'impermanence de ce monde. »

Peada se leva et s'inclina. « Vous auriez dû vous faire prêtre, mon cousin. Vos paroles sont bien plus réconfortantes que les leurs. » Il hésita. « Viendrez-vous ? »

Constater que ses paroles semblaient réconforter Peada déconcerta Cade. Ce n'avait pas été son intention et il se sentit quelque peu désarçonné par la soudaine camaraderie et le respect que lui témoignait Peada. Cade ne recherchait pas son amitié et il regardait ce cousin saxon avec défiance depuis si longtemps qu'il se repassa mentalement tout ce qui s'était passé entre eux à l'aune de ses suspicions.

Au lieu d'accepter, il chercha à gagner du temps. « Pourquoi ne me proposez-vous pas de rencontrer votre père en son château de Westune ? Ses fortifications sont plus solides que celles de Chester en cas d'assaut d'Oswin. L'enceinte de Chester encercle un espace trop vaste qui requiert au moins deux cents hommes pour le défendre correctement. »

« Parce que c'est à Chester que se trouve le secret du pouvoir de mon père, » dit Peada.

« Comment cela ? »

« Le plat qui a recueilli le sang du Christ se trouve entre ses murs. »

Cade le regarda bouche bée. « Vous me dites la vérité ? Vous l'avez vu ? »

Peada tendit la main comme pour l'arrêter. « Non. Pas encore. Mais nous savons qu'il est là, quelque part. Dieu accordera la victoire à l'armée qui le possède et je suis bien décidé à faire en sorte que cette armée soit la mienne. »

Cade s'enfonça un peu dans son fauteuil. « Etrange de la part de votre père de se préoccuper autant des mythes chrétiens, Peada. Penda a-t-il connaissance de votre quête ? »

Peada répondit avec un petit rire. « C'est lui qui la mène. Chrétien ou païen, peu lui importe. C'est un Trésor, sacré pour tout le monde. »

Cade réalisa qu'il avait du mal à avaler sa salive. Comme pour la coupe enterrée sous Dinas Bran, les traditions chrétiennes et païennes se croisaient. Nombreux étaient ceux qui avaient recherché le plat qui avait recueilli le sang du Christ, et Cade ferait tout ce qui était en son pouvoir pour empêcher qu'il ne tombe entre de mauvaises mains, humaines ou *Sidhe*.

Cade n'avait pas encore décidé s'il souhaitait entendre ce que Penda avait à dire mais l'information impartie par Peada le décida. « Je vais venir à Chester, mais à mes propres conditions. J'avais l'intention de partir ce soir pour Caer Fawr. Après mon couronnement, j'irai à Chester rencontrer votre père. »

« A ce moment-là il sera trop tard. »

Cade le fixa longuement du regard. Il n'avait pas eu l'intention de se dévoiler mais quelque chose du pouvoir qu'il détenait dut filtrer car Peada pâlit et il s'inclina. « Qu'il en soit ainsi. J'aurais voulu en obtenir davantage, mais le Roi Suprême des Britons a parlé. »

Chapitre Cinq

Goronwy

Mabon les regardait toujours avec un grand sourire. « Alors ? On y va ou pas ? »

A voir l'expression de Taliesin, on aurait dit qu'une portée de chatons se battait dans sa tête. Si le peu que Goronwy savait du talent de Taliesin était vrai, cette description n'était sans doute pas loin de la vérité. Mais ce qui était peut-être plus troublant que tout, c'était le fait que Goronwy se remette plus vite que Taliesin du choc provoqué par la soudaine apparition des *Sidhe*.

« La déesse ne peut pas avoir parlé sérieusement. » Goronwy inspira profondément puis souffla, comme pour se débarrasser de la tension qui l'avait envahi avec l'air qu'il rejetait.

Catrin se sentait tout aussi horrifiée. « Comment pouvons-nous l'emmener avec nous ? Comment Arianrhod pourrait-elle nous infliger la présence de son fils, sachant tout ce que nous avons subi de son fait ? Il est responsable de l'assassinat du père de Rhiann ! Il a failli causer notre mort, sans parler de celle de toute l'armée de Cade. »

Ayant retrouvé une partie de son calme, Goronwy ajouta, « est-ce qu'elle l'envoie pour espionner notre camp ? »

Catrin secoua la tête. « Pourquoi aurait-elle besoin d'un espion ? C'est une *Sidhe*. » Elle posa la main sur le bras de Taliesin. « Il lui est interdit d'interagir avec nous. Cela veut-il dire aussi qu'elle ne nous voit plus ? »

Taliesin sortit de sa rêverie, sans pourtant lâcher Mabon du regard. « Peut-être. »

« Mais ça ne veut pas dire que vous ne *voyez* plus, n'est-ce pas ? » demanda Goronwy. « On ne pourra pas trouver les Trésors si vous ne pouvez plus nous guider. »

Taliesin ferma les yeux et le pouvoir du barde était tel que Goronwy pouvait pratiquement sentir les fils des visions qui se déroulaient devant lui à partir de ce moment. Taliesin secoua la tête. « Je vois et je ne vois pas. Je crains à présent que mes visions ne m'aient trompé. Peut-être était-ce intentionnel parce qu'une puissance supérieure exerce une influence sur mon talent, quelqu'un qui a ses propres desseins dont je n'ai pas connaissance. »

« Ce n'est pas la première fois que vous mentionnez une puissance supérieure, » dit Catrin. « De qui s'agit-il ? »

« Je ne peux pas encore le dire. »

« Vous ne pouvez pas ou vous ne voulez pas ? »

Goronwy vit que sa main, comme de sa propre volonté, se posait au creux du dos de Catrin et il la détourna de Mabon pour les rapprocher tous les deux du barde dans l'espoir que Mabon ne pourrait les entendre. « On devrait rentrer tout de suite. Il nous est impossible d'accomplir notre mission avec Mabon à nos côtés. Il me semble que le mieux serait de retourner à Dinas Bran jusqu'à ce que cette crise se dénoue et d'enfermer Mabon dans une geôle d'où il ne pourra faire aucun mal. »

« Non, » intervint tout de suite Catrin. « Qui peut prédire quels dommages il pourrait causer, même derrière des barreaux de fer. Un murmure à l'oreille d'un garde, une caresse sur la main d'une servante, et il étendrait son influence dans tout le château. Il risquerait de mettre fin au règne de Cade sans même sortir de sa cellule. Par ailleurs... » Elle frissonna. « Dinas Bran n'est pas sûr. »

Goronwy fronça les sourcils. Il n'avait pas oublié qu'alors qu'il se trouvait sur les remparts Catrin était venue lui parler de ses craintes et que comme un idiot il n'avait pas voulu alors lui accorder son attention. « Ce qui m'inquiète aussi, c'est ce qu'Arianrhod ne nous a pas dit. En particulier, combien de temps allons-nous devoir supporter Mabon ? Vous l'avez dit vous-même, Taliesin. Un jour dans notre monde peut être équivalent à une semaine dans le leur, ou inversement. Peut-être que la meilleure alternative est de rester à l'écart de Dinas Bran mais aussi de renoncer à chercher les Trésors. Cela éviterait à Mabon de les rechercher aussi. »

« On ne peut pas abandonner notre quête, » dit Catrin. « Les Trésors... »

« Oubliez les Trésors ! Qui s'inquiète de ces fichus Trésors ? Sûrement pas moi. Ce ne sont que des objets de pacotille qui rendent fou, rien de plus ! »

Catrin étudia le visage de Goronwy sans s'alarmer de cet éclat de colère qui de toute manière s'évapora aussi vite qu'il était apparu. Il ne savait pas de quoi il s'agissait mais quelque chose en cette femme le touchait profondément. Certains des hommes se plaignaient qu'elle les mettait mal à l'aise, mais après les premiers instants de leur rencontre ce n'était pas le cas de Goronwy. Ils s'étaient souvent retrouvés ensemble depuis qu'ils avaient quitté Caerleon pour le nord et pendant tout ce temps, jamais il ne l'avait entendue parler pour ne rien dire, comme le faisaient certaines femmes, ni exiger son attention ou imposer une conversation. Elle était admirablement douée pour le silence.

Il tendit la main vers elle. « Je suis désolé. Je n'aurais pas dû crier ainsi, mais Mabon est un *Sidhe*. Quelques jours, quelques années, pour lui ça ne fait aucune différence. »

Le visage de Taliesin s'était entretemps fait plus sombre que Goronwy ne l'avait jamais vu, et il n'avait jamais pensé voir le barde plus grave que dans les cavernes au-dessous de Caer Dathyl.

« Je sais que vous cherchez les Trésors. » Mabon avait élevé la voix, finalement las d'être exclu de leur échange. « Vraiment, je ne vous veux pas de mal. Et je peux vous aider dans votre quête. »

Goronwy lui jeta un coup d'œil acerbe. « Comme vous nous avez aidé à les trouver avant la bataille de Caer Fawr ? On n'a pas besoin de ce genre d'aide. »

Mabon s'indigna. « Je ne les voulais pas pour moi ! »

Catrin ne laissa pas passer l'occasion. « Si ce n'était pas pour vous, alors pour qui ? »

En entendant sa question, Mabon parut réaliser qu'il leur avait révélé une information nouvelle pour eux et son visage se fit rusé. « Ça ne vous regarde pas. » Il se retourna et s'engagea sur la route d'un pas sautillant, cueillant des marguerites sur le bas-côté pour les jeter ensuite négligemment au milieu de la route. Une destruction sans objet typique de Mabon.

Taliesin contempla un instant le dos de Mabon qui s'éloignait puis il se tourna vers Catrin et Goronwy. « Sentez-vous un pouvoir magique émaner de lui ? »

Goronwy secouait déjà négativement la tête quand il réalisa que la question de Taliesin ne s'adressait pas à lui. Il détourna le regard et fit de son mieux pour ne pas paraître concerné, comme si le fait qu'il ait instinctivement commencé à répondre n'avait rien d'étrange du tout.

Mais cela n'avait pas échappé à Catrin qui le transperça du regard.

Goronwy passa d'un pied sur l'autre, embarrassé. « Quoi ? »

« Vous savez quoi, » dit Taliesin, prouvant non seulement qu'il n'avait pas distrait son attention mais aussi que Goronwy ne l'avait jamais leurré.

Il ne fallait pas oublier, à propos de Taliesin, que s'il semblait souvent parfaitement indifférent à ce qui passionnait la plupart des hommes, le vin, les femmes, les biens matériels, on ne devait surtout pas négliger l'acuité de l'esprit derrière les regards dans le vide et la confusion apparente des discours. Taliesin était une force avec laquelle il fallait compter lorsqu'il se concentrait sur ce qu'il considérait comme important. Goronwy aurait dû se douter que ce jour viendrait.

« De quoi parlons-nous ? » Catrin les regarda l'un après l'autre.

Taliesin siffla doucement entre ses dents. « Vous avez dû entendre parler de la mère de Goronwy. Elle se nommait Nest. »

« La célèbre devineresse ! » Catrin pivota sur elle-même pour faire face à Goronwy. « Quand alliez-vous vous décider à mentionner que vous êtes vous aussi doué de la vision ? »

Goronwy se maudit d'avoir baissé sa garde et maudit dans le même temps Mabon de l'avoir distrait. « Jamais. » Il lui fallut un effort pour rester impassible devant le regard noir de la jeune femme. « Disons seulement que mon talent dans ce domaine est bien moins important que le vôtre. »

Un nouvel éclair passa dans les yeux de Catrin et elle fit un pas vers lui. « J'ai su dès que je vous ai rencontré que vous aviez quelque chose de différent, mais vous cachiez votre talent avec une telle application que je n'arrêtais pas de me dire que je me trompais. Ce n'était pas le cas ! »

« En effet. » Taliesin fredonnait une petite mélodie à voix basse.

Goronwy savait qu'il n'obtiendrait pas d'aide de sa part. Il essaya encore une fois d'expliquer son attitude à Catrin. « J'en sais si peu... »

« C'est parce que vous avez rejeté votre don et refusé d'utiliser ce qui vous a été offert. Vous devriez avoir honte de vous. » Elle s'éloigna de lui avec un soupir d'exaspération mais s'arrêta net à la vue de Mabon qui avait cessé son carnage parmi les fleurs et contemplait leur échange avec une évidente curiosité.

Aucun d'eux ne pensait intelligent de lui montrer la moindre faiblesse ou le moindre désaccord entre eux. Alors, sous le regard attentif de Taliesin, Goronwy ferma les yeux et plongea au plus profond de son âme à la recherche du pouvoir endormi. Il savait qu'il était toujours là, même après tant d'années. Tout ce qu'il avait à faire pour le réveiller, c'était ouvrir la boîte dans laquelle il l'avait enfermé.

Sauf que ce n'était pas si simple. Alors qu'il se frayait un chemin vers lui dans son esprit et le sentait s'animer, il recula, non pas comme devant une lumière aveuglante ou une crainte de brûlure, mais repoussé par une sensation désagréable, comme si des fourmis allaient et venaient sur ses bras. Avec un violent sursaut, il ouvrit les yeux.

« Il est toujours là. » Catrin s'adressa à lui d'une manière qu'elle voulait rassurante. « Vous avez seulement besoin d'entraînement. »

Mabon s'esclaffa. « Ça, j'aurais pu vous le dire. »

Goronwy prit la main de Catrin et lui murmura à l'oreille, « mais l'aurait-il fait ? »

Un sourire frémit sur les lèvres de la jeune femme, ce qui avait été le but de la réflexion de Goronwy. « Ne croyez pas être pardonné. »

« J'espère bien que non. » Goronwy sourit à son tour. Il valait mieux ressentir un peu d'amusement que de la crainte ou de la colère et s'ils devaient tous survivre aux jours qui approchaient il leur faudrait toute leur vigilance. « Vous n'avez pas tort. Je n'aurais pas dû refuser d'utiliser mon talent pendant toute ces années. »

Elle le regarda, la tête un peu penchée. « Mais peut-être que ce n'est pas réellement le cas. Est-ce que votre dextérité sur le champ de bataille n'est pas due en partie au fait que vous devinez les mouvements de votre adversaire avant qu'il ne bouge ? »

Goronwy y avait lui-même pensé. Il s'éclaircit la voix tout en se disant qu'il ne devrait plus jamais paraître mépriser son talent devant Catrin. Il se demanda si Cade le savait aussi et se dit tout de suite que s'il n'avait pas trompé Taliesin, il n'avait pas pu tromper Cade. Puis Catrin lui prit la main et la pressa dans la sienne. Peut-être lui avait-elle vraiment pardonné son entêtement. La vue de son petit nez retroussé et des taches de rousseur sur ses pommettes le laissa un instant sans voix.

Pour masquer son trouble, il avança de quelques pas devant elle afin qu'elle ne puisse voir son visage, sans toutefois lui lâcher la main. En silence, Goronwy et Catrin suivirent Taliesin, passant devant Mabon qui se tenait immobile au milieu de la route. Malgré toute l'ironie et l'amusement dont il avait fait preuve un peu plus tôt, il paraissait à présent bien dépité. Peut-être que les railleries de Goronwy avaient fini par le toucher. Goronwy ne regarda pas en arrière mais entendit sans surprise les pas lourds du dieu derrière eux un bref instant plus tard. Puis Mabon se porta à leur hauteur, balançant les bras au rythme de ses pas. Son visage avait retrouvé son arrogance. « Je n'ai pas besoin qu'on s'occupe de moi. »

« Tant mieux, « dit Goronwy, « parce que je n'ai pas l'intention de m'occuper de vous. »

Mabon accéléra afin de dépasser Goronwy et Catrin et de rattraper Taliesin. « Je peux très bien décider d'aller où je veux et vous seriez obligé de venir avec moi. »

« Rien ne m'y obligerait. » Taliesin avait de longues jambes et Mabon dut faire deux pas en sautillant pour rester à sa hauteur.

« Où allons-nous ? Vous devez me le dire. »

Taliesin continua à marcher, laissant Mabon attendre sa réponse ou, plus probablement, perdu dans ses pensées. Il ne se rappela qu'au bout d'un moment que Mabon attendait quelque chose de sa part. « On va à l'abbaye. »

Goronwy se réjouit d'entendre qu'ils avaient une destination.

Taliesin montra un point indéterminé devant eux. Ils venaient d'arriver au pied de la montagne. « A l'abbaye de Valle Crucis, sur ce chemin, au nord-est du château. »

« Pourquoi voulez-vous aller là-bas ? » demanda Mabon.

« Pour trouver des réponses. »

« Quelles réponses ? »

« Si nous connaissions les réponses, nous n'aurions pas besoin d'aller là-bas les chercher, non ? » dit Goronwy.

Mabon se retourna vivement pour jeter un regard noir à Goronwy. « J'ai le droit de savoir... »

Goronwy ne le laissa pas finir. « Lorsque vous serez prêt à nous dire ce que vous faites réellement ici, nous vous informerons du but de notre quête. Jusque-là, il vaudrait mieux vous taire. »

On pouvait sans peine imaginer que personne n'avait jamais parlé ainsi à Mabon de toute l'éternité de son existence. Le *Sidhe* serra les poings et se planta devant Goronwy. « Comment osez-vous... » Au lieu de finir sa phrase, il lança le poing vers le visage de Goronwy dans un mouvement circulaire que celui-ci vit venir avant même que l'idée de le frapper ait complètement pris forme dans l'esprit de Mabon.

Bien que Goronwy ait nombre d'armes à sa disposition, il n'en eut pas besoin. Il se contenta de faire un pas de côté pour éviter le coup. Mabon, emporté par son élan, perdit l'équilibre, pivota sur lui-même en agitant désespérément les bras puis, se retrouvant à l'extrême bord de la route qui longeait un ravin, partit brusquement en arrière. Avec un cri bien peu digne d'un dieu, il disparut de leur vue.

Catrin se rapprocha de Goronwy et ils regardèrent ensemble Mabon allongé en contrebas de la route. « Il va vous détester jusqu'à la fin de vos jours. »

« C'est certain, mais en quoi est-ce différent de ce qu'il ressentait déjà vis-à-vis de moi, de nous tous, avant ce jour ? »

Mabon remonta la pente en maugréant. Malgré sa supposée absence de pouvoir, ses vêtements ne montraient aucune trace de poussière, ce qui voulait dire que son *glamour* tenait bon. Il lança un regard furieux à Goronwy puis changea d'expression en passant à Catrin. Le sourire lascif du dieu força celle-ci à regarder ses pieds et cette fois Goronwy eut vraiment envie de le frapper.

Au lieu de cela, il prit Catrin par le coude et s'éloigna avec elle sur la route de l'abbaye. En même temps, il réalisa avec horreur et sans avoir besoin d'utiliser son talent de devin que tenir Mabon en respect sous sa forme humaine pourrait s'avérer encore plus difficile que l'affronter sous sa forme de *Sidhe*.

Chapitre Six

Catrin

« **O**n est encore loin ? » Mabon se hâta de les rejoindre sans affecter de sautiller avec son arrogance habituelle.

« Huit milles, » dit Catrin.

Mabon resta un instant sans rien dire, puis, « vous avez dit huit ? »

Catrin ne répondit pas. Ses deux compagnons non plus, mais elle vit un sourire frémir sur les lèvres de Goronwy. Il se serait plaint de la distance à parcourir si Mabon ne s'était pas trouvé avec eux et il le savait très bien. Taliesin, évidemment, ne répondait pas aux questions et comme toujours gardait le silence. Il avait parlé davantage au cours de l'heure écoulée que Catrin ne l'avait jamais entendu. Quelquefois, le silence de Taliesin était agaçant, mais cette fois, il avait raison de ne pas répondre. Mabon avait très bien entendu la réponse de Catin la première fois.

« Pourquoi n'allons-nous pas à cheval ? » Mabon se planta au milieu du chemin. Il avait parlé assez fort pour réveiller les paysans qui logeaient dans la maison de l'autre côté du pré qui longeait la route.

Ce fut Goronwy qui répondit. « Taliesin aime sentir le contact de la terre sous ses pieds. »

Mabon émit un son qui ressemblait remarquablement à celui que Goronwy avait lui-même laissé échapper lorsqu'il avait entendu cette même réplique de la part de Taliesin. Mais cette fois, Goronwy défendit Taliesin, ce qui ne manquait pas d'ironie. « Taliesin dit que là où nous allons, des chevaux nous gêneraient plutôt qu'autre chose. »

Mabon contempla la nuque du barde qui avançait de son pas régulier sans s'occuper d'eux. Catrin avait fini par comprendre que ce n'était pas qu'il était distrait. Il écoutait en fait tant de voix différentes, celles qui se bousculaient en lui, celle de la terre, celles des *Sidhe*, qu'il avait besoin de toute sa concentration et de son énergie pour les distinguer les unes des autres et que parler à une véritable personne vivante excédait par moment ses capacités.

Pour sa part, alors qu'elle reprenait sa marche en évitant les ornières pleines d'eau creusées par les charrettes qui passaient là depuis des siècles, Catrin se sentait connectée à la terre pour la première fois depuis des semaines. Elle flaira les courants qui agitaient l'air et respira profondément. Ni le trouble ressenti par Mabon ni ses propres doutes à l'idée de voyager à nouveau avec Goronwy ne parvenaient à l'affecter. Lorsqu'elle était arrivée au poste de garde et avait vu Taliesin partir, elle avait su que c'était son rôle de l'accompagner. Cependant, voir Goronwy partir avec eux n'avait pas fait partie de son plan. Bien au contraire.

« Vous voulez dire, dans le monde des *Sidhe*. » Mabon dépassa Taliesin en courant presque puis se retourna et s'arrêta devant lui, forçant Taliesin à choisir entre s'arrêter aussi ou le contourner.

Taliesin s'arrêta.

« Comment allez-vous y pénétrer. Ma mère a dit... »

Taliesin soupira. « Je sais ce que votre mère a dit mais les restrictions imposées par Beli s'appliquent à vous, pas à moi. Il y a sous l'abbaye un passage qui doit encore être ouvert et c'est la raison pour laquelle nous allons là-bas. » Il toisa Mabon. « Comme je l'ai dit. »

Taliesin n'avait en fait jamais rien dit sur l'existence d'un passage vers l'Autre Monde sous l'abbaye. Catrin en était certaine. Cela dit, elle comprenait à présent pourquoi il considérait que les chevaux leur poseraient un problème, même si un trajet à pied de trois heures au milieu de la nuit signifiait se passer de sommeil. Peut-être que

Taliesin n'avait pas du tout besoin de dormir. Catrin ne le connaissait pas assez bien pour en juger.

Mabon regardait toujours le barde en fronçant les sourcils. Son prétendu amusement du début s'était évaporé aussi vite qu'il était venu. S'ils voulaient survivre à cette épreuve, il leur fallait s'habituer à ces abrupts changements d'humeur et apprendre à les gérer. Mabon pointa le menton à l'intention de Catrin qui s'était arrêtée juste derrière l'épaule gauche de Taliesin. « Je n'aurais pas emmené une femme dans cette aventure, mais je comprends pourquoi vous n'avez pas résisté, mon vieux. » Il plaqua une main sur l'épaule de Taliesin. « Elle vous distrait agréablement, c'est ça ? »

Catrin fut tellement choquée qu'elle éclata de rire. Taliesin se contenta de regarder Mabon, le visage impassible, et Catrin rit encore une fois parce qu'elle n'était pas certaine que Taliesin ait réalisé ce que Mabon suggérait. Mais la réaction de Goronwy fut si vive qu'avant que Mabon comprenne ce qui lui arrivait, il avait balayé de la jambe les pieds du dieu qui se retrouva étalé par terre, la pointe de l'épée de Goronwy sur la gorge. Si Mabon avait encore été un *Sidhe*, il aurait pu ralentir le temps et s'écarter à temps de Goronwy, mais il avait pour l'instant perdu cette faculté.

Tout en admirant sa réaction et son habileté, Catrin posa la main sur le bras libre de Goronwy. « Ne le tuez pas. »

« Je me fiche de savoir qui est votre mère, » grommela Goronwy en dévisageant Mabon avec fureur. « Vous ne parlerez plus jamais de Catrin ainsi. »

Mabon leva les mains, paumes vers le ciel. Il écarquillait les yeux à tel point qu'on aurait dit qu'il essayait de regarder sous son menton si l'épée était près de l'écorcher. « Je ne voulais rien dire de particulier. »

« Vous vouliez tout à fait dire quelque chose de particulier, » rétorqua Goronwy.

Catrin glissa un regard vers Taliesin, qui regardait vers le nord sans rien dire, sans même faire spécialement attention à la scène qui se déroulait derrière lui pour autant que Catrin puisse en juger. Cet homme était un vrai mystère. Elle se retourna vers Goronwy. « Laissez-le aller, Monseigneur. Il ne vaut pas ce que le tuer pourrait nous coûter. »

« Ça en vaudrait la peine. » Mais Goronwy fit un pas en arrière et remit son épée au fourreau. « Il se prétend un dieu et il n'est même pas digne de cirer vos bottes. » Il cracha par terre à côté de Mabon.

Mabon se releva péniblement et s'empressa de s'éloigner en prenant soin de placer Taliesin entre Goronwy et lui.

« Excusez-vous auprès de Catrin. » Taliesin ne les avait toujours pas regardés mais ses paroles prouvaient qu'il n'avait rien perdu de l'altercation.

Mabon ouvrit et referma la bouche plusieurs fois. Catrin crut d'abord qu'il allait refuser, mais il redressa les épaules et s'inclina vaguement vers elle. « Je vous prie de m'excuser, Madame. Je ne voulais pas vous manquer de respect. » Puis il pivota brusquement sur lui-même, avisa la direction du nord et se remit en marche. Un instant plus tard, Taliesin le suivit.

A côté de Catrin, Goronwy maugréa quelque chose d'à peine audible mais qui comprenait un juron et un commentaire désobligeant sur les ancêtres de Mabon.

« Vous ne devriez pas dire des choses comme ça, même si Arianrhod et Arawn n'écoutent pas. » Catrin avait toujours la main sur son bras et elle le pressa doucement avant de le lâcher. « Merci. Personne auparavant ne s'est jamais soucié de défendre mon honneur. »

Goronwy grogna à nouveau. « C'est presque pire. Mais c'est un honneur de vous défendre. »

Devant eux, Mabon s'était muré dans le silence. Les épaules crispées, il semblait temporairement maté par ce qui venait de se passer.

Mis à part la réaction de Goronwy, il était important d'avoir une preuve supplémentaire, avant de poursuivre ce voyage, du fait que Mabon avait bien été transformé en simple mortel comme Arianrhod l'avait promis. Goronwy aurait pu le tuer. Catrin regrettait presque de l'en avoir empêché.

Catrin observa le dieu qui avançait à quelques pas devant eux. Il gardait ses distances, au point qu'on avait l'impression que c'était lui qui guidait leur petit groupe au lieu de Taliesin. Il prenait en tout cas grand soin d'éviter la proximité et même le regard de Goronwy. Encore quelques pas et ils approchèrent d'une autre chaumière. A l'intérieur, un bébé pleurait et sa mère s'efforça de le faire taire. Catrin ne pensa pas se tromper en croyant discerner un soupçon de crainte dans la voix de la mère.

Goronwy passa la tête dans l'encadrement de la porte fermée par un rideau de cuir et chuchota quelques mots à voix si basse que Catrin ne comprit pas ce qu'il disait. Puis il recula tandis qu'un jeune homme, adulte depuis un ou deux ans tout au plus, sortait à son tour.

« Vous avez besoin de moi, Monseigneur ? »

« J'ai un message à faire porter au château, » dit Goronwy.

« A cette heure ? Les bois sont pleins de démons ! »

« Ne me dites pas que ça vous dérange. Vous n'avez pas peur du noir. De toute façon, vous alliez vous lever dans moins d'une heure pour aller rendre visite à votre petite amie au village. »

Le garçon afficha un air penaud. « Mais la route est longue jusqu'au château et elle m'attend. »

« Ça ira plus vite si vous courez. » Puis Goronwy lui fit un résumé de tout ce qu'il s'était passé depuis qu'ils avaient quitté le château, sans omettre la récente rencontre de Mabon avec l'épée de Goronwy.

Le jeune homme le regardait avec effarement, les yeux grands comme des tranchoirs. Goronwy pointa du menton la direction du château. « Allez. »

Le jeune homme inclina brièvement la tête. « Oui, Monseigneur. C'est comme si c'était fait. » Il partit en courant.

« Vous lui avez raconté une longue histoire. Ça fait beaucoup à se rappeler. » Le regard de Catrin restait fixé sur le dos du garçon qui s'éloignait. .

« Il va s'en rappeler. Il possède le talent des bardes. »

« Notre passage ici va être de notoriété publique dans toute la région d'ici demain. »

« Il va garder le secret. Il vaut mieux que les nouvelles qui se répandront ne concernent rien de plus excitant que le fait que nous sommes passés par ici. Tant que les *Sidhe* se trouvent parmi nous, elles pourraient être bien plus graves. »

Chapitre Sept

Taliesin

Il était bien plus de minuit lorsque les compagnons parvinrent à Valle Crucis : la Vallée de la Croix. C'était un endroit paisible au milieu de champs verdoyants à travers lesquels murmurait un ruisseau.

« La corne de l'immortalité n'est pas ici, vous savez, » dit Mabon lorsqu'ils s'arrêtèrent devant l'entrée de l'abbaye. « J'ai déjà regardé. »

Goronwy se faufila entre Taliesin et Mabon. « Quand ? »

Depuis l'époque romaine, l'abbaye avait toujours été un lieu de pèlerinage pour les Chrétiens qui venaient non seulement de toute l'ile mais également d'autres pays. C'était ici que certains croyaient que Joseph d'Arimathie avait laissé la coupe du Christ. Les pèlerins avaient raison, bien-sûr, mais Taliesin se réjouissait de savoir que le secret de l'endroit où se trouvait à présent la coupe n'appartenait qu'à lui et à Cade. Pourtant cela le surprenait aussi. Les ténèbres qui enflaient sous Dinas Bran n'auraient pas dû être difficiles à détecter. Cependant, Arianrhod n'en avait pas fait mention.

Mabon haussa les épaules. « Il y a des mois. » Il sourit à Taliesin. « Ne vous inquiétez pas. Les moines ne vont pas me reconnaître sous cette apparence. Je suis impatient d'entendre ce qu'ils vous diront quand vous allez la leur demander. »

Qui dit que je suis là pour la demander ? pensa Taliesin sans rien dire. Il préféra céder la parole à Catrin. « Que vous ont-ils dit ? » demanda celle-ci.

« Rien d'utile. »

« Vous n'avez fait de mal à personne, tout de même ? »

« Bien-sûr que non. » Mabon ajouta un petit rire qui fit froid dans le dos de Taliesin. « Rien dont ils se souviendraient. »

Goronwy porta la main à la poignée de son épée puis la retira. Il se pencha pour murmurer à Taliesin, « je n'arrive pas à déterminer s'il dit la vérité ou s'il parle ainsi simplement pour nous irriter. »

Taliesin, quant à lui, n'avait rien perdu de ses facultés. « Un peu des deux. Rappelez-vous, il arpente le monde des humains depuis d'innombrables années. Il nous connaît un peu. »

« Surtout nos faiblesses, » dit Goronwy. « Il semble sans cesse surpris de découvrir que nous avons aussi quelques points forts. »

Ce qui était, assurément, une des faiblesses de Mabon. Sur un signe de Taliesin, Goronwy tira sur une corde et une cloche sonna à l'intérieur de l'abbaye. Ce n'était pas le son grave de l'appel à la messe, seulement un léger tintement qui retentit juste de l'autre côté de la porte.

Catrin attendit sans montrer d'impatience, comme elle en avait l'habitude, tandis que Goronwy, bras croisés, contemplait la porte d'un air impassible. Mabon, qui s'ennuyait déjà, dansait d'un pied sur l'autre. Taliesin, pour sa part, fixait du regard le gardien de la porte que lui seul pouvait voir, un moine rabougri par l'âge penché près du vantail avec un vague sourire. Taliesin le salua de la tête et l'homme dirigea son sourire sur lui.

On ne pouvait vraiment dire que Taliesin voyait des fantômes, puisque les fantômes au sens où on l'entendait habituellement n'existaient pas. Ils ne pouvaient ni affecter les gens ordinaires ni leur faire de mal. Ce qui existait, c'était une trace spirituelle des morts, qui restait en arrière de la même manière que leur corps. Dans la plupart des cas, ce reste d'énergie était vide, mais il arrivait qu'une âme ait les ressources nécessaires pour revenir dans cette vie et occuper sa forme spirituelle, formant un spectre. Une telle créature ne pouvait interagir physiquement avec les vivants mais elle pouvait leur parler.

Enfin, elle pouvait parler à Taliesin. Les talents du devin avaient peut-être connu un peu trop de défaillances ce soir, mais il possédait d'autres dons auxquels il pouvait faire appel. Si ce spectre ignorait ce qui se trouvait sous l'abbaye, il y en avait d'autres ici qui savaient. Taliesin n'avait pas d'autre choix que de suivre le chemin qui s'ouvrait devant lui mais il ne manquerait pas de rester en alerte au cas où d'autres spectres viendraient le prévenir des dangers auxquels il faisait face.

Finalement, des pas se firent entendre de l'autre côté de la porte et une main bien réelle ouvrit le guichet.

« Qui nous réveille à pareille heure ? » Un homme à la moustache blanche passa un nez pointu dans l'ouverture. Sans répondre, Taliesin le regarda. L'homme fit la moue, montrant clairement que la présence de Taliesin lui déplaisait, mais il hocha la tête. « Bien. »

La porte s'ouvrit et l'homme fit signe aux compagnons d'entrer. Avec un dernier regard en direction du spectre qui paraissait trouver la scène fort réjouissante, Taliesin les guida à l'intérieur.

Mais tous ne purent pas le suivre. Quand Catrin s'apprêta à passer le seuil derrière Taliesin, le moine lui barra le passage de son bras. « Les femmes n'ont pas le droit de paraître en notre présence. »

Tandis que Taliesin lui parlait, Catrin était restée à la droite de Goronwy, cachée par son imposante silhouette, si bien que le moine en faction ne l'avait pas vue tout de suite.

Ce n'était pas que Taliesin avait oublié que les moines de l'abbaye en interdisaient l'accès aux femmes mais il trouvait ce préjugé insupportable. Les femmes concentraient en elle une grande énergie spirituelle et étaient par nature plus intuitives et plus en phase avec leurs émotions que les hommes. Ces moines étaient idiots de les exclure.

« Pourquoi pas ? » Mabon pointait le menton d'une manière qui commençait à leur être bien familière.

« Elles portent le mal en elles, » dit le moine.

Taliesin se passa la main sur le début de barbe qui commençait à pousser sur son menton. Il ne s'était pas rasé ce matin. « Elle est avec moi. »

« Ça ne change rien. C'est la règle. »

Mabon sourit soudain. « Vous êtes plus bêtes que je ne m'y attendais si vous croyez cela des femmes. »

Pour la première fois de sa vie, Taliesin s'aperçut qu'il était d'accord avec Mabon. Il n'en était pourtant pas question. Mais d'un autre côté, il n'allait pas se ranger à l'avis des moines. Un homme susceptible de considérer sa propre mère comme maléfique n'avait pas sa place dans le monde de Taliesin. Heureusement, ces moines ne représentaient qu'une secte isolée et aucune autre abbaye galloise, à la connaissance de Taliesin, n'adhérait à ces croyances, ou bien Taliesin aurait eu deux mots à dire à Cade sur les inclinations de son dieu.

Catrin décocha un regard aigre à Mabon. « Ça ne fait rien, Taliesin. Peut-être n'était-ce pas une bonne idée après tout. »

Pour Goronwy, c'était inacceptable. « J'ai été baptisé et je n'ai jamais entendu parler d'une telle interdiction. » Il força le passage avec un coup de coude dans l'estomac du moine quand il franchit la porte. L'homme recula précipitamment. Comme Goronwy avait toujours un bras autour de la taille de Catrin, elle avança avec lui, que le moine le veuille ou non. Puis Goronwy tira la capuche de Catrin sur sa tête pour dissimuler ses cheveux. « De toute façon, on ne fait que passer. »

« N-n-n-non, je vous en prie, Monseigneur. » Le moine bégayait, choqué de constater qu'on osait lui désobéir. « Je ne peux pas le permettre. Mon abbé va me punir... »

« Eh bien ne lui dites rien. » Goronwy s'adressa ensuite à Taliesin. « Occupons-nous de ce que vous avez à faire ici. »

Sans se soucier davantage des protestations anxieuses du moine, Taliesin traversa la cour pour gagner directement la grande porte à deux vantaux de l'église. Les matines, la prière de minuit, étaient terminées et l'endroit était désert. Mabon, Goronwy et Catrin le suivirent, de même que le moine qui continuait à protester.

Taliesin s'arrêta sur le seuil et laissa ses compagnons le dépasser. Plutôt que de laisser à Goronwy le soin de ramener la paix, ce qui aurait pu être amusant, il écarta largement les bras, empêchant le moine de pénétrer dans l'église derrière eux. « Ce que nous avons à faire ici ne vous concerne pas. Retournez à l'entrée et oubliez que vous nous avez vus, » dit-il de la Voix de Commandement qu'il n'utilisait pas souvent. Même dans ce cas, il ne mit dans ses mots qu'une force très mesurée. Il avait jugé dès le début que le moine serait sensible à la suggestion. Comme il l'avait dit à ses compagnons, il était déjà venu.

Le regard du moine se figea un instant. Quand il reprit ses esprits, il ne regardait plus Taliesin. Une trace sur le bois du chambranle de la porte avait attiré son attention. Il humecta son doigt d'un peu de salive et la frotta puis se retourna et s'éloigna en maugréant à propos de la négligence des novices chargés de l'entretien.

Goronwy vint se placer aux côtés de Taliesin et regarda avec lui le moine qui retraversait la cour. « Ai-je envie de savoir ce que vous lui avez fait ? »

« Je l'ai juste un peu poussé dans la direction qu'il avait envie d'emprunter. Il ne voulait pas avoir à réveiller son abbé et souhaitait seulement que ce problème n'ait jamais existé, alors je l'ai encouragé à croire que c'était le cas. Il est bien plus heureux maintenant. » Taliesin poussa la porte qui se referma avec un bruit sourd.

S'il avait été seul, Taliesin aurait été tenté d'ouvrir et de refermer la porte à nouveau, pour le seul plaisir d'admirer la qualité de l'ouvrage et l'aisance avec laquelle elle pivotait sur ses gonds. Catrin, comme la majeure partie des devineresses, puisait sa force dans l'énergie vitale des créature vivantes qui peuplaient la terre. Taliesin, pour sa part, tirait son pouvoir du sol lui-même, de la terre comme de la pierre. Souvent, les druides avaient placé leurs lieux de culte dans les bois ou les forêts, mais ils pouvaient tout aussi bien choisir des cercles de pierres ou des cavernes. Du moins avait-ce été le cas avant que les Romains n'arrivent et ne massacrent tous les druides qu'ils trouvaient.

Catrin secoua la tête. « Et certains se demandent pourquoi je ne choisis pas de rejoindre le sanctuaire de l'Eglise. »

« Taliesin a fait le nécessaire. » Goronwy la prit par le bras. « Venez. »

« Où allons-nous maintenant ? » Mabon remontait la nef.

« Taliesin ? » Catrin jeta un coup d'œil par-dessus son épaule.

« La crypte, » dit Taliesin.

« Par ici. » Goronwy se dirigea d'un pas décidé vers l'autel qui se trouvait au centre exact de l'église puis traversa le chœur où les moines prenaient place pendant l'office. L'escalier de la crypte s'ouvrait devant eux.

Taliesin commença à les suivre mais se retrouva les pieds collés au sol à la vue du nombre de spectres à l'intérieur de l'église. La plupart flottaient le long des murs sans faire attention à ce qui les entourait mais quatre ou cinq d'entre eux se tournèrent vers Taliesin. L'un d'eux portait l'uniforme d'un légionnaire romain, son casque sous le bras. Un autre, vêtu d'une aube en loques, était manifestement un druide, mais Taliesin ne le connaissait pas personnellement.

« Soyez bénis, mes amis. » Taliesin ne prononça pas ces mots à haute voix. Ce n'était pas nécessaire.

Le regard du druide exprimait une grande inquiétude. « Avez-vous bu l'eau du puits sacré ? »

« Je l'ai fait, » dit Taliesin.

Le druide approuva de la tête. « Alors vous pouvez entrer. Mais méfiez-vous. Les apparences sont trompeuses. »

« A défaut d'autre chose, cela je le sais. »

Le druide glissa plus près, fixant intensément Taliesin du regard. « Vous n'êtes pas comme les autres. » Il le regarda de la tête aux pieds. « Je n'ai pas le droit d'en dire plus. Sachez seulement que celui que vous craignez est proche et qu'il vous cherche aussi. »

Taliesin supposa que le spectre voulait parler d'Efnysien mais il ne lui semblait pas possible de poser la question pour s'en assurer. « Je ne recherche rien pour moi-même. »

« C'est ce que nous avons compris. C'est la seule raison pour laquelle il vous est permis de poursuivre votre quête. » Le spectre recula vers le légionnaire, sa silhouette perdant de sa netteté. Ses derniers mots résonnèrent à l'oreille de Taliesin. « Vous êtes quelqu'un de rare, Taliesin, et plus important que vous ne le pensez. »

Taliesin réalisa qu'il tremblait un peu lorsqu'il approcha de l'escalier. Mabon avait pris un bougeoir sur l'autel des moines et attendait Taliesin. Bien que celui-ci soit déjà venu dans cette église et qu'il ait eu envie depuis des années de descendre dans la crypte, il ne l'avait jamais fait. Peut-être était-ce aussi bien. D'après ce que le spectre avait dit, il n'était pas certain qu'on lui aurait alors permis d'entrer.

L'abbaye avait été bâtie au-dessus d'une très ancienne caverne dans laquelle les autochtones avaient célébré leur culte avant l'arrivée des Romains. En Taliesin, un chœur se fit entendre. Les anciens s'inquiétaient des dégâts que les moines avaient pu infliger à leur lieu sacré. Il leur dit de se taire. Ils ne tarderaient pas à le savoir.

Dès leur arrivée sur l'île des Britons, les premiers prêtres chrétiens avaient coopté les lieux sacrés des anciens, avec la volonté de démontrer à la population qu'adorer le Christ ne constituait qu'un pas au-delà du culte voué aux anciens dieux. Cela signifiait que le sous-sol de presque toutes les églises ou forteresses à travers tout le pays était percé de tunnels construits par les anciens, les Romains ou les premiers Chrétiens. Le plus souvent, les secrets qu'ils abritaient avaient été oubliés ou détruits mais, comme à Dinas Bran, le cœur de ce qui avait à une époque ou à une autre constitué pour quelqu'un un lieu sacré ne disparaissait jamais.

Taliesin s'indignait de la manière dont cette nouvelle religion s'appropriait les symboles de l'ancienne à ses propres fins mais il se força à s'en réjouir au moins un peu. Cela signifiait que les moines chrétiens n'avaient pas détruit la caverne comme ils auraient pu le faire. C'était en fait dans cette grotte que Joseph d'Arimathie avait d'abord dissimulé la coupe du Christ, sachant que personne n'irait la chercher parmi tous les objets païens déposés là. A sa mort, il avait été enterré dans la montagne au sommet de laquelle se dressait le château de Dinas Bran, un autre site druidique sacré et un point d'entrée vers l'Autre Monde. La coupe avait été enterrée avec lui.

Jusqu'au jour où Cade et Taliesin avaient scellé à jamais la tombe de Joseph et de sa coupe à l'intérieur de la montagne, Taliesin n'avait pas fait le lien entre la coupe du Christ et la corne d'immortalité citée dans sa propre tradition comme l'un des Treize Trésors. Mais il commençait à comprendre que ce lien ne se limitait pas à la coupe.

Il n'était pas chrétien mais avait étudié les mythes de la nouvelle religion pour sa propre protection. Si la coupe du Christ correspondait à la corne de l'immortalité des légendes druidiques, il était probable qu'il en soit de même d'autres artefacts. Par exemple, il était possible que le manteau corresponde au suaire dont on avait enveloppé le corps du Christ. Le couteau, également retrouvé, à la lance qui avait percé le flanc du Christ lors de la crucifixion sur le Calvaire. Même Dyrnwyn pouvait être l'équivalent de l'épée flamboyante brandie par l'ange qui gardait l'entrée du Jardin d'Eden. Et cætera.

Goronwy regarda Taliesin par-dessus la tête de Catrin. « C'est vraiment très sombre en bas. »

Taliesin examina l'escalier qui s'enfonçait dans l'obscurité. « Ça me fait peur aussi. »

Tandis que les autres le regardaient d'un air anxieux, Taliesin cligna soudain des yeux en réalisant qu'il avait prononcé ces derniers mots à voix haute. Comme à Dinas Bran, il sentait une force obscure sous ses pieds, en expansion, cherchant à sortir. « Je crains que vous ne regrettiez d'être venu avec moi. »

Goronwy avait une main sur la poignée de son épée. De l'autre main, il tenait celle de Catrin. « C'est bien possible, mais nous venons quoi qu'il en soit. »

Taliesin tendit le bras pour empêcher ses compagnons de descendre. « Je vais passer en premier. »

D'un mot, il alluma le bout de son bâton. La petite lumière éclairait l'espace à quelques pieds devant lui. Il s'engagea dans l'escalier, suivi de Mabon, puis de Goronwy et de Catrin. Il poussa la porte de la crypte sans difficulté. Un long tunnel s'enfonçait sous la terre devant eux.

« Est-ce que... est-ce qu'il a une fin ? » demanda Catrin.

Taliesin ne prit pas la peine de répondre, sachant qu'elle n'aurait pas aimé sa réponse. *Il en a une et il n'en a pas.*

Goronwy sortit son épée de son fourreau. « Je n'aime pas ça du tout. »

« Ce n'est pas l'intention, » dit Taliesin.

Chapitre Huit

Rhiann

Quand Rhiann entra dans la cour, son récent échange avec Cade résonnait encore à ses oreilles.

« *Avec tout ce qui est arrivé, je t'accompagne tout de même à Caer Fawr ce soir ? Pourquoi ?* »

Cade l'avait regardée, perplexe. « *N'est-ce pas ce que tu veux ? Es-tu déjà lasse de ma compagnie ?* »

Rhiann avait répondu d'une grimace. « *Ne sois pas bête. Bien-sûr que je veux venir avec toi. Je suis seulement surprise que tu penses que c'est une bonne idée. Je m'attendais à ce que tu décides de m'envoyer quelque part où je serais en sécurité.* »

« *Je serais encore plus idiot que je ne le suis déjà si j'imaginais que n'importe lequel d'entre nous est en sécurité quelque part. Même si les* Sidhe *se sont coupés de notre monde, nous ne manquons pas d'ennemis parmi les mortels... Et qui peut dire si Mabon est le seul* Sidhe *qui se promène parmi nous ?* »

« *Crois-tu Mabon lorsqu'il dit qu'il ne nous veut pas de mal ?* »

« Je le crois... dans une certaine mesure et seulement assez pour lui donner la corde pour se pendre. »

Peada avait déjà quitté les lieux avec ses hommes après un repas précipité. Rhiann était montée sur les remparts pour les regarder dévaler la route au galop avant de tourner vers le nord-est en direction de Chester où il avait dit qu'on l'attendait. Rhiann n'était jamais allée à Chester. Avant de quitter Anglesey avec Cade, elle n'était pratiquement jamais sortie d'Aberffraw, encore moins allée où que ce soit en Angleterre. Si elle avait épousé Peada comme son père le voulait, sans doute aurait-elle dû le suivre. Mais c'était une autre personne qui serait partie avec lui.

Lorsqu'elle vit Rhiann, Angharad souleva son sac pour lui montrer qu'elle l'avait apporté. « On a passé deux mois ici, mais je suis prête depuis des jours à partir d'un moment à l'autre. » Du menton, elle montra la cour pleine de monde. Il y régnait le même chaos organisé que celui qui précédait chaque départ. « Où sont les autres ? »

« Goronwy et Catrin sont partis avec Taliesin, et Hywel et Bedwyr suivent Peada jusqu'à Chester. Si tout va bien, ils prendront ensuite la route de Caer Fawr. Mais Taliesin voulait que nous partions d'ici donc nous allons vers le sud ce soir. Les autres seigneurs se rassembleront là-bas. » Rhiann frissonna légèrement. « On dirait qu'on s'est un peu trop attardé sur le sommet de cette montagne. »

Dafydd apparut dans l'encadrement de la porte derrière Rhiann. « Il est temps. »

Angharad regarda son mari. « A quelle distance sommes-nous de Chester ? » Elle non plus n'était jamais allée en Angleterre.

« Environ vingt milles, un peu plus, » dit Dafydd. « Hywel et Bedwyr n'auront pas de difficulté. »

« Nous avons déjà fait moins de chemin dans des conditions plus périlleuses, » observa Rhiann. « Les craintes de Taliesin sont contagieuses. Je ne peux m'empêcher de penser que le danger qui nous attend est pire que ce que nous avons connu jusqu'à maintenant. »

« Pire ! » Un éclair brilla dans les yeux émeraude d'Angharad. « J'espère que non. Au moins, Penda est humain. »

« Certains humains peuvent se montrer d'une cruauté plus créative que les *Sidhe*, » lui fit remarquer Rhiann.

Dafydd tendit la main à Angharad qui la prit dans la sienne. Le couple s'était marié quelques semaines après la victoire de Caer Fawr. On aurait pu dire que le mariage avait été hâtif mais leurs amis avaient pensé comme eux que la vie était trop courte pour ne pas profiter de chaque instant.

Cade partait avec la presque totalité des hommes de la garnison de Dinas Bran. Il avait renvoyé chez eux la plupart de ceux qui avaient combattu à Caer Fawr, conscient qu'il leur fallait s'occuper des semailles de printemps et des agneaux qui venaient de naître, mais il ne se séparait jamais d'un contingent de quarante chevaliers et n'en laisserait pas plus de dix à Dinas Bran.

Rhiann rejoignit son mari et posa la main sur son bras. « Qu'est-ce qui ne va pas ? »

Cade contemplait le donjon d'un air pensif. La question de Rhiann le fit ciller et il baissa les yeux vers elle. « J'essaie d'entrevoir l'avenir. »

Malgré la tension qui régnait ou peut-être à cause d'elle, Rhiann se mit à rire. « Taliesin n'a pas pu nous dire exactement ce qui allait arriver. Pourquoi crois-tu que tu en serais capable ? »

« C'est le devoir d'un roi de détourner d'éventuels troubles avant qu'ils ne se produisent. » Il fronça les sourcils. « J'ai laissé partir tous mes devins avec Taliesin et je n'aurais peut-être pas dû. »

Rhiann leva un sourcil interrogateur. « Tous tes devins ? Tu veux dire Catrin ? »

« Goronwy en est un aussi. » Il secoua brièvement la tête. « Pardon de ne te l'avoir jamais dit mais il refusait d'en parler à qui que ce soit. »

Rhiann laissa échapper une exclamation de surprise. « Je n'y ai seulement jamais pensé. »

« Les dangers qu'ils risquent de rencontrer sur le chemin qu'a choisi Taliesin me font peur. »

« Ces troubles ont commencé bien avant ta naissance. On peut les tenir à distance pendant un certain temps mais on ne peut que faire de notre mieux avec le jeu qu'on nous a distribué. »

Cade lui sourit. « Accepter ce qui est là devant moi et ce que je ne peux changer, c'est ça ? » Avec précaution, il aida Rhiann à se mettre en selle. Sa grossesse était encore assez récente pour être à peine visible mais ils avaient tous deux conscience du cœur supplémentaire qui battait en elle et de la nécessité de le protéger.

« C'est toi qui le dis, pas moi. Tout ce que je voulais dire, c'est que tu n'es pas à l'origine des problèmes qui se posent à nous. Tu en a hérité. » Rhiann sentit un souffle d'air froid sur sa joue et se tourna dans la direction d'où il venait. Le vent venait rarement du nord, en particulier à cette période de l'année et à cette heure de la nuit. Cade remarqua sa surprise et l'interrogea du regard.

« Le vent vient de changer de direction et je trouve cela bizarre. »

« Tout semble étrange ce soir. Taliesin avait raison. Ne tardons pas davantage. » La main sur la poignée de son épée, comme si l'arme pouvait l'aider à contrer la tempête qui s'annonçait, Cade courut jusqu'à son propre cheval et sauta en selle.

Dafydd commandait la garde de Cade ce soir et il lui suffit d'un signe de la tête pour faire comprendre aux hommes qu'il était temps de partir. Lorsqu'ils passèrent sous la voûte du poste de garde, Cade rapprocha sa monture de celle de Rhiann, au troisième range de la colonne.

Tandis qu'ils laissaient le château derrière eux, Rhiann agrippa plus fermement les rênes à deux mains. « Quelque chose ne va pas, Cade. Même moi, je le sens. » Ils avançaient au petit galop, un train un peu rapide pour le terrain, mais leur vitesse leur permit de parcourir un tiers du sentier qui descendait de la montagne en moins d'un quart d'heure.

Cade tendit la main et lui pressa brièvement l'épaule. « Je sais ce que tu ressens mais je ne sais pas d'où ça vient et crois-moi, je n'aime pas du tout ne pas savoir. »

Boum !

Tous les chevaux vacillèrent, puis le cheval de tête se cabra. Son cavalier, Gruffydd, lutta pour le maîtriser tout en sortant ses pieds des étriers pour être prêt à s'éjecter de la selle. Mais le cheval ne lui en laissa pas l'opportunité. Un battement de cœur plus tard, il dévalait la route au grand galop.

Ce fut seulement en sentant sa propre monture regimber que Rhiann réalisa que le sol tremblait tout autant que son cheval. Son coude heurta celui de Cade qui se penchait pour attraper sa bride. « Suivez Gruffydd ! Tout de suite ! »

Dafydd, qui se trouvait juste devant Cade, Angharad à ses côtés, relaya son ordre. Ensemble, tous les cavaliers chargèrent derrière le cheval affolé. Rhiann trouva en fait plus facile de laisser son cheval partir au galop que d'essayer de le maîtriser. En descendant la montagne à cette allure, le cheval passait quasiment plus de temps dans l'air que sur terre. Dans le mouvement, Rhiann sentait à peine les ondulations de la terre qui continuait à trembler.

Ils continuèrent ainsi jusqu'à arriver près du village. Là, la route se rétrécissait à la largeur du pont qui enjambait la rivière et ils furent obligés de ralentir. En temps normal, la jument de Rhiann était un animal paisible, mais elle n'avait pas cessé de trembler. Le sol, quant à lui, ne se soulevait plus sous leurs pas. Cade ordonna à toute la troupe de mettre pied à terre avant de traverser la rivière et Rhiann et Angharad tombèrent dans les bras l'une de l'autre.

La crinière rousse d'Angharad s'était échappée des liens qui la retenaient et formait un halo autour de sa tête. « Est-ce Mabon ? » Elle essayait d'aplatir ses cheveux et de dompter les mèches rebelles.

Rhiann aurait voulu rassurer son amie mais ne trouvait pas les mots. « Je ne sais pas. Je crois que personne ne sait. »

Mais l'attention d'Angharad s'était portée vers le sommet de la montagne. Rhiann tourna les yeux dans la même direction, vers le château qui se dressait au-dessus d'eux.

Qui s'était dressé au-dessus d'eux.

Les remparts dont la vue leur était familière avaient disparu, remplacés par un panache de fumée visible à la faible lueur de la lune montante et des étoiles. Cade prit la main de Rhiann et elle s'aperçut que sa propre peau était aussi froide que celle de son mari. A présent, tous avaient levé la tête. La discipline au sein de la troupe était telle que personne ne paniqua mais bon nombre de jurons se firent entendre.

« On aurait pu se trouver là. » Rhiann mit des mots sur ce que la plupart des hommes pensaient. Elle jeta un coup d'œil à son mari. « La prescience de Taliesin nous a sauvés. »

« En fait, c'est celle de Catrin. »

Un des cavaliers, Aron, un homme d'un certain âge à la barbe grise, s'approcha d'eux. « Et ceux qui sont restés là-haut ? On devrait retourner pour leur venir en aide. »

« J'ai autant de craintes que vous quant à leur sort, Aron. Mais je peux vous dire tout de suite que je ne peux pas retourner au sommet de la montagne. Comme vous pouvez le voir, je n'y suis pas le bienvenu. »

« Cade... » Rhiann voulut protester mais il poursuivit sans lui en laisser le temps.

« Il m'apparaît à présent clairement, si ce n'était pas déjà le cas, que ma tâche m'appelle ailleurs. Nous allons réveiller le village, du moins les habitants qui ne sont pas déjà réveillés, et envoyer là-haut tous ceux en mesure d'apporter leur aide. » Il prit Aron par l'épaule. « Désignez dix hommes pour vous assister. »

Aron déglutit péniblement. « Oui, Monseigneur. Et vous ? Allez-vous poursuivre votre chemin vers Caer Fawr comme prévu ? »

« Il n'y a pas de réponse pour moi à Caer Fawr ce soir. » Cade se tourna vers le nord. Puis il leva la tête pour que sa voix porte à tous les hommes. « On va à Chester. »

Dafydd haussa les sourcils mais ne fit aucun commentaire. Personne ne protesta et il revint à Rhiann de poser la question que tous avaient en tête, mais elle s'adressa à Cade à voix basse pour qu'il soit le seul à l'entendre. « Est-ce raisonnable, Cade ? Cela veut dire échapper à un danger pour nous exposer à un autre. »

Cade glissa un bras autour d'elle et l'attira contre lui. « Tout à l'heure, j'ai comparé Chester à l'antre du lion. A présent je me demande si ce n'est pas au contraire Peada qui y a pénétré. Peut-être devrais-je remercier les Merciens au lieu de les maudire. »

Rhiann entoura la taille de son mari de ses bras. « Comment ceci a-t-il pu se produire ? Qu'est-ce qui peut soulever ainsi une montagne ? »

« Je t'ai parlé des ténèbres que nous sentons se réveiller là-dessous. Je crains bien que les *Sidhe* continuent de se mêler de nos affaires, quelles que soient les belles paroles d'Arianrhod à Taliesin. »

Rhiann acquiesça. Si le message provenait des ténèbres, cette fois il était parfaitement clair. *Ne revenez pas.*

Chapitre Neuf

Catrin

La terre n'en finissait pas de trembler. Catrin sentit les cheveux sur sa nuque se hérisser et le frisson qui courut le long de sa colonne vertébrale n'était pas seulement dû au froid qui régnait dans le tunnel. Elle avait hésité si longtemps à l'entrée avant de suivre Taliesin que Mabon et lui avaient bien avancé avant qu'elle ne trouve le courage de mettre un pied devant l'autre. Devant, dans l'obscurité, un rire s'éleva puis s'interrompit brusquement.

« On aurait dit Mabon, » dit Goronwy.

Lorsque les mouvements du sol se calmèrent, Catrin pressa le pas. Elle n'essayait plus de dégager sa main de celle de Goronwy parce que cela ne faisait qu'inciter celui-ci à la tenir plus fermement. A Dinas Bran, elle avait eu l'intention de prendre ses distances et cela n'avait servi qu'à le décider de faire le voyage avec eux. Si elle avait conscience du fait qu'elle n'avait aucune envie de se séparer de lui, c'était en même temps une souffrance, une torture aggravée par le fait qu'elle se l'infligeait à elle-même.

Le tunnel décrivait un coude et Catrin n'apercevait plus que le reflet diffus de la lumière émise par le bâton de Taliesin. Ils tournèrent au coin et s'arrêtèrent net. L'exclamation qui montait aux lèvres de Catrin n'alla pas plus loin. Mabon et Taliesin se tenaient devant le seuil d'une porte, ou ce qui y ressemblait si on pouvait qualifier de porte une ouverture de quatre pieds de large, huit pieds de haut, encadrée de lumière pourpre.

Mabon tourna la tête vers eux. « Qu'est-ce qui vous a pris si longtemps ? »

Catrin s'approcha et cette fois ce fut Goronwy qui resta en arrière. Le temps qu'elle réalise la répugnance qu'il ressentait, elle le traînait littéralement derrière elle. « Où cela mène-t-il ? »

« Nulle part de bon, » dit Goronwy.

« Là où cela mène, on ne peut parler de bon ou de mauvais, pas plus que le monde des humains n'est bon ou mauvais. Cela mène juste en un endroit qui existe. » Taliesin avait répondu sans faire de mystère, complètement concentré sur ce qu'il faisait pour créer l'ouverture ou peut-être seulement pour en révéler l'existence.

Mabon sautillait pratiquement sur place sous l'effet de l'impatience. « On rentre à la maison ! »

« Vous y êtes-vous déjà rendu, Taliesin ? » demanda Goronwy.

Taliesin se retourna pour regarder le chevalier et Catrin lut dans ses yeux quelque chose qui lui donna envie de faire un pas en arrière, ce qui était impossible sans se heurter à Goronwy. « Pas récemment. Et pas par cet accès. » Il inclina la tête vers la porte. « Elle est prête. »

Mabon continuait à jacasser, entrecoupant ses mots de petits rires et se frottant les mains d'excitation.

Catrin le dévisagea d'un air sévère. « Qu'est-ce qui vous rend si joyeux ? »

« Ma famille m'a banni dans le monde des humains et me voilà, déjà de retour, à peine quelques heures plus tard. »

« Vous avez bien compris que vous revenez en tant qu'être humain ? Que toutes les sensations que vous ressentez quand vous êtes ici, les pouvoirs dont vous avez disposé par le passé, vous ne les aurez plus ? » dit Goronwy.

Les coins de la bouche de Mabon s'affaissèrent et il jeta un regard noir à Goronwy mais il ne le contredit pas. Ce que Goronwy avait dit était vrai. Mabon préféra se tourner vers Taliesin. « Est-ce qu'il est obligé de venir ? »

« Oui. » Taliesin prit le coude gauche de Goronwy d'une main et le coude droit de Mabon de l'autre. Pointant le menton vers Catrin, il dit à Goronwy, « tenez-là contre vous. »

Catrin sentit le bras de Goronwy lui entourer la taille et la ramener contre lui. De sa main gauche, il lui saisit l'avant-bras gauche.

« Tous en même temps. » Taliesin leva le pied gauche et le tendit devant lui.

Il fallut un instant à Catrin pour réaliser qu'il voulait que tout le monde franchisse le seuil exactement au même moment. Elle avança le pied puis, avec un soupir, Goronwy l'imita. Mabon, les yeux brillants, n'eut pas cette réticence et tendit la jambe comme celle d'une poupée manipulée par un enfant.

Quand ils furent tous en position, Taliesin poursuivit. « On pose le pied à trois. Un, deux... »

Chacun posa le pied de l'autre côté du seuil en même temps que les autres. Ils étaient obligés de se serrer les uns contre les autres pour passer dans l'ouverture. Catrin n'avait pas besoin que Taliesin la prévienne d'éviter de frôler de l'épaule la lumière pourpre.

Et ils se retrouvèrent de l'autre côté, comme s'ils n'avaient rien fait de plus impressionnant que de passer le poste de garde à Dinas Bran. Ils reprirent leur progression, toujours serrés les uns contre les autres. De toute manière, Catrin ne les aurait pas lâchés car elle ne voyait rien du tout. Dès qu'ils étaient entrés, l'ouverture avait disparu, de même que la lumière pourpre, remplacée par une obscurité si totale que la petite lumière de Taliesin n'éclairait que le néant.

Elle ne savait pas à quoi s'attendre. L'Autre Monde devait être magnifique, certainement. Elle avait entendu les légendes qui décrivaient Avalon, le monde où résidait le roi Arthur, l'ancêtre héroïque de Cade. Elle avait toujours imaginé un monde d'or et d'argent, illuminé par un soleil filtré par une fine brume qui, quand elle se dissipait, révélait les verts et les bleus du Pays de Galles au milieu de l'été.

« Où sommes-nous, Taliesin ? » murmura-t-elle.

« Nous sommes entre les mondes, » dit Mabon. Le ton de sa voix impliquait que tout était comme il s'y attendait. C'était probablement la vérité et même si c'était Mabon qui avait répondu, sa sérénité aida Catrin à se détendre.

« Eprouvez-vous la même chose chaque fois que vous passez d'un monde à l'autre ? »

« Oui. »

Catrin avait peine à croire qu'elle avait réellement une conversation avec Mabon, mais c'était lui qui avait répondu et c'était lui qui détenait les réponses. Elle ne lui faisait toujours pas confiance mais dans ce cas, elle voulait croire qu'il savait ce qu'il faisait, peut-être davantage que Taliesin.

Goronwy la tenait toujours serrée contre lui et pour une fois son sens de l'humour l'avait déserté. Il lui serra fugitivement la taille, en signe de soutien moral pensa-t-elle, et ils continuèrent à marcher. Et à marcher. Finalement, Goronwy n'y tint plus. « Vous êtes sûr que c'est normal, Taliesin ? On a parcouru au moins un mille. »

« Ce n'est qu'une apparence. » Comme la voix de Mabon, celle de Taliesin était parfaitement calme et encore une fois Catrin trouva du réconfort dans la certitude d'un autre. « On y est presque. »

« Presque où ? » chuchota Goronwy à l'oreille de Catrin, lui arrachant un sourire, ce qui était son but.

Et l'obscurité se dissipa, aussi rapidement qu'un bandeau que l'on ôte des yeux d'un prisonnier. Catrin s'immobilisa, éblouie par la soudaine clarté qui assaillait ses sens. Elle cligna des paupières, plusieurs fois, pour se débarrasser des points brillants comme des étoiles qui apparaissaient et disparaissaient devant ses yeux.

Goronwy s'était arrêté avec elle. Il porta la main à ses yeux et baissa la tête. « Accordez-nous un moment. »

Taliesin lâcha Goronwy et Mabon et s'avança de quelques pas. Lorsque Catrin leva les yeux, sa vision retrouvée, le barde arborait un large sourire. Et elle vit pourquoi. L'Autre Monde était magnifique. Et étrangement familier. Elle pivota sur elle-même. Elle connaissait cet endroit. Ils avaient émergé du tunnel à l'ouest de l'abbaye de Valle Crucis.

Si l'on ne tenait pas compte du fait qu'il n'y avait pas d'abbaye. Ils se trouvaient sur une colline herbeuse, sans la moindre crotte de mouton qui normalement l'aurait déparée. Aucun muret de pierre, aucune clôture, aucune construction humaine de quelque sorte que ce soit, sauf Dinas Bran. Elle aurait reconnu cette montagne dans son sommeil. Elle abrita ses yeux du soleil avec sa main pour mieux voir et allait demander à Goronwy de regarder avec elle quand elle s'aperçut que tout n'était pas comme ils l'avaient laissé. Dans leur monde, la forteresse représentait un bastion de la puissance de Cade. Ici, ce n'était plus qu'une ruine. Des pans de murs, une tour qui dépassait ici ou là, mais la plus grande partie du château s'était écroulée.

A côté d'elle, Goronwy poussa un grognement qui exprimait son désarroi. Il avait lâché son bras gauche mais n'avait pas ôté son bras droit de sa taille et Catrin couvrit de sa main celle de Goronwy. Elle la serra dans la sienne et après une première hésitation, Goronwy entrelaça ses doigts entre les siens.

Ils se retournèrent tous deux en même temps pour faire part de leur inquiétude à Taliesin mais celui-ci leur tournait le dos, en plein face à face avec Mabon.

« Qu'avez-vous fait ? Pourquoi sommes-nous *ici* ? » Mabon semblait à la limite de l'apoplexie.

« En quoi être ici vous gêne-t-il ? » demanda Taliesin de son air le plus innocent.

« C'est... c'est... » Mabon ne trouvait pas les mots, rendu muet par l'horreur évidente de ce que Taliesin leur avait infligé.

« C'est *ici* que nous devions venir. Je suis désolé si vous avez cru que nous nous rendions à la Haute Cour. Vous devez bien comprendre que je ne pouvais pas emmener ces deux-là sur ce chemin ? »

« Aaargh ! » Soudain aussi humain que l'un d'entre eux, Mabon se retourna et partit à grands pas. Malheureusement pour lui, l'herbe était mouillée, par la rosée ou une averse récente, bien qu'à cet instant le jour soit clair et le ciel sans nuage, et au troisième pas son pied glissa. Avec un couinement, il tomba sur le derrière, laissant dans le sol spongieux une longue traînée boueuse.

Catrin se dit que ce n'était pas le moment de rire et détourna les yeux.

Goronwy réussit à se contenir aussi, malgré une grande envie de se moquer de l'enfant-dieu. Mais tout de suite, il plissa le front et quand il prit la parole il n'y avait pas un soupçon d'humour dans sa voix. « Taliesin, dites-nous la vérité. Où sommes-nous ? »

Laissant Mabon se débrouiller pour se relever, Taliesin se tourna vers eux. « Où pensez-vous que *ici* se trouve, Goronwy ? L'Autre Monde est ce que vous en faites. Vous ne le saviez pas ? »

Goronwy secoua la tête. Jamais il ne s'était montré aussi hésitant. « Ceci... c'est ainsi que l'Autre Monde vous apparaît ? »

« Ce n'est pas ma vision. Ce doit être celle de l'un d'entre vous, puisque ce château sur la colline n'était pas là la dernière fois que je suis venu. C'est un point de repère, je pense. »

Catrin regarda Mabon, derrière Taliesin. « Et lui ? »

Taliesin considéra Mabon à son tour en haussant les sourcils. « Il est très déçu. Il s'attendait à autre chose. » Son regard revint à Goronwy. « Pour Arthur, l'Autre Monde était à une île de paix et de tranquillité qui guérissait l'âme. Pour d'autres, c'est un festin ininterrompu au cours duquel les cruches d'hydromel ne sont jamais vides. Pour d'autres encore, c'est un gouffre de feu où ils souffrent pour les crimes qu'ils ont commis pendant leur vie mortelle et qui sont restés impunis. L'Autre Monde est tel que ceux qui passent ont besoin qu'il soit, ou tel qu'ils l'imaginent. »

« Un lieu de pouvoir, » dit Goronwy.

Taliesin renifla bruyamment. « C'est bien un lieu de pouvoir, comme Mabon ne va pas tarder à le découvrir. » Il pencha la tête de côté. « Ne lui disons rien. Venez. » Il commença à descendre la colline d'un pas vif, vers l'ouest, tournant le dos à Dinas Bran.

Goronwy et Catrin se hâtèrent de le suivre. Catrin n'eut pas à lui demander où ils allaient car ils avaient à peine fait cent pas lorsqu'un château, celui-ci d'or et d'argent comme elle l'avait imaginé, se matérialisa soudain dans la vallée jusque-là couverte de prairies. Le château était doté de nombreuses portes et fenêtres mais de l'endroit où ils se trouvaient il n'y avait qu'un moyen d'accéder au donjon, par la grande porte.

Derrière eux, Mabon laissa échapper un rire âpre. « J'espère que vous savez ce que vous faites, Taliesin, si vous décidez de vous aventurer là-dedans. »

Catrin avait déjà, inconsciemment, pris la direction du château mais le rire de Mabon la stoppa net. Le château l'appelait, comme le son de la lyre d'un barde. Il l'attirait à lui. Avec un long frisson, elle s'aperçut qu'encore une fois elle était d'accord avec Mabon.

Un petit sourire frémissait sur les lèvres de Taliesin. « Comme vous oubliez bien vite que je n'ai invité aucun de vous à m'accompagner. »

Chapitre Dix

Hywel

Depuis la bataille de Caer Fawr, Hywel et Bedwyr avaient de leur propre chef choisi d'endosser le rôle d'éclaireurs, même si aux yeux de certains cette tâche était indigne de chevaliers. D'une part, ils ne se préoccupaient pas de ce que les autres pensaient, mais surtout ils ne faisaient confiance à personne pour remplir cette mission aussi bien qu'eux.

« Cade et Dafydd auraient dû éloigner Rhiann et Angharad comme je l'ai fait pour Aderyn, » dit Bedwyr à voix basse sans quitter des yeux la première ligne de l'armée northumbrienne qui était apparue dans la pénombre précédant l'aube et avançait vers le sud en direction de Chester. Hywel et lui étaient accroupis derrière un muret de pierre qui délimitait un champ. Leur première intention avait été de rester bien à l'écart de l'armée de Northumbrie mais Hywel se disait à présent qu'il leur fallait s'approcher.

Il n'en dit cependant rien encore à Bedwyr et se contenta de répondre à sa remarque par une discrète exclamation ironique. On avait célébré beaucoup de mariages après Caer Fawr, parce que l'atmosphère générale de jubilation était propice, mais aussi parce que tout le monde avait compris à quel point la vie était fragile et que c'était maintenant ou jamais. Aderyn avait été l'une des guérisseuses qui avait soigné les hommes après la bataille. « Ta femme est partie pour assister Bronwen lors de son accouchement. Ça n'a rien à voir avec une décision de ta part. »

Bedwyr maugréa quelque chose à propos des femmes qui savaient ce qu'elles voulaient sans tenir compte des souhaits de leurs maris mais ce n'était qu'une façade, comparable à ce que Cade aurait pu dire sans le penser en parlant de Rhiann.

Si Hywel était content de voir le bonheur affiché par Bedwyr depuis qu'il était marié, Caer Fawr lui avait enseigné une tout autre leçon. La dernière chose dont il avait envie était d'entraîner une femme dans la vie qu'il menait actuellement ou de faire naître un enfant dans ce monde en plein chaos. « Il faut qu'on avertisse la ville. »

Bedwyr secoua la tête. « Crois-moi, ils le savent déjà. Ce que Penda a besoin de savoir de notre part, c'est une estimation de leur nombre et la disposition de leurs troupes.

« L'idée de pénétrer dans une ville qui ne va pas tarder à être assiégée ne m'enchante pas. »

« Moi non plus. » Bedwyr haussa les épaules. « Nos ordres sont clairs : observer la situation mais laisser à Penda le soin de se battre. Son combat est une cause perdue et Cade nous veut à Caer Fawr. *Je* veux être à Caer Fawr. »

Les deux hommes échangèrent un long regard puis hochèrent la tête de concert. Quoi qu'ils fassent, la priorité était de ne pas perdre de temps. Ensemble, ils gagnèrent en courant les bois à leur droite puis se dirigèrent vers le nord, vers l'armée de Northumbrie. Le soleil n'était pas encore levé mais il ne tarderait pas. Lorsqu'ils atteignirent le haut de la pente de l'autre côté du bois, ils se jetèrent à plat ventre. La lumière était maintenant suffisante pour estimer le nombre des Northumbriens.

Bedwyr jura à voix basse. « Ce n'est que l'avant-garde. »

Hywel pointa du doigt une file de soldats qui portaient une échelle. « Ils savent que Chester est impossible à défendre et n'ont pas l'intention de l'assiéger. Ils vont passer directement par-dessus les murs. »

« Il faut qu'on recule avant que le soleil se lève ou bien on va se faire prendre. »

Ils contournèrent l'armée par l'est et regagnèrent en courant l'endroit où ils avaient laissé leurs chevaux. Ils avaient approché les rangs des Northumbriens depuis le sud-est et décidèrent d'emprunter un chemin parallèle à celui de l'armée ennemie qui progressait à travers champs et pâtures vers le nord-est de Chester. Dès que leur sentier déboucha sur la grand-route, ils mirent leurs chevaux au galop, en direction de l'entrée située à l'est de la ville.

Mais au moment où ils s'engagèrent sur la route romaine, juste avant de parcourir les dernières centaines de pas qui les séparaient encore de la ville, Bedwyr tendit la main vers le sud-ouest. « Voilà une vision qui réchauffe le cœur. Cade est là ! »

Hywel tourna la tête dans la direction indiquée pour découvrir, incrédule, les bannières du Gwynedd. La troupe de Cade venait de franchir le pont au sud de la ville. « Ça nous réchauffe peut-être le cœur, mais il avait dit qu'il ne viendrait pas. J'ai peur de savoir ce qui l'a incité à changer d'avis. »

« Mais comment se fait-il que tu sois si pessimiste tout à coup ? On a affronté des situations bien pires que celle-là et on a gagné. » Bedwyr dirigea son cheval le long du colisée sur une petite route qui rejoignait la voie menant à la porte du sud. « Après le couronnement de Cade, il faut que je te trouve une jeune fille qui te rendra le sourire. »

Hywel répondit d'un grognement mais il avait tout de même senti son humeur s'alléger. Comment aurait-il pu en être autrement à la vue de la bannière au dragon qui flottait haut dans le vent en face d'eux ? Lorsqu'ils arrivèrent au carrefour, ils stoppèrent leurs montures pour attendre la compagnie de Cade et dès que celui-ci fut à portée de voix, Hywel l'avertit. « La Northumbrie est arrivée. »

« On le savait, » dit Cade qui tira à son tour sur ses rênes. « Combien ? »

« Deux mille, » dit Bedwyr d'une voix neutre.

« Trop nombreux pour pouvoir se ravitailler longtemps. » Cade regarda instinctivement vers le nord-est, les mâchoires crispées, alors que même si le jour était maintenant levé l'armée northumbrienne était encore invisible. Dans l'ensemble, le terrain autour de Chester était plat, bien plus que n'importe quelle région galloise. C'était en partie dû au fait que la ville avait été bâtie dans un méandre de la Dee. En fait, la porte de l'ouest donnait sur un quai destiné aux bateaux marchands qui remontaient de la mer, au sud, par la Dee.

Hywel approuva de la tête. « Oswin n'a pas l'intention d'assiéger la ville. »

Rhiann avait porté son attention sur le poste de garde où une douzaine de soldats s'étaient rassemblés pour les regarder. « Taliesin est certain que Penda va mourir ? »

« Il en est sûr, » dit Cade, « mais il a dit clairement que ce ne serait pas aujourd'hui de la main d'Oswin. »

Rhiann montra la ville. « Auront-ils un abri pour toi ? »

« J'ai très envie de revêtir le manteau, juste pour troubler mon oncle et lui faire croire que je t'ai envoyée ici sans moi, mais ce serait mesquin. » Cade laissa son regard errer, au-delà de la ville, vers l'est où le ciel devenait de plus en plus clair. Puis il regarda dans la direction opposée, attentif, la tête un peu penchée. « Savoir si Penda a un refuge pour moi sera bientôt sans grande importance. Il va pleuvoir. »

En raison de sa crainte du soleil, Cade était devenu extrêmement sensible aux variations du temps. Toutefois, dans ce cas, n'importe qui aurait pu remarquer quelques instants plus tard les énormes nuages porteurs de tempête qui s'accumulaient à l'ouest derrière l'horizon.

« Peut-être que Rhiann a raison, Monseigneur. On ne sait pas à quoi s'attendre en entrant dans la ville. » Dafydd prenait son rôle de capitaine de la compagnie de Cade très au sérieux.

« En effet, » convint Cade, « et je n'ai pas l'intention de m'attarder. Mais mon oncle et mon cousin sont là, avec tous leurs hommes, et même s'ils connaissent déjà la taille de l'armée de Northumbrie, ma voix sera peut-être la seule à avoir assez de poids pour les convaincre de se retirer. »

« Se retirer ? » dit Hywel.

« Vous êtes surpris ? Vous pensez que je suis toujours prêt à me lancer dans une bataille ou une autre ? »

« Ce n'est pas ce que j'ai dit. »

« La survie du Pays de Galles ne dépend plus de batailles rangées. On contient l'avance des Saxons pour l'instant, mais ils vont nous écraser si on ne choisit pas soigneusement notre terrain, et ce n'est pas ici que nous allons prendre position. » Cade balaya ses hommes du regard. « Nous avons gagné dans des conditions plus critiques il y a peu, je le sais, mais je crois que le Pays de Galles a une leçon à donner à Penda aujourd'hui. »

Hywel souffla bruyamment. « Se retirer dans les collines, laisser l'ennemi prendre la ville, et quand Oswin sera parti, ce qu'il ne manquera pas de faire, revenir et reconstruire. »

Cade lui fit un signe d'approbation. « Oswin est venu à Chester pour en finir avec Penda. Il n'a pas l'intention de conserver la ville. »

« Pourquoi pas ? » demanda Dafydd.

« Pour la même raison que celle pour laquelle je vais tenter de convaincre Penda de l'abandonner. Elle est impossible à défendre. Faites-moi confiance. »

Hywel se mordilla les lèvres. « Pour les hommes, c'est une chose, mais je dois vous faire remarquer que les femmes seraient plus en sécurité à l'extérieur qu'à l'intérieur. »

« Je ne suis pas certain qu'il existe encore un endroit sûr. » Puis Cade apprit aux deux hommes la destruction de Dinas Bran.

Hywel fixa son roi un long moment. « Que se passe-t-il ? Est-ce la fin du monde ? »

« La fin du monde, non, mais probablement la fin de celui que nous connaissons. »

Chapitre Onze

Goronwy

« Comment voulez-vous procéder ? » demanda Goronwy. « Aller droit à la grande porte et frapper comme on l'a fait à Caer Ddu ou passer par derrière comme à Caer Dathyl ? »

Taliesin étudiait le château en se mordillant les lèvres, pour une fois hésitant. « A votre avis, laquelle de ces deux manières a eu le meilleur résultat ? »

« Les deux ont des avantages. Il me semble qu'une approche directe est préférable plutôt que d'essayer de s'introduire clandestinement, mais ce n'est pas mon monde et je ne suis jamais venu ici. »

« Moi non plus, » dit Taliesin.

Ses trois compagnons le regardèrent bouche bée. « Mais alors... alors... » commença Catrin, mais elle n'alla pas plus loin.

« *Je* ne suis jamais venu ici. » La voix de Taliesin se fit plus grave et rugueuse, comme s'il avait passé trop de temps dans une pièce enfumée. « Je n'ai pas dit que je ne connaissais pas le chemin. »

Goronwy sentit un frisson le parcourir. Il n'en savait pas beaucoup sur qui était le barde ou ce qu'il était, mais d'après quelques remarques de Cade ou de Taliesin lui-même sur son passé, Goronwy avait conclu qu'il avait vécu plusieurs vies, comme si son âme était transférée d'un corps à l'autre dès que le précédent était trop usé.

C'était une pensée qui le mettait mal à l'aise, mais le principe n'était pas très différent de celui qui supposait que Cade était une nouvelle incarnation du roi Arthur. Ce dont Goronwy ne doutait pas un instant.

« Je ne vais pas vous demander ce que vous savez et que nous ignorons, Taliesin, parce que vous allez me répondre *tout*, donc je vais plutôt vous demander à qui appartient ce château. »

Taliesin ne répondit pas tout de suite, et cette fois ce n'était pas parce qu'il était perdu dans ses pensées. Goronwy avait appris à reconnaître ce regard vide que Taliesin arborait dans ce cas. Mais au lieu de cela, le barde parut soudain vieillir de cent ans. Son dos se courba comme celui d'un vieillard et ses pas se firent plus courts.

Mabon paraissait indifférent à leur échange et à la transformation physique de Taliesin. En tout cas, il n'en fit pas mention. Avec un coup de pied pour écarter une pierre du sentier, il répondit de son ton hautain, « Caer Wydr appartient à ma grand-mère. Je ne *peux pas* croire que vous m'ayez amené ici. »

« Dôn n'est pas là pour l'instant, » dit Taliesin.

« Je le *sais*, mais elle pourrait revenir d'un moment à l'autre ! »

« J'imagine qu'elle a d'autre soucis, enfin je l'espère, » dit Taliesin.

« Vous *l'espérez* ? » intervint Goronwy.

Taliesin pencha un peu la tête, songeur. Le temps d'un battement de cœur, il fut de nouveau le jeune homme qu'ils connaissaient. « Je n'ai pas *vu* ce moment. C'est l'une des raisons pour lesquelles je suis venu ici. J'avais l'impression que quelque chose orientait ma vision, ou plutôt la bloquait, et que le moment était venu de me confronter à cette force. » Puis il regarda Goronwy droit dans les yeux. « Je voudrais vous demander d'essayer encore de *voir*. Vous avez d'autres armes que les muscles de vos bras. Catrin et moi sentons tous les deux la magie qui règne ici mais à cet instant vous pouvez *voir* mieux que nous. »

« Comment pouvez-vous croire ça ? » demanda Goronwy.

Taliesin s'approcha de lui et baissa la voix afin que seul Goronwy entende ce qu'il avait à dire. « Je vous ai connu enfant, même si vous ne vous en souvenez pas. Vous voyez les auras, non seulement celles des êtres vivants, mais aussi celles des objets. Vous pouvez me dire si Mabon est bien celui qu'il prétend être et si ce château est bien l'endroit où nous sommes censés aller. »

Goronwy n'avait qu'une envie, nier les paroles de Taliesin. Au lieu de cela, il demanda, « pourquoi ne pouvez-vous pas le faire ? »

« Il y a ici un pouvoir qui s'oppose activement au mien, mais il ne sait rien en ce qui vous concerne. »

Goronwy émit un grognement. « Je ne... » Il s'arrêta face au regard intense de Taliesin. « Je ne sais pas ce que vous voulez. Je me suis éloigné de tout ce qui avait un rapport avec le monde des *Sidhe* il y a bien longtemps. »

« Essayez. »

Comme si tout cela vait jamais été aussi simple. Mais Goronwy ne pouvait dire non au barde. Il ferma les yeux, comme il l'avait fait précédemment, et se laissa aspirer par la source de pouvoir au centre de son être. La première fois, il avait regimbé, comme un cheval qui refuse l'obstacle, et il en était pleinement conscient, même s'il prétendait avoir essayé.

Ce n'était pas la vérité.

Inspirant profondément, il imagina qu'il prenait à deux mains le couvercle de la boîte qui contenait son pouvoir et le soulevait. Comme si elle n'avait attendu que cet instant, la petite lueur qui résidait en lui n'eut aucune hésitation. Elle fit littéralement éclater le couvercle et s'épanouit glorieusement dans tout son être dans un flux de lumière qui fit apparaître des étoiles dans ses yeux aux paupières pourtant closes.

« Goronwy ? »

Il sentit la main de Catrin se poser avec douceur sur la sienne et ouvrit les yeux pour voir ses grands yeux gris l'étudier. Il fut presque surpris de découvrir que rien n'avait changé autour de lui, alors qu'il avait l'impression d'être incandescent et que sa lumière intérieure jaillissait du bout de ses doigts et du sommet de sa tête. Il se demanda si, aux yeux de Catrin et de Taliesin, il apparaissait un peu comme Cade lorsque celui-ci permettait à son pouvoir de s'exposer.

« Respirez profondément, » dit Catrin.

Il obéit et sentit le pouvoir se rétracter suffisamment pour lui permettre de le gérer. Il sentit plus qu'il ne vit l'aura dorée qui scintillait autour de Catrin. Celle de Taliesin était d'un profond bleu indigo, ce qui correspondait à un être doté du troisième œil. Puis il se tourna vers Mabon, s'attendant à le voir cerné de noir. A sa grande surprise, il découvrit une aura relativement saine d'un rouge clair, certes un peu brouillée, avec des nuances de brun et d'orange. Cela faisait près de trente ans qu'il s'était interdit de distinguer les auras mais sa mère l'avait obligé à mémoriser la signification des couleurs et il n'avait rien oublié. Mabon était en colère, malhonnête et paresseux, mais il était aussi passionné et doué d'une grande volonté.

Mabon adressa à Goronwy un regard furieux, sans la moindre contrition. « Votre compréhension est si superficielle. »

« Il n'y a effectivement aucun pouvoir magique en lui à cet instant, » confirma Goronwy.

Mabon fit la moue et soupira comme un enfant de cinq ans à qui l'on dit qu'il est l'heure d'aller au lit. « Ça, j'aurais pu vous le dire. »

« Et le château ? » interrogea Taliesin.

Goronwy cessa d'observer Mabon pour tourner les yeux dans la direction indiquée par Taliesin. Les châteaux n'étaient pas des êtres vivants mais Goronwy avait déjà constaté que les bâtiments absorbaient parfois une partie de la personnalité de leur propriétaire. A l'œil nu, sous les rayons du soleil, le château émettait un scintillement argenté, toujours présent lorsqu'il l'étudiait avec son troisième œil. Puisqu'il s'agissait de la demeure de Dôn, la puissance spirituelle dont il était imprégné n'avait rien d'inattendu. Pourtant, cette aura était atténuée, assombrie par cette noirceur que Goronwy avait pensé découvrir dans celle de Mabon. « Quelqu'un qui déborde de haine et de chagrin essaie de capter l'énergie de Dôn et de l'altérer pour l'utiliser à ses propres fins. »

Ces mots avaient à peine quitté sa bouche que le vent se leva, poussant des nuages qui filaient dans le ciel. La température chuta considérablement. Dix battements de cœur plus tard, les compagnons grelottaient, même Mabon, qui maudit la faiblesse de sa forme humaine en s'enveloppant plus étroitement dans son manteau. Puis les premiers flocons de neige se mirent à tomber.

« Quelqu'un se défend, » dit Mabon, « mais ce n'est pas la manière dont ma grand-mère se sert du froid. »

« Ça pourrait être Caillech, » dit Catrin. Caillech était la déesse de l'hiver, au service de Dôn.

« Non. » Puis Taliesin enchaîna :

Les neiges des montagnes s'abattent sur nous
Comme un couteau à la lame aiguisée
Un froid que rien ne distingue de la peur.

« Tout à fait réconfortant, » remarqua Goronwy.

Ses trois compagnons se courbèrent sous la force du vent qui soufflait de face, si fort qu'il les figeait presque sur place. Ils se remirent malgré tout en marche. Mais Goronwy garda la tête haute, sans quitter des yeux les alignements de remparts et de fossés qui cernaient le château. Pour une raison inconnue, la tempête ne l'affectait pas autant que les autres. Tout en se demandant ce qui lui arrivait mais préférant ne pas mettre en doute le phénomène et se fier à son instinct, il attira Catrin contre lui.

A l'instant où il lui entoura la taille de son bras, elle cessa de grelotter, si bien qu'il tendit l'autre main à Taliesin qui luttait pour avancer. Lorsque le barde se réfugia dans le cercle de son bras,

Goronwy libéra un peu plus le pouvoir qui se lovait en lui. Une bulle d'air chaud se forma tout autour de lui, assez large pour couvrir Mabon. « Restez près de moi. »

Aucun d'eux, pas même Mabon qui affichait une expression plus aigre que jamais, ne se le fit dire deux fois. La veille seulement, ni le vent ni le froid n'auraient affecté Mabon mais aujourd'hui il était humain et détestait à chaque moment de devoir sa survie à un mortel, en particulier à Goronwy.

La neige s'épaississait autour d'eux mais la bulle de chaleur flottait à travers les flocons, intacte. Ils avancèrent ainsi jusqu'à atteindre les remparts et le premier poste de garde. Lorsqu'ils s'arrêtèrent devant les portes de douze pieds de haut, la neige cessa de tomber.

Taliesin secoua son manteau. « La première épreuve. »

« Ce n'était pas trop pénible, » dit Goronwy.

Taliesin lui décocha un regard amusé. « Ça aurait pu l'être si vous n'aviez pas été là. Et ne croyez pas que ce soit terminé. »

« Mais en fait, qu'est-ce qu'on fait ici ? » demanda Catrin.

Mabon renversa la tête pour regarder la tour du poste de garde à la recherche d'un signe de vie. « Ce n'est pas ma grand-mère qui aurait rassemblé les Trésors, » dit-il. « Pourquoi le ferait-elle ? Elle n'a nul besoin de leurs pouvoirs. Je ne suis même pas sûr qu'ils fonctionneraient pour elle. » C'était le discours le plus sensé qu'ils aient jamais entendu dans la bouche de l'enfant-dieu. Il parut s'en rendre compte car il ajouta, « ma mère vous a-t-elle dit de venir ici ? »

« Elle ne l'a pas fait, non, » répondit Taliesin, « mais je suis venu quand même. »

Il fit un pas en arrière et leva les bras comme s'il allait ordonner aux portes de s'ouvrir. Goronwy fit signe aux autres de reculer. Au contraire, Catrin s'avança vivement et tira l'un des vantaux vers elle.

Il tourna aisément sur ses gonds, ce qui ressemblait à un miracle, jusqu'à ce que Goronwy voie ce qui les attendait derrière.

Chapitre Douze

Cade

Penda était là pour les accueillir lorsqu'ils étaient entrés dans l'ancienne *principia* romaine, le quartier général. C'était une marque de respect à laquelle Cade ne s'attendait pas. Cela dit, le roi du Gwynedd et ses hommes étaient renommés pour leurs prouesses guerrières et Penda faisait face à une armée northumbrienne déterminée. Il pensait sans doute que son attitude pouvait s'avérer payante.

Le complexe, bâti en pierre, consistait en une vaste cour centrale entourée sur les quatre côtés par une galerie couverte sur laquelle s'ouvraient des chambres et et diverses réserves. Au nord de ce qui ressemblait à un cloître se trouvait la grande salle qui, avec son allée centrale telle une nef, évoquait pour sa part une petite église, bien que les Romains qui l'avaient bâtie n'aient pas encore été Chrétiens.

« Vous devriez évacuer la ville, » dit Cade en guise de salutation. « Chester est impossible à défendre. L'enceinte est bien trop étendue et vous n'avez pas les hommes nécessaires, même en ajoutant les vingt soldats qui m'accompagnent. Si vous partez maintenant, Oswin va entrer dans la ville, découvrir qu'elle est déserte, et repartir comme il est venu. »

« Il va en faire son siège ! »

« Sûrement pas, mais même si c'est le cas, il va se retrouver confronté au même problème que vous, devoir défendre une ville trop vaste avec trop peu d'hommes, face à une armée qui dispose de tout le ravitaillement et de tout le temps nécessaires. »

« J'ai déjà envoyé les femmes et les enfants à Westune, » admit Penda, « mais mes ancêtres tiennent cette ville depuis le départ des Romains. Je ne vais pas l'abandonner à Oswin de Northumbrie ! »

Cade répondit d'un petit rire sarcastique. « Ne me parlez pas de terres ancestrales. Les droits de vos ancêtres sur cette ville viennent du fait qu'ils l'ont prise aux miens. Aucun Saxon n'avait encore mis les pieds à Chester quand les Romains nous ont abandonnés et livrés à *votre* peuple. »

Penda lui jeta un regard venimeux mais il ne protesta pas. Peut-être se répétait-il depuis si longtemps qu'il défendait ses droits qu'il avait fini par s'en convaincre. « Quoi qu'il en soit, on peut défendre Chester. »

« Comment ? La Northumbrie arrive avec des échelles et des béliers. Ils vont franchir ces murs. Avant la tombée de la nuit, on en sera déjà au corps à corps. Ce serait tout sacrifier, et tous vos hommes, à votre fierté. »

« Vous pouvez partir si vous voulez. Je reste. »

Cade dévisagea le roi de Mercie d'un regard perçant. « Ce n'est pas parce que ma mère est votre sœur que je vous dois la vie. Je suis venu à votre demande, discuter de la possibilité de joindre mon armée à la vôtre. Je n'ai pas d'armée avec moi aujourd'hui et d'après ce que je peux voir, vous n'en avez pas vraiment non plus. Pourquoi vous entêtez-vous à vouloir livrer une bataille que vous ne pouvez pas gagner ? »

Voyant que Cade ne cédait pas, peu impressionné par son apparente fureur, Penda reprit, « je croyais que Peada vous avait expliqué pourquoi à Dinas Bran. »

Cade n'avait pas oublié (il y avait peu de chances qu'il oublie la présence d'un Trésor à Chester), mais il voulait l'entendre de la bouche de Penda. « Dinas Bran s'est écroulé quelques heures après notre départ et n'est plus qu'une ruine. Je ne suis pas d'humeur à jouer avec les mots. Avez-vous trouvé le plat ? »

Les mâchoires de Penda se crispèrent et il répondit sans desserrer les dents. « Non. »

« Qu'est-ce qui vous fait croire que vous le trouverez avant l'arrivée des Northumbriens ? Il vaut mieux battre en retraite maintenant et reprendre le combat un autre jour. »

« On espérait que vous seriez en mesure de le trouver. » Penda eut la bonne grâce d'afficher un air penaud.

Cade s'esclaffa. « C'est *cela*, la raison pour laquelle vous m'avez invité ici ? Pour trouver le Trésor parce que vous n'en avez pas été capable ? Pourquoi pensez-vous que j'aurais plus de chance en une heure que vous n'en avez eu pendant une vie entière ? »

« Vous en avez déjà réuni beaucoup, » dit Penda d'un ton pragmatique. « Ils s'attirent entre eux. Je sais que Caledfwlch et Dyrnwyn à elles seules pourraient assurer la défense de Chester. »

« Deux hommes ne peuvent être partout en même temps et la ville est trop étendue, comme je l'ai dit. » Cade étudia son oncle. Il n'avait pas complètement tort, du moins en ce qui concernait le fait que les Trésors s'attiraient entre eux, et la sensation de puissance qui en émanait. Lorsque Cade et ses compagnons étaient entrés dans la ville puis dans la salle où Penda siégeait sous le dais, les Saxons s'étaient écartés d'eux avec crainte. Cade avait d'abord attribué cette réaction au fait qu'il était gallois mais il en était maintenant moins certain. Les Saxons étaient les êtres les moins sensibles à la spiritualité qu'il ait jamais rencontrés, mais même eux sentaient le pouvoir qui émanait de Cade et de sa compagnie.

Cade portait le manteau dans sa sacoche et son épée, Caledfwlch, sur sa hanche. Dyrnwyn pendait à la ceinture de Dafydd. Et le couteau se trouvait dans les affaires de Hywel. Puisque c'était sa famille qui l'avait protégé durant toutes ces années, il semblait juste que ce soit lui qui décide quand il devait s'en servir. Non qu'il puisse être d'une grande utilité contre les Northumbriens, puisque son rôle était de nourrir la multitude, comme le Christ l'avait fait, et que depuis l'instant où il avait percé le flanc de Jésus, il n'avait plus été possible de l'utiliser comme une arme. Taliesin l'avait emprunté lors de son récent voyage et s'en était souvent servi.

A un moment, Rhiann aurait pu avoir sur elle la pièce du jeu d'échecs que Mabon lui avait donnée, mais elle disait qu'elle lui répugnait et l'avait confiée à Taliesin.

Cade secoua la tête. « Je ne vais le répéter qu'une seule fois. Je m'en vais et j'emmène mes hommes. C'est une bataille absurde que vous n'avez aucune chance de gagner. Si vous décidez de sacrifier votre vie pour un des Trésors, la décision vous appartient. C'est votre délire, pas le mien. » Il pivota sur un talon et reprit le chemin de la porte, ses compagnons dans son sillage.

Cade levait la main pour pousser la porte, puisque les deux hommes qui la gardaient ne bougeaient pas, lorsque Penda le rappela. « Attendez ! »

Cade s'arrêta et regarda derrière lui.

Penda avançait vers lui d'un pas vif. « Très bien, très bien. Vous avez gagné. On va tous partir. »

Mais à cet instant une cloche se mit à sonner au-dessus de leur tête. Cade ouvrit les portes et tous les hommes présents dans la salle se précipitèrent dans la cour. Cade la traversa en direction de l'ouverture sur la rue.

Alors qu'il émergeait de sous la colonnade, Peada et la petite troupe qui l'accompagnait s'arrêta devant l'entrée. « Ils arrivent ! Ils arrivent ! »

« Combien et à quelle distance ? » Penda s'avança pour saisir la bride du cheval de son fils.

« On voit leurs bannières. » Peada pointa la direction du nord puis écarta le bras pour montrer l'est. « Dans un quart d'heure, nous serons cernés. »

Cade laissa échapper un juron et se retourna sur Penda. « Vous et votre fierté ! Vous allez nous faire tuer ! »

Penda leva un menton arrogant. « J'ai toujours eu l'intention de rester et de me battre. »

« Est-ce que vos hommes sont prêts ? Avez-vous préparé l'huile et le feu ? Où sont vos archers ? »

« J'en ai, » dit Penda d'un ton défensif. « Ils sont sur les remparts. »

Cade regarda le roi de Mercie en fronçant les sourcils. Devenir un bon archer exigeait de pratiquer depuis l'enfance et si tous les Gallois de haute ou basse naissance recevaient cet entraînement, la plupart des Saxons n'accordaient pas assez de valeur à l'archerie pour observer cette discipline. Si Penda disait la vérité, il méritait un certain crédit pour avoir ainsi anticipé. « On ne peut pas gagner avec le nombre d'hommes dont nous disposons. Vous comprenez bien cela ? »

« Je suis prêt à mourir pour la Mercie. »

« Oui, eh bien, pas moi ! » Cade cracha littéralement ces derniers mots.

« D'après ce que nous avons vu plus tôt, ils sont pour la plupart à pied, Monseigneur, » dit Hywel à voix basse et en gallois. « On devrait profiter du peu de temps qui nous reste. »

Cade s'adressa à Dafydd. « Emmenez Angharad, tous nos chevaux et les quelques hommes attardés de Penda qui veulent aller avec vous. Partez tout de suite par la porte du sud, passez la Dee et allez à Caer Gwrlie. L'endroit est défendable et votre bras fera le nécessaire. »

« Monseigneur, non ! Je vais rester et me battre à vos côtés ! »

« Si nous attendons encore, il sera trop tard. Il est déjà trop tard pour le gros de l'armée de Penda. » Cade montra de la main l'épée de Dafydd. « Elle suffira pour protéger votre retraite à elle toute seule. »

« Et vous ? Comment allez-vous vous échapper sans chevaux ? » demanda Angharad.

« On va prendre le tunnel de l'ouest, » dit Cade.

Dafydd cessa de protester et acquiesça, mais quand Cade se retourna vers Penda, celui-ci avait le front plissé d'étonnement. « Quel tunnel ? »

Cade étudia son oncle, surpris qu'il ne sache pas de quoi il parlait. « Les Romains ont creusé des tunnels sous toutes les villes et toutes les maisons du Pays de Galles, peut-être dans tout l'empire. Le tunnel de Chester part du mur ouest, passe sous la rivière et rejoint la tour de guet sur l'autre rive. »

« Quelle tour de guet ? » Penda écarta les mains en signe d'ignorance. « Nous n'avons connaissance d'aucun tunnel. »

Bedwyr s'esclaffa. « Ça doit être parce que vous n'êtes pas né Briton. » Il se tourna vers Cade. « Mon grand-père était originaire du Rheghed. Il fut l'un des derniers à quitter Chester avant que la Mercie s'empare de la ville. Il m'a dit où se trouve l'entrée du tunnel de l'ouest. »

« Espérons qu'il ne s'est pas effondré faute d'entretien. » Hywel jeta un regard dégoûté à Penda.

« Ce sont les Romains qui l'ont construit, » le rassura Cade. « Pendant que Dafydd part avec les cavaliers, on va faire passer tout le monde par le tunnel aussi vite que possible à l'exception de quelques-uns qui assureront une défense fictive. Ceux qui resteront en arrière feront semblant d'opposer une résistance aux Northumbriens puis nous battrons en retraite. » Il s'adressa ensuite à Rhiann. « Je voudrais que tu partes avec Dafydd. »

« Tu as besoin de moi sur les remparts, comme d'habitude. »

Elle seule, comme toujours, avait le pouvoir de l'arrêter net d'un regard. « Rhiann... »

Hywel s'interposa. « Elle a raison, Monseigneur. Penda dit qu'il a des archers mais on a plus d'un mille de murs à défendre. Il n'en a pas tant que ça. Si le tunnel est praticable, elle pourra se retirer en même temps que nous. »

« Elle porte mon héritier. » dit Cade entre ses dents.

Rhiann se rapprocha de lui. « Je refuse qu'on se serve de moi comme on s'est servi de ta mère, comme d'un objet à négocier avec celui que le conseil désignerait pour te remplacer. On va vivre libre ou pas du tout. Je reste avec toi. »

Cade fit la grimace. « Ça va être exactement comme à Caer Fawr, encore une fois. »

« Tu as eu besoin de moi à Caer Fawr. » Rhiann posa le plat de la main sur la poitrine de Cade et leva la tête pour le regarder dans les yeux. « Ce qui me rappelle. J'ai pensé à un nom pour notre fils. Geraint. »

« *Cariad*. » Cade faillit se plier en deux, incapable de répondre. Ce qui, bien-sûr, n'était pas nécessaire.

« Les archers vont défendre les murs de l'est et du nord. » Penda éleva la voix en saxon pour interrompre leur échange en gallois. « J'ai des milliers de flèches en réserve. »

Cade ne détourna pas les yeux du visage de sa femme. « Tant mieux, parce qu'on va sûrement en avoir besoin. »

Chapitre Treize

Catrin

Quand Taliesin avait levé les bras, peut-être pour invoquer des forces qui feraient exploser les grandes portes, ou au moins les ouvriraient, Catrin avait senti le souffle léger du pouvoir qu'elle avait ressenti sur la colline lors de leur arrivée dans l'Autre Monde. Depuis il l'attirait vers le château et alors qu'ils avaient décidé de s'en approcher malgré leurs craintes, elle n'avait cessé d'essayer de le bloquer. Elle avait toutes les raisons de s'en méfier, surtout après que Goronwy avait décrit l'aura qui entourait le château puis la tempête de neige qu'ils avaient subie. Malgré cela, l'essence qui se dégageait du château ne lui semblait pas malveillante.

Il lui paraissait stupide de ne même pas essayer d'ouvrir les portes normalement avant de les bombarder d'ondes magiques.

Et il s'avéra qu'il lui suffisait de tirer sur la poignée pour que la porte s'ouvre facilement sur des gonds bien graissés. Son regard fut d'abord attiré par la lumière qui jaillissait du centre de la cour occupé par une fontaine ornée d'un treillis de fleurs éclatantes et dont l'eau retombait en cascade. Une brise tiède lui caressa le visage et lui réchauffa tout le corps. Tout cela rendait la vision de tant d'hommes gisant au sol autour de la fontaine et dans l'ombre de la barbacane du poste de garde d'autant plus épouvantable.

Goronwy se pressait derrière elle et la tenait pas les avant-bras. Puis il la poussa légèrement de côté pour passer. Il s'accroupit près du premier corps à une dizaine de pieds d'eux, à l'intérieur de la barbacane qui protégeait l'accès à la cour, et appuya deux doigts sur le cou de l'homme. Le visage du garde était gris et comme ciselé dans la pierre. Lorsque Goronwy tourna les yeux vers Catrin en secouant la tête, elle ne fut pas surprise.

Taliesin et Mabon passèrent vivement le poste de garde et enfin Catrin les suivit. Alors qu'elle se concentrait sur les cadavres, se penchant pour vérifier chaque visage, Taliesin se dirigea vers les portes du donjon qui se dressait au fond de la cour. Ces deux grandes portes, presque aussi imposantes que celles du poste de garde, étaient également fermées. Il pressa l'oreille sur un des vantaux pour écouter. Presque sans s'en apercevoir, Goronwy avait sorti son épée du fourreau et la tenait devant lui, pointe vers le bas. Si ceux qui avaient attaqué le château se trouvaient encore sur place, leur petit groupe courait un grave danger.

Catrin était restée près de la fontaine, une main sur la gorge. « Qui aurait pu faire ça ? »

Personne n'avait de réponse, Taliesin moins que les autres. Ou bien peut-être son silence était-il dû au fait qu'il connaissait la réponse et refusait de la donner.

Mabon se redressa alors qu'il venait, imitant Goronwy, de vérifier le pouls sur le cou de l'un des corps. « Tous ces hommes sont presque identiques. Vous l'avez remarqué, Taliesin ? »

« C'est parce que ce sont des pions, » dit Taliesin.

« Comme nous tous, » » dit Goronwy.

« Non. » Taliesin secoua la tête. « Je veux dire des pions au sens littéral. Ce sont les formes animées des pièces du jeu d'échecs, l'un des Trésors, placés là pour garder le château. » Il balaya la cour du regard. « Ils sont au complet, il me semble. »

« Quelle puissance ! » Le visage de Mabon affichait un mélange d'admiration et d'envie. Il allait sans dire que c'était de ce pouvoir qu'il voulait s'accaparer et Catrin sut à cet instant qu'il les trahirait tous sans l'ombre d'une hésitation si cela lui permettait de se rallier à celui qui l'exerçait.

Goronwy, cependant, examinait un autre corps. « Ces gardes ont été débordés, soit par un plus grand nombre de combattants, soit parce que ceux-ci étaient plus forts qu'eux. » Il désigna d'un geste ce qui l'entourait. « Il n'y avait pas d'émotion dans ceux qui ont commis ce massacre, ils les ont tués systématiquement, l'un après l'autre. »

Catrin mit de côté l'émotion qui lui brisait le cœur et rejoignit Mabon qui se tenait à présent devant la porte du donjon à côté de Taliesin. « Comment vous êtes-vous procuré la pièce du jeu d'échecs que vous avez donnée à Rhiann ? Un roi, je crois ? »

Mabon parut d'abord prêt à refuser de répondre, puis il se mit à rire. « Pourquoi ne pas vous le dire ? » Il fit un geste vers les pions étendus dans la cour. « C'était un cadeau. »

« De qui ? »

Mabon agita l'index devant le visage de la jeune femme. « Vous aimeriez bien le savoir, n'est-ce pas ? » Il la taquinait mais ensuite son expression se fit pensive. « Je me demande s'il me l'a donnée parce qu'il avait déjà prévu cela, sachant qu'il allait détruire la magie qu'elle contenait. »

Une expression étrange passa sur le visage de Taliesin, comme s'il n'était pas d'accord mais avait décidé pour l'instant de n'en rien dire. Quoi qu'il en soit, l'attention de Mabon s'était détournée. Il avait poussé les portes du donjon pour les ouvrir comme s'il entrait dans son propre château et non dans la salle d'un bâtiment qui pulsait d'une magie menaçante.

Catrin et Goronwy allaient le suivre quand Taliesin les arrêta, sans toutefois quitter Mabon des yeux. « Ne le croyez pas, » dit-il à voix basse.

« La magie du jeu d'échecs est intacte ? » demanda Goronwy.

« Ce qu'il s'est passé ici n'a pas détruit le jeu d'échecs. Sa magie s'est concentrée sur un plus petit nombre de pièces. »

« Comment le savez-vous ? » interrogea Catrin.

« J'ai le petit roi dans ma poche et je sens toujours le pouvoir qui le fait vibrer. »

Mabon, pendant ce temps, avait atteint le centre de la salle caverneuse. Il leur fit signe de le rattraper. « Dépêchez-vous. Je suis peut-être un simple mortel, mais cela ne veut pas dire que je suis immunisé contre ce qui s'est passé ici. Ce château a plus de faces que ce que nous voyons. »

Goronwy resta là où il était. « On devrait partir. Ce qui se produit ici nous dépasse. »

« Il n'est pas possible de revenir en arrière, » dit Taliesin sur le ton d'une simple constatation, avec un geste vers le poste de garde. « Il faut avancer. »

Catrin se retourna pour voir ce que Taliesin indiquait. Il avait raison. Le poste de garde avait disparu, remplacé par une muraille complètement lisse. Même en utilisant sa *vision*, elle ne distinguait pas la moindre trace sur le mur. « Je ne comprends pas. »

« Les notions de temps et d'espace sont différentes dans l'Autre Monde et dans le vôtre. » Mabon s'exprimait d'une manière plus sensée que Catrin n'en était venue à s'y attendre de la part du dieu. « C'était l'entrée. Et maintenant elle est ailleurs. »

« Restons ensemble, » dit Taliesin. « Mabon a raison, aucune porte ne mène deux fois au même endroit et je ne veux pas qu'on se sépare. »

La salle était en marbre blanc et gris, sans tapisseries colorées, sans feu, sans aucun meuble. Le seul ornement consistait en des alcôves alignées dans les murs qui abritaient des statues silencieuses de pierre grise au visage impassible semblables aux pions qui gisaient dans la cour.

« Ne les regardez pas. » Taliesin avançait à grands pas derrière Mabon. « Ils n'aiment pas ça. »

Catrin se hâta pour rester à sa hauteur. « C'est le reste du jeu d'échecs ! Que leur est-il arrivé ? »

« Ils sont figés par la même magie que celle qui a animé les pions. De même que les pions étaient les gardes de Dôn, ceux-ci sont ses serviteurs. » Il pointa le doigt vers le bas. « Voyez comme le sol ressemble au plateau d'un jeu d'échecs. »

Maintenant que Catrin regardait d'un autre œil ce qui les entourait, elle vit comme les dalles blanches alternaient avec des dalles gris foncé. Jamais de toute sa vie elle ne s'était sentie aussi perdue.

« Silence. » Mabon leva la main.

Ils parvenaient au fond de la salle où une seule porte étroite s'ouvrait à leur droite. Le vent qui sifflait par l'ouverture souleva une mèche égarée sur le front de Catrin.

Taliesin dirigea sur le *Sidhe* un regard acéré. « Qu'entendez-vous ? »

« Je ne sais pas... Juste... Quelque chose. » Le visage de Mabon exprimait de la méfiance, ce qui ne lui était pas habituel. « La seule voie de sortie est vers le haut. Je vais passer en premier. » Sans attendre de permission, il s'engagea dans l'escalier et gravit les marches deux par deux.

« Il est déjà venu ici, » observa Goronwy. « Laissons-le nous guider. »

« Je me demande à présent si depuis le début sa présence n'est pas un piège, » dit Catrin. « Arianrhod aurait pu nous l'imposer en sachant que Taliesin le ramènerait tout droit dans l'Autre Monde. Était-ce son plan ? Ou bien ignorait-elle ce que Taliesin avait l'intention de faire ? »

« Taliesin ignorait ce qu'il avait exactement l'intention de faire. » Le barde avait répondu en parlant de lui à la troisième personne. Puis il gravit rapidement les marches à la suite de Mabon, disparaissant presque aussitôt dans la courbe de l'escalier qui s'enroulait en spirale autour de son pilier central.

Les longues jambes de Mabon et de Taliesin les portèrent très vite au sommet de l'escalier. Catrin, cependant, était bien plus petite et Goronwy bien plus lourd, et ils se retrouvèrent bientôt en arrière. Lorsqu'ils arrivèrent en haut, Catrin était essoufflée. Ils avaient monté au moins cent marches, ce qui voulait dire que la tour s'élevait bien plus haut dans le ciel qu'elle n'en avait eu l'impression de l'extérieur.

Goronwy ouvrit la porte au sommet de l'escalier. Ils se retrouvèrent dans une petite pièce ronde d'environ quinze pieds de diamètre.

Catrin stoppa sur le seuil, stupéfaite. « Personne. Où sont Mabon et Taliesin ? »

« N'approchez pas. » La voix de Taliesin résonna autour d'eux. Il avait employé la Voix de Commandement et ils s'arrêtèrent net, sans voir aucune trace du barde.

« Je savais que j'aurais dû y aller tout seul. » La voix de Mabon s'éteignit et Catrin réalisa que c'était à lui que Taliesin s'était adressé et non à elle et à Goronwy.

Elle tourna vivement la tête dans tous les sens, cherchant du regard. « Que s'est-il passé ? Comment est-il possible qu'ils ne soient pas là ? »

« Je ne sais pas. » A pas feutrés, Goronwy fit le tour de la petite pièce. Complètement circulaire, elle n'était meublée que d'une table sur laquelle se trouvait une vasque pleine d'eau et d'un coffre qui, quand Goronwy souleva le couvercle, s'avéra contenir un tas de chiffons enroulés autour d'un vieux morceau de corde. Rien d'autre. Les murs étaient blanchis à la chaux et le sol couvert d'un parquet de bois lisse usé par des milliers de pas au fil d'innombrables années.

Il opéra un tour complet puis revint là où Catrin était restée, sur le seuil. De crainte que fermer la porte ne les enferme dans la pièce comme les portes du poste de garde les avaient enfermés dans le château, Catrin n'osait pas la laisser se refermer complètement.

Goronwy posa la main sur la porte à la hauteur de sa tête et l'ouvrit plus largement. Il passa la tête dans l'ouverture pour regarder l'escalier obscur puis recula pour laisser la porte se refermer.

Avec un soupir de soulagement Catrin constata qu'elle ne disparaissait pas. « Il doit y avoir bien plus dans ce château que ce que nous voyons. »

« Comme, par exemple, l'endroit où ont disparu Taliesin et Mabon ? En effet. » Goronwy finit sur un petit rire sarcastique mais elle savait qu'il n'était pas dirigé contre elle.

« On devrait retourner dans la grande salle. »

« Je ne crois pas, » dit Goronwy. « Il n'y avait pas de sortie là-bas. »

« Alors, comment allons-nous sortir d'ici ? »

« Je crois que ça va dépendre de vous. »

Ce fut au tour de Catrin de rire. « Que voulez-vous dire ? Je n'ai pas le pouvoir de Taliesin. »

« Votre pouvoir est différent, mais il est clair que vous en avez ici. C'est vous qui avez ouvert la porte. » Il fit un tour sur lui-même, balayant l'ensemble de la pièce du regard. « Regardez mieux. Peut-être verrez-vous les choses autrement que moi. »

« Je ne suis pas une sorcière, quoi que les gens disent de moi. »

« Vous avez le troisième œil. Utilisez-le. »

Catrin entama un circuit de la pièce comme Goronwy le lui demandait. Elle se dirigea d'abord vers la minuscule fenêtre pour regarder à l'extérieur. Orientée à l'ouest, elle lui permit de constater qu'ils se trouvaient au moins à soixante pieds du sol qui était toujours couvert de neige, bien que celle-ci ait arrêté de tomber. La fenêtre était trop petite pour que l'un d'eux passe par là et le mur de la tour était lisse et tombait droit jusqu'au sol. Pas d'issue par là. Elle continua jusqu'au coffre.

Goronwy l'avait laissé ouvert. Elle s'agenouilla devant et en sortit les chiffons. Au lieu de les ignorer comme il l'avait fait, elle se dit que rien dans cette pièce ne se trouvait là par hasard. Elle posa le ballot par terre et le déroula avec précaution. La corde qu'il avait supposée inutile se révéla être le licol d'un cheval. Parce qu'il était fait de corde et non de cuir, des nœuds coulants remplaçant les boucles de fer usuelles permettaient de l'ajuster à la tête du cheval.

Goronwy, debout à côté d'elle, pencha la tête et porta à sa bouche son poing fermé. « Je n'ai même pas vu ce que c'était. »

« Vous avez vu ce que vous étiez prédisposé à voir. Quand Taliesin a mentionné dans son chant le licol qui dompte tous les chevaux, vous avez l'avez imaginé en cuir luxueux orné d'or et de pierres précieuses. » Elle lui montra la corde. « Sûrement pas la corde de chanvre avec ces quelques nœuds qu'un pauvre fermier pourrait utiliser pour guider le cheval qui tire sa charrette déglinguée. »

Des voix furieuses résonnèrent jusqu'à eux depuis la grande salle au-dessous, puis un homme hurla, « où sont-ils passés ? »

« Imbécile ! Vous leur avez fait peur ! » C'était la voix d'une femme, tout aussi puissante et tout aussi enragée.

L'homme répondit sans changer de ton. « On m'a leurré ! Il m'a dit que je trouverais des Trésors ici ! »

« Vous les avez annihilés ! » La femme ne cédait rien mais s'il s'agissait de l'homme qui avait massacré les pions, ce qui paraissait bien être le cas, il leur fallait disparaître en vitesse.

Les mains tremblantes, Catrin se hâta de rassembler la corde et son enveloppe de chiffons et fourra le paquet dans son sac. Goronwy avait gagné la porte et surveillait l'escalier. « Il nous faut sortir d'ici, et pas en empruntant l'escalier, sans Taliesin ou Cade pour nous aider. »

Catrin serra les dents pour les empêcher de claquer. « Alors comment ? »

« En *voyant* ce que personne d'autre ne voit. » Il montra la petite table. « Qu'est-ce c'est que ça ? »

« C'est un récipient rempli d'eau. » Catrin se pencha au-dessus. A première vue, ce n'était rien de plus qu'une vasque pour se laver les mains, un objet ordinaire dans n'importe quelle chambre, mais elle examina de plus près les gravures au fond de la vasque et celles qui couraient sur les bords. Elles n'apparaissaient que comme de fines rayures mais elle distingua les rayons d'une roue. Dans chaque intervalle se trouvait une rune de l'ancienne langue. La vasque elle-même était en os qui provenait d'un animal qu'elle n'osait pas imaginer. Elle regarda Goronwy. « Ceci n'est pas à Dôn. Elle appartient à Arianrhod. »

« Vous pouvez l'utiliser ? »

Catrin répondit d'un petit rire plus désespéré qu'amusé. « Pour quoi faire ? Provoquer une vision ne va pas nous faire sortir d'ici. En outre, comme je vous l'ai dit quand nous avons fait connaissance, je ne pratique pas la magie. Je sens sa présence, c'est tout. »

« Tout comme je ne pratique pas la magie, moi non plus ? » Goronwy jeta un dernier coup d'œil dans l'escalier puis ferma la porte et plaça la barre en travers. Elle avait bien peu d'espoir qu'un simple morceau de bois arrête longtemps un assaut déterminé, mais elle se sentit tout de même un peu mieux, comme davantage en sécurité maintenant qu'elle était enfermée. « On a été séparés de Taliesin et de Mabon et amenés ici pour une bonne raison. Cette vasque est là pour une bonne raison. Vous pouvez prétendre que vous ne pratiquez pas la magie mais il me semble qu'Arianrhod vous incite à essayer. » Il baissa la voix. « J'ai appris quelque chose aujourd'hui. Peut-être êtes-vous supposée en apprendre une, vous aussi. »

Catrin le dévisagea longuement. Elle sentait le sang bourdonner dans ses oreilles. Puis elle acquiesça. Respirant profondément pour retrouver un équilibre intérieur et calmer les battements de son cœur, elle regarda à nouveau dans la vasque et toucha l'eau du bout du doigt.

Instantanément, elle se retrouva au milieu d'une bataille. Tout autour d'elle, des hommes hurlaient, et mouraient, dans un combat au corps à corps sur un chemin de ronde. Elle se tenait aux côtés de Rhiann, au sommet de remparts, sous une pluie battante. Rhiann décochait flèche après flèches sur la horde de Saxons qui les assaillait. Ils étaient innombrables. Le souffle coupé, Catrin vit une échelle maniée par les assaillants cogner le mur sur lequel Rhiann se tenait. Tout d'abord, Catrin crut quelle revoyait Caer Fawr mais elle réalisa très vite que la scène se déroulait tout à fait ailleurs.

Catrin sursauta quand une flèche lui frôla la tête. Le mouvement l'arracha à la vision. Les runes entre les rayons de la roue brillaient comme de l'argent et elle les prononça à voix haute en les déchiffrant. « Licol et pierre, sang et os. Et au centre se trouvent les symboles qui représentent un homme et une femme. » Encore haletante, elle courba la nuque, plus éprouvée que jamais. « Ça ne va pas fonctionner. »

Goronwy la rejoignit en deux pas. « Nous avons tout cela ! Je suis même un enfant du sang tout comme vous. » De nouveaux cris leur parvinrent de l'étage au-dessous, étouffés maintenant qu'il avait fermé la porte.

« Ce n'est pas ça. » Elle ferma les yeux, refusant de décrire à Goronwy ce qu'elle avait vu. Elle ignorait si la bataille se déroulait à cet instant ou les attendait dans le futur. Quoi qu'il en soit, la situation de Rhiann semblait désespérée, plus désespérée encore que celle de Catrin. « La pierre dont nous avons besoin n'est pas une pierre ordinaire. C'est un des Trésors, et c'est Cade qui l'a. S'il était là... »

Elle s'interrompit en voyant Goronwy sortir la pierre de son sac. Ce n'était rien de plus et rien de moins qu'un galet ordinaire, inchangé depuis qu'ils l'avaient pris sur le bouclier du roi Arthur du Gwent sur la route de Caerleon.

« Comment... »

« Cade me l'a remise, en me prévenant que Taliesin avait insisté. » Goronwy fronça les sourcils. « La moitié du temps, Taliesin prétend qu'il a perdu son don, et puis il fait quelque chose comme ça... »

« Je suis une femme et j'ai le licol Vous êtes un homme et vous avez la pierre. La vasque est en os, et j'ai un couteau en os qui est assez pointu pour percer la peau jusqu'au sang. »

« Mais ce serait sûrement plus facile avec une lame en métal. »

Catrin fit la grimace. « Le fer bloque la magie. L'os est ce dont nous avons besoin. » Elle sortit le couteau de l'étui qu'elle portait à la ceinture et le tendit à Goronwy.

Il le prit. « Vous êtes sûre de vous ? »

« La seule chose dont je sois sûre, c'est qu'il nous reste bien peu de temps. »

Chapitre Quatorze

Bedwyr

Bedwyr aurait certainement pu se sentir plus heureux. Il se serait nettement senti plus heureux sur les remparts à côté de Hywel, prêt à combattre la horde des Northumbriens, plutôt qu'ici, dans cette salle souterraine sous un bâtiment en ruines près de la porte de l'ouest.

Plus de deux cents ans auparavant, lorsque les Romains avaient quitté les iles des Britons, ils avaient laissé la plupart de leurs cités en l'état, dépouillées de tout leur mobilier, certes, mais intactes. Qu'ils les aient bâties en pierre ou en bois, leurs constructions étaient faites pour durer et ils ne supportaient pas l'idée de bâtir quoi que ce soit qui ne résisterait pas à l'épreuve du temps. Cependant, le bâtiment en question, qui avait dû être un poste de garde, puisqu'il avait été érigé au-dessus de l'entrée d'un tunnel à vocation d'échappatoire, faisait exception à la règle ou bien avait été volontairement détruit.

Bedwyr penchait pour la deuxième éventualité. Il n'avait jamais demandé à son grand-père si l'armée du Rheged avait abattu ce bâtiment au moment de leur départ mais cela aurait eu un sens. Et pourtant, alors que deux murs avaient été détruits et que le toit de bois avait disparu depuis longtemps, la salle en sous-sol était intacte. Après avoir soulevé quelques-unes des plus grosses pierres tombées par terre, il avait immédiatement découvert la trappe d'accès.

Au-dessus de la tête de Bedwyr, toute la ville fourmillait d'activité. Penda se préparait à la fois à la défendre et à la quitter. Cependant, Peada était venu avec Bedwyr, accompagné d'un géant que Bedwyr avait désigné parmi d'autres soldats pour son apparente capacité à déplacer de lourdes charges.

Peada compta jusqu'à trois. « Allez ! »

Bedwyr et le soldat mercien, Wystan, appuyèrent en même temps sur les barres de fer qu'ils avaient insérées pour servir de leviers dans la double trappe à leurs pieds. Wystan était si fort que sa barre se courba un peu mais enfin les portes se soulevèrent légèrement.

« Soufflez, » dit Peada. « Vous êtes sûr qu'il y a un tunnel là-dessous ? »

Bedwyr était plié en deux, les mains sur les genoux, mais il leva une main pour montrer l'une des torches qu'ils avaient enfoncées dans leur support sur le mur. « La flamme vacille. »

Wystan approuva de la tête. « On sent un fort courant d'air à travers les interstices. Il vient forcément de quelque part. »

Le regard de Peada s'éclaira. « Encore une fois. »

Bedwyr et Wystan se remirent à peser sur leurs leviers et Peada à compter, mais lorsqu'il arriva à dix Bedwyr laissa tomber sa barre. « On y est presque, mais il faudrait faire venir plus d'hommes, de préférence plus jeunes et plus forts que moi. »

Peada fit immédiatement ce que Bedwyr demandait et remonta les marches couvertes de débris pour gagner le niveau de la rue. Ici, dans le sous-sol, la pluie fine et incessante qui avait commencé à tomber ne les gênait pas, mais les tempêtes étaient aussi fréquentes dans le pays en juin qu'en décembre et celle qui se préparait semblait redoutable. De l'avis de Bedwyr, ce n'était pas plus mal. Cade pouvait combattre en plein jour sans son manteau si le soleil ne brillait pas. Certes, la pluie endommageait la corde des arcs mais elle transformerait le sol devant les murailles de la ville en mare boueuse et rendrait glissants les barreaux des échelles des Northumbriens. Et s'il pleuvait assez fort, l'eau laverait le sang.

« Comment aviez-vous connaissance de ce tunnel ? » Wystan, sourcils froncés, regardait Bedwyr d'un air soupçonneux.

Bedwyr essuya la sueur qui coulait sur son front. « Bien avant votre apparition, mon grand-père a fait partie des défenseurs de cette ville. Quand j'étais encore au berceau, il m'a raconté comment ils avaient utilisé ce tunnel pour sortir de la ville quand une brèche a été ouverte par les assaillants. »

« « C'était un lâche, alors. »

Bedwyr s'esclaffa. « Il a préféré vivre pour continuer le combat, non ? Vivre pour engendrer mon père qui m'a engendré, moi qui vais vous sauver la vie et celle de votre roi, un homme assez stupide pour décider de défendre une ville sans aucune chance d'y parvenir, tout comme l'ancien roi du Rheged. »

Wystan restait hostile. « Je préférerais mourir que me rendre. »

« Eh bien... » Bedwyr se pencha pour reprendre sa barre de fer, « c'est ce qui nous différencie, et c'est aussi pour cette raison que votre peuple ne réussira jamais à conquérir le Pays de Galles. Vous préférez mourir héroïquement, et stupidement, que continuer à servir votre roi. » Il haussa les épaules. « Je comprends, mais je ne respecte pas plus votre point de vue que vous ne respectez le mien. »

Toujours furieux, Wystan reprit son levier, l'inséra entre les deux parties de la trappe et avec un grand cri pesa dessus de tout son poids. La trappe se souleva brutalement avec une telle force qu'elle se retourna et tomba sur le sol dans un bruit de tonnerre et un nuage de poussière. Privé de point d'appui, Wystan chancela en arrière.

Bedwyr le regarda avec un grand sourire. « Ça a bien marché, non ? »

Wystan lui jeta un regard noir. « Vous avez fait exprès de me mettre en colère. »

« Exactement, et vous êtes fort obligeamment tombé dans le piège. » Bedwyr se pencha pour ouvrir le deuxième vantail de la trappe, révélant un escalier de pierre qui s'enfonçait dans l'obscurité. L'odeur de moisissure et de terre humide lui fit froncer le nez mais il sentit le courant d'air rafraîchir son visage suant et apporter de l'air frais dans le sous-sol. Il poussa un soupir de soulagement en constatant qu'après tout ce temps le tunnel était encore accessible et le passage assez libre pour ne pas dégager un air nocif.

Peada, qui revenait, s'arrêta net au pied de l'escalier tandis que les hommes qui l'accompagnaient se télescopaient derrière lui. « L'accès est sûr ? »

« Je suppose que c'est le moment de vérifier. » Bedwyr saisit une torche et descendit l'escalier.

Sans bouger, Peada lui cria, « la Dee est à un quart de mille. »

Bedwyr ne tourna pas la tête. « Alors je ferais mieux de me dépêcher, n'est-ce pas ? Les Northumbriens arrivent et il vous faut encore rassembler les hommes. Vous devriez vous en charger en attendant mon retour. » S'ils voulaient fuir la ville, il leur fallait se hâter. « Vous venez, Wystan ? Je ne voudrais pas qu'on vous accuse de lâcheté. »

Wystan poussa un grognement mais ses pas lourds résonnèrent sur les marches derrière Bedwyr. « Je n'aime pas les tunnels. »

« Si vous pouvez passer, tout le monde passera. » Bedwyr parvint à une porte en bas de l'escalier. Il lui suffit de soulever le loquet en métal pour l'ouvrir. De la poussière s'était accumulée en bas de la porte mais elle n'était pas assez épaisse pour empêcher Bedwyr de l'ouvrir d'une rude poussée.

« Il va y avoir des rats là-dedans, c'est sûr. » Bedwyr avait l'impression d'entendre Goronwy plutôt que Wystan.

Bedwyr se surprit à penser qu'il commençait à apprécier le Mercien. De la lueur de sa torche, il balaya le plafond et les parois du tunnel. La torche crépita dans le courant d'air mais elle était neuve et bien huilée et elle ne s'éteignit pas quand il s'enfonça dans le passage qui s'ouvrait devant lui. Voir les murs toujours debout après toutes ces années l'enhardit et il accéléra le pas. Il sentait au-dessus de lui la pression de la bataille qui allait s'engager, même s'il ne voyait pas les soldats sur les remparts. Il leur fallait une issue, et c'était ce tunnel.

Parcourir un quart de mille d'un bon pas ne prend pas beaucoup de temps mais Bedwyr eut l'impression d'avoir passé une heure dans le souterrain avant que le passage ne commence à remonter après s'être enfoncé dans la terre pour passer sous le lit de la rivière. L'eau ruisselait le long des parois et Bedwyr avait l'horrible impression que seuls le caractère belliqueux et l'obstination des anciens bâtisseurs empêchaient la rivière d'inonder le passage.

« On y est. » Wystan poussa un énorme soupir de soulagement en apercevant la sortie, une porte branlante qui refusa de s'ouvrir complètement. Wystan se débrouilla quand même pour se faufiler dans l'ouverture et les deux hommes sortirent du tunnel.

Ils se retrouvèrent dans un autre sous-sol dont il était facile de sortir par un escalier de pierre grossièrement taillée. Ils émergèrent au pied de ce qui avait été une tour de guet, à présent si complètement recouverte de végétation qu'il n'y avait rien d'étonnant à ce que les conquérants saxons de Chester ne l'aient jamais remarquée. Le terrain à l'ouest de la rivière était marécageux, ce qui expliquait la longueur du tunnel qui aboutissait au premier endroit où le sol était solide, une notion toutefois très relative. La pluie avait à présent remplacé la bruine et la terre sous les pieds de Bedwyr était molle. Encore quelques instants et elle se transformerait en boue.

Bedwyr se tourna tout de suite vers Wystan. « Courez rejoindre Peada pour le prévenir que le passage est libre et qu'il peut commencer à évacuer. »

« Qu'est-ce que vous allez faire ? »

« Je vais m'assurer qu'aucun Northumbrien n'est arrivé jusqu'ici. Ils ne doivent pas connaître l'existence du tunnel si votre roi l'ignorait, mais il est possible qu'un contingent ait traversé la rivière à gué en aval pour atteindre la ville par ici, justement pour empêcher quiconque de s'échapper. »

Wystan hocha brusquement la tête et repartit dans le tunnel.

Après son départ, Bedwyr s'accorda le temps d'une respiration et ferma les yeux. Il n'avait absolument rien d'un *devin* et il n'y avait en lui rien de *Sidhe*, mais il n'avait pas oublié les histoires que contait son grand-père. L'une d'elles, qu'il avait relatée à Cade au cours du trajet et qui était la raison pour laquelle celui-ci avait confié à Bedwyr la tâche de localiser le tunnel, évoquait la relique sacrée de Calvary qui était restée à Chester. Le prêtre qui en avait la responsabilité avait été tué à un moment ou à un autre après être sorti du tunnel avec une douzaine d'hommes du Rheged morts en essayant de le protéger. Selon Penda, cependant, les Saxons n'avait pas récupéré la relique et si elle n'était pas en leur possession, personne ne l'avait jamais revue.

A l'époque, les Saxons avaient encore été païens et à la différence de Penda ignoraient tout des Trésors des Britons. Cela voulait dire qu'il y avait une bonne chance pour que les conquérants n'aient pas su ce qu'ils avaient entre les mains. Dans le respect de l'engagement de simplicité de l'Eglise, on avait conservé le plat, une poterie sans ornement, dans une simple boîte en bois. Si le plat avait été détruit, qu'il en soit ainsi, mais tandis que Bedwyr pivotait lentement sur lui-même, inspectant le paysage autour de lui, il rassembla mentalement tous les éléments dont il avait connaissance concernant sa disparition et ce qu'il avait appris aujourd'hui au sujet de l'occupation de Chester par les Merciens.

En résumé, ils ne savaient rien de l'existence du tunnel, ce qui signifiait que le prêtre et sa compagnie n'étaient pas tombés dans l'embuscade à cet endroit. Dans le cas contraire, on pouvait supposer que les Saxons auraient fortifié cette entrée secrète dans Chester au lieu de la laisser tomber en ruine et d'en oublier jusqu'à l'existence. Bedwyr n'avait jamais demandé à son grand-père comment il avait lui-même eu connaissance du sort du prêtre. Si tous ses défenseurs étaient morts en tentant de protéger le Trésor, comment son grand-père avait-il appris cette histoire ?

A moins... que le témoin ait été le grand-père de Bedwyr lui-même. Plus Bedwyr réfléchissait à cette possibilité, plus elle lui paraissait probable. L'histoire du Trésor perdu de Chester n'appartenait au répertoire d'aucun barde de sa connaissance. C'était une histoire transmise de grand-père à petit-fils par de sombres nuits d'hiver en la seule présence de la famille. Et il savait aussi pourquoi son grand-père n'avait jamais avoué que c'était lui qui avait été témoin de l'embuscade. Cela voulait dire qu'il avait vu l'issue du combat sans y participer et il aurait eu honte de le reconnaître.

A présent qu'il avait participé à tant de batailles, Bedwyr aurait voulu pouvoir rassurer son grand-père. Jamais il ne lui reprocherait de s'être caché. A l'exception du Pays de Galles, les Saxons avaient envahi toutes les terres qui avaient été celles des Britons. C'était une marée irrésistible qui déferlait sur l'ile et le sacrifice d'un garçon de seize ans n'y aurait rien changé.

Conscient qu'il ne disposait que de peu de temps puisque Peada n'allait pas tarder à faire passer ses hommes dans le tunnel, Bedwyr revint dans le sous-sol et examina à la lueur de sa torche les murs de chaque côté de la porte. Puis il l'ouvrit et pénétra dans le tunnel.

Il ne savait pas vraiment ce qu'il cherchait. Si le Trésor avait été caché là, il avait sûrement disparu depuis longtemps. Il était tout aussi possible qu'il ait été détruit lors de l'embuscade si le prêtre ne l'avait pas dissimulé avant de quitter Chester dans l'espoir de revenir un jour le récupérer. Mais Bedwyr se devait tout de même de vérifier.

Il essaya de se mettre dans la peau de ce prêtre mort depuis si longtemps, qui avait su la valeur de ce dont il avait la garde et aurait craint qu'il ne tombe entre les mains des Saxons. Le tunnel avait été une voie bien entretenue qui reliait Chester à la tour de guet sur la rive opposée de la Dee. Si le prêtre avait caché le plat avant de sortir du tunnel, il aurait choisi un endroit juste assez grand pour y cacher la boîte. A l'exception de quelques parties doublées de plomb, les murs et le plafond étaient en pierre apparente assemblée par un solide mortier. Même après toutes ces années, malgré le poids qu'elles devaient supporter, aucune des pierres ne s'était descellée.

Bedwyr enfonça sa torche dans l'un des supports que les Romains avaient bien commodément placés tous les vingt pieds sur toute la longueur du tunnel et se mit à passer les mains sur les murs d'abord autour de la porte puis de plus en plus loin en s'enfonçant dans le tunnel, son anxiété ne cessant de monter à l'idée qu'il n'aurait jamais le temps de finir avant que les Northumbriens, qu'il était censé guetter, ou surtout Peada et Penda ne fassent leur apparition. Soudain il réalisa qu'il commettait une erreur commune à tous ceux qui se lançaient dans ce genre de recherches. Il se concentrait sur la zone comprise entre sa tête et sa taille alors qu'une bonne cachette se serait trouvée dans le plafond ou au niveau de ses chevilles.

Il s'accroupit et déblaya de la main les débris accumulés à la base du mur. La poussière et la terre se mêlaient sur une hauteur de plusieurs pouces et il exposa bientôt à la lumière toute une partie du mur enterrée depuis près d'un siècle. Il ne vit rien de particulier, rien qui attirait l'attention, et se mit à balayer la poussière frénétiquement tout le long de la paroi, craignant à chaque instant d'être surpris.

Et tout à coup, à environ trois pieds de la porte, sa main rencontra une anomalie dans ce qui était à première vue une pierre d'un pied carré comme toutes les autres. Dans le coin inférieur droit avait été insérée une autre pierre carrée d'à peine un pouce de côté. Il essaya sans succès de la retirer puis au contraire appuya fortement dessus.

Elle s'enfonça d'un demi-pouce dans le mur et la pierre à sa droite s'ouvrit brusquement comme la porte d'un placard, révélant une cavité derrière un parement de pierre. Une boîte en bois était posée exactement au milieu, restée là depuis que le prêtre l'avait déposée tant d'années auparavant.

Bedwyr refusait par principe de se fier à tout ce qui appartenait au domaine du surnaturel ou au monde des *Sidhe*. De manière générale, l'existence des Trésors le mettait mal à l'aise et il préférait largement se fonder sur ce qu'il voyait, entendait, touchait. Mais à présent ils étaient pris à la gorge et il devait bien admettre que sa propre famille avait protégé le secret qui entourait le plat pendant trois générations. Il n'avait pas refusé de croire aux histoires racontées par son grand-père et il avait accepté son sort quand Cade l'avait chargé de retrouver l'objet.

Les mains tremblantes, Bedwyr souleva le couvercle de la boîte et découvrit un simple plat en terre cuite bruni par l'âge. La patine ébréchée sur un demi pouce révélait l'argile rouge dont il était fait. Sous le coup d'une impulsion, il caressa du doigt le bord supérieur du plat. Aucun tremblement de terre ne secoua le tunnel. Sous son doigt, l'argile était douce comme du beurre. Au bout d'un moment, il pensa à respirer et retira sa main.

« Par ici ! »

En entendant la voix de Peada, Bedwyr hésita, mais il savait qu'il n'avait pas le temps de prendre la boîte, de la dissimuler sur sa personne et de tout remettre en place avant qu'ils ne soient sur lui. Il referma le couvercle, laissant le plat où il était, poussa la pierre qui servait de porte et se hâta de recouvrir la base du mur qu'il avait dégagée de sa couche de terre et de poussière. Puis il piétina toute la zone avant de se diriger vers la sortie, d'ouvrir la porte et de rejoindre le sous-sol.

Il avait repris sa torche et l'enfonça dans un autre support, cette fois dans le sous-sol. Le temps que Peada débouche du tunnel, Wystan sur les talons et derrière eux une longue file de soldats, Bedwyr s'affairait à forcer la porte à s'ouvrir complètement. Il se retourna pour regarder le prince de Mercie, lui fit un large sourire et lui indiqua d'un geste le chemin de la sortie.

Chapitre Quinze

Rhiann

Rhiann savait que l'absence de Bedwyr à ses côtés déstabilisait Hywel. Elle espérait qu'il trouverait toutefois que sa présence et celle de Cade représentaient un substitut acceptable, mais Cade n'était pas aussi bourru que Bedwyr et il n'avait pas son sens de l'humour. Et pour l'instant, il était invisible.

« Ils vont se demander où vous êtes passé, » dit Hywel du coin des lèvres. Rhiann, Cade et Hywel se tenaient sur le chemin de ronde près de la porte du nord.

« Peada fait sortir les hommes de la ville, donc seul Penda a besoin de savoir où je me trouve et j'ai décidé de prendre position loin de lui, ce qui est logique, » dit Cade. « Nous nous sommes mis d'accord à ce sujet. »

« Et si quelqu'un vient à ta recherche ? » Rhiann se trouvait de l'autre côté de Cade, tenant d'une main souple son arc qu'elle n'avait pas encore encordé, préférant attendre le moment où les Northumbriens arriveraient à portée de tir. La pluie n'avait pas cessé et allait détériorer la corde si elle la mettait en place trop tôt.

Si Penda avait pris la mauvaise décision en décidant de défendre la ville, il ne s'était tout de même pas montré complètement stupide. Il avait fait placer des pierres peintes à intervalles réguliers hors des murs pour donner aux archers une estimation de la distance qui les séparait de l'ennemi afin qu'ils puissent conserver leurs flèches jusqu'à ce que les Northumbriens se trouvent à portée de tir. A présent que le jour était levé, Rhiann voyait sans peine les marqueurs au loin.

« Si quelqu'un vient me chercher, envoyez-le ailleurs, et si la personne vous dit qu'il vient d'y aller, contentez-vous de hausser les épaules. » Cade prit Hywel par l'épaule. « Au cas peu probable où cela arriverait. Nous allons tous être bien occupés à tuer des Northumbriens et qui va avoir le temps de chercher l'étrange roi du Gwynedd ? »

« Vous allez tuer des Northumbriens avant même qu'ils ne me touchent, » observa Hywel. « Je ne vais pas m'attribuer le crédit de quelque chose que je n'ai pas fait. »

« On aura de la chance si on peut s'attribuer le crédit de quoi que ce soit aujourd'hui, » dit Rhiann. « Les Northumbriens sont trop nombreux. »

Sous le manteau, Cade soupira. Par l'un des effets magiques du vêtement, lorsqu'il le portait, tout ce qui le touchait disparaissait, jusqu'à ses bottes, son épée même sortie du fourreau, ou son cheval lorsqu'il était en selle. Il ne projetait même pas d'ombre.

Rhiann plissa le front. « Pourquoi les femmes saxonnes ne se battent-elles pas aux côtés de leurs hommes ? C'est quelque chose que je n'ai jamais compris. »

« Parce qu'ils disposent de tant d'hommes qu'ils n'ont pas besoin de faire appel à leurs femmes, » répondit Hywel, les mâchoires serrées.

Le regard de Rhiann restait concentré sur les troupes qui avançaient. « Il est vrai qu'ils ont beaucoup d'hommes. » Elle avait imité à dessein le ton que Bedwyr aurait utilisé et cela fit sourire Hywel, comme Rhiann l'avait espéré.

« Il est presque temps de commencer à tirer, Rhiann, » dit Cade.

« Comment en sommes-nous arrivés là, en fait ? Hier encore nous étions à Dinas Bran en train de parler du nom de notre enfant. »

« C'est ouvert ! C'est ouvert ! »

Ils se retournèrent dans le même mouvement pour regarder le messager, un jeune Mercien à la crinière blonde aplatie par la pluie. Il ne voyait évidemment que Hywel et Rhiann sur le chemin de ronde et ce fut donc Hywel, en l'absence supposée de Cade, qui répondit. « Que voulez-vous dire, *c'est ouvert* ? » Il jeta un coup d'œil de l'autre côté de la muraille. « Les Northumbriens ont ouvert une brèche ? »

Rhiann tendit la main vers lui. « Non. Il veut dire que Bedwyr a trouvé la sortie du tunnel. »

« On évacue la ville tout de suite. » Le messager s'adressa ensuite à Rhiann. « Le roi Penda vous demande de rester sur les remparts pendant qu'il s'entretient avec Oswin. Si on gagne du temps, on pourra faire sortir tout le monde sauf les tout derniers avant l'assaut des Northumbriens. »

« Ce qui veut dire que vous avez besoin que les archers restent là en dernier, » dit Rhiann.

Le messager s'inclina. « En effet, Madame. » Il se redressa. « Le roi Penda m'a demandé de trouver le roi Cadwaladr pour lui demander de le rejoindre. Savez-vous où il est ? »

« Je ne saurais vous le dire à cet instant, » dit Hywel, et bien que ce ne soit pas tout à fait un mensonge, Rhiann se réjouit qu'il ait pris la responsabilité d'évader la question du messager plutôt que de la laisser s'en charger. « Mais je vais lui faire passer le message. »

« Merci. » Le messager repartit en courant.

Rhiann et Hywel se tournèrent tous deux vers Cade. Pour un observateur, ils s'étaient tournés l'un vers l'autre.

« Je vais descendre au poste de garde, » dit Cade.

« Mais... » Rhiann s'apprêtait à protester.

« Il pleut plus fort que jamais et je vais mettre mon manteau ordinaire et mon casque. Ça ne va étonner personne à cause de la pluie. Ça va aller. » Rhiann vit l'échelle bouger sous le poids de Cade qui avait commencé à descendre, mais tout à coup elle s'immobilisa et Rhiann se retrouva dans les bras de Cade. Ils échangèrent un baiser puis elle recula juste assez pour lever la tête et lui sourire. Dans ses bras, elle était invisible pour tout le monde, mais elle le voyait.

Hywel regarda autour de lui. « Euh... Monseigneur ? »

Cade se mit à rire. « Placez-vous tout au bord du chemin de ronde, pour qu'on croie que Rhiann se trouve derrière vous. »

Hywel fit ce qu'on lui demandait et Rhiann se cogna dans son dos. Il se retourna. « Vous sentez-vous différente ? »

Elle rit à son tour. « Non, ce qui rend la situation encore plus bizarre. »

Hywel rit avec elle. « Je ne dirais pas que c'est la seule raison. »

Leurs regards se dirigèrent vers le poste de garde à temps pour voir Cade sortir de la salle des gardes à sa base comme s'il s'était toujours trouvé à l'intérieur. Penda sortait de la grande salle. Ils avaient fait partir tous les chevaux avec Dafydd et Angharad et il n'était donc pas en selle, ce qui risquait de paraître étrange aux yeux d'Oswin lorsqu'il le verrait sortir à pied et non à cheval du poste de garde mais il était peu probable que cela le trouble. Il voulait la ville. Peu lui importait par quels moyens il l'obtiendrait.

Rhiann tourna ensuite la tête en direction des Northumbrienx. Ils s'étaient arrêtés juste au-delà des premiers marqueurs, comme s'ils savaient qu'ils étaient là, ce qui était peut-être le cas. Les Saxons ne comptaient pas en principe beaucoup d'archers dans leurs rangs mais ils combattaient les Britons depuis assez longtemps pour estimer probable leur présence au sein d'une armée ennemie et en employaient peut-être même quelques-uns, tout comme Penda.

Le messager qui était venu leur parler un moment auparavant réapparut au-dessous d'eux, cette fois avec un drapeau blanc au bout d'une longue perche. Il le lança à Hywel qui l'attrapa puis l'homme monta à l'échelle pour atteindre le chemin de ronde.

« Merci, » dit-il, essoufflé. Il courait jusqu'à une seconde échelle qui lui permettrait d'accéder au sommet de la tour du poste de garde et se mit à agiter le drapeau de droite à gauche au-dessus de sa tête.

Les Northumbriens ne pouvaient pas ne pas le voir mais aucun commandant ne sortit des rangs de l'armée d'Oswin. Rhiann s'approcha du bord des remparts, plissant le front. Refuser de reconnaître la présence d'un drapeau blanc n'était pas sans précédent, mais c'était rare et profondément inquiétant. Et soudain, le son d'une corne se fit entendre au sein des rangs northumbriens, suivi du rugissement de deux mille voix.

Oswin n'avait pas l'intention de parlementer. Les Northumbriens chargeaient.

Chapitre Seize

Catrin

Catrin entama une incantation venue du fond des âges dont elle puisait les mots au plus profond d'elle-même, des mots dont elle connaissait à peine la signification avant de les prononcer.

Un ancien guetteur
Monte la garde sur les remparts
Le sang se fait os puis pierre
Le vent siffle dans les passages déserts
Les Cymry sont abandonnés
Et le mal montre enfin sa face.

Avec le couteau, Catrin s'entailla la paume de la main comme Goronwy l'avait déjà fait. Ils joignirent leurs mains afin que leurs sangs se mélangent et laissèrent couler quelques gouttes dans la vasque.

« Pourquoi le mal ? » demanda Goronwy.

« Chuuuut ! »

Des bottes résonnèrent dans l'escalier. Catrin estimait qu'ils avaient eu de la chance d'avoir disposé de tout ce temps sans être pris. Elle agrippa fermement la main de Goronwy qui se retourna vers la porte. On aurait dit qu'un voile chatoyant s'élevait entre eux et l'entrée de la pièce. La porte s'ouvrit brutalement sous la poussée d'un homme énorme à la chevelure hérissée, armé d'une hache dont la lame était plus grande que la tête de Catrin. La pièce tout entière parut... clignoter. Puis elle disparut.

Ils vacillèrent tous deux sur leurs pieds et pour ne pas tomber Goronwy tendit le bras vers un pilier qui était apparu à sa gauche. Leurs mains droites étaient restées jointes et Catrin suivit le mouvement en trébuchant pour finalement se heurter contre sa poitrine.

Il la retint contre lui. « Tout va bien. »

« Vous n'en savez rien. »

« C'est ce que je ressens. »

Goronwy appuya son front contre celui de Catrin, un mouvement si fugace qu'elle n'était même pas sûre qu'il soit réel jusqu'à ce qu'elle lève les yeux vers lui.

Il lui sourit.

Goronwy ne souriait pas souvent, à l'exception des petits sourires sarcastiques avec lesquels il ponctuait ses plaisanteries, mais à cet instant son sourire l'illumina tout entier, comme si un halo de joie l'enveloppait. « Je n'aurais pas échangé ce voyage contre tout l'argent du trésor royal. »

Catrin détourna le regard mais elle ne put s'empêcher de sourire aussi. « Vraiment ? » Elle jeta un coup d'œil autour d'eux pour inspecter l'endroit où ils se retrouvaient. La chambre de la tour avait disparu, remplacée par une écurie ordinaire. Pour distraire ses pensées de l'attitude de Goronwy, elle ajouta, « est-ce ici que Taliesin est venu ?

« Je ne sais pas mais je ne crois pas. » Tout à coup, quelque chose changea dans le ton de la voix de Goronwy et la luminescence qu'il semblait émettre s'effaça, remplacée par une aura un peu trop sombre. « Tout ira bien pour Taliesin. »

Catrin fronça les sourcils, perplexe. « Je le sais, Goronwy. Si quelqu'un peut prendre soin de lui-même, c'est bien Taliesin. »

Goronwy acquiesça comme si elle avait répondu à une question à sa place. « Je ne veux pas qu'on vous fasse du mal, Catrin. »

« Pourquoi me ferait-on du mal ? »

« Sait-il ce que vous ressentez ? »

« Qui devrait savoir ce que je ressens ? A quel propos ? » Elle sentait l'impatience la gagner. Ils essayaient d'échapper à des dieux hostiles et il se mettait à parler par énigmes.

Goronwy soupira. « Ai-je besoin de le prononcer à voix haute ? »

« Ça me semble être une bonne idée, parce que je ne vois pas de quoi vous parlez. » Elle jeta un coup d'œil au coin de la stalle dans laquelle ils se trouvaient mais l'obscurité était si épaisse qu'elle ne distinguait rien au-delà de deux ou trois pieds. Le temps s'écoulait différemment dans l'Autre Monde, comme Taliesin ne manquait jamais de le leur rappeler. Elle n'aurait pas pu dire si plusieurs heures étaient passées depuis leur arrivée à Caer Wydr, ou seulement le temps de quelques battements de cœur.

« Taliesin. Sait-il que vous êtes amoureuse de lui ? »

Catrin se figea sur place. Elle était heureuse de savoir que l'obscurité qui régnait dans la stalle où ils se trouvaient empêchait Goronwy de la voir clairement car elle sentait qu'elle avait rougi jusqu'à la racine des cheveux. Puis elle se redressa. Ce n'était pas le moment de se montrer lâche. Elle leva les yeux pour le regarder bien en face. « Je ne suis pas amoureuse de Taliesin. »

« Vous n'avez pas oublié que je vois les auras ? » La voix de Goronwy était douce. « Même dans le noir, la vôtre me dit que vous êtes amoureuse. »

Catrin respira profondément et répondit avant de changer d'avis. « Peu de temps après la bataille de Caer Fawr, Taliesin m'a dit, de ce ton désinvolte qui lui est propre avec lequel il nous fait croire que rien ne l'affecte, qu'il avait vu un futur, un sur une centaine d'autres futurs potentiels, dans lequel je restais à ses côtés. Mais ce chemin menait aux ténèbres et au désespoir et il refusait de l'emprunter ou de me permettre de croire en cette possibilité. »

Elle pencha un peu la tête et poursuivit, révélant ce qu'elle avait dans le cœur alors qu'elle s'était promis de ne plus jamais s'aventurer sur ce terrain. « Je ne suis pas idiote, ni une jeune fille à peine devenue femme fascinée par l'idée d'un amour impossible qui se complait à pleurer sur son malheur le soir dans son lit. Taliesin a été très clair et depuis des mois je n'ai plus d'espoir à ce sujet, et je n'ai pas non plus de regrets. »

Bien qu'elle ait réussi jusque-là à se montrer parfaitement franche, à cet instant elle détourna les yeux. Elle avait dit la vérité, mais pas tout entière. Voir les quelques attentions qu'elle avait accordées à Taliesin repoussées de cette manière lui avait fait mal. Il y avait longtemps qu'elle n'avait pas ressenti quoi que ce soit pour un homme au point de montrer ses sentiments. Il y avait longtemps que vivant seule dans les bois comme elle l'avait fait avant l'apparition de Goronwy elle n'avait plus eu de lien avec personne.

« Je reconnais que j'ai cru que j'étais amoureuse de lui, mais il n'est pas comme vous et moi. Savez-vous que sous son apparence juvénile, il a vécu une centaine de générations au moins ? »

« Je suppose que je le savais, oui. » Goronwy était aussi immobile qu'une statue.

« Bien qu'il ait besoin d'amour et de camaraderie pour rester humain, sa *vision* ne ressemble à aucune autre au monde. » Elle plongea son regard dans celui de Goronwy sans plus ressentir d'embarras. « Je n'imagine même pas vivre ainsi, en connaissant tous les secrets, tous les rêves, tous les désirs de ceux que je croise, non parce qu'il lit dans les pensées mais parce qu'il voit tous les chemins qui s'ouvrent devant chacun d'entre nous et où ils mènent. » Elle était persuadée que si Taliesin avait été sensible à ce qu'elle pensait ressentir pour lui, ces interminables périodes pendant lesquelles il se détachait de la réalité auraient fini par la rendre folle. Mais elle devait aussi reconnaître que c'était en partie ce qui l'avait attirée chez lui.

« Vous êtes jolie, sage et bienveillante, » dit Goronwy. « Votre cœur est tendre et pour cette seule raison Taliesin devrait regretter de vous avoir repoussée. Et je soupçonne que quelque chose en lui le regrette effectivement. »

« Cela ne devait pas être. » Catrin haussa une épaule. « Ce n'est vraiment pas important. »

« Pourtant... » Goronwy fronçait les sourcils. Elle voyait qu'il la regardait avec son troisième œil. Elle n'avait pas compris jusqu'à cet instant que sa faculté de voir les auras lui permettait de discerner ce qu'elle avait enfoui en elle aussi profondément. Peut-être aurait-elle dû le savoir puisqu'elle aussi distinguait parfois les auras mais apparemment sa capacité n'avait rien à voir avec la sienne.

Elle se résigna. « Goronwy, je suis amoureuse, mais pas de lui. »

Catrin inspira profondément, prête à en dire plus, mais elle rattrapa les paroles qu'elle allait prononcer. Les amitiés nouées en vivant à Dinas Bran avaient transformé sa vie. Elle avait décidé de faire ce voyage en partie pour prendre soin de Taliesin, qui en avait bien besoin (si rien d'autre n'était vrai, cela l'était sans aucun doute) et en partie pour déterminer où son chemin la menait. A cet instant, en regardant Goronwy, elle admit, sans pour autant l'exprimer à voix haute, qu'il n'était pas toujours nécessaire de chercher bien loin. Parfois la réponse évidente aux vœux d'une femme se trouvait juste devant ses yeux.

Elle vit l'instant où il le comprit aussi.

Il s'éclaircit la gorge. « Vous... Vous êtes... amoureuse de moi ? »

Elle lui adressa un petit sourire plein de tristesse. « Je n'aurais jamais rien dit, puisque je sais que ce n'est pas réciproque. Mais il a fallu que vous voyiez les auras... » Elle secoua la tête, les yeux levés vers lui, désirant ce qu'elle savait qu'elle n'aurait jamais. Puis elle oublia toute prudence. Ils se trouvaient dans l'Autre Monde, dans une situation périlleuse, sans moyen de rentrer dans leur monde et sans la moindre idée de ce qui les attendait. C'était le moment de prendre des risques. Elle agrippa les bords du manteau de Goronwy, se hissa sur la pointe des pieds et posa ses lèvres sur les siennes.

Il lui rendit son baiser mais sans la prendre dans ses bras. Catrin se sentit ridicule, le lâcha et fit un pas en arrière, prête à prétendre que ce baiser n'avait jamais eu lieu.

Mais avant qu'elle puisse faire un autre pas, Goronwy la rattrapa par la main. « En fait... » Il l'attira contre lui et cette fois l'enlaça étroitement.

Pour un baiser doux, et lent. Lorsqu'ils y mirent fin, Catrin tremblait dans ses bras.

Goronwy la regarda en souriant. « Vous voyez les auras tout comme moi. Vous auriez dû savoir que j'étais amoureux aussi. »

« Bien, bien, bien. Je me demandais quand l'un d'entre vous arriverait ici. Je dois dire que vous ne ressemblez pas à ce à quoi je m'attendais. »

Ils se retournèrent tous deux vivement au son de cette voix, sans que Goronwy relâche son étreinte. Un homme se tenait à une quinzaine de pieds d'eux devant l'une des stalles, occupé à brosser avec soin la crinière d'un cheval noir comme du charbon dont Catrin aurait juré qu'il ne se trouvait pas là l'instant précédent. Derrière le nouveau venu, un char doré étincelait presque comme s'il émettait sa propre lumière au lieu de refléter la lueur de la lanterne que l'homme tenait à la main.

Goronwy porta la main à la poignée de son épée mais l'homme leva la main en signe de paix. « Allons, allons. Ce n'est pas nécessaire. » Il avait un torse puissant, était bâti comme le forgeron le plus imposant que Catrin ait jamais vu. Sa taille à elle seule contredisait ses paroles d'apaisement. Ses énormes biceps étaient cerclés d'or, son long manteau trainait jusqu'à terre et ses bottes de cuir noir qui lui montaient jusqu'aux genoux brillaient comme un miroir. Si Catrin ne savait pas exactement ce qu'il était, il était clair qu'il n'était pas humain.

Goronwy l'avait compris aussi. Il déglutit avec peine et baissa la tête. « Veuillez me pardonner de vous avoir dérangé, Votre Grandeur. »

« Ah, ce n'est pas la peine non plus, surtout alors que vous m'amenez une si charmante compagnie. » L'homme-dieu posa la brosse sur une étagère et s'approcha d'eux.

Catrin tenait toujours la main de Goronwy. Au lieu de la lâcher sous l'effet de l'anxiété, comme elle aurait pu le faire la veille, elle la serra plus fort. Au moins, leur sang avait cessé de couler. Tous deux enfants de la *vision*, ils n'avaient rien ignoré du pouvoir du sang, même avant de l'invoquer quelques instants auparavant et elle ne voulait pas laisser plus d'eux même dans ce palais fantasmagorique qu'ils ne l'avaient déjà fait.

« Monseigneur. » Goronwy s'inclina. « Je vous demande pardon d'avoir empiété sur votre domaine. Me feriez-vous l'honneur de me révéler votre nom ? »

Le dieu émit un grognement. « Au moins, on vous a appris l'essentiel. » Il pointa le doigt sur sa propre poitrine. « Je me nomme Manawydan. » Puis il montra la porte derrière lui. « Rares sont ceux qui ont la capacité d'échapper aux gardes. »

« Vous voulez dire les pions du jeu d'échecs ? » demanda Goronwy.

« Evidemment. »

« On n'a pas essayé de leur échapper, » dit Catrin. « Ils étaient morts avant qu'on n'arrive. »

Le regard de Manawydan se fit perçant. « Ce n'est pas parce qu'ils sont immobiles qu'ils sont morts. »

« Vous avez mal compris, Monseigneur, » dit Catrin avec autant de tact que possible. « Leurs corps gisent dans la cour du château. »

Le visage extraordinairement séduisant de Manawydan se figea un instant, le faisant ressembler à une des pièces du jeu d'échecs. Il absorba cependant l'information sans autre commentaire. « Mais vous avez trouvé l'entrée de cet endroit. » Il était enclin à exprimer comme des affirmations ce qui, sur un autre ton, aurait constitué des questions.

« Si, par entrée, vous voulez dire que Catrin a utilisé la vasque magique, alors oui, » dit Goronwy. « Sans cela, la pièce au sommet de la tour était une impasse. »

Manawydan pencha légèrement la tête. « C'est ce que vous pensez ? »

Catrin regarda Goronwy. « Il a raison. Taliesin et Mabon ont pu sortir. »

« Ils ne comptent pas, » marmonna Goronwy.

Manawydan avait porté son attention sur le visage de Catrin. « Mabon est ici ? » Il fit un pas vers eux. Pour la première fois, le ton de sa voix était menaçant.

« Taliesin l'a amené, à la requête d'Arianrhod ! » Goronwy tira Catrin à l'écart de Manawydan, en direction du char. Ils n'avaient pas eu besoin de se parler pour savoir de quoi il s'agissait, savoir qu'ils le voulaient, mais ne savaient pas comment s'en emparer sans déclencher la colère de Manawydan ou commettre un vol. A vrai dire, ils avaient besoin à la fois du char et du cheval. Mais comment, sans la permission de Manawydan ? »

« Manawydan ! Mon cousin ! J'ai à vous parler. » Une autre voix se fit entendre à l'extérieur de l'écurie. C'était celle de l'homme qu'ils avaient entendu crier contre la femme et qui avait dû les suivre depuis le sommet de la tour.

Manawydan grommela un mot inaudible. « A quoi joue Hafgan ? »

« Peut-être qu'il aide Mabon dans sa quête des Trésors des Britons ? » suggéra Catrin.

Si l'expression de Manawydan leur avait paru menaçante, elle était à présente parfaitement terrifiante, mais cette fois sa fureur ne se dirigeait pas contre eux. « L'intention de mon grand-père était de rogner les ailes de Mabon, pas de l'inciter à une rébellion encore plus violente. » Il réfléchit un instant. « A moins que... » Sans achever sa pensée, il se dirigea vers la porte des écuries. « J'arrive, Hafgan ! »

« Monseigneur, à moins que quoi ? » Goronwy tendit la main comme pour l'arrêter. « Je vous en prie, dites-le-nous. Nous sommes aussi en quête des Trésors, mais pas pour en faire usage. Mon roi, Cadwaladr ap Cadwallon, ne cherche qu'à les mettre à l'abri. »

Manawydan hésita. « J'ai entendu parler de ce Cadwaladr. Même ici, il a fait impression car c'est une créature d'Arianrhod et ses agissements se mêlent à ceux de Mabon. »

Catrin lui fit une profonde révérence. « Je vous en prie, Messire. Nous sommes de simples mortels pris dans des événements qui dépassent notre compréhension, mais notre seul désir est de servir. »

Avec une moue, Manawydan agita la main. En un clin d'œil, l'écurie et tout ce qu'elle contenait se trouva enveloppée d'une épaisse brume. Puis il prit Goronwy par le bras et Catrin eut l'impression que le chevalier avait été frappé par la foudre. Le dieu tenait le bras de Goronwy comme dans un étau et celui-ci ne pouvait plus ni bouger ni parler. Manawydan se pencha pour murmurer à l'oreille de Goronwy des mots que Catrin ne put entendre. Puis il recula et dit d'une voix rauque, « je vais informer mon grand-père de ce qui s'est passé aujourd'hui. Prenez le cheval et le char et filez ! Arrêtez-le ! »

« On va essayer. » Un instant plus tard, Goronwy vacilla sur ses pieds quand Manawydan le lâcha. Puis le dieu se dirigea vers la porte et disparut.

Catrin tremblait de la tête au pied. Cependant, elle sortit le licol de son sac et courut vers le cheval. « Que vous a-t-il dit ? »

Goronwy s'était repris, du moins suffisamment pour s'approcher du char, saisir les brancards et le tirer vers Catrin. Bien qu'il fût en or, il était plus léger qu'un véhicule fabriqué par les humains et roulait avec à peine un murmure.

Il passa le licol sur la tête du cheval. « Seulement un nom. Efnysien. »

« Le demi-frère de Manawydan ? » Catrin le regarda, horrifiée. « Que les dieux nous protègent ! »

« Pourquoi ? Qui sont ces gens ? » Goronwy prit un air contrit. « J'ai fait en sorte d'oublier tout ce que ma mère m'a enseigné. »

« Manawydan est le fils de Llyr, Seigneur de la Mer, et le petit-fils de Beli. Efnysien est son demi-frère et comparés à lui, tous les jeunes frères jaloux ou pleins de malice, humains ou *sidhe*, sont l'image de la bienveillance. » Catrin sentit un poids sinistre s'abattre sur ses épaules. La chaleur que l'étreinte de Goronwy avait répandue en elle s'était dissipée depuis longtemps. « Il faut partir tout de suite ! »

« Comment ? Où ? » Goronwy prit les rênes dans une main et, de l'autre, aida Catrin à monter dans le char.

« Il suffit de prononcer à haute voix le nom de l'endroit où l'on veut aller ou le nom de la personne que l'on veut rejoindre et le char nous y transportera. » Elle s'agrippait à la barre devant elle comme s'ils chevauchaient déjà le vent.

Goronwy ne demanda pas comment Catrin le savait, ce qui était aussi bien car elle ignorait elle-même d'où lui venait cette assurance. Elle savait seulement qu'elle avait raison.

Il claqua de la langue à l'adresse du cheval et prononça seulement, « Cadwaladr. »

Chapitre Dix-Sept

Rhiann

Rhiann s'était déjà trouvée dans cette situation mais ne se sentait pas moins désespérée que la dernière fois où ils avaient fait face à des forces qui menaçaient de les submerger et n'avaient pas eu d'autre choix que de rester et se battre. Hywel à ses côtés, elle tirait flèche après flèches dans la masse des Northumbriens qui se précipitait vers eux. Malheureusement, la plupart de ses flèches s'enfonçait inutilement dans les boucliers que les soldats adverses tenaient devant eux.

Et ce n'étaient pas les hommes de Penda qui allaient les aider. Entre le moment où les Northumbriens avaient chargé et maintenant, les autres archers avaient tout simplement disparu. En fait, un bref coup d'œil autour d'eux montra à Rhiann que Hywel et elle étaient à présent seuls sur le mur du nord. Ils avaient eu l'intention de retenir les hommes d'Oswin afin de donner à l'armée de Penda une chance d'évacuer mais Cade n'avait jamais prévu que les derniers à défendre Chester seraient les Gallois.

« Il est temps de partir, Rhiann. » Cade se matérialisa entre elle et son compagnon comme par magie. « J'ai donné l'ordre au reste de nos hommes de gagner le tunnel. »

Rhiann répondit par une petite exclamation de dégoût qui n'avait rien de royal. « Et de vous laisser tous les deux affronter la mort tout seuls ? J'ai déjà dit qu'il n'en était pas question. De toute façon... » entre deux tirs, elle montra d'un coup de menton la rue derrière eux. « C'est trop tard. »

Hywel émit un grognement digne de Bedwyr. « Merci, Penda, de votre aide. »

Cade égrena à pleine voix un long chapelet de jurons, ce qui ne lui ressemblait pas. Ils avaient perdu la ville avant même d'avoir commencé à la défendre. Les Northumbriens franchissaient déjà le mur de l'est. Une véritable horde se précipitait vers le poste de garde afin d'ouvrir les portes à l'armée qui déferlait à travers champs au nord de leur position.

Rhiann se retourna vers les hommes qui couraient vers eux. L'armée ennemie ne disposait que de rares archers et elle n'avait donc pas à se préoccuper de ce risque, mais la situation était sans espoir.

Cade ouvrit alors les bras comme un faucon qui prend son envol. Immédiatement, ils furent tous les trois à l'abri du manteau. « Courez ! » Il les prit chacun par un bras et les entraîna le long du chemin de ronde en direction de l'ouest. Les bâtisseurs des remparts de Chester avaient prévu un poste de garde tous les cinquante pas et ils en traversèrent deux sans s'arrêter jusqu'à la section des murailles du nord-ouest, plus isolée. Pour descendre l'échelle qui permettait de regagner le niveau de la rue, Rhiann et Hywel durent s'écarter du manteau et redevinrent visibles mais dès qu'ils parvinrent au pied du mur Cade les attira de nouveau dans le refuge de ses bras.

« Comment allons-nous sortir de là ? » dit Hywel.

« On va trouver un moyen... » Cade s'interrompit à la vue d'un contingent d'une vingtaine de Saxons qui approchait en courant. La petite troupe comptait à la fois des Northumbriens et des Merciens.

« Que se passe-t-il ? » souffla Rhiann.

Hywel regardait les soldats bouche bée. « Nom de... » Il n'alla pas plus loin. Invoquer le dieu ou le saint qui lui était venu à l'esprit ne semblait pas être une bonne idée. S'ils avaient appris quelque chose au cours de ces mois auprès de Cade, c'était d'être prudent avant d'en appeler aux *Sidhe*.

Le chef saxon, la main au-dessus de la tête, pointait du doigt comment il voulait que sa compagnie se divise en plusieurs groupes.

« Ils fouillent toutes les maisons systématiquement, » observa Hywel. « Est-ce qu'ils cherchent le plat ? »

Cade lui répondit avec un petit rire chargé d'ironie. « Non. C'est moi qu'ils cherchent. »

Rhiann courba la tête. Une vive douleur lui tordit l'estomac. « L'invitation de Penda à Chester était un piège depuis le début. »

« En effet. » Maintenant que les choses étaient claires, Cade avait retrouvé tout son pragmatisme. Il les tira au coin d'une rue et la leur fit traverser vers une échelle qui se dressait contre le mur ouest de la ville. « Vite ! Au chemin de ronde avant qu'ils ne nous voient ! »

Hywel émergea en premier du refuge du manteau, suivi de Rhiann. Cade gravit l'échelle à toute vitesse sur les talons de Rhiann et arriva au sommet presque au même instant qu'elle. Encore un battement de cœur et ils se serreraient de nouveau tous les trois dans le manteau, redevenus invisibles pour les soldats qui fouillaient la rue au-dessous d'eux.

Cependant, il leur fallait encore trouver une issue, et vite. Rhiann s'approcha du créneau le plus proche et inspecta la base du mur. Ils se trouvaient à vingt pieds au-dessus du sol, trop loin pour que Rhiann ou Hywel puissent sauter, bien que Cade ait déjà eu l'occasion de sauter d'une hauteur similaire.

« Ils vont finir par abandonner leurs recherches. Il nous suffit d'attendre qu'ils soient saouls ce soir et de sortir par une porte qui ne sera pas surveillée, » dit Hywel.

Le visage de Cade montrait toute la fureur qu'il ressentait. « Ça nous permettrait de survivre mais le temps qu'on s'échappe nos hommes seraient morts. Ils sont partis par le tunnel avec Peada. Malgré leur bravoure, ils sont trop peu nombreux pour résister à cent hommes ou plus. »

En entendant Cade évaluer aussi franchement la situation, Rhiann sentit son estomac se tordre un peu plus et des larmes lui montèrent aux yeux. Elle s'était habituée à voir Cade en mesure de les sortir de n'importe quelle situation, quelle que soit sa gravité.

Tout à coup un éclair déchira le ciel. Rhiann vacilla sous l'effet de l'explosion d'énergie dispensée. Et un char doré tiré par un cheval noir comme la suie surgit du ciel et s'arrêta devant eux, flottant à trente pieds du sol, à l'extérieur des remparts de Chester.

Goronwy leur souriait largement depuis la plate-forme du conducteur. « Sérieusement ! Est-ce que je dois tout faire tout seul ? »

Les trois compagnons le regardaient, sidérés. Puis Catrin, jusque-là cachée par la masse de Goronwy, se pencha en arrière. « Dépêchez-vous ! Montez ! On ne sait pas vraiment comment ce machin fonctionne ! »

« Comment se fait-il que vous nous voyiez ? » Hywel monta sur la margelle de pierre à la base du créneau devant lui, sauta les six pieds qui séparaient le char du mur et atterrit avec un bruit mat derrière Goronwy.

Catrin le prit par le bras. « Je suppose que c'est parce que le manteau est un des Trésors, tout comme ce char. » Puis elle fit signe à Cade et à Rhiann de sauter à leur tour.

Cade enserra la taille de Rhiann de son bras et ils sautèrent ensemble. Ils retombèrent lourdement et sous leurs pieds le char trembla mais il tint bon. Goronwy jeta un coup d'œil derrière lui. « Je ne vais même pas vous demander ce que vous faisiez à Chester. Dites-moi seulement quelle est notre prochaine destination. »

« Bedwyr se trouve à l'ouest, à la sortie d'un tunnel qui part de la ville, passe sous la Dee et débouche dans une tour de guet abandonnée sur la rive opposée, » dit Cade « Penda m'a attiré dans un piège et je crains que Bedwyr ne se trouve dans une situation encore pire que la nôtre. »

« Pire ? » Goronwy éclata de rire. Il n'y avait pas d'ironie dans sa voix, seulement de la joie et même une touche de jubilation. « Alors, il vaut mieux qu'on se dépêche. »

Chapitre Dix-Huit

Bedwyr

Bedwyr déplorait depuis de longs moments chaque instant de cette interminable journée. Les hommes de Cade s'étaient mélangés à ceux de Peada pour passer le tunnel mais chaque fois que l'un d'eux apparaissait dans l'encadrement de la porte, Peada le dirigeait de quelques mots secs vers le côté droit d'une petite clairière au milieu des arbres qui bordaient la rivière.

Si les Gallois étaient largement en infériorité numérique (depuis le départ de Dafydd et d'Angharad, il leur restait moins d'une vingtaine d'hommes), Bedwyr les voulait tout de même en formation défensive. Il n'avait jamais fait confiance à Penda ou à Peada et l'instant lui semblait mal choisi pour changer d'avis. Plus encore, son instinct de guerrier lui soufflait que quelque chose n'allait pas, ni le nombre de Saxons qui sortaient du tunnel ni le fait qu'ils ne paraissaient pas spécialement pressés. Ils étaient étrangement détendus, comme s'ils ne s'inquiétaient pas de savoir l'armée d'Oswin dans leur dos.

Puis Penda en personne apparut. Il ne fermait pas la marche comme promis et ni Cade ni les autres compagnons de Bedwyr ne l'accompagnaient.

Et il n'allait pas se contenter d'une réponse négative.

« Posez vos armes ! » Le roi de Mercie arborait un petit sourire supérieur et ses yeux brillaient. Les hommes de Bedwyr se trouvaient dos à la rivière. Rares étaient ceux qui savaient nager et Bedwyr refusait de laisser un seul homme en arrière. Heureusement, le fait que Penda ne disposait pas d'archers signifiait que s'il voulait affronter les hommes de Bedwyr, ce serait dans un combat à l'épée et il y perdrait lui aussi des hommes.

Bedwyr assura sa prise sur la poignée de son épée. La paume de ses mains était humide de sueur mais il avait depuis longtemps pris la précaution d'en rendre le cuir rugueux pour qu'elle ne glisse pas. « Non. » Il n'aurait pas davantage pu se rendre à Penda que se faire pousser des ailes et s'envoler. Il priait juste que sa femme lui pardonne de se faire tuer si tôt après leur mariage et que Hywel lui pardonne d'avoir tant tardé à voir le danger.

« On est avec toi, Bedwyr, » lui souffla doucement une voix derrière lui, celle de l'un des plus jeunes soldats de leur compagnie. Après avoir vécu la bataille de Caer Fawr, l'homme était bien plus vieux que le compte de ses années.

Bedwyr plia les jambes, l'épée dans la main droite, un couteau dans la main gauche. Il regrettait maintenant de ne pas avoir gardé le plat. On disait qu'il exauçait les vœux de celui qui le maniait. C'était bien-sûr une légende, mais ils en étaient arrivés là.

Alors, au lieu de prier pour un miracle, il fit ce que tout bon soldat aurait fait dans sa situation : il s'efforça de gagner du temps. « Donc, c'était un piège depuis le début ? Vous n'avez jamais eu l'intention de vous allier au roi Cadwaladr ? »

« Oswin m'avait offert une opportunité d'éviter un assaut : lui livrer mon neveu. » Penda ricana. « Je n'en ai pas cru ma chance quand j'ai vu sa bannière ce matin. Il s'est remis lui-même entre mes mains. »

« Mais il avait dit qu'il ne viendrait pas. » A présent, Bedwyr était réellement perplexe. « Avec Oswin sur le pas de votre porte, quel était votre plan ? »

Penda haussa les épaules. « Je savais dès le début que j'avais peu de chance de capturer Cade. Sans lui, rien ne changeait et il me fallait organiser la défense de la ville. »

« Mais vous avez bien attiré Cade ici et pourtant Oswin a lancé son assaut. »

De sa place quelque part à droite, Peada toisa Bedwyr. « Il a fait semblant, à l'intention de votre roi. »

« Comment avez-vous prévenu Oswin que Cade était là ? »

« Dès que vous êtes entrés dans la ville, je suis allé le lui dire. » Peada parlait comme si c'était une évidence. Bedwyr se rappela que Peada était absent quand ils étaient entrés dans la grande salle et que c'était lui qui les avait avertis de l'attaque imminente par les troupes d'Oswin.

« Mais vous avez perdu des hommes ! » Bedwyr était outragé. « Et lui aussi ! »

« J'ai perdu bien moins d'hommes qu'en cas de véritable attaque, » dit Penda. « Bien. Dernière chance. »

Bedwyr ouvrait la bouche pour refuser la proposition de Penda quand il entendit la voix de Hywel murmurer à son oreille. Il devait se trouver sous le manteau puisque personne ne semblait le voir. « J'ai toujours su que Penda était un serpent. Mais je suis vexé que tu aies failli commencer la fête sans moi. »

Bedwyr cligna des yeux et fit de son mieux pour ne pas afficher sa surprise et son soulagement. Sans lâcher Penda du regard, il répondit du coin des lèvres, en gallois. « Tu as pris ton temps. J'ai trouvé le Trésor. »

« Il est en sécurité ? »

« Oui, pour l'instant. Je pense qu'il vaut mieux le laisser où il est. A présent, j'espère que tu as un plan. »

« Oh, oui. » Hywel ponctua sa réponse d'un rire bas. « C'est Cade, notre plan. »

Alors, comme s'il répondait aux paroles de Hywel, bien qu'il n'ait pas pu les entendre à cette distance, Cade sortit des bois à l'ouest. L'épée nue à la main, il se fraya un chemin entre les hommes de Penda sans même en rougir la pointe. Le pouvoir qui émanait de lui était tel que les Merciens se bousculaient pour libérer le passage, volontairement ou non. Peada résista plus longtemps mais même lui recula devant la puissance encore contenue de Cade.

Hywel restait une présence invisible derrière l'épaule de Bedwyr, prêt à se battre si nécessaire, mais Bedwyr se sentait tout à coup bien plus optimiste sur leurs chances de se sortir du piège sans avoir à combattre.

Cade s'arrêta à cinq pas devant Bedwyr, face à Penda. « Mes hommes et moi partons maintenant. »

Penda le regarda avec mépris. « Comment ? On est bien plus nombreux que vous. »

Cade brandit son épée vers le ciel, posa les lèvres sur la poignée, puis l'abaissa pour la pointer droit sur Penda. « Vous avez dit vous-même que Caledfwlch et Dyrnwyn à elles seules pourraient tenir Chester. Même si vous ne voyez ici que Caledfwlch, êtes-vous prêt à mettre le sujet à l'épreuve ? »

Jusque-là, Penda s'était montré fort satisfait de lui-même, mais à cet instant il décocha à Cade un regard furieux. Pourtant, il refusait de céder. Une flèche enflammée s'enfonça alors à un pied devant lui, le forçant à un mouvement de recul involontaire. La flèche flamboyait entre Cade et lui, malgré la pluie qui continuait de tomber. Bedwyr leva les yeux et aperçut à sa gauche Rhiann perchée au sommet des ruines de la tour de guet.

Derrière lui, les hommes de Cade se mirent en position de combat. Ils constituaient une force d'élite. Ils étaient mieux entraînés que la plupart des hommes de Penda et aguerris par les batailles menées aux côtés de Cade. Tous avaient perdu des amis à Caer Fawr. Ils ne tomberaient pas sans emporter bon nombre de Merciens avec eux.

Penda le savait mais il luttait encore contre lui-même. Ses hommes étaient bien plus nombreux que ceux de Cade et il désirait ardemment acquérir le pouvoir dont Cade disposait en se contentant d'exister. Dans un éclair de compréhension presque surnaturel qui le mit mal à l'aise, Bedwyr vit à quel point Penda rêvait de ce pouvoir. C'était ainsi que Mabon l'avait séduit avant Caer Fawr. Penda avait espéré s'emparer de Caledfwlch et du manteau, ainsi que des autres Trésors qu'il récupérerait peut-être sur les corps des compagnons de Cade tombés au combat. Mais par ailleurs, il craignait d'affronter Caledfwlch ou Cade. Penda avait vu l'épée en action à Caer Fawr. C'était un souvenir que ni le temps ni la distance n'effaceraient.

« Partez, Penda. » Cade se montrait bien plus magnanime que Bedwyr ne l'aurait été à cet instant. « Profitez en paix des quelques mois qui vous restent. »

Penda le fixa encore le temps d'un battement de cœur, le visage dépourvu de toute expression. Puis, avant que le désir de se battre ne luise à nouveau dans ses yeux, Goronwy surgit de derrière un arbre à quelques pas de Peada, passa le bras autour du cou de ce dernier et le tira contre lui, un couteau sur la gorge. « Vos petits jeux me fatiguent, Penda. Quand vos hommes et vous aurez disparu dans le tunnel, je relâcherai Peada. Pas avant. »

« Espèce de lâche ! » Penda cracha par terre mais sans faire un pas dans leur direction.

Loin d'être vexé, Goronwy éclata de rire. « Vous avez donc oublié le pragmatisme des Gallois ? En outre, ce n'est pas moi qui ai trahi le Roi Suprême des Britons. Le nom de Cadwaladr restera éternellement dans les mémoires, alors qu'on aura oublié le vôtre quelques jours après votre décès. Vous avez scellé votre destin. Partez. »

Bedwyr n'était pas le seul à regarder avec stupéfaction Goronwy, le dernier d'entre eux enclin à faire des discours. Son vieil ami resplendissait d'un éclat intérieur similaire au pouvoir qui émanait de Cade. Et si les paroles de Goronwy avaient mis Penda en colère, en fin de compte il ne resta au roi des Merciens qu'à obéir. D'une main peu assurée, il fit signe à ses hommes de prendre le chemin du sous-sol et de l'entrée du tunnel.

Cade les regarda partir puis invita Goronwy à avancer vers lui avec son prisonnier. Lorsqu'ils l'eurent rejoint, il indiqua d'un mouvement de la tête à Goronwy qu'il pouvait relâcher Peada. Goronwy obéit puis s'écarta d'un pas.

Penda était à court de mots. Il se contenta d'agiter le poing à l'adresse de Cade. Mais Peada plongea le regard dans les yeux de Cade. « Nous n'en avons pas fini, mon cousin. »

« Si, c'est fini, Peada. Mais il vous reste à le réaliser, » dit Cade.

* * * * *

Dès que les deux Merciens eurent disparu dans le sous-sol, Cade se tourna vers ses hommes. « Allez-y ! Allez-y ! Suivez Hywel. »

Hywel arracha le manteau de ses épaules, le lança à Cade en passant devant lui et partit en courant en direction des bois. Dans un bel ensemble, les Gallois le suivirent. Tout en roulant le manteau sous son bras, Cade partit à reculons derrière eux en incitant tout le monde à se hâter d'un geste de la main. Rhiann accourut du haut de son perchoir, plus légère que jamais malgré sa grossesse. Goronwy attendit qu'elle les rejoigne puis s'élança derrière elle, laissant Cade et Bedwyr fermer la marche.

Ils s'étaient enfoncés de plusieurs dizaines de pas dans la forêt quand Bedwyr s'adressa à Cade. « Ils vont nous poursuivre, vous ne croyez pas ? »

« Vous ne le feriez pas, à sa place ? Penda est gravement déçu. Je ne veux même pas savoir quel marché il a passé avec Oswin pour le laisser entrer dans Chester sans résister. »

« De toute façon, il avait perdu d'avance. Pour lui, cela valait le coup d'essayer de s'emparer d'un Trésor ou deux. Avec eux, il aurait pu reprendre la ville. Qui se serait dressé contre lui une fois que vous, et nous tous, serions morts ? »

« Ce que je voudrais savoir, » dit Rhiann d'une voix essoufflée en sautant par-dessus une branche tombée, « c'est si Taliesin avait *vu* tout cela et, si c'est le cas, pourquoi il n'a rien dit. »

« Taliesin ne *voyait* pas très clair la dernière fois que je l'ai vu, » remarqua Goronwy.

« En parlant du barde, où est-il ? » demanda Bedwyr.

« Il n'est pas revenu avec Catrin et moi. C'est une longue histoire. »

Un roulement de tonnerre leur parvint alors. D'abord, Bedwyr pensa qu'il s'agissait de Penda avec des renforts. Comme cela ne semblait pas être le cas, il crut ensuite que Taliesin était à l'origine du bruit, ce qui aurait finalement répondu à la question qu'il avait posée à Goronwy. Mais un instant plus tard, lorsqu'ils débouchèrent sur une route, il constata qu'il avait tort sur tous les points. C'était Dafydd, à la tête d'une compagnie. Il avait ramené tous leurs chevaux. A ses côtés avançait un char doré qui roulait en bringuebalant si peu sur la route cabossée qu'on aurait dit qu'il ne touchait pas le sol. Tiré par un cheval noir, c'était Catrin qui le conduisait.

Le char s'arrêta devant Goronwy qui monta sur la plateforme avec désinvolture. Il prit les rênes des mains de Catrin.

Avec un baiser.

« Apparemment, j'ai manqué plus d'une histoire. » Bedwyr fit halte à côté de Cade, qui sauta sur un des chevaux amenés par Dafydd et hissa Rhiann derrière lui. Il leva la tête pour regarder Cade. « Où est Taliesin, en vérité ? »

« Je ne le sais pas vraiment. Mais je sais que notre prochaine mission est de le retrouver. »

* * * * *

La grande salle de Caer Gwrlie était calme ce soir. Allongé sur une couche un peu trop molle, Bedwyr contemplait le plafond, incapable de dormir. Ils avaient laissé le plat dans son placard de pierre à l'entrée du tunnel plutôt que de renvoyer Bedwyr, protégé par le manteau, le chercher. Cade l'avait regardé avec curiosité lorsqu'il avait affirmé que retourner si tôt à Chester, sous le nez de Penda, était trop risqué. Mais face à l'insistance de Bedwyr, il avait cédé.

Dans l'obscurité relative de la salle, Bedwyr leva les mains devant ses yeux. Elles tremblaient. Il avait prié pour qu'un miracle leur permette de survivre, lui et ses hommes, à la confrontation avec Penda, et presque au moment où il avait formulé son vœu, Cade était apparu de nulle part et les avait sauvés. Peut-être, s'il en parlait à Taliesin, celui-ci lui dirait-il que Cade serait de toute manière venu à leur secours.

Mais peut-être pas.

Était-ce le Destin ? Ou la Main de Dieu qui l'avait effleuré parce qu'il avait touché le plat ?

Il serra les poings pour faire cesser le tremblement. Pour la première fois, il comprenait ce que voulait dire être touché par les *Sidhe*. Avec un soupir il se retourna et fixa du regard le feu qui crépitait au milieu de la salle. Savoir qu'ils avaient acquis, si l'on peut dire, trois Trésors de plus et qu'aucun de leurs compagnons n'y avait laissé la vie était une consolation. Ce n'était pas la fin qu'ils avaient espérée, mais c'était tout de même une sorte de fin, une fin dont il pensait que son grand-père aurait été fier.

Chapitre Dix-Neuf

Arianrhod

« **P**ère... »

« Tu t'es bien suffisamment immiscée dans le monde des humains pour l'instant, tu ne crois pas ? »

Arianrhod courba la tête. Elle aurait dû savoir qu'il était inutile de faire appel à l'instinct paternel de son père, puisqu'il en était totalement dépourvu. Dans de telles circonstances, il valait mieux ne pas penser à Beli comme à un père. Il était le dieu-soleil, source de lumière, dont l'absence signifiait obscurité et mort. Gwydion, ce lâche, n'était même pas venu la soutenir. Il prétendait *explorer d'autres possibilités* mais était resté bien vague sur leur nature.

Pour l'instant, Beli allait et venait devant l'âtre immense de la salle où il donnait audience. « D'abord Cadwaladr ap Cadwallon et ensuite Taliesin. A quoi as-tu pensé en lui confiant ton fils ? Ce n'était pas mon intention ! »

Arianrhod gardait les yeux sur le sol. « Je vous prie de m'excuser, Père. J'ai dû mal comprendre. » Elle sentait son regard peser sur elle mais refusait de lever les yeux. Il n'était pas possible de traiter Beli, souverain tout-puissant de l'Autre Monde, à la légère, en particulier lorsque la rage le consumait. Pourtant, elle ne pouvait se taire. « Efnysien... »

« Efnysien ! Il a fait davantage pour cette famille que n'importe qui ! Ne s'est-il pas sacrifié dans le chaudron noir pour nous sauver tous ? Bientôt, c'est Nysien que tu vas accuser de trahison ! »

Efnysien était un coquin, renommé dans tous les mondes pour sa sournoiserie, ses trahisons, son caractère impitoyable. Au contraire, son frère, Nysien, un proche compagnon de Gwydion, était la lumière qui contrastait avec les ténèbres générées par Efnysien. Il était difficile de croire que les deux frères étaient nés de la même mère. Et de tous les *Sidhe*, c'était Nysien qui craignait le moins son frère.

« Jamais je ne ferais cela, Père. Je ne comprends pas pourquoi... »

Beli pointa le doigt vers elle. « Je ne veux plus t'entendre ! »

Arianrhod se tut comme Beli le lui commandait malgré les émotions qui l'agitaient. Elle glissa un regard en direction de la porte où sa mère, Dôn, attendait patiemment, les mains paisiblement croisées devant elle. Dôn inclina légèrement la tête et Arianrhod comprit qu'il était temps pour elle de disparaître. Sa mère avait toujours les mots qui convenaient pour calmer le feu qui faisait rage en Beli. Arianrhod aurait été stupide de ne pas lui laisser ce soin.

Elle plongea une dernière fois les yeux dans ceux de son père puis détourna le regard, mais pas avant d'avoir aperçu comme un scintillement dans les yeux de Beli dont le vert émeraude avait pendant un temps infime viré au gris de la fumée. Elle dissimula sa surprise et pivota sur ses talons en faisant tournoyer sa robe, mais cela l'avait ébranlée. Son père était de nouveau aux prises avec la folie qui l'affectait. Elle avait remarqué que cela arrivait de plus en plus fréquemment, même si personne à l'exception de Gwydion ne l'admettait. Il y avait quelque chose de pourri au royaume de l'Autre Monde.

Chapitre Vingt

Mabon se pencha vers Taliesin et chuchota sur le ton d'un conspirateur, « ce n'est pas pour moi que je cherche les Trésors. »

Taliesin marqua une hésitation, à quelques marches du sommet de l'escalier, puis continua à monter. Il livrait un combat quotidien contre un excès de fierté mais il ne pouvait nier qu'il était fier de son stoïcisme et de la manière dont il refusait de réagir aux insultes ou aux provocations de Mabon. Parfois, Taliesin masquait volontairement son incertitude derrière des poèmes et des chants destinés à distraire et troubler ses auditeurs, ainsi qu'à leur livrer sa connaissance s'ils acceptaient de réfléchir à ses paroles. Naturellement, constater que Mabon lisait en lui comme dans un livre n'aurait pas dû le surprendre. C'était un *Sidhe* après tout.

Ce dernier commentaire était du pur Mabon. Il gardait soigneusement ses secrets et tout à coup, *sans aucune raison apparente*, décidait de faire une révélation. La clé, comme pour les propres poèmes de Taliesin, était de distinguer comment son esprit fonctionnait et d'être conscient du fait que son objectif, tout comme celui de Taliesin, était de troubler l'esprit et de détourner l'attention. Ce fut seulement à cet instant que Taliesin réalisa que c'étaient leurs similitudes qui les attiraient l'un vers l'autre. Qu'il soit capable de comprendre Mabon, parce qu'il se comprenait lui-même, n'avait rien de flatteur.

Si Mabon choisissait ce moment pour justifier sa propre quête des Treize Trésors des Britons, c'était pour détourner l'attention de Taliesin d'un autre secret qu'il ne voulait pas que le barde devine.

« Expliquez-moi, » dit Taliesin.

« Je reconnais que je les ai utilisés, » dit Mabon avec un petit gloussement de rire, une réaction qui aurait été amusante chez un enfant mais extrêmement déconcertante de la part d'un dieu. « Mais ce n'était que temporaire, jusqu'à ce que je puisse les remettre à mon maître. »

« Vous voulez dire Efnysien. Oui, je sais. »

Mabon haussa un sourcil. « Si vous en savez tant, pourquoi prendrais-je la peine de parler ? »

Taliesin saisit l'avant-bras de Mabon et franchit avec lui le seuil de la salle qui s'ouvrait au sommet de l'escalier, dans le palais de la déesse Dôn. Mais en fait ils se retrouvèrent dans un vaste jardin et lorsque Taliesin leva les yeux il vit que le plafond avait laissé place au ciel, un ciel bleu sans nuage. Ici, il ne neigeait pas et la température était si douce qu'il repoussa son manteau devenu trop chaud alors qu'un moment plus tôt il ne pensait qu'à le serrer autour de lui.

Horrifié, non par la chaleur mais par le changement de lieu, il pivota sur lui-même. Là où s'était trouvée la porte sur l'escalier, il y avait à présent une arche couverte de lianes aux fleurs rouges. Le palais de Dôn avait disparu. Goronwy et Catrin ne gravissaient plus les marches derrière Taliesin et Mabon, parce qu'il n'y avait plus de marches à gravir.

Taliesin se hâta vers le treillis. Il aurait juré s'il n'avait su à quel point invoquer le nom d'un dieu dans ces circonstances était dangereux. Au lieu de cela, il en appela à son protecteur, Gwydion, avec foi et espoir, tout en agitant la main pour faire réapparaître la porte et permettre à ses amis de le rejoindre.

En vain.

Taliesin fronça les sourcils. Initialement, il n'avait pas du tout prévu de se faire accompagner de Goronwy et de Catrin dans l'Autre Monde, mais à présent qu'il les avait amenés là, il ne pouvait pas simplement les abandonner, même si cela signifiait laisser Mabon sur place et mettre un terme à sa quête des Trésors. Il répéta le sort qu'il avait utilisé pour ouvrir la porte dans la crypte, dans l'espoir de déchirer le voile qui séparait l'Autre Monde du monde des humains, avec l'intention de retourner dans la crypte de l'abbaye et de retourner par cette voie au palais de Dôn. Il lui faudrait affronter la neige seul, ainsi que les obstacles que la déesse aurait pu placer pour garder le palais, mais la crainte du danger ne pouvait le dispenser de ses responsabilités.

Malheureusement, cette requête ne provoqua pas de réponse non plus et il dut reconnaître qu'il était inutile de s'entêter. Il avait invoqué le nom de Gwydion et obtenu le droit d'entrer quand il avait ouvert le portail sous l'abbaye de Valle Crucis. Gwydion ne pouvait ignorer où se trouvait Taliesin. Pourquoi lui retirait-il maintenant sa faveur ?

Taliesin vérifia la position du soleil, soudain inquiet à l'idée qu'ils avaient déjà passé trop longtemps dans l'Autre Monde et que le temps s'écoulait différemment de ce que ses sens lui disaient. Plusieurs jours étaient peut-être passés à son insu. Voire plusieurs années. Abandonné par Gwydion, il se sentait partir à la dérive, comme un bateau ivre.

Rassemblant son courage pour affronter le sort que Mabon lui réservait à présent qu'il l'avait séparé de ses amis, Taliesin se retourna. L'enfant-dieu, resté à quelques pas, le regardait les mains sur les hanches avec ce petit sourire hautain qu'il affichait lorsqu'il était particulièrement satisfait de lui-même. Taliesin aurait voulu que Goronwy soit là pour le lui effacer. Mais tout à coup le regard de Mabon se détourna du visage de Taliesin pour fixer un point au-delà de l'épaule gauche du barde et il pâlit. Ce qu'il voyait devait être terrible pour l'affecter ainsi. Taliesin pivota sur lui-même pour voir de quoi il s'agissait.

Un homme se tenait à dix pas d'eux, là où s'était trouvée la porte d'accès à l'escalier et où un instant plus tôt il n'y avait personne. Taliesin n'avait pas eu les ressources nécessaires pour ouvrir un passage entre le jardin et un autre endroit mais c'était exactement ce que l'homme en question avait dû faire. Taliesin l'examina en fronçant les sourcils. Il était plus petit que Taliesin, avec des cheveux et des yeux bruns. De corpulence ordinaire, il n'était pas spécialement musclé et avait même un peu de ventre. Le personnage n'avait rien d'extraordinairement séduisant, aucune aura divine ne chatoyait autour de sa silhouette. C'était juste un homme.

Et là était le problème.

Un dieu qui ne se sentait pas obligé d'arborer une beauté surnaturelle, qui ne cherchait pas à projeter la force de son pouvoir ou de son autorité était bien plus à craindre que Mabon et tous ses caprices d'enfant.

« N'approchez pas. » Taliesin avait employé la Voix de Commandement.

« Vous n'auriez jamais dû croire que vous pouviez tracer votre propre voie, venir ici sans attirer l'attention, » dit Mabon de sa place derrière Taliesin. Il y avait de la fierté dans sa voix, et cette perpétuelle satisfaction qui rendait fous ses interlocuteurs. Il avait l'attitude de celui qui a réussi à berner un adversaire mais Taliesin n'arrivait pas à discerner à quel jeu il avait joué. Le barde était intimement convaincu d'avoir agi en toute logique et venir dans l'Autre Monde avait été son idée.

Ou pas ? Taliesin tenta de se rappeler tous ses échanges avec Mabon depuis le moment où Arianrhod avait fait son apparition sur la route de Dinas Bran.

« Croyez-vous que j'aie l'intention de vous faire du mal ? » L'homme, dont Taliesin avait conclu, en partie du fait de la réaction de Mabon, qu'il s'agissait d'Efnysien en personne, tendit une main qu'il voulait accueillante. « Je vous assure que c'est loin d'être le cas. C'est la dernière chose dont j'ai envie. Je veux seulement vous parler et vous demander vos sages conseils. »

Taliesin hésita. Il s'était montré stupide, s'était dévoilé en tentant d'utiliser ses pouvoirs magiques et il se sentit plus stupide encore en baissant lentement son bâton sous l'influence des paroles apaisantes d'Efnysien.

« Pourquoi voudriez-vous me parler ? » Taliesin avait l'impression de forcer ses lèvres gelées à prononcer chaque mot. Si Mabon était un filou, Efnysien était l'incarnation même de la perfidie.

« J'ai besoin de votre aide. » Efnysien pencha un peu la tête pour regarder Mabon derrière Taliesin. Celui-ci fit un pas de côté pour permettre aux deux dieux de se saluer correctement. Il préférait de toute façon ne pas concentrer sur sa personne l'attention d'Efnysien. « Merci de l'avoir amené. »

Mabon s'inclina bien bas. « Je vous en prie. C'est un honneur. »

« Tu seras bien récompensé de ta loyauté. »

Mabon se redressa. « Je voudrais vous demander... »

Efnysien agita un doigt impérieux, interrompant Mabon avant que celui-ci ne puisse finir sa phrase. « Allons, allons. Tu sais bien que je ne peux te rendre ton pouvoir. Cela ne manquerait pas d'attirer l'attention sur nos agissements, ne crois-tu pas ? »

« De quels agissements parlez-vous ? » hasarda Taliesin.

Le visage d'Efnysien afficha une profonde gravité. « Une corruption s'est répandue à travers ces domaines. Je sais que vous l'avez sentie et même vue parfois, lorsqu'elle a franchi la barrière entre ce monde et celui des humains. »

Taliesin s'efforça de calmer à la fois sa respiration et le ton de sa voix. Efnysien ne mentait pas, mais c'était lui qui était la source de cette corruption. « Vous parlez des ténèbres. »

Efnysien hocha la tête. « Je les surveille depuis de longues années. Je les ai vues s'étendre. Ces derniers temps, elles ont gagné en puissance. Quelque chose, ou quelqu'un, les nourrit. »

« Vous. »

Efnysien renversa la tête dans un éclat de rire. « Moi ? Vous me croyez responsable des ténèbres ? »

Taliesin parvint à maîtriser un mouvement de recul. Voir Efnysien capable de rire des ténèbres le glaçait jusqu'au sang. Pourtant, à cet instant, il n'aurait pas su dire ce qui l'effrayait le plus, d'Efnysien ou des ténèbres. Taliesin les avait vues, il les avait senties, tentaculaires, huileuses, maléfiques. Lorsqu'elles s'étaient avancées vers lui au-dessous de Dinas Bran, il s'était effondré. Le désespoir qui l'avait envahi à leur contact l'avait empêché de bouger, de penser, de ressentir autre chose que la noirceur qui l'étouffait. Seules la vivacité de la réaction de Cade et son agilité l'avaient sauvé. Il ne voulait plus jamais s'en approcher. En réalité, il ne voulait même plus y penser ou en parler.

Mais Efnysien se contenta de rire à nouveau. « Je peux vous assurer que je ne suis pas à leur origine et que je ne les contrôle pas. Je le ferais si je pouvais, mais cela excède mon pouvoir. » Il reprit son sérieux et s'approcha de quelques pas, s'arrêtant à mi-distance. « Je devrais être flatté de constater que vous me prêtez la capacité de créer une telle entité. »

« Alors quel espoir avons-nous de mettre un terme à leur expansion ? » Taliesin s'obligea à ne pas reculer.

Efnysien avait peut-être l'apparence d'un mortel, mais c'était un *Sidhe* et Taliesin sentait la magie qui émanait de lui. Bien que Taliesin n'ait jamais été enclin à demander de l'aide et qu'il puisse compter sur les doigts d'une main le nombre de fois où il s'était fié à quelqu'un d'autre, en particulier en relation avec ses pouvoirs, il aurait voulu que Catrin et Goronwy soient là. L'un ou l'autre aurait peut-être pu voir à travers l'illusion qu'Efnysien projetait ou lui révéler qui il était vraiment en examinant son aura. Si Taliesin n'avait pas fait tant d'efforts pour garder un visage impassible, il aurait froncé les sourcils en réalisant que c'était peut-être justement la raison pour laquelle Efnysien l'avait séparé de ses compagnons.

« Ce que j'espère, c'est que vous consentirez à m'aider à rassembler les Trésors. C'est seulement ainsi que nous pourrons contenir les ténèbres. »

« Moi ? » Taliesin lutta pour dissimuler sa surprise en entendant Efnysien admettre ouvertement qu'il voulait les Trésors, et dans un but que Taliesin ne pouvait contester.

« Pourquoi pas vous ? N'êtes-vous pas le plus accompli de tous les *gweledydd* de la contrée des Britons ? Niez-vous que les mots de vos compositions sont des mots de pouvoir ? »

Taliesin pencha un peu la tête, sans protester. Il n'aurait pas dû se sentir flatté mais alors qu'il essayait de lutter contre le plaisir que lui procurait ce compliment, il sentait en lui ses ancêtres parader. Après tout, Efnysien n'avait pas tort. Pourtant... « A quoi peut servir ma magie si la vôtre est impuissante ? »

« La puissance brute ne suffit pas. En tout cas la mienne ne suffit pas. Jamais encore un *Sidhe* n'avait accueilli un humain en vie dans l'Autre Monde, mais le temps est venu pour les *Sidhe* et les humains de s'unir pour avoir une chance de survivre. »

Taliesin se passa la main sur le menton. « Je ne comprends pas. »

« Vous n'allez pas tarder à comprendre. » Le dieu se retourna et s'éloigna vers le fond du jardin. Il continua à parler par-dessus son épaule. « Les ténèbres sont restées contenues pour un temps sous Dinas Bran grâce à votre magie. »

Taliesin déglutit avec peine. Il savait que la remarque d'Efnysien n'était pas prononcée à la légère. Il avança à son tour avant que le dieu ne se trouve hors de portée de voix. « Monseigneur, je crains que vous vous trompiez. C'est mon pouvoir qui les a libérées de la cage dans laquelle elles étaient retenues. »

Efnysien continuait à marcher. « Mais vous les avez contenues. »

Un goût amer emplit la bouche de Taliesin. « Encore une fois, il me semble que vous vous trompez. Elles ne sont pas contenues. Lorsque nous sommes entrés dans la crypte sous l'abbaye de Valle Crucis, nous avons senti la terre trembler, et quand nous avons atteint l'Autre Monde, ce sont les tours en ruines de Dinas Bran qui nous ont accueillis. »

Taliesin priait avec ferveur pour que Cade et ses compagnons aient quitté le château à temps. Il puisait un peu de réconfort dans le fait qu'Efnysien prenait la peine de lui parler. Si Cade était mort, la menace qu'il représentait pour l'accomplissement des plans d'Efnysien avait disparu et il ne disputerait plus au dieu la possession des Trésors. Si tel était le cas, Efnysien se serait adressé ailleurs pour *demander conseil*.

Efnysien balaya son commentaire d'un geste de la main. « Les ténèbres secouent les barreaux de leur cage. C'est tout. C'était leur dernière tentative pour se répandre dans le monde des humains par cette voie. Elles ont abandonné et se sont déplacées. »

Taliesin sentit son cœur se serrer. « Pour aller où ? »

« Je crois que vous nommez cet endroit Caer Fawr. »

Pendant tout ce temps, Mabon avait gardé le silence, mais à cet instant il se mit à rire. « Cade doit être couronné à Caer Fawr. »

Efnysien hocha gracieusement la tête. « C'est ce que j'ai compris. »

Taliesin ne put réprimer une grimace. Efnysien s'était montré sage en réservant cet élément d'information pour la fin de leur conversation et en le mêlant à ses flatteries. A présent, Taliesin voyait clair. La chute de Caer Fawr représentait une menace réelle et ne lui laissait pas d'autre choix que d'apporter son aide à Efnysien. Il avait dit à Cade de quitter Dinas Bran et il semblait qu'il l'avait envoyé dans un piège. Encore une fois, il se sentit manipulé. Pourtant, en revoyant tout ce qu'il avait dit et fait, il ne voyait pas comment il aurait pu prendre une autre décision.

Cependant, quelles que soient les déclarations d'Efnysien, Taliesin n'avait aucun doute sur le fait que c'était lui et non les ténèbres qui voulait faire obstacle au couronnement de Cade. Si Taliesin acceptait de l'aider, il savait qu'Efnysien le trahirait avant la fin.

Il lui fallait en tenir compte.

Car la signification du couronnement d'un Roi Suprême allait bien au-delà de la simple onction d'un nouveau leader. Certes, un roi pouvait régner, mais sans la faveur du ciel et de la terre, il ne réaliserait jamais tout son potentiel et ne tarderait pas à sombrer dans l'oubli. En outre, le couronnement d'un authentique Roi Suprême avait des répercussions dans l'Autre Monde autant que dans le monde des humains, quelque chose dont les Britons dans un lointain passé avaient eu pleinement conscience mais qu'ils avaient oublié avec l'expansion du christianisme.

Cade était l'un de ces rois dont la venue avait été prédite, celui qui unirait le peuple briton comme personne ne l'avait fait depuis le Roi Arthur. Le voir couronné Roi Suprême était la seule raison d'exister de Taliesin.

Efnysien prétendait que les ténèbres luttaient activement contre l'avènement de ce règne et peut-être était-ce la vérité. Mais ce qu'Efnysien ignorait, c'était que ce n'était pas le pouvoir de Taliesin qui avait retenu les ténèbres. C'était le Trésor antique enterré avec Joseph d'Arimathie.

Taliesin contempla ses mains, toutes deux crispées sur son bâton. Toute sa vie il s'était senti comme un bateau en mer, balloté de ci et de là par les vents de la guerre et du destin qui avaient ravagé les contrées galloises au fil des vagues successives de conquérants. Pendant tout ce temps, les Treize Trésors des Britons l'avaient attiré comme un phare dans la nuit, l'appelant à les réunir et à ressusciter le pouvoir que les Cymry avaient perdu quand ils s'étaient détournés des anciens dieux au profit du Christ.

A présent, tandis qu'il souriait à Efnysien et s'engageait à l'aider, il avait compris qu'il s'était complètement trompé. Il avait craint la nouvelle religion pour la manière dont elle séparait les gens de leur âme. Mais ce qu'il réalisait maintenant, ce que peut-être Cade avait essayé de lui expliquer tout du long, c'était que le pouvoir qui résidait dans la coupe du Christ était le même que celui dans lequel il avait toujours cru. Son histoire était l'histoire de Taliesin, et la coupe, de même que les autres Trésors, représentaient en même temps le passé et le futur. Ils appartenaient à son histoire *et* à celle de Cade.

Efnysien voulait rassembler les Trésors pour accroître son pouvoir et peut-être espérait-il sincèrement contenir les ténèbres avec eux. Mais il n'y parviendrait pas plus que Taliesin ou Cade, tout seul. Par inadvertance, ils avaient dévoilé la vérité sous Dinas Bran. La seule manière de combattre les ténèbres était de le faire côte à côte, comme Cade et Taliesin l'avaient fait. En unissant l'ancien et le nouveau. Par le pouvoir de la foi.

Chapitre Vingt-et-Un

Bedwyr

« **V**ous êtes de retour ! » Bedwyr leva les yeux depuis le siège sur lequel il était assis près du feu dans la grande salle de Caer Gwrlie, occupé à polir amoureusement son épée avec un chiffon imprégné d'huile.

Taliesin se tenait à quelques pas de lui, enveloppé dans le manteau vert que Rhiann lui avait donné parce qu'il en aimait la couleur assortie à ses yeux. Au lieu de répondre à Bedwyr, cependant, il resta là à regarder autour de lui d'un air égaré qui ne lui ressemblait pas du tout. « Cade ! Cade ! J'ai besoin de vous ! Aidez-moi ! »

Bedwyr arrêta son geste, assez surpris pour laisser l'huile s'accumuler dans la longue gorge le long de la lame et tomber sur le sol goutte à goutte. « Je suis là, Taliesin ! Comment puis-je vous aider ? »

Le visage de Taliesin était un masque de terreur. Il jeta un vif coup d'œil par-dessus son épaule, comme si quelqu'un le suivait ou risquait de l'entendre. « Il vous faut vous méfier et faire très attention. Vous cherchez les derniers Trésors mais ils ne sont pas ce qu'ils semblent être et le prix à payer pour les obtenir pourrait être très élevé. »

« Comment cela ? » Bedwyr renonça à sa tâche et posa son épée à côté de lui.

Bizarrement, Taliesin ne le regardait pas mais fixait un point derrière l'épaule gauche de Bedwyr. Et quand celui-ci balaya encore une fois la salle du regard, il vit qu'elle s'était transformée et que celle-ci lui était beaucoup plus familière. Ils avaient passé trop de nuits sans sommeil à Caer Fawr pour ne pas reconnaître les lieux, avec ses murs récemment reconstruits et blanchis à la chaux et la grande tapisserie qui illustrait la victoire du Roi Arthur au Mont Badon.

Les poutres qui soutenaient le plafond étaient si neuves que la fumée ne les avait pas encore noircies.

Pourtant, à la place du foyer qui se trouvait au centre de la pièce la dernière fois que Bedwyr avait vu la grande salle se dressait une dalle de pierre qui ressemblait plus qu'autre chose à un autel. Plus étrange encore, les Trésors, dont les deux épées, Caledfwlch et Dyrnwyn, étaient posés tout autour, presque comme s'ils montaient la garde autour de la pierre. Il manquait cependant le char doré qu'ils venaient de retrouver.

Les compagnons avaient à présent réuni ou localisé onze des treize Trésors : la coupe du Christ, connue des druides sous le nom de la corne à boire, était enfouie sous Dinas Bran. Cade portait fréquemment Caledfwlch et le manteau tandis que Dafydd portait Dyrnwyn, l'épée de feu. Hywel détenait le couteau et Goronwy, qui possédait déjà la pierre à aiguiser, avait récupéré le licol et le char. Rhiann avait confié la pièce du jeu d'échecs à Taliesin. Le chaudron était resté dans les cavernes sous Caer Dathyl sous la garde du cousin de Cade, Gwyn, et le plat découvert par Bedwyr constituait le onzième.

Bien sûr, s'il s'agissait d'une vision de Taliesin qu'il projetait pour des raisons qui lui étaient propres dans l'esprit de Bedwyr, il ignorait qu'ils avaient trouvé le char, le licol et le plat. Il vint également à l'esprit de Bedwyr que Taliesin s'exprimait à travers a barrière qui séparait l'Autre Monde du monde des humains pour s'adresser à lui. Bedwyr ignorait jusque-là que le devin en était capable.

Il ouvrait la bouche pour prévenir Taliesin qu'ils avaient trouvé trois Trésors de plus depuis son départ lorsque Cade émergea de l'ombre d'un des piliers qui soutenait le toit de la salle.

Apparemment, il s'était tenu là, hors de vue de Bedwyr, pendant tout ce temps.

Cade était resté froidement insensible à l'appel à l'aide de Taliesin mais à cet instant il s'avança devant Bedwyr, juste à sa gauche. Ni lui ni Taliesin ne paraissaient voir Bedwyr. Celui-ci avait l'impression d'assister à une scène qui se déroulait derrière un voile tendu entre la grande salle de Caer Fawr et celle où il se trouvait à Caer Gwrlie. Ses amis étaient assez proches pour qu'il les touche mais en même temps ils n'auraient pas pu se trouver plus loin de lui.

Et c'est alors qu'il réalisa la position dans laquelle il se trouvait. Il écoutait ses amis à leur insu, contre sa volonté et la leur, alors que ni Cade ni Taliesin ne le voyaient.

« Que craignez-vous ? » demanda Cade.

« Ce que le poème ne dit pas, c'est que chaque détenteur du plat n'a droit qu'à un vœu. Méfiez-vous de ce que vous souhaitez. »

« Et c'est maintenant que vous le dites, » grommela Bedwyr. Toute sa vie, il avait accompli des actes de bravoure qui auraient réduit la plupart des hommes à l'état de loques. Pourtant, ces quelques instants entre le moment où il avait trouvé le plat et celui où il avait réussi à le remettre dans sa cachette comptaient parmi les plus angoissants qu'il ait jamais vécus. Il avait ressenti son refus de laisser le plat tomber un jour entre les mains des Saxons comme une douleur physique. C'était un peuple qu'il ne comprendrait jamais, à qui on ne pouvait accorder aucune confiance et qui les considérait, lui et son peuple, comme à peine humains.

Cela dit, à présent qu'il y réfléchissait, savoir qu'il ne pourrait plus jamais utiliser le plat dans l'espoir de voir un autre vœu exaucé lui apparaissait davantage comme un soulagement que comme un regret. Le pouvoir des Trésors l'avait toujours mis mal à l'aise et il était ravi de laisser le monde des *Sidhe* à Cade et aux autres. En outre, cela signifiait, si Taliesin ne se trompait pas, qu'il pouvait désormais tenir le plat entre ses mains sans craindre que ses pensées, qu'il lui était à un certain niveau impossible de contrôler, ne se confondent avec un souhait involontaire. Cela ne voulait pourtant pas dire qu'il avait envie de le manipuler à nouveau. En fait, à cette seule pensée, il avait envie de se recroqueviller sur lui-même et sentait son estomac se retourner. Il valait mieux que personne ne le touche plus jamais.

Cade et Taliesin conversaient toujours mais la crainte qui s'était emparée de Taliesin n'avait pas disparu. Ramassé sur lui-même, il ne cessait de regarder par-dessus son épaule. « J'ai besoin de votre aide. Les derniers Trésors sont ici et c'est ici qu'il vous faut venir. »

« Comment puis-je vous rejoindre ? » demanda Cade.

La silhouette de Taliesin commençait à s'effacer. « Vous connaissez déjà la réponse, Cade. Vous avez toujours su que c'était ainsi que l'histoire finirait. Par votre ultime sacrifice. »

Cade se pencha en avant et lui demanda avec insistance de préciser. « Vous voulez dire qu'il me faut mourir ? »

Si Taliesin avait jusque-là paru réellement effrayé, à cet instant son visage n'exprima plus qu'un certain désappointement. « Après tout ce temps, tant de choses vous échappent encore ? Le moins deviendra le plus. » Le barde n'était plus qu'une ombre. « Croyez-moi, votre mort ne peut se produire assez tôt. »

Cade tendit la main comme pour le retenir. « Taliesin ! Attendez... »

Bedwyr s'écarta brutalement du feu, renversant sa coupe vide d'un geste involontaire de la main. S'il avait été capable de respirer, l'air se serait bloqué dans sa gorge. Il tourna vivement la tête pour regarder tout autour de lui, comme Taliesin un instant plus tôt, mais ne vit que ses compagnons qui auraient tous dû dormir mais semblaient bien réveillés malgré l'heure matinale.

« Que se passe-t-il, Bedwyr ? » Cade le regardait depuis l'autre côté du feu, une plume à la main, un morceau de parchemin sur la planche posée sur ses genoux qu'il utilisait en guise de bureau. « On dirait que vous avez vu un fantôme. »

« Est-ce que vous l'avez vu ? » Contre toute attente, Bedwyr était toujours assis sur son siège mais son épée était tombée par terre. Il avait aussi lâché son chiffon plein d'huile qui se trouvait dangereusement près des pierres qui encerclaient le foyer. Il se pencha et le ramassa vivement, l'écartant des flammes avant qu'il ne prenne feu.

« Vu qui ? »

« Taliesin. » Bedwyr avait recommencé à respirer, mais alors qu'il se sentait reprendre des couleurs, les implications de ce dont il venait d'être témoin le heurtèrent de plein fouet. Plein d'une irritation inhabituelle chez lui, il serra les poings, frustré par les avertissements mystérieux de Taliesin et ses exigences bien moins mystérieuses.

Cade pencha un peu la tête. « Tout était calme jusqu'à ce que vous preniez la parole. » Il marqua une pause. « Vous voulez dire que vous avez vu Taliesin ? »

Bedwyr leva les yeux « Si c'était une vision, et je pense maintenant que c'en était une, elle n'aurait pas pu être plus réelle. Taliesin vous a-t-il déjà parlé de... » Il se tut, incapable de formuler sa question puis décidant qu'il valait mieux ne pas en dire davantage.

Trop tard. Il n'était pas dans les habitudes de Cade de laisser passer quoi que ce soit. « De quoi ? »

Bedwyr soupira. « Il est venu à moi, à l'instant. Sauf que... »

« Vous ne faites que commencer des phrases sans les finir. Bedwyr, crachez le morceau. » Cade finit par mettre de côté plume et parchemin pour accorder à son ami son entière attention. Témoins de leur échange et de sa soudaine intensité, Goronwy et Catrin, qui conversaient à voix basse à proximité, s'approchèrent à leur tour.

« Ce n'est pas à moi qu'il parlait. Ses paroles s'adressaient à vous, et vous étiez là avec moi. Vous n'avez rien vu ? Alors que j'étais assis là, vous n'avez rien remarqué d'étrange ? Ce n'était pas à vous que Taliesin parlait en réalité ? »

« Non. » Cade recula un peu sur son siège, étudiant le visage de Bedwyr. « Qu'a-t-il dit ? »

Bedwyr n'était pas encore prêt à répondre à cette question. « Vous me croyez. »

Cade répondit d'un rire un peu rauque. « Comment pourrais-je ne pas vous croire, après toutes les épreuves que j'ai traversées et toutes celles que nous avons vécues ensemble ? Cela dit,... le pouvoir requis pour entrer en contact avec quelqu'un à travers la barrière qui sépare l'Autre Monde du nôtre excède de loin celui que j'aurais attribué à quiconque autre qu'un *Sidhe*, même à Taliesin. »

C'était aussi ce que Bedwyr avait pensé. Il se mordilla les lèvres, réfléchissant à la meilleure manière d'exprimer ce qu'il avait vu. « Il vous a imploré de l'aider. »

Cade fronça les sourcils. « Taliesin demandait de l'aide ? »

Bedwyr acquiesça.

« Pourquoi ? »

« Il a dit qu'il vous fallait aller à lui, que c'était la seule manière de retrouver les derniers Trésors. »

« J'avais déjà prévu de le rejoindre. »

« Je sais, mais... » Bedwyr scoua la tête. « Il était terrifié. Je n'avais encore jamais vu Taliesin avoir peur. Ni demander de l'aide. » Bedwyr déglutit avec difficulté. « Il a dit qu'il vous fallait mourir... vous sacrifier... pour y parvenir. »

Cade le fixa du regard. « Vous devriez tout reprendre depuis le début. »

Chapitre Vingt-Deux

Hywel

Le regard de Cade se faisait de plus en plus acéré au fur et à mesure que Bedwyr racontait la totalité de son rêve. Lorsqu'il eut terminé, Hywel ne put se taire plus longtemps. Il y avait un bon moment qu'il avait renoncé à essayer de dormir.

« Je n'y crois pas. Ça ne ressemble pas au Taliesin que je connais. » Hywel se leva de la paillasse sur laquelle il avait été allongé à côté du feu. Taliesin avait dit à Bedwyr qu'il voulait que Cade le rejoigne dans l'Autre Monde. Pourquoi pas ? Cela faisait déjà partie des plans de Cade. Mais qu'il doive mourir à cette fin, cela n'entrait *pas du tout* dans les plans de Hywel. « Par ailleurs, le poème ne parle pas de mort, seulement de sacrifice : *celui qui ira jusqu'au plus profond du Monde Souterrain trouvera le paradis.* »

« Vous avez oublié. Avant ce vers, le poème dit, *celui qui cherchera à tuer autrui se tuera lui-même,* » dit Cade. « Taliesin n'a jamais hésité à dire à qui que ce soit qu'il sera mis à l'épreuve. »

« Mourir ne constituerait pas l'ultime épreuve pour vous. » Hywel tira son siège près du feu et leva les mains pour les réchauffer. La chaleur était bienfaisante et contrastait agréablement avec les tentacules glacés qui lui tordaient l'estomac. « En outre, le vers que vous avez cité ne parle pas de *vous* mais de vos ennemis. C'est Arawn qui a cherché à vous éliminer et qui s'est éliminé lui-même. »

Cade regardait Hywel comme s'il avait devant lui un parfait étranger.

« Quoi ? » demanda Hywel.

Cade secoua la tête. « Rien. » Il s'adressa à Bedwyr. « Etes-vous absolument certain que c'est bien Taliesin qui est venu à vous, Bedwyr ? »

Bedwyr se figea sur son siège. « C'est... c'est ce que j'ai pensé. Si ce n'était pas lui, je ne veux même pas imaginer qui cela pourrait être... » Lui aussi secoua la tête. « Il vous *connaissait*, Monseigneur, même si ni vous ni lui n'avez paru me voir. »

Hywel fit un geste qui voulait dire peut-être. « Ou bien, et je ne veux pas jouer l'avocat du diable mais seulement considérer la scène à partir d'une autre perspective, il pourrait s'agir d'un subterfuge soigneusement élaboré pour te faire croire que c'était le cas. Mabon est un maître en matière d'illusions et il se trouve dans le monde des humains depuis suffisamment longtemps pour savoir comme tromper les gens. »

Bedwyr se mordilla la lèvre inférieure. « Il est vrai que Mabon désire les Trésors et Taliesin a en effet demandé à Cade de venir pour l'aider à les rassembler. » Il leva les yeux vers Cade. « Il a précisé que les derniers étaient les plus importants. »

Hywel s'esclaffa. « Le pot et le panier ? Pourquoi ceux-là ? »

Bedwyr fit la grimace. « Il s'est énervé quand Cade a justement posé cette question. »

Cade regarda Hywel, son expression méfiante. « Ça, ça ressemble bien à Taliesin, non ? »

« Ce n'était pas Taliesin, » affirma Hywel.

Une voix de femme retentit derrière lui. « Je ne sais pas si c'est vraiment à vous d'en juger, Hywel. »

En se retournant il vit Taryn, la châtelaine de Caer Gwrlie, venir vers eux. Son époux était mort l'hiver précédent, de même que sa fille unique. Hywel avait appris son histoire par erreur. A leur arrivée, parce que Cade l'avait chargé de s'occuper du logement de leurs hommes, il lui avait demandé par politesse où il pouvait trouver son mari. Sans réfléchir, il avait supposé que c'était à l'homme de la famille qu'il devait s'adresser.

Mais plutôt que d'accepter ses condoléances, Taryn avait levé fièrement le menton et l'avait regardé d'un air hautain, mettant en doute sa sincérité. Il ignorait ce qui en lui la repoussait mais depuis lors, chaque mot qui sortait de sa bouche lorsqu'elle s'adressait à lui était désobligeant, alors qu'elle se montrait aimable avec tous les autres. Il s'était d'abord demandé si cette animosité masquait un certain intérêt (que pour sa part il ne ressentait pas), comparable à l'attitude d'Angharad lorsqu'elle avait fait la connaissance de Dafydd. Poussée par sa belle-sœur, elle avait joué le mépris alors qu'elle n'en avait nulle envie.

Mais au fil de la soirée, Hywel avait dû se résoudre à admettre que l'animosité dont elle faisait preuve à son égard trouvait sa source ailleurs. Aux yeux de Hywel, cette femme mince aux cheveux dorés et aux grands yeux bleus plus jeune que lui de plusieurs années, était bien trop jeune pour gouverner une aussi vaste région de l'est du Gwynedd. Cade au contraire, l'avait sommairement regardée de la tête aux pieds, comme il en avait l'habitude, puis s'était entretenu avec elle comme si elle faisait depuis toujours partie de ses compagnons les plus fidèles.

Et à présent, à cette heure bien trop matinale, elle ne semblait pas du tout réaliser qu'elle interrompait ce qui aurait dû rester une conversation privée, sinon secrète. Et ne se privait pas d'insulter Hywel au passage.

« Comment pourriez-vous le savoir alors que vous n'avez jamais rencontré Taliesin... » Hywel se tut, interrompu par un geste coupant de Bedwyr à son adresse.

Taryn choisit d'ignorer Hywel et de s'adresser directement à Cade. « Je ne peux dire si la vision de Lord Bedwyr en était vraiment une ou s'il s'agissait d'un rêve, mais il me semble que je commence à comprendre la nature des Trésors. Taliesin n'a pas tort. Le pot n'est-il pas le dernier récipient dans lequel le Christ a trempé les doigts au cours du Dernier Souper avant que Judas ne le trahisse ? Et, comme le plat de Lord Bedwyr, n'exauce-t-il pas les vœux de celui qui le détient ? »

Hywel se sentait à son désavantage assis sur son siège. Il se leva. Debout, il dominait Taryn de plusieurs pouces alors qu'il n'était lui-même pas très grand. « C'est ce que dit la légende. » Il avait fait de son mieux pour dissimuler son désarroi en constatant qu'elle semblait si familière avec leur quête. Probablement en vain.

Encore une fois, elle l'ignora complètement, agissant comme s'il n'avait rien dit et refusant de comprendre qu'elle n'avait rien à faire là. « Et n'est-ce pas le panier qui a permis au Christ de multiplier les pains pour nourrir la foule qui était venue l'écouter ? »

Cade se passa la main sur le menton. Apparemment, le fait que Taryn montrait qu'elle en savait plus sur les Trésors qu'elle n'aurait dû ne le perturbait pas. « En effet. Depuis que Taliesin et moi avons compris que la corne à boire et la coupe du Christ enfouie sous Dinas Bran ne sont qu'un seul et même objet, je me pose de plus en plus de questions sur l'origine des autres Trésors et sur les différents noms par lesquels ils sont connus au sein de différents peuples, selon les époques et les lieux. Ce sont les conclusions auxquelles j'étais moi-même parvenu. »

Taryn acquiesça. « Je sais que vous aviez décidé de vous rendre dans l'Autre Monde. Il semble à présent que vous n'ayez plus le choix. » Elle tourna les yeux vers Bedwyr. « Et cela veut dire que vous devez retourner à Chester. »

Hywel vit Bedwyr blêmir alors qu'il était déjà bouleversé par sa vision. Il saisit Taryn par le bras. « Pourquoi ferait-il cela ? »

Taryn le toisa du regard. Elle s'apprêtait sans aucun doute à lui adresser une de ses désagréables réparties mais ce fut Catrin qui répondit. « Taryn a raison, Hywel. On en a besoin. » Elle marqua une pause. « J'en ai besoin. »

Ensemble, les compagnons se retournèrent vers elle. Elle haussa une épaule comme pour s'excuser, un petit sourire triste sur les lèvres. « Si je dois ouvrir un chemin vers l'Autre Monde sans qu'aucun d'entre nous n'y laisse la vie, il me faut des outils. Le plat ne peut être qu'un outil de divination puissant, peut-être plus encore que la vasque que j'ai utilisée au palais de Dôn. »

« Je me demande ce que les prêtres penseront de tout ça, » maugréa Hywel.

Catrin s'approcha assez près de lui pour lui poser la main sur le bras. « Moi aussi, et je ne peux prétendre comprendre votre foi, mais nos choix sont extrêmement limités. Et il nous reste peu de temps pour agir. » Elle prononça ces paroles avec tant de douceur que Hywel sentit son cœur se serrer. C'était presque comme si elle possédait un talent similaire à celui de Taliesin mais qu'au lieu d'employer la Voix de Commandement, la sienne avait le pouvoir d'émouvoir le cœur des hommes. Ce qui était certain, c'était qu'il avait honte de voir qu'elle devenait, contre son gré, la cible de son mécontentement.

Bedwyr s'inclina légèrement devant Catryn. « Je vais prendre ça comme un encouragement. » Puis il regarda Goronwy. « Si nous devons y aller, nous devrions partir maintenant, tant qu'il fait encore nuit. »

Goronwy s'adressa pour sa part à Cade. « Venez-vous avec nous, Monseigneur ? »

Cade répondit d'un signe de tête négatif. « Je reste pour assurer la protection de Caer Gwrlie. »

Taryn, qui avait momentanément perdu sa langue tandis que Catrin parlait, reprit la parole. « Rien n'a changé au cours de l'heure qui vient de s'écouler, Monseigneur, » dit-elle à Cade. « Du moins rien ne s'est arrangé. »

Cade hocha la tête mais Hywel fronça les sourcils, agacé de ne pas comprendre de quoi ils parlaient. Apparemment, il avait dormi plus longtemps qu'il ne l'avait cru et avait manqué quelque chose. « Que se passe-t-il ? »

« Un problème. Bien plus urgent que la nécessité de résoudre l'énigme de la visitation de Taliesin. » Cade fit signe à Taryn de se diriger devant eux vers la sortie de la grande salle. En approchant de la porte, avant même de l'ouvrir, Hywel entendit des mouvements d'hommes et de chevaux à l'extérieur. A leur entrée dans la cour, ils furent confrontés à une activité bien trop intense pour cette heure matinale. Les hommes allaient et venaient d'un pas vif, transportant des armes et des vivres. Devant l'écurie, un cavalier s'apprêtait à partir.

Si près du solstice, le soleil se levait tôt. Déjà, le ciel virait au gris, alors qu'il ne devait être que quatre heures après minuit. Cependant, il ne faisait pas encore jour et Cade pouvait aller et venir librement. Encore une demi-heure et il lui faudrait se réfugier à l'intérieur ou revêtir le manteau. Mais pour l'instant, il fit signe à tout le monde de monter sur les remparts, d'où l'on voyait les champs au pied de Caer Gwrlie.

Au nord-est, des tentes avaient fait leur apparition au cours de la nuit. Les bannières d'Oswin de Northumbrie et du roi Penda de Mercie, nouveau vassal d'Oswin et chrétien fraîchement converti, flottaient au sommet de hautes perches. L'oncle félon de Cade s'était uni à son ancien ennemi. Ce n'était pas une surprise, bien-sûr, puisqu'il s'était retourné contre Cade à Chester, mais constater qu'il s'était immédiatement dirigé sur Caer Gwrlie indiquait qu'il s'agissait d'une véritable union et non d'une alliance temporaire conclue par simple opportunisme.

Oswin s'était déjà emparé de la tour qui se dressait sur son monticule isolé à l'est de Caer Gwrlie. C'était un poste avancé, déjà presque un château, ce qu'elle avait été autrefois. Mais trop d'assauts saxons avaient forcé le châtelain à bâtir une forteresse plus solide sur le plateau à l'ouest dans laquelle ils se trouvaient actuellement. Si Cade avait eu l'intention de se faire couronner ici, il aurait été entouré d'un grand nombre de seigneurs et de leurs hommes, mais c'était à Caer Fawr qu'il leur avait donné rendez-vous et à cet instant, sur le plateau derrière la forteresse, il n'y avait que des vaches et des moutons.

Hywel grinça des dents. « Pourquoi ne nous avez-vous pas réveillé plus tôt ? »

« A quoi cela aurait-il servi ? » dit Cade. « Je n'ai pas besoin de dormir, mais vous m'êtes inutiles si vous êtes privés de sommeil et vous avez trop peu dormi ces derniers jours. »

Hywel contempla l'armée qui occupait la plaine devant eux puis regarda Taryn, qui considérait les forces ennemies avec un calme qu'il lui enviait, alors que c'était sa forteresse qui était assiégée. « Ne me dites pas que vous aussi, vous savez vous battre ? »

« Moi aussi ? Je dois avouer que mon père n'a pas trouvé utile de m'enseigner l'usage d'armes plus impressionnantes qu'un couteau. »

Avant que Hywel n'ait le temps de remercier le Ciel, Catrin intervint. « Il vous a appris à réfléchir. C'est le plus important. »

Taryn adressa à Catrin un regard plein de tristesse. « C'était le père de ma mère, en fait. »

Catrin sourit, de ce sourire caractéristique plein de douceur. « Alors remercions-le. »

Hywel retint le rire qui lui venait aux lèvres. Il éprouvait du respect pour Catrin et les deux femmes avaient apparemment conclu une sorte de pacte. Par ailleurs, s'il avait un jour une fille, il comprenait l'intérêt d'imiter le grand-père de Taryn. Cela dit, il voyait aussi l'avantage qu'il y avait à lui enseigner l'usage d'un arc.

Alors, au lieu de chercher à susciter l'ire de l'une ou l'autre des deux femmes, puisqu'il savait qu'il avait de toute manière perdu d'avance, il changea de sujet. « Je ne vois pas ce qu'Oswin peut espérer accomplir en nous assiégeant ici. »

« Ça semble effectivement absurde, non ? » Cade ne quittait pas des yeux les bannières devant eux.

« Il pourrait empêcher votre couronnement, Monseigneur, » suggéra Goronwy.

« Pas avec le char. Non qu'il sache que je l'ai. » Cade haussa les épaules. « Puisque cela sert mes objectifs, ce serait hypocrite de ma part de me plaindre. »

« Comment un siège peut-il servir vos objectifs ? » Bedwyr décocha à Cade un regard noir. « Personne ici ne va vous permettre de sortir du fort pour aller vous faire tuer. »

Hywel s'empressa d'exprimer lui aussi ses objections. « Vous avez peut-être des envies suicidaires, Monseigneur, ou bien peut-être Taliesin en a-t-il pour vous, mais ne croyez pas qu'on va vous laisser faire. »

Leurs protestations firent ciller Cade qui tendit les mains vers eux. « Bien loin de moi cette idée, je vous assure. Ce que je veux dire, c'est qu'Oswin ne serait pas plus complètement tombé dans le piège si je l'avais moi-même imaginé. »

« Comment cela ? » demanda Goronwy. « Je ne sais pas si vous l'avez remarqué, mais il ne reste que deux levers de soleil avant votre couronnement. »

Taryn s'imposa encore une fois dans la conversation. « Parce que, si Oswin et Penda sont tous deux ici avec leurs troupes, qui garde le plat ? »

Hywel laissa son regard errer au-delà des murs, ruminant la conclusion de Taryn. Il savait que Bedwyr ne voulait pas aller chercher le plat et s'était vivement opposé à cette idée, mais c'était comme si une puissance plus forte que tout conspirait contre lui. Dieu ? Le Destin ? Ou bien l'un des *Sidhe* ? « Monseigneur, dites-moi la vérité. Avez-vous prévu ces événements ? Ou bien est-ce Taliesin ? Est-ce la raison pour laquelle vous avez accepté de ne pas retourner chercher le plat hier soir ? Parce que vous pensiez que cela risquait de se produire et que vous vous saviez que votre décision n'était que temporaire ? »

« Ma décision a toujours été temporaire. » Cade secoua la tête. « Je n'ai pas le talent de devin de Taliesin, Hywel. Je ne savais pas qu'Oswin viendrait, mais j'avoue m'être demandé s'il m'accordait assez de valeur pour prendre ce risque. »

« Si j'avais su plus tôt qu'Oswin était ici, nous aurions déjà pu nous rendre à Chester et en revenir. » Goronwy se dirigea vers l'escalier d'accès à la cour. « Je vais préparer le char. »

Hywel s'apprêtait à aller avec lui mais Cade l'arrêta d'un geste. « Le couteau est en sécurité ? »

« Toujours, Monseigneur. » Hywel posa la main au creux de son dos. Il y avait ceint le couteau dans son étui en le maintenant solidement par des bandes de toile enroulées autour de sa taille, sous sa chemise rembourrée, sa cuirasse et son surcot. Il aurait fallu le dénuder complètement pour le trouver. La lame était faite de la pointe de la lance qui avait blessé le Sauveur et Hywel savait, comme une évidence sacrée, qu'il était interdit à son détenteur de s'en servir au combat, même en cas de légitime défense. Cependant, au cours des derniers mois, il s'était rendu compte que le couteau améliorait l'acuité de ses sens et il l'avait admis. Il lui était devenu plus facile de juger de ce qui était bien ou mal et lorsqu'il ne portait pas le couteau sur lui il ressentait comme un manque.

« On va retenir Oswin jusqu'à votre retour, » dit Cade, « qui, je l'espère sincèrement, ne tardera pas. Nous avons deux jours pour tout mettre en ordre et il nous faut nous hâter. Peut-être Taliesin veut-il que je passe dans l'Autre Monde, mais c'est de toute manière ce que j'avais prévu. Dès votre retour, nous verrons comment aborder notre mission principale. »

« Monseigneur. » Taryn fit un petit pas en avant. « Pourquoi ne prenez-vous pas simplement le char pour passer dans l'Autre Monde ? Goronwy et Catrin en sont revenus avec. Il ne devrait pas être difficile de faire le chemin inverse. »

Hywel ravala le sarcasme qui menaçait de lui échapper. Cette femme devait être idiote pour croire qu'ils n'y avaient pas déjà pensé.

Cade se montra toutefois plus charitable. « Ça ne fonctionne pas. On a essayé. »

Taryn détourna le regard vers les troupes d'Oswin et Hywel l'entendit murmurer, « les Saxons ou les *Sidhe*. Difficile de décider de qui on doit se méfier le plus. »

Hywel sentit avec surprise un rire sincère lui venir aux lèvres. C'était la première fois qu'elle exprimait une pensée avec laquelle il ne pouvait qu'être d'accord.

Chapitre Vingt-Trois

Taliesin

Efnysien ouvrit à la volée la porte de la salle du trésor. Alors qu'il pensait être au-dessus de ces considérations matérielles, Taliesin ne put retenir une exclamation. Efnysien restait impassible. L'or n'avait aucune importance pour un *Sidhe* de sa stature. Mabon, évidemment, adorait tout ce qui brillait et se mit à rire en entrant dans la pièce.

Taliesin, pour sa part, resta sur le seuil. « Pourquoi sommes-nous là ? »

« J'ai entendu dire qu'un des Trésors se trouve dans cette pièce mais je ne l'ai pas trouvé. Je veux que vous le trouviez pour moi. » Tout en parlant, Efnysien agitait une main désinvolte, mais lorsqu'il franchit le seuil, il jeta derrière lui un regard presque furtif.

Ce fut comme une révélation. Taliesin comprit alors qu'Efnysien n'avait pas le droit de se trouver là et cette pensée lui rendit confiance. Tout ce qui sapait la confiance du dieu convenait à Taliesin.

Une fois entré dans la salle, pourtant, Taliesin eut du mal à conserver son calme apparent. Aucune collection terrestre, pas même celle du plus puissant des empereurs romains, ne pouvait rivaliser avec ce qu'il avait devant les yeux. Il y avait là tous les trésors de la terre et du ciel et de tous les mondes intermédiaires. Il s'avança dans la pièce, s'éloignant d'Efnysien, cherchant des yeux. Si certains Trésors se trouvaient effectivement là, il ne voulait pas les trouver sous les yeux d'Efnysien.

Sans étonnement, Taliesin vit Mabon irrésistiblement attiré par les monceaux d'or et de pierres précieuses qui emplissaient des paniers et des pots de toutes formes et de toutes tailles ou s'étaient répandus sur le sol. Les Gallois avaient une préférence pour les rubis et n'importe laquelle des centaines de pierres rutilantes qui brillaient sous ses yeux était digne d'un roi. Mais Taliesin ne cherchait pas de pierres précieuses. La coupe du Christ n'avait été qu'un simple objet de terre cuite, patiné par l'usage et par l'âge. La lame du couteau de Hywel avait été l'extrémité de la lance qui avait percé le flanc du Christ. Taliesin avait appris que la plupart des Trésors avaient subi maintes transformations au fil des siècles et se cachaient souvent juste sous les yeux de celui qui les cherchait.

Et s'il était vrai que les poignées de Caledfwlch et de Dyrnwyn étaient ornées de pierres précieuses, l'acier froid de leurs lames n'était qu'utilitaire. Elles étaient destinées à être utilisées. Il devait en être de même des autres Trésors, le panier, le pot, le plat, le licol. Le char, c'était autre chose. Il réalisa qu'il en avait un souvenir, qui ne lui appartenait pas mais lui avait été transmis à travers les âges par un de ses prédécesseurs.

A travers la grêle et le feu,
Et une pluie diluvienne
Avec le vent qui rase le sommet,
Des arbres et des buissons.
Défiant les éléments
Un char file comme une lame,
Brillant comme le soleil
Léger comme un cerf
Ses roues planent au-dessus
Du champ jonché de cadavres.

« Qu'est-ce que vous dites ? » Les mains plongées dans un sac rempli d'émeraudes, Mabon redressa la tête pour regarder Taliesin.

Le barde n'avait pas réalisé qu'il avait parlé à voix haute. Il jeta un coup d'œil derrière lui à Efnysien qui le regardait avec une expression que l'on ne pouvait que qualifier de songeuse. Taliesin se retourna face à la pièce, s'efforçant de ne pas oublier que l'Autre Monde était un endroit périlleux pour un mortel, même un prétendu *gweledydd* tel que lui. Il était facile d'égarer, de troubler, de leurrer un être humain et il comprit que c'était l'effet que cette salle était censée produire sur lui. Efnysien voulait l'évaluer et Taliesin dut reconnaître qu'il n'était pas indifférent aux richesses étalées devant lui. Mabon n'avait pas résisté un instant mais Taliesin aurait menti en prétendant ne pas être fier d'être un peu plus difficile à juger.

Ce qui ne l'empêchait pas d'être un imbécile.

Efnysien voulait s'approprier les Trésors et il comptait sur Taliesin pour le mener à eux. Comme s'il lisait dans l'esprit du barde, Efnysien écarta largement les bras. « Trouvez-moi ce qui se cache ici. Ensemble, avec les Trésors, nous la vaincrons. Elle ne pourra résister à nos forces combinées. »

Taliesin se figea sur place et tenta tout de suite de masquer sa réaction en se courbant un peu pour passer sous une treille d'argent dont les fruits étaient des pierres précieuses. Son mouvement le dissimula un instant à la vue d'Efnysien, même si cela n'avait pas été réellement son intention. Mais son mouvement le rapprocha de Mabon, qui le regarda en haussant les sourcils. Lui aussi avait noté l'utilisation par Efnysien du mot *elle*.

« Que sait-il que nous ignorons ? » demanda Mabon, impliquant qu'il se rangeait du côté de Taliesin.

« Bien des choses, apparemment, et cela ne devrait pas nous surprendre. » Taliesin jeta un bref coup d'œil derrière lui. « Mais je ne peux pas lui poser la question. »

« Moi, je peux. » Mabon redressa les épaules. « Regardez si vous trouvez quelque chose. Arawn est mon père, vous savez, et j'ai eu l'occasion d'entrer dans sa *vraie* salle du trésor. Je peux vous dire que ce n'est pas celle-ci, qui ne répond qu'à ceux particulièrement avides de biens matériels. » Sous le regard stupéfait de Taliesin, il tourna les talons et partit d'un pas sautillant vers Efnysien, prêt de toute évidence à l'interroger comme il venait d'en manifester l'intention.

Sidéré par la franche admission de Mabon, conscient que le dieu avait par extraordinaire dit la vérité, Taliesin se força à faire taire à la fois son envie de dire merci et l'idée qu'ils pourraient finir par s'allier. Il profita tout de même de ce qu'il considérait comme une erreur temporaire de jugement de la part de Mabon pour s'aventurer dans la direction opposée, au plus profond de la salle. Plus il avançait, plus la pièce semblait grandir. Les murs et le plafond s'écartaient et bientôt il ne vit plus les murs. Il regarda derrière lui. Mabon et Efnysien n'étaient plus visibles mais il les entendait toujours.

« Avez-vous trouvé quelque chose ? » demanda Efnysien d'une voix à peine audible.

« Vous avez dit *elle* à l'instant en parlant des ténèbres. Pourquoi ? »

Un tintement résonna entre les immenses piliers, comme si un tas de pièces d'or ou un artefact quelconque venait de tomber. « J'ai dit ça ? J'ai dû me tromper... »

Taliesin n'entendit pas le reste de la réponse. Arawn, seigneur du Monde Souterrain, venait de surgir de l'ombre d'un pilier, un doigt sur les lèvres. Il n'avait pas à s'inquiéter de voir Taliesin révéler sa présence. Le souffle coupé, le barde n'aurait pas pu émettre le moindre son. Si Taliesin était grand et mince, Arawn était plutôt bâti comme Dafydd, en hauteur comme en largeur, et l'aura qu'il projetait était plus imposante encore.

Arawn agita la main devant lui. Son geste n'eut pourtant pas pour effet d'ouvrir un portail comme Taliesin avait tenté de le faire dans le jardin. Au lieu de cela, un silence total se fit autour de Taliesin. C'était comme s'ils se trouvaient tous les deux transportés dans un monde qui n'appartenait qu'à eux. Peut-être était-ce le cas.

« Si vous êtes venu à la recherche des Trésors, ils ne sont pas là. »

Taliesin s'inclina. « C'est ce que votre fils m'a fait comprendre à l'instant, Monseigneur. » Avec Cade, il avait affronté et vaincu Arawn quelques mois plus tôt, mais ce n'était jamais une bonne idée de manquer de respect à un dieu, surtout lorsqu'on se trouvait au cœur de son domaine.

Arawn l'étudia un moment. « Je n'aurais jamais cru que vous désobéiriez à Beli, mais je dois tout de même vous remercier de m'avoir ramené mon fils. »

Si Taliesin avait imaginé une rencontre avec Arawn, il ne se serait pas attendu à ce genre de conversation. « Je ne suis pas certain que Mabon me remercierait, Monseigneur. Il est toujours privé de ses pouvoirs. »

Arawn agita de nouveau la main, cette fois comme si cela n'avait pas d'importance, mais une trainée d'étincelles rougeoyantes souligna tout de même son geste. « Il ne sera pas difficile d'y remédier. » Puis il fronça les sourcils. « Comment avez-vous ouvert la porte de cette salle ? »

Taliesin évitait de regarder Arawn dans les yeux. « Vous me faites trop d'honneur, Monseigneur. C'est Efnysien qui m'a fait entrer ici. »

Arawn ne répondit pas et Taliesin se risqua à lever les yeux. Le menton levé, le dieu regardait au-delà du dôme qu'il avait créé, en direction de l'entrée de la salle. « Comment a-t-il pu se dissimuler à ma vue ? »

« Je vous demande pardon, Monseigneur ? »

Arawn reporta son regard sur Taliesin. « Je ne l'avais pas vu jusqu'à ce que vous prononciez son nom. Je croyais qu'il s'agissait d'un compagnon sans importance de mon fils. Je l'ai regardé sans le voir. »

Taliesin déglutit avec peine. « Efnysien est un maître de l'illusion. »

« Mais jamais encore il n'avait exercé son talent à mon encontre. Décidément, Gwydion a raison. » Puis son regard se fit plus perçant et il poursuivit avant que Taliesin ne puisse bafouiller une réponse. « Donc, c'est lui qui désire les Trésors. Pourquoi ? A quoi peuvent-ils lui servir ? Je sais que mon fils se laisse facilement aveugler mais Efnysien ne devrait pas accorder d'importance à des bibelots purement humains. »

« Il dit qu'il doit les réunir pour vaincre les ténèbres. »

Ces quelques mots lui valurent toute l'attention d'Arawn. « Que savez-vous à ce sujet ? » Le ton de sa voix s'était fait insistant.

« Je les ai vues. Je ne connais pas leur origine, seulement qu'elles semblent maléfiques, et dirigées contre le roi Cadwaladr. »

Arawn fronça les sourcils sans que Taliesin ne sache si c'était dû à sa description ou à la simple mention du nom de Cade. « Et à présent, Efnysien vous amène ici. Ça ne peut pas être parce qu'il veut contrôler les ténèbres. Il en est déjà le maître. »

« C'est ce que je supposais, mais il prétend que non. »

« Peut-être que si je lui parlais... » Le temps d'une respiration à peine, le dôme de silence disparut, Arawn prit Taliesin par le bras et tous deux se retrouvèrent devant Efnysien et Mabon.

« Comment osez-vous amener ce mortel dans ma salle du trésor ! » Le visage d'Arawn n'était plus qu'un masque de colère. Il distillait une telle haine que Taliesin sentit à nouveau l'air se bloquer dans sa gorge. Il se serait écarté si Arawn ne lui avait si solidement agrippé le bras, et s'il n'avait pas été encore sous le coup de leur brusque déplacement. Selon toute apparence, Arawn bouillait de rage. Chacun des doigts qu'il enfonçait dans l'avant-bras de Taliesin semblait incandescent, au point que Taliesin refusait de regarder de peur de voir le pouvoir qui brûlait au bout des doigts du dieu faire des trous dans sa chemise. Pourtant, il jouait forcément la comédie.

Efnysien se contenta de le regarder avec mépris. « Ce n'est pas votre affaire, Arawn. »

« Mais c'est mon fils ! » tonna Arawn en pointant Maabon du doigt. « Vous l'impliquez ! Donc vous m'impliquez ! » Il ponctua son dernier mot en décochant une boule de feu sur Efnysien qui leva la main pour la bloquer.

Taliesin se jeta par terre, bousculant en tombant une table sur laquelle étaient exposés des chandeliers dorés. Avec un cri aigu, Mabon plongea de l'autre côté et finit aux pieds de son père.

« Vous êtes démasqué, Efnysien ! » s'écria Arawn. « Vous avez échappé à mon chaudron, mais vous ne m'échapperez pas ! »

Arawn faisait référence à l'histoire selon laquelle Efnysien, comme Arawn à Caer Dathyl, avait été aspiré dans le chaudron noir. Ce jour-là, il était mort pour le monde des humains, ce qui l'avait apparemment obligé à faire appel à d'autres, comme Mabon, Camulos et Hafgan, pour lui servir de factotum parmi les mortels.

Avec un ricanement plein d'amertume, Efnysien se transforma, délaissant l'apparence de l'être insignifiant qui avait accueilli Taliesin dans le jardin pour adopter celle d'un être humain comparable à Arawn, plus grand, bien que sans sa beauté surnaturelle, avec des cheveux noirs à la texture filandreuse et des yeux fous pleins de malice. Là où Arawn utilisait le feu, l'arme de choix d'Efnysien était un fouet dont il fit claquer la mèche à la hauteur des genoux d'Arawn.

Jusque-là, les boules de feu d'Arawn avaient maintenu Efnysien à distance. Mais exercer son pouvoir concentrait toute l'attention d'Arawn et il ne vit pas le coup venir. L'extrémité du fouet le frappa sur les tibias avec tant de force qu'il chancela et perdit à la fois sa concentration et la sûreté de ses gestes. Un second coup s'abattit sur le visage du seigneur du Monde Souterrain et lui déchira la joue.

Taliesin ne disposait que du temps d'un battement de cœur pour réagir. Il roula vers Arawn et, à l'instant où son flanc percuta le mollet d'Arawn, brandit son bâton en l'air en hurlant « *Amddiffyn* ! »

Un écran se gonfla comme un ballon autour de Taliesin, d'Arawn et de Mabon qui était resté de l'autre côté des pieds de son père. Qu'on ne dise jamais que Taliesin ne pouvait apprendre de nouveaux tours. Jamais encore il n'avait créé un tel bouclier, mais l'un de ses talents avait toujours été de savoir puiser dans les pouvoirs détenus instinctivement par d'autres pour en créer quelque chose par sa force mentale. Lorsqu'ils avaient traversé le champ avant d'arriver au palais de Dôn, le globe de lumière dorée créé par Goronwy les avait enveloppés d'une douce chaleur. Cette fois, son dôme était blanc, né d'un acte désespéré, constitué de l'essence brute du pouvoir de Taliesin.

L'écran initial était assez solide pour bloquer chaque coup de fouet asséné pa Efnysien et tint suffisamment longtemps pour permettre à Taliesin de se relever. Puis il le renforça, puisant davantage de son essence. La démence qui se lisait dans les yeux exorbités d'Efnysien aurait été terrifiante même s'il avait été humain.

Une poigne de fer saisit alors Taliesin par l'épaule. « Merci, *gweledydd*, mais je n'ai pas besoin de votre *aide* ! » Sur ce dernier mot, Arawn projeta Taliesin à travers la porte ouverte par laquelle ils étaient entrés dans la salle. Taliesin s'envola dans les airs avec l'impression de ne plus sentir son corps. Il atterrit rudement sur sa hanche gauche au-delà du seuil et la porte claqua derrière lui.

Son bâton toujours à la main, il s'assit et découvrit alors qu'il n'avait pas été renvoyé dans le couloir par lequel il était venu mais se trouvait dans une salle de banquet aussi grande que la salle dont il venait d'être expulsé, occupée par des centaines, sinon des milliers, de convives. S'il n'était encore jamais venu là, il savait de quoi il s'agissait. C'était le véritable Autre Monde, celui que Mabon regrettait tant. C'était la place-forte des *Sidhe*. Il secoua la tête en maugréant à voix basse. « Ne serait-il pas possible de franchir une porte et de se retrouver tout simplement dans la pièce à côté ? »

Apparemment non.

Alors, tandis que Taliesin se traînait vers un mur et s'y adossait pour reprendre son souffle, un courant d'air tiède lui caressa la nuque et la voix d'Arawn murmura à son oreille. « *Trouvez l'araignée. Anéantissez les ténèbres.* »

Chapitre Vingt-Quatre

Goronwy

« Je ne saurais dire si vous êtes contrarié ou au contraire excité à l'idée d'aller chercher le plat, » dit Catrin lorsqu'ils parvinrent au pied de l'escalier qui menait à la cour. « J'ai l'impression de voir deux personnes différentes en même temps ! »

Goronwy se retourna pour l'aider à descendre la dernière marche. « Vous avez raison de penser que je n'ai aucune envie de retourner à Chester. Et Bedwyr encore moins que moi. »

« Il a échappé de peu à la capture et à la mort. Je comprends sa répugnance. » Catrin marqua une pause. « Et l'excitation ? »

Goronwy la regarda en fronçant le nez. Il avait encore envie de se pincer pour s'assurer qu'il ne rêvait pas, que cette femme magnifique et étonnante souhaitait vraiment être sienne. Soudain euphorique, il la souleva dans ses bras avant qu'elle ne touche le sol et tournoya sur lui-même en la serrant contre lui. Elle éclata d'abord de rire mais dut se taire quand il lui ferma la bouche d'un long baiser avant de la déposer sur ses pieds, haletante.

Elle leva les yeux vers lui avec un sourire. « Vous n'avez pas répondu à ma question. »

Il reprit son sérieux. « Vous savez pourquoi. C'est la raison pour laquelle vous ne viendrez pas avec moi aujourd'hui. »

Sur le visage de Catrin, le sourire s'effaça. « Le char. »

Il acquiesça. « C'est un objet merveilleux, mais... »

« Mais plus on l'utilise, plus on a envie de l'utiliser. Je l'ai senti, moi aussi. » Elle détourna les yeux. « Je n'arrête pas de penser à la nuit dernière, à tous ces voyages qu'on a faits. Lorsqu'on se déplace avec, on ressent presque... presque une jouissance physique. »

Il répondit doucement. « Si on a appris quelque chose, on a appris qu'il est impossible d'interagir avec le monde des *Sidhe* et d'en sortir indemne. Il suffit de regarder Cade. Ou Taliesin, qui vit tellement enfermé dans sa tête qu'on s'étonne de l'entendre s'exprimer parfois de manière cohérente, même si cela ne lui arrive pas souvent. »

« Cade sait-il ce que nous ressentons ? »

« Je ne lui en ai pas parlé. »

« Il ne faut pas, pas avant que tout cela soit fini. » Elle l'attira vers elle par les revers de son manteau. « Soyez prudent, Messire. »

L'amour qu'il y avait dans sa voix n'échappa pas à Goronwy. « J'en ai bien l'intention. »

Puis le sourire de Catrin faiblit. « Ce ne sont pas des paroles en l'air. Pas plus que ce que j'ai dit à Bedwyr. Ce devrait être une simple promenade, mais... »

Il la fit taire d'un doigt sur les lèvres. « J'ai compris, Catrin. Nous nous comprenons très bien. »

Elle plongea son regard dans celui de Goronwy. « J'attendrai votre retour. »

« Un aller et retour avant le lever du soleil. Nous serons revenus presque avant que vous ne vous soyez aperçue que nous sommes partis. » Goronwy lui déposa un baiser sur le front et prit la direction des écuries où le char doré et le cheval noir disposaient de la place d'honneur. Il avait remarqué qu'aucun des palefreniers ne voulait s'en approcher. Goronwy n'avait rien ressenti qui empêcherait n'importe qui d'utiliser le char à ses propres fins, mais personne ne l'avait fait, ni même n'en avait eu envie, pour autant qu'il le sache.

Goronwy harnacha le cheval puis Bedwyr et Hywel arrivèrent et montèrent dans le véhicule. Bedwyr agrippa la glissière avec tant de force que les jointures de ses doigts blanchirent, mais sur un regard de Hywel il se détendit visiblement. Goronwy leur adressa un sourire qu'il voulait rassurant. Lorsque le char emportait ses voyageurs, il provoquait en eux une sensation qui donnait la nausée à certains, notamment à Bedwyr. Ce n'était pas le cas de Goronwy. Mais comme pour l'excitation qui l'affectait dès qu'il s'approchait du véhicule, il était certain qu'il ne s'habituerait jamais complètement à ce qu'il ressentait quand il prenait les rênes.

« Je n'ai pas voulu te contredire hier soir, mais je pense que ne pas y retourner aurait été une erreur. Cette décision est juste. Ton grand-père aurait voulu que tu le récupères, » dit Goronwy.

Hywel hocha la tête. « Cade sait ce qu'il fait. Jusque-là, on lui a toujours fait confiance. Nous n'allons pas douter de lui alors que nous sommes aussi proche de la fin, » ajouta Hywel d'un ton encourageant.

« Je suis sûr que vous avez raison, » dit Bedwyr, mais sa voix manquait de conviction. Goronwy ne savait rien du grand-père de Bedwyr mais s'il n'était pas fier de son petit-fils, c'était un imbécile.

Goronwy imagina en passant que s'ils allaient tous dans l'Autre Monde avec Cade, Bedwyr pourrait voir son grand-père et s'en rendre compte par lui-même. Goronwy avait lui aussi des êtres chers qu'il aimerait revoir, si une telle chose était possible. D'après ce qu'il avait vu de l'Autre Monde pour l'instant, il ne ressemblait en rien à ce qu'il avait imaginé. L'endroit n'avait inspiré en lui et en Catrin que de la crainte, et non une tendre réunion avec ceux qui avaient quitté le monde de la matière pour gagner celui des esprits.

« Attendez ! » Taryn entra dans les écuries en courant. « Je viens avec vous. »

« Certainement pas, » dit Hywel avant que l'un des autres puisse répondre.

Taryn le toisa du regard. « Vous pourriez avoir besoin de moi et ce serait dommage de ne pas emmener une personne de plus alors que vous avez la place. »

« Pourquoi donc aurions-nous besoin de vous ? » insista Hywel.

Goronwy posa une main sur son bras. « C'est la fille de Penda, Hywel. » Puis, devant le regard surpris de Hywel, il ajouta, « désolé. Je croyais que tu le savais. »

« Non. » Hywel fronça les sourcils. « Cade sait-il qui vous êtes ? »

« Bien-sûr, » dit Taryn. « Nous sommes cousins. »

« Raison de plus pour que vous restiez à Caer Gwrlie, puisque c'est votre père qui l'assiège. » Le regard de Hywel s'étrécit. « Est-ce pour cela que personne ne semble s'inquiéter indûment de sa présence, parce qu'on pense qu'il n'envisage pas sérieusement de faire la guerre à sa propre fille ? »

Les yeux de Taryn étincelaient. « S'il croit que je vais lui livrer le fort juste parce qu'il me le demande, il ferait mieux de réfléchir deux fois. »

Elle était si visiblement à la fois blessée et en colère que même Hywel ne pouvait ignorer ce qu'elle ressentait. Il adoucit sa voix. « Ça pourrait être dangereux, Taryn. »

Elle se figea, raide comme une statue. L'émotion qu'elle avait brièvement montrée avait disparu. « Mon père peut penser ce qu'il veut de moi, mais vous n'avez pas à retenir ma naissance contre moi. Je connais bien Chester, et je connais mon frère. » Elle pencha un peu la tête. « Pas un soldat ne voudra être celui qui tue la fille de Penda, bâtarde ou pas, qu'il ait ou non de l'affection pour elle. »

Goronwy n'avait pas la moindre idée de la raison pour laquelle ces deux-là se regardaient en permanence comme chien et chat mais il intervint tout de même. « On la connaît là-bas, Hywel, et elle pourra nous aider. »

Hywel se retourna sur lui. « Tu es aveugle toi aussi. La fille de Penda ! N'est-il pas bien plus vraisemblable qu'elle va nous trahir ? »

« C'est faux. » Le ton de Taryn montrait que les doutes exprimés par Hywel l'avaient blessée.

Hywel l'ignora, toute son attention concentrée sur Goronwy. « Pourquoi acceptes-tu si facilement de croire qu'elle est de bonne foi ? »

« Parce que Cade le croit. » Puis, voyant l'air buté de Hywel, Goronwy ajouta, « de toute manière, elle sait tout. Cade lui a expliqué notre quête hier soir, avant même l'arrivée des troupes d'Oswin. Nous sommes venus chercher refuge chez elle. Il n'était que justice qu'elle sache au moins pourquoi. »

Hywel parut finalement admettre ses explications. Il se tourna vers Taryn. « Cade veut que vous veniez avec nous, alors ? »

« Naturellement. »

Il émit un grognement. « Vous auriez pu commencer par là. »

Le rire de Taryn résonna dans l'écurie. « Ça n'aurait pas dû être nécessaire. »

D'un petit coup de coude, Goronwy incita Hywel à aider Taryn à monter dans le char, puisqu'il était le plus proche d'elle. « Elle est à moitié galloise, Hywel. Tu devrais être le dernier à juger les gens en fonction de leur naissance. »

« On perd du temps, » dit Bedwyr du fond du char.

Levant les yeux au ciel, l'air exaspéré, Hywel prit la main de Taryn et la souleva presque pour la déposer dans le char. Elle était si fluette par rapport aux lourds guerriers autour d'elle que son poids fit à peine frémir le véhicule. Pour tenir à quatre dans le char, ils durent se serrer. Hywel parut contenir son aversion. Il n'esquissa aucun mouvement pour s'écarter de Taryn et alla même jusqu'à glisser un bras chaque côté de la jeune femme pour la retenir au cas où le char tanguerait en s'envolant.

Goronwy se permit un petit sourire en les regardant puis, sans demander à ses compagnons s'ils étaient prêts, se représenta mentalement la clairière devant la tour de guet, et ils disparurent.

Chapitre Vingt-Cinq

Bedwyr

Un battement de cœur plus tard, ou deux, ou dix, qui aurait pu le dire, ils arrivèrent dans la clairière où ils s'étaient trouvés la veille cernés par les hommes de Penda. Cette fois, au petit matin, le char se matérialisa entre deux gardes postés à l'orée du bois qui se jetèrent de chaque côté pour éviter les sabots mortels du cheval.

Bedwyr et Hywel, leur épée à la main, sautèrent du char avant même que celui-ci ne stoppe. Bedwyr assomma son adversaire et Hywel eut vite fait de lier les mains du second dans son dos. Puis il leva les yeux vers Bedwyr « Tu vois quelqu'un d'autre ? »

Bedwyr inspecta l'ensemble de la clairière. « Non. »

Taryn descendit du char, pâle mais déterminée, un couteau à la lame impressionnante à la main.

Avec l'aide de Goronwy, Bedwyr traîna son prisonnier près du char et l'adossa à une roue. Goronwy se redressa, examinant les deux hommes. Celui que Bedwyr avait capturé paraissait encore étourdi mais les yeux du second brûlaient de défi. « Lord Peada a dit que vous alliez revenir ! »

Les compagnons échangèrent un regard. « C'est de mauvais augure, » dit Goronwy. « On ferait mieux de se dépêcher. »

Bedwyr acquiesça. « Hywel et Taryn, avec moi. »

Hywel s'esclaffa. « Pourquoi as-tu besoin d'elle ? »

Bedwyr essayait de faire preuve de patience mais il commençait à se lasser sérieusement de l'animosité qui régnait entre Hywel et Taryn quand n'importe qui pouvait voir l'attirance qu'ils ressentaient l'un pour l'autre. Dans le cas contraire, ils n'auraient montré que de l'indifférence. « J'ai besoin de toi pour protéger mes arrières et j'ai besoin de ses mains. J'ai déjà tenu le plat. Je préférerais ne pas avoir à le faire à nouveau, même si je n'ai plus le pouvoir de faire un vœu. »

« Mais... » s'entêta Hywel.

« Le sang qui coule dans ses veines est le même que celui de Cade, » dit Bedwyr d'un ton pragmatique. « Je pense que le plat le reconnaîtra. »

Hywel fit la moue, affichant son scepticisme, mais il fit signe à Taryn de suivre Bedwyr tandis qu'il fermait la marche. Au moment de franchir la porte d'accès au sous-sol, Bedwyr jeta un coup d'œil en arrière. Goronwy, de retour sur le char, surveillait les bois proches, à l'affut de la moindre menace.

Le tunnel aboutissait dans la ville de Chester et Bedwyr avait peine à croire que la veille seulement ils s'étaient trouvés là. Il avait l'impression qu'une vie entière s'était écoulée depuis. Avant de trouver le Trésor, il avait été quelqu'un d'autre. Cade avait remarqué un jour que posséder Caledfwlch l'avait transformé. C'était seulement maintenant que Bedwyr comprenait ce qu'il avait voulu dire.

Hywel souleva de son support la torche allumée que les soldats avaient laissée. « Je vais avancer un peu dans le tunnel pour vérifier qu'il n'y a personne. » Avant de franchir le seuil, cependant, il désigna la porte du menton. « Quelqu'un s'est mis en colère. »

La porte était presque sortie de ses gonds, comme si on l'avait à plusieurs reprises claquée contre le mur du sous-sol. Bedwyr imaginait sans peine Penda et Peada (qui n'étaient pas connus pour leur maîtrise de soi) se livrer à ce genre de geste. Il n'enviait pas Taryn d'avoir Penda pour père. Cette pensée l'incita à se tourner vers elle. « Etes-vous déjà venue ici ? »

La jeune femme secoua la tête. « Je ne savais rien de l'existence du tunnel avant que le roi Cadwaladr ne m'en parle hier soir. Je croyais pourtant connaître tous les recoins de la ville. » Elle eut un petit rire. « J'ignorais juste son secret le plus important. »

« Vous devriez probablement l'appeler Cade. » Bedwyr s'approcha directement de la pierre mobile. Cette extrémité du tunnel était éclairée par une seconde torche qui leur était utile car Hywel était à présent hors de vue. « C'est votre cousin. »

« Je ne le vois pas comme mon cousin. »

Bedwyr grommela qu'il comprenait tout en balayant la poussière au pied du mur, puis il ouvrit la cavité secrète. Le coffret était à sa place. Il prit une brusque inspiration, encore hésitant, puis le sortit de son logement et se redressa. Debout, le coffret entre les mains, il sentit un mouvement dans ses entrailles qui n'était pas très différent de la nausée qu'il ressentait lorsqu'il voyageait sur le char. La première fois, il avait été tellement effrayé de sa découverte et en même temps si pressé par le temps qu'il avait pris sa réaction pour de la stupeur.

« Peut-être devriez-vous vous assurer qu'il est toujours à l'intérieur ? » La voix de Taryn tremblait autant que les mains de Bedwyr.

Il tendit le coffret vers elle. « Eh bien, soulevez le couvercle. »

Pressant les lèvres, elle fit ce qu'il lui demandait. Le plat était exactement comme il l'avait laissé, avec son rebord poli qu'il avait effleuré du doigt, juste une fois, mais une seule fois avait suffi. Il inspira vivement en le voyant mais à cet instant un puissant courant d'air le frappa. Le souffle lui souleva les cheveux, éteignit la torche et fit claquer la porte. Taryn laissa échapper un petit cri et tous deux sursautèrent violemment.

Puis leur parvint le son d'armes qui s'entrechoquaient, plus loin dans le tunnel.

« Hywel ? » appela Taryn, pivotant sur elle-même.

Hywel cria une réponse mais Bedwyr se trouvait trop loin pour distinguer ce que son ami avait dit.

A la fois effrayé et désireux de se montrer prudent, Bedwyr chercha de la main le bras de Taryn. Dans l'obscurité, il ne la trouva pas. Puis il sentit un souffle glacé sur sa nuque. « *Merci de l'avoir trouvé. Je vais le prendre maintenant.* »

Il se retourna vivement, le coffret serré contre la poitrine. Personne. En fait, il l'avait su avant de se retourner mais n'avais pourtant pas pu s'en empêcher. Il recula vers l'entrée du tunnel, le cœur bloqué dans la gorge. La voix qu'il avait entendue était celle de Taliesin mais la cadence n'était pas la sienne et Bedwyr avait instinctivement compris que l'intention derrière les mots était maléfique.

« Partez ! Partez ! » Hywel surgit en courant de l'issue du tunnel, l'épée à la main, une plaie sanglante en haut du bras gauche qui tenait encore la torche. La lumière bienvenue emplit l'espace confiné et ils sortirent du sous-sol en courant, Hywel poussant Taryn devant lui.

Malheureusement, ils émergèrent de la tour de guet abandonnée au moment où une compagnie de Saxons surgissait des bois au nord de la clairière, encerclant Goronwy et le char restés où ils l'avaient laissé au milieu de la clairière. Il y avait désormais trop de Saxons entre eux et Goronwy. Jamais ils ne pourraient rejoindre le char.

« Par ici ! » Bedwyr se dirigea vers le cours d'eau en se maudissant de se retrouver exactement dans la même situation que la veille, exactement au même endroit. Encore une fois, ils étaient coincés, dos à la rivière.

Par-dessus les têtes de la horde saxonne, Bedwyr échangea un regard avec Goronwy. Sur un signe de tête de Bedwyr, Goronwy saisit les rênes et disparut instantanément avec le char. Bizarrement, le phénomène ne suscita aucune réaction chez les Saxons. Hywel gardait Taryn derrière lui, brandissant son épée. Bedwyr tenait toujours le coffret contre sa poitrine.

Un second contingent sortit alors de la tour de guet, Peada à sa tête. Lorsqu'il vit Bedwyr, Taryn et Hywel sur la rive, son sourire s'élargit. Il adressa fièrement à ses hommes en saxon quelques mots qui semblaient signifier *je vous l'avais bien dit* et s'avança vers les trois compagnons d'un pas allègre.

Mais Taryn n'avait pas l'intention de se laisser faire. Elle s'éloigna de la protection de Hywel et vint se placer devant Bedwyr, le couteau à la main. « N'avance pas, Peada ! »

Bedwyr se tenait juste au bord de l'eau. C'était probablement la première fois de sa vie qu'on le protégeait au lieu que ce soit lui le protecteur, et assurément la première fois qu'une femme jurait de mourir avant de permettre qu'on lui fasse du mal.

« Ma sœur, je vois que tu as encore une fois choisi le mauvais camp. Tu veux changer d'avis ? »

« J'ai choisi le bon camp, Peada, » dit Taryn d'un ton venimeux. « Tu n'auras pas le coffret sans perdre des hommes. »

« J'aimerais mieux que vous me le donniez tout simplement. » Peada s'adressait à Bedwyr, derrière Taryn et Hywel. Bedwyr aurait voulu le défier mais il était de nouveau comme gelé par la sensation qui l'avait paralysé à l'entrée du tunnel. Un long frisson le parcourut.

Le souffle glacé dans sa nuque lui hérissait tous les poils du corps. « *Sauve-toi. Donne-le-lui.* »

Bedwyr eut l'impression fugace que la créature qui s'adressait à lui, démon, *Sidhe* ou autre incarnation du mal, parlait de son âme et non du plat. Mais cela n'avait pas d'importance. Il n'allait pas lâcher l'un ou l'autre sans se battre. Il fit un petit pas en arrière et sentit le talon de sa botte s'enfoncer dans la vase de la rive.

Peada fronça les sourcils et jeta un rapide coup d'œil à droite puis à gauche. Bedwyr voyait pour sa part très bien ce qu'il y avait à sa droite et à sa gauche. Trop de soldats. N'importe lequel d'entre eux pouvait se jeter sur lui d'un moment à l'autre pour l'arrêter au cas où il aurait l'idée de plonger dans la rivière.

C'est exactement ce qu'il fit. Le jour précédent, avec la plupart de ses hommes qui ne savaient pas nager, Bedwyr n'avait pas vu la rivière comme une issue possible. Mais aujourd'hui, c'était une autre histoire. Bedwyr savait nager et il lui semblait vaguement avoir entendu dire que les eaux vives dispersaient les effets de la magie. Le coffret sous un bras, il s'élança vers le milieu du cours d'eau, évitant tout juste les rochers qui pointaient le long de la rive, puis plongea sous la surface, écartant l'eau devant lui de sa main libre et battant frénétiquement des pieds. Son armure, ses bottes et son manteau, immédiatement trempés, ajoutaient cinquante livres à son poids, mais il lutta pour atteindre le milieu de la rivière avant d'oser jeter un coup d'œil en arrière.

Aucun des hommes de Peada ne l'avait suivi. Bedwyr brandit haut le poing en signe de triomphe, avant d'être immédiatement tiré sous la surface, attiré dans les profondeurs par quelque chose qui lui enserrait les genoux. Il battit des jambes pour essayer de déloger la créature. Il ne comprenait pas pourquoi elle ne s'était pas évaporée comme elle l'aurait dû et en conclut que le courant à cet endroit n'était pas assez puissant pour le débarrasser du démon. Plus désespéré encore qu'au moment où il avait plongé pour échapper à Peada, il lutta de toutes ses forces. Alors, les poumons prêts à éclater, il sentit qu'on le retournait comme une crêpe et son crâne heurta une pierre au fond du lit de la rivière.

Puis il ne sentit plus rien.

Etrangement, la douleur qu'il ressentit à la tête apaisa son anxiété au lieu de l'accroître, et il s'abandonna, cédant à la créature, quelle qu'elle soit, qui l'immobilisait. Il se retourna sur le dos, le coffret sur la poitrine, et se laissa aller. Les yeux grands ouverts, il voyait la surface, à plusieurs pieds au-dessus de lui. Il pensa à sa femme et à ses amis à qui il avait décidé depuis longtemps de tout sacrifier. C'était pour cette raison qu'il avait décidé de se jeter dans la rivière. Sa mort les sauverait peut-être et empêcherait en tout cas Peada de mettre la main sur le plat. Jamais ils ne le retrouveraient, au fond de la rivière.

Et lorsque cette pensée le traversa, la créature lâcha prise. Près de sombrer dans l'inconscience, Bedwyr ne réagit pas. Puis, soudain, il revint à lui. Son cœur allait exploser dans sa poitrine.

Il remontait vers la surface quand une main s'enfonça dans l'eau et se tendit vers lui. Il reconnut la bague que Goronwy portait à l'annulaire. Bedwyr ignorait combien de temps il avait passé sous l'eau, quelque chose entre une douzaine de battements de cœur et une vie entière, mais Goronwy l'avait retrouvé. Il saisit la main de son ami et se laissa tirer vers la surface. Il émergea à un pied du char qui se déplaçait sur la rivière comme sur une route en parfait état.

Essayant de reprendre son souffle, il déposa le coffret sur le plancher du char, mais avant de monter à son tour, il leva la tête vers Goronwy qui se penchait sur lui, une main sur la rampe, l'autre agrippant fermement la main de Bedwyr. « Qu'est-ce que tu vois ? »

Goronwy plissa le front. « Je vois un ami trempé et en fort mauvaise posture qui a besoin de mon aide. »

Bedwyr secoua la tête dans un mouvement saccadé. « Je voulais dire, qu'est-ce que tu *vois* ? À quoi ressemble mon aura ? Un démon m'a parlé. Il exigeait que je remette le coffret à Peada et j'ai dû m'en débarrasser. »

« Ton aura est la même que d'habitude. » Goronwy tira Bedwyr par le bras et le hissa à demi hors de l'eau, à plat ventre sur le plancher du char, à côté du coffret.

Bedwyr resta là un moment, le temps de reprendre son souffle, puis réussit à sortir complètement de l'eau. Il avait l'impression que chacun de ses membres était enchaîné à un rocher qui pesait de tout son poids et s'il ne s'était pas tellement inquiété pour le sort de Taryn et de Hywel, il serait resté longtemps là, à genoux. Au lieu de cela, il s'agrippa à la rampe à côté de l'endroit où Goronwy se tenait et se hissa sur ses pieds.

« Un démon, tu dis ? » Goronwy fixait la rive des yeux. Peada était toujours au même endroit, peut-être un peu plus près de la rive. Cependant, son regard semblait concentré sur un point bien en amont de la position de Bedwyr et de Goronwy. Hywel et Taryn venaient de disparaître en direction du tunnel sous la garde d'une douzaine de Saxons.

« Un démon avec la voix de Taliesin, » dit Bedwyr.

« Tu crois que c'était le même que celui dont tu as reçu la visite à Caer Gwrlie ? »

« Combien peuvent-ils être ? Cela dit, je ferais sans doute mieux de ne pas en juger avant de revoir Taliesin en chair et en os. »

Goronwy soupira. « Allons-y. Plus tôt nous remettrons le plat à Cade, plus vite nous pourrons effacer ce petit sourire méprisant de la face de Peada. »

Chapitre Vingt-Six

Taryn

Ils s'enfonçaient de nouveau dans le tunnel, captifs au milieu d'une armée de Saxons. Peada avançait à grands pas devant eux, les membres raidis par la colère. Son frère avait bien réussi à leur tendre un piège et le plat lui avait cependant échappé. Il n'avait rien su du char, évidemment, et avait pensé qu'il leur faudrait traverser les bois pour atteindre la clairière au lieu d'apparaître brusquement au centre de celle-ci.

Déjà à Caer Gwrlie, elle avait compris que le char était invisible pour tous ceux qui n'étaient pas censés le voir. Ainsi, lorsqu'elle était sortie du sous-sol qui protégeait l'accès au tunnel avec Bedwyr et Hywel, les Saxons qui surgissaient des bois avaient complètement ignoré Goronwy et le char et quand Goronwy avait aidé Bedwyr à sortir de l'eau, Peada fixait du regard un point de la rivière bien en amont. Pour lui, ils étaient restés invisibles.

Tout en s'assurant qu'elle n'en montrait rien, Taryn ne put s'empêcher de ressentir une certaine satisfaction en constatant qu'elle avait triomphé de son frère. Pour deux personnes nées du même père, Peada et elle n'aurait pas pu connaître une enfance plus différente. Il était le fils aîné adoré et elle n'était que le fruit de la liaison regrettable de Penda avec sa mère, une Galloise.

Comme son grand-père, le roi Arthur du Gwent, le lui avait expliqué avant l'un de ses séjours obligatoires à la cour de son père, Penda ne la détestait pas parce qu'elle était illégitime ni parce qu'elle était galloise. Après tout, les deux époux de la propre sœur de Penda, la mère de Cade, avaient été Gallois. Non. Il la détestait parce qu'elle lui rappelait l'humiliation qu'il avait subie.

Si le grand-père de Taryn s'était mis en colère contre sa fille pour s'être donnée à Penda, elle n'avait à l'époque que quinze ans. La tête dans les étoiles, elle n'avait pas mis Penda en doute lorsque celui-ci lui avait promis qu'ils avaient un avenir ensemble. C'était à Penda qu'Arthur avait réservé toute sa fureur. Il l'avait chassé du Gwent comme un chien galleux après avoir révélé sa turpitude en public dans la grande salle de son château. Des années plus tard, Penda avait pris sa revanche sur Arthur en exigeant la présence de Taryn à sa cour et en revendiquant ses droits paternels. Il avait seulement agi ainsi parce qu'il voyait la jeune fille comme un pion de valeur qu'il pouvait marier comme cela lui convenait et la loi, galloise ou saxonne, n'avait pas permis à Arthur de refuser, puisqu'elle était bien la fille de Penda.

En fin de compte, on l'avait mariée à quinze ans au seigneur de Caer Gwrlie, un homme de trente ans son aîné. Elle avait été sa quatrième épouse. Aucune de ses épouses précédentes n'avait eu d'enfant et lorsqu'elle lui avait donné une fille unique, il n'avait montré aucune déception. Il l'avait bien traitée en fait, et avait offert à Taryn un foyer bien plus agréable que la cour de son père. En outre, cinq années passées en maîtresse de sa maison l'avaient considérablement endurcie. Son frère ne lui ferait plus jamais peur.

« Comment avez-vous su que nous allions venir ? » demanda Hywel en saxon à Peada qui marchait plusieurs pas devant eux.

Peada ne ralentit pas et ne se retourna pas pour répondre. A Caer Gwrlie, l'attitude de Hywel n'avait pas été très différente de celle de Peada et n'avait eu pour Taryn rien d'inattendu, compte tenu de l'enfant qu'il avait été et de l'éducation qu'il avait reçue. Mais si elle devait choisir entre Hywel et son frère, Hywel gagnait haut la main. Et puisque, de l'avis de Taryn, la situation ne pouvait pas vraiment s'aggraver, elle relança Peada. « Réponds-lui ! »

« Vous avez un traître parmi vous, » jeta Peada par-dessus son épaule.

Hywel et Taryn échangèrent un regard. Il n'était tout simplement pas possible que l'un d'entre eux ait averti Peada de leur venue puisqu'ils n'en avaient eux-mêmes rien su jusqu'à ce matin. Pas à moins que cette personne ne soit capable de voler.

« Qui est-ce ? » demanda Hywel.

Peada souffla bruyamment. « Pourquoi devrais-je vous le dire ? »

« Parce que tu nous as capturés et que nous ne pourrons le dire à personne, » s'empressa de répondre Taryn.

« Un cousin de votre roi. Du nom de Goronwy. »

Hywel fronça les sourcils. Sans réfuter l'accusation, il maugréa à voix basse, en gallois pour que Peada ne comprenne pas. « Impossible. »

« Le char... » commença Taryn.

« Il ne ferait jamais ça, » rétorqua Hywel. « Est-ce qu'il ne vient pas de sauver Bedwyr ? Et puis, je ne vois pas le plat entre les mains de Peada. »

Taryn acquiesça. « Qui, alors ? » Avec leurs mains liées dans le dos, Taryn n'avait aucune possibilité de lever le bas de sa robe qui gênait sa marche. Il leur était impossible d'avancer à la même vitesse que Peada qui ne tarda pas à les distancer.

« Un *Sidhe* aurait pu le lui dire. » Le regard de Hywel étincelait de colère. « Un *Sidhe* qui peut prendre l'apparence qui lui convient. Et Peada ne sait pas à quoi ressemble Goronwy. »

« Mabon ? » souffla Taryn.

« Ou cet Efnysien. Pourtant, j'aurais cru qu'un seul illusionniste *sidhe* suffisait largement. »

« Au moins, Bedwyr a réussi à partir avec le plat. A présent, notre sort importe peu. »

Hywel serra les lèvres. Pour la première fois, Taryn sentit son approbation, un agréable changement par rapport à l'animosité constante qu'il lui avait témoignée jusque-là. Toujours en alignant son pas sur le sien, il finit par dire (comme à regret), « vous avez bien réagi là-bas. »

« Pensiez-vous que j'allais vous trahir pour me sauver ? »

Hywel lui jeta un coup d'œil. « J'essayais de vous faire un compliment. »

Elle pencha un peu la tête pour l'observer, ravalant les paroles qui lui venaient aux lèvres, quelque chose comme *il est bien temps que vous vous montriez aimable avec moi.* Au lieu de cela, elle changea de sujet. « Comment se fait-il que vous parliez saxon ? »

Hywel répondit d'abord d'un *euh* qui était presque un raclement de gorge. « A une époque, mon père était au service de Penda. »

Ce n'était pas la réponse à laquelle elle s'attendait. « Et moi qui pensais que vous n'aviez pas confiance en moi à cause de mon sang saxon. »

« Vous et Cade partagez le même sang. Si je ne vous fais pas confiance, c'est que rien ne m'y a incité. » Il marqua une pause, se tourna vers elle pour la dévisager. « Jusqu'à présent. »

« Est-ce que je suis censée vous en être reconnaissante ? »

« Pourquoi Cade vous a-t-il tout révélé ? »

« Le fait que je sois sa cousine ne vous suffit pas ? »

« Peada aussi est son cousin. »

« Je vous l'accorde. » Taryn baissa la tête comme si elle voulait s'incliner devant lui, les lèvres frémissant de rire. Là, il n'avait pas tort. Puis elle prit le temps de réfléchir pour trouver les mots justes. « Mon grand-père et le père adoptif de Cade se connaissaient bien et chaque fois qu'ils se rendaient visite, Cade faisait de son mieux pour se montrer amical avec moi. C'était une époque où j'avais sérieusement besoin d'un ami. »

Sa réponse ne parut pas satisfaire complètement Hywel. À vrai dire, elle ne la satisfaisait pas non plus. Tout ce que Taryn savait, c'était que lorsque Cade était entré dans la grande salle de son château, il l'avait saluée en la prenant sans hésiter dans ses bras. Puis, avec Rhiann que Taryn avait aussi connue dans son enfance puisque son père avait été le roi du Gwynedd, Cade lui avait exposé toutes leurs tribulations et révélé sa vraie nature.

Un *Sidhe*.

D'abord, Taryn ne l'avait pas cru, mais devant le visage impassible de Rhiann, elle avait bien dû accepter la véracité de toute l'histoire contée par Cade. Prise elle-même entre Gallois et Saxons, entre christianisme et paganisme, elle avait dû elle aussi marcher sur le fil du rasoir entre deux mondes pour survivre, bien que dans une moindre mesure que Cade.

Ils arrivaient au bout du tunnel. Avec ses mains dans le dos et sa longue robe, Taryn n'allait pas pouvoir négocier l'escalier. Elle leva les yeux pour contempler un instant la lumière du jour au-dessus d'eux et fit un simple signe négatif de la tête.

Le garde derrière elle ne voulait rien entendre. Il la saisit par le coude gauche et s'apprêta à la faire monter de force, mais Hywel, qui se trouvait alors deux pas devant elle, pivota sur lui-même et se planta devant le soldat. « C'est une princesse de Mercie. Détachez-lui les mains. »

« Dégage de mon chemin, sale traître. » Le garde repoussa Hywel de la main gauche. Ses mots impliquaient qu'il connaissait le père de Hywel et savait qui il avait été pour le roi Penda.

Hywel tenta de faire un pas en arrière. Comme il se trouvait sur l'escalier, il perdit l'équilibre et tomba assis sur une marche, bloquant toujours la progression du garde et bouchant le passage. Tous les soldats devant eux avaient à présent traversé le poste de garde mais la commotion ramena Peada à l'intérieur. Campé au sommet de

l'escalier, les mains sur les hanches, il leur jeta un regard noir. «
Dépêchez-vous. Vous m'avez déjà fait perdre assez de temps. »

Taryn leva la tête. « Si tu veux que je monte cet escalier, tu vas
devoir me libérer les mains. »

Avec un soupir dégoûté, peut-être le vingtième depuis qu'il les
avait capturés, Peada fit un geste à l'adresse du garde. « Allez-y. Ce
n'est pas un guerrier. Qu'est-ce que ça peut faire ? »

Le garde, qui tenait toujours Taryn par le bras, répondit d'une
sorte de hoquet incrédule mais s'attaqua à ses liens. Deux autres
soldats prirent Hywel chacun par un bras et le relevèrent. Taryn
releva sa jupe avec l'élégance de la princesse qu'elle était et finalement
ils gravirent l'escalier et gagnèrent la rue.

Le jour était à présent complètement levé. Taryn regarda autour
d'elle avec intérêt. Il y avait quelques années qu'elle n'était pas venue
mais elle n'avait pas menti en disant aux autres qu'à une époque elle
avait bien connu la ville. La population n'était plus assez nombreuse
pour occuper l'ensemble de Chester, ce qui expliquait pourquoi on
avait laissé certains secteurs comme le poste de garde au-dessus de
l'entrée du tunnel tomber en ruines.

Peada les mena vers l'est, vers le centre de la cité. A présent qu'il
se sentait chez lui, il se permettait de parader.

Taryn fit en sorte de traîner un peu en arrière avec l'intention
de faire croire aux soldats autour d'elle qu'elle était lasse ou affaiblie.
Hywel, que ses gardes avaient lâché, restait à sa hauteur tout en lui
lançant des regards curieux. Elle essayait de lui faire comprendre
qu'elle avait un plan, même s'il n'avait rien d'extraordinaire, et
finalement murmura en gallois, « laissez-moi faire. »

Taryn crut l'entendre s'esclaffer (mais à voix très basse).
Cependant, il ne protesta pas. Quand elle se mit à boîter légèrement,
il ralentit encore le pas. Depuis qu'ils étaient sortis du poste de garde,
elle s'était assurée de toujours marcher du côté droit de la rue et
petit à petit elle se rapprochait de plus en plus du bas-côté. Puis, à

trois pâtés de maisons du bâtiment qui abritait la grande salle, elle se pencha comme pour examiner sa cheville. A ce moment-là, la plupart des soldats les avaient dépassés, impatientés par sa lenteur, et seule une poignée était restée pour les garder, Hywel et elle. Aucun d'eux n'était ravi de cette tâche peu glorieuse. Ils ne pensaient qu'à gagner la salle et à s'attabler pour le premier repas de la journée qu'ils n'avaient sûrement pas pu prendre avant, chargés d'appréhender Taryn et Hywel à l'aube.

En s'appuyant d'une main au mur d'une maison proche, elle se pencha en avant, un bras autour de la taille. Son mouvement attira finalement l'attention de l'un des soldats. « Qu'est-ce qui vous arrive ? Il faut avancer ! »

« J'ai mal au ventre, » dit-elle.

Comme un seul homme, tous les soldats pâlirent et dans un bel ensemble ils se détournèrent avec gêne pour regarder ailleurs. Si Taryn n'avait pas été si concentrée sur son désir de mettre la main sur le couteau supplémentaire caché dans sa botte, elle aurait éclaté de rire. Elle avait seulement voulu dire qu'elle avait un point de côté après avoir marché trop vite, mais s'ils avaient tout de suite imaginé qu'elle souffrait d'un malaise typiquement féminin, elle n'allait pas les détromper.

Hywel, entretemps, s'était détourné aussi, mais ce n'était pas par embarras. Il s'était rapproché pour faire écran entre elle et les soldats. Il lui tournait à moitié le dos et lorsqu'elle regarda ses mains, il fléchit les poignets pour lui montrer qu'il avait desserré ses liens et n'attendait que le bon moment pour s'en débarrasser.

« Prêt ? » demanda-t-elle en gallois.

« Par la ruelle ? »

« Maintenant. » Elle n'avait pas fini de prononcer le mot qu'elle avait bondi, relevant sa jupe d'une main et tenant fermement le couteau ave lequel elle avait voulu couper les liens de Hywel dans l'autre.

Il s'élança au même instant, la corde qui lui avait lié les poignets pendant encore derrière lui. Au bout de vingt pas, elle vira brusquement à droite, dans une maison abandonnée, la traversa pour émerger dans une autre ruelle, puis poursuivit son chemin. Le pas lourd des soldats résonnait derrière eux mais ils avaient été pris par surprise et le poids de leur armure les ralentissait. Hywel était rapide pour un homme aussi bien bâti et Taryn avait l'impression qu'il aurait couru plus vite qu'elle s'il avait été seul.

« Prenez-le ! » Alors qu'ils couraient côte à côte, elle lui tendit le couteau qu'il accepta sans discuter. Puis elle le tira par la manche de sa chemise. « Par ici. » Elle se faufila de cour en cour et de chaumière en chaumière avant de pénétrer dans une tannerie.

Un apprenti stupéfait s'écarta d'un bond. Taryn tendit vers lui une main rassurante, sans parler, parce que les vapeurs qui se dégageaient des peaux en préparation lui faisaient monter les larmes aux yeux. Elle traversa l'atelier et tourna vers l'ouest...

... au moment où un soldat surgissait d'une ruelle proche. « Stop ! » Il avait dû choisir un autre chemin dans l'espoir de leur couper la route.

Hywel lança le couteau sur avec une précision terrifiante. L'arme s'enfonça dans la gorge du soldat qui s'écroula.

Taryn s'arrêta, prise de nausées. Hywel avait à peine ralenti et cette fois ce fut lui qui revint sur ses pas, la prit par le bras et l'entraîna. « Où allons-nous ? »

Elle luttait toujours contre son envie de vomir mais parvint à prononcer, « sous terre. » Encore quelques pas et elle ouvrit la porte d'une autre maison abandonnée. Ils passèrent en courant la pièce au sol dallé avant de ressortir dans le jardin. Ecartant divers débris avec son pied, elle dégagea la poignée d'une trappe. La main sur la poitrine, Taryn se permit un soupir de soulagement. « Pendant un moment, j'ai eu peur de vous avoir écarté du bon chemin. »

Hywel lui lança un regard amusé. « Jusque-là, je ne regrette rien. » Il se pencha et tira sur la poignée. Des marches s'enfonçaient dans l'obscurité.

« J'ai laissé une lanterne en bas, il y a longtemps. Elle y est peut-être encore. »

« Quoi qu'il en soit, il faut y aller. » D'un mouvement de la tête, Hywel attira son attention sur les cris qui s'élevaient au-delà des murs de la maison.

« Ils ne viendront sûrement pas ici, » dit Taryn en commençant à descendre l'escalier. Elle poussa un autre soupir de soulagement en voyant la lanterne là où elle l'avait laissée, sur une table au pied de l'escalier.

« Pourquoi pas ? » Hywel la suivit, prenant soin de garder la trappe légèrement ouverte pour laisser un peu de jour filtrer jusqu'à ce qu'elle allume la lanterne.

« Oh. » Taryn répondit avec un petit geste désinvolte de la main. « Tout le monde pense que cet endroit est hanté. »

Chapitre Vingt-Sept

Cade

Au cours des années pendant lesquelles il avait grandi à Bryn y Castell, Cade avait non seulement rencontré Taryn mais aussi son grand-père et son mari, qui avaient tous deux été des amis de Cynyr, le père adoptif de Cade. La famille de son mari régnait sur leur place-forte à l'est depuis le temps du Roi Arthur et Morgan avait épousé Taryn dans l'espoir de freiner les déprédations commises par son père, Penda de Mercie. Au fil du temps, Cade avait souvent entendu Morgan se plaindre de l'avancée des Saxons et l'époux de Taryn avait à plusieurs reprises exprimé son inquiétude quant au pouvoir grandissant de la Northumbrie. Non sans raison.

Cependant, ce matin, alors qu'il attendait le retour de Bedwyr et de Goronwy de Chester, Cade commençait à regretter d'avoir envoyé Taryn avec eux. Avec Taryn dans l'incapacité de s'adresser à ses gens, toute l'autorité était dévolue au capitaine de sa garnison. Dai était un type solide mais dépourvu de la moindre imagination.

« Vous nous demandez de prendre la fuite, Monseigneur ? La famille de mon seigneur règne sur ces terres depuis mille ans ! »

C'était une exagération grossière mais Cade préféra ne pas relever pour insister sur le point important. « Les forteresses peuvent toujours être reconstruites. Les êtres humains sont irremplaçables. Je ne sais pas ce que vous en pensez, mais avec soixante-dix hommes contre huit cents, je ne vois pas s'ouvrir devant nous le chemin de la victoire. »

« J'ai entendu vos hommes dire que vous avez combattu pour votre oncle hier. » Dai luttait entre son instinct, qui lui dictait de se montrer poli avec le futur Roi Suprême, et son incrédulité. « Comment est-il possible qu'il vous attaque aujourd'hui ? »

« Parce que je détiens quelque chose qu'il veut. Du moins le croit-il. Et Penda veut faire ses preuves à l'égard de son nouveau maître, prouver qu'il peut me livrer à lui comme il s'y est engagé. »

« C'est absurde ! » Son instinct de courtoisie céda devant l'outrage que Dai ressentait. « Penda vient d'être baptisé ! En donnant à Oswin l'opportunité de vous capturer ou de vous tuer, il met son âme immortelle en péril. Oswin aussi ! Comment est-il possible que des Chrétiens se battent entre eux ? »

Dai faisait référence aux nombreux siècles de combats qui avaient fait rage à travers toute l'Europe depuis l'époque romaine, au cours desquels des hordes de païens avaient envahi les royaumes chrétiens, avant que les païens ne se convertissent eux-mêmes au christianisme et que la paix ne soit établie. Mais cela ne s'était pas produit dans l'ile des Britons. Les Saxons restaient des Saxons et les Britons des Britons, qu'ils partagent ou non la même foi. Leurs différences étaient trop profondes pour être surmontées.

« Je n'imagine pas que les Saxons vont soudain cesser de se battre entre eux, pas plus que notre propre peuple n'a réfréné ses ardeurs guerrières après le départ des Romains. » Cade n'ajouta pas qu'en tant que Roi Suprême, il lui reviendrait de maintenir la paix.

« Si c'est le cas, c'est une raison de plus pour l'arrêter ici avant qu'il n'envahisse tout le Pays de Galles. »

« Le Pays de Galles ne va pas être envahi. Plusieurs armées se trouvent juste de l'autre côté des montagnes. Tout le pays est en marche pour assister à mon couronnement. Je pourrais très bien avoir une armée ici avant la fin de la journée, ce que Penda et Oswin devraient savoir si la soif de vengeance n'avait pas complètement obscurci leur jugement. A cet instant même, j'ai des hommes au cœur de Chester chargés de s'emparer du trésor le plus précieux de Penda pendant qu'il est absent. »

Dai se tut un moment avant de relever la tête. « On ne laisse rien aux Saxons. »

« Très bien. » Cade acquiesça d'un vif hochement de tête. « Rien. »

Dafydd frappa sur le chambranle et ouvrit complètement la porte entrouverte. C'était un homme d'une stature si imposante qu'il occupait pratiquement toute la largeur de l'entrée et que sa tête frôlait le linteau. « Oswin a levé un drapeau blanc. Il dit qu'il veut parlementer. »

Dai regarda Cade. « Je maintiens qu'on devrait le renvoyer d'où il vient. »

« Comment ? Non. » Cade secoua la tête. « Ce qu'il nous faut surtout, c'est gagner du temps. Dites-lui que je le rencontrerai au crépuscule. »

Dafydd s'inclina. A la différence de Dai, il savait pourquoi Cade voulait retarder la rencontre. Cade restait une créature de la nuit. Dès que le soleil disparaissait à l'ouest derrière les collines, il était libre de ses mouvements sans avoir à s'abriter sous le manteau. Autrement, si le soleil brillait, il serait obligé de le porter, ce qui le rendrait invisible. Ce n'étaient pas des circonstances idéales pour s'entretenir avec un adversaire.

Ce délai permettrait aussi à Cade d'accomplir le reste de ce qu'il avait l'intention de faire durant la journée, dès le moment où...

Dafydd était déjà de retour. « Goronwy et Bedwyr sont revenus, Monseigneur. »

« Bien. » Cade se dirigea à grands pas vers la porte et accepta en passant le manteau que Dafydd lui tendait. Ensemble, les deux hommes gagnèrent la porte de la grande salle et s'arrêtèrent là, sur le seuil. Goronwy sauta du char, suivi par Bedwyr, complètement trempé, qui serrait contre sa poitrine le précieux coffret qui contenait le plat.

Plutôt que de revêtir le manteau, Cade attendit que les deux hommes s'approchent de lui. « Que s'est-il passé ? »

Le visage de Goronwy était sombre. « Ils savaient qu'on allait venir. »

Bedwyr tendit le coffret à Cade. « J'ai dans l'idée que je n'ai jamais rien eu de plus dangereux entre les mains, mais il nous faut l'utiliser encore une fois. »

« Où sont Taryn et Hywel ? » Cade soupesa le coffret.

« C'est pour ça qu'on doit l'utiliser, » dit Bedwyr.

« Je me reproche ma lâcheté pour les avoir laissés sur place, mais je n'ai rien pu faire d'autre. Les hommes de Peada étaient trop nombreux et on ne pouvait pas les laisser s'emparer du plat. Et comme je l'ai dit, ils nous attendaient, » expliqua Goronwy.

« Comment ? » Rhiann venait d'apparaître derrière l'épaule droite de Cade.

« Je ne sais pas. »

Cade se tourna vers elle, pensant que peut-être ses mains délicates étaient les plus qualifiées pour tenir le coffret, mais elle fit un pas en arrière, les mains levées devant elle, secouant la tête. « Pas moi. »

Il la regarda plus attentivement. « Quelqu'un doit le faire. » Devant le nouveau signe de refus de la jeune femme, il garda finalement le coffret, tout en se retournant vers Goronwy et Bedwyr. « Venez à l'intérieur et racontez-moi tout. »

Mais tandis qu'ils retournaient dans la grande salle, il vit Dai approcher, le regard fixé sur la boîte, avec une expression qui ressemblait étonnamment à de l'avidité et surprit Cade. Les compagnons détenaient déjà tant de Trésors qu'il ne voyait pas pourquoi celui-ci serait plus fascinant que les autres ou attirerait plus particulièrement l'attention.

Pourtant, plus il y réfléchissait, plus il réalisait que Bedwyr ne se trompait pas. Rien n'était plus dangereux au monde que d'accorder à quiconque la possibilité de voir son vœu le plus cher exaucé. *Méfie-toi de ce que tu souhaites* n'était pas juste une ritournelle répétée aux enfants. A présent que Cade avait le plat entre les mains, il ressentait avec force son attraction.

« Puis-je vous demander de nous trouver une pièce tranquille où je pourrais m'entretenir avec mes compagnons ? » demanda Cade à Dai, décidant qu'il ne pouvait ignorer l'expression de convoitise du capitaine et qu'il valait mieux l'écarter du plat le plus vite possible.

Dai parut d'abord déçu puis il acquiesça. « Bien-sûr. Je vais aussi vous faire apporter à manger et à boire. »

« Et des vêtements secs ? » demanda Bedwyr.

Dai s'inclina. « Certainement, Monseigneur. »

Par chance, la pièce vers laquelle il les guida se trouvait au bout d'un petit couloir près de la grande salle et Cade n'eut pas besoin de sortir. Ils prirent Angharad et Catrin au passage, convaincus que la décision à laquelle ils parviendraient à l'égard des Trésors devait être prise collectivement.

Bedwyr, toujours trempé, s'approcha immédiatement du feu. En combinant leurs efforts, Angharad et Catrin parvinrent à l'extraire de son armure et des vêtements rembourrés qu'il portait dessous, alourdis par le poids de l'eau. Pendant ce temps, Cade avait posé le coffret au milieu de la table et soulevé le couvercle. Le plat était exactement tel que Bedwyr l'avait décrit : très simple, sans beauté particulière, le bord ébréché mettant en évidence l'argile rouge dont il était fait. Il n'avait rien de spécial.

Bedwyr jeta un coup d'œil en direction du coffret. « J'ai prié pour qu'on vienne à mon secours hier, et c'est ce qui s'est produit. »

« On allait venir de toute façon, » dit Cade.

« C'est ce que je me répète sans cesse depuis lors, » répondit Bedwyr. « Mais j'ai encore du mal à le croire. »

Cade avait plus d'expérience qu'il ne l'aurait voulu en matière de moments où se croisaient le destin, la légende et la grâce et recourut à une citation de Taliesin. « *Sans la prophétie, l'homme agirait-il ? Ou bien est-ce la prophétie qui détermine le passage à l'action ? Seul celui qui se connaît lui-même peut répondre.* Je suggérerais que nous remplacions le mot *prophétie* par le mot *vœu*. »

Bedwyr n'avait pas été présent lors de cette première conversation avec Taliesin et son visage se fit pensif. Cade, pour sa part, s'était depuis longtemps habitué à agir malgré des points de vue contradictoires. Comme il l'avait dit à Taliesin plusieurs mois auparavant, il se connaissait. Il souhaiterait d'abord obtenir ce dont il avait besoin, puis il passerait à l'action comme s'il n'avait émis aucun vœu et comme si le succès ou l'échec d'une entreprise dépendait uniquement de cette action.

« Quel vœu vas-tu formuler ? » demanda Rhiann.

« C'est bien la question, n'est-ce pas ? » Cade regarda sa femme, lisant en elle son propre désir d'oublier leur quête pour se concentrer sur l'enfant en elle. *Ce* vœu aurait eu de la valeur : souhaiter que l'enfant soit en bonne santé, qu'il ne soit pas accablé comme son père de *présents* offerts par les *Sidhe*.

« Il faut nous assurer de retrouver Hywel et Taryn sains et saufs, » dit immédiatement Bedwyr.

Goronwy se tourna vers son ami. « Si c'est notre premier souci, nous pouvons économiser le vœu et simplement aller les chercher avec le char. »

Cade pressa les lèvres. Il savait qu'il devait intervenir mais était également conscient que ses amis n'allaient pas aimer ce qu'il avait à dire. « Il nous faut les laisser à leur sort pour l'instant. » Puis il poursuivit, malgré le chœur de protestations, « Peada ne fera pas de mal à sa propre sœur. »

Bedwyr avança d'un pas, les poings serrés. « Vous n'en savez rien. »

« Je le sais. Et même si je vous envoyais les chercher avec le char, nous ne savons rien de leur situation actuelle. Sont-ils dans la grande salle de Chester ou enfermés dans un cachot ? »

« Cade a raison, » dit Rhiann. « Quand Goronwy est venu pour nous à Chester, il est resté à planer dans l'air parce que le char et le cheval étaient trop grands pour se poser sur le chemin de ronde. Et s'ils sont détenus dans le tunnel, ou un quelconque souterrain ? Que se passera-t-il dans ce cas ? »

Goronwy se passa la main sur le menton et hocha lentement la tête. « On en ignore encore trop sur la manière dont le char fonctionne. »

Bedwyr ferma les yeux et respira profondément. « Alors, quel est votre plan, Monseigneur ? Qu'en est-il de l'énorme armée qui attend sur le seuil de notre porte ? Faisons-nous le vœu de la voir disparaître ? Ou de voir ces guerriers tomber malades ? Ou mourir ? »

Cade émit un petit rire. « Est-il même juste de souhaiter quoi que ce soit ? »

« Il serait irresponsable de ne pas le faire, compte tenu du nombre de vies qui seront sacrifiées si on en arrive à se battre, » dit Goronwy.

Dafydd tapota son épée. « C'est étrange, Monseigneur. Utiliser cette épée au combat ne m'a posé aucun problème. Pourquoi devrions-nous traiter le plat différemment ? »

Mais Bedwyr secoua la tête, peu préparé à faire une concession. « Je ne sais toujours pas si c'est bien Taliesin qui m'est apparu, mais quoi qu'il en soit je crois en son avertissement concernant le pouvoir du plat. »

« Attendez que nous ayons aussi le pot, » dit Rhiann.

« Espérons que nous aurons cette chance. » De sa place près du feu, Catrin se redressa. « Bien, le temps passe. Bedwyr est surtout allé chercher le plat parce que nous voulions l'utiliser pour entrer en contact avec Taliesin. Notre tâche primordiale n'est-elle pas de réunir les Trésors ? Pouvons-nous gaspiller un vœu pour une autre raison ? »

Cade regarda ses compagnons l'un après l'autre. Ceux-ci semblaient finalement acquiescer. Il fit la grimace, constatant que bon gré mal gré il ne lui restait pas beaucoup de choix. Il posa un doigt sur le plat. « Je voudrais rejoindre Taliesin. »

Rien.

Il ôta son doigt en fronçant les sourcils. « Je n'ai rien ressenti. L'un de vous veut essayer ? »

Tous secouèrent négativement la tête, allant jusqu'à s'écarter un peu de lui.

« Peut-être que ça ne fonctionne pas. Peut-être qu'en fait ce n'est pas vraiment un des Trésors. »

« C'est bien un des Trésors. » Bedwyr s'avança de quelques pieds pour venir prendre place à côté de Cade et regarder à l'intérieur du coffret. « Mais je ne crois pas qu'il fonctionne comme les autres Trésors. Ce n'est pas parce qu'on fait un vœu et que celui-ci est exaucé que l'effet va se produire immédiatement. Qu'en serait-il si je souhaitais revoir ma femme ? Ou si quelqu'un souhaitait que sa femme lui donne un fils ? Ces vœux ne pourraient pas être exaucés instantanément. »

« Vous avez raison. » Cade laissa échapper une petite bouffée d'air, ce qui chez lui correspondait à un soupir. « On sait déjà que le temps dans l'Autre Monde ne s'écoule pas comme ici. Il nous faut poursuivre nos activités comme d'habitude sans rien attendre. »

Catrin contemplait le plat, plissant le front. « Cet objet a quelque chose de repoussant. Pas étonnant que Taliesin l'ait considéré comme dangereux. »

A cet instant, la porte s'ouvrit à la volée et rebondit contre le mur si bien que Dai, dont la silhouette s'encadrait sur le seuil, dut la rattraper. « L'armée d'Oswin lève le camp ! »

Cade releva vivement la tête pour regarder Dai. Plusieurs de ses compagnons firent un pas involontaire vers le capitaine de la garnison. « Vous en êtes sûr ? » demanda Goronwy.

« Bien-sûr que j'en suis sûr. » Dai entra dans la pièce, les yeux sur le coffret ouvert. « Qu'avez-vous fait ? »

Cade ferma doucement le couvercle pour ôter le plat de la vue de Dai. « Comme vous le savez, j'avais décidé de le rencontrer ce soir. Je n'ai pensé à rien d'autre. » Il fit du regard le tour de ses compagnons, qui le considéraient avec de multiples expressions allant de l'émerveillement à la plus grande méfiance. Il poursuivit avant que l'on ne lui pose la question. « Je n'ai pas demandé ça. Je le jure. »

« On vous croit. » Puis Goronwy se retourna vers Dai. « Est-ce qu'on sait pourquoi il part ? »

Dai secoua la tête. « C'est l'un des guetteurs sur les remparts qui vient de me prévenir. Ils laissent sur place tout ce qui n'est pas facile à emporter. »

Goronwy fronça les sourcils. « Une maladie, peut-être ? »

« Ou une apparition, » dit Bedwyr à voix basse en contemplant ses pieds.

Cade prit le coffret et le plaça sous son bras. « Quoi qu'il en soit, Dai, il semble que vous ayez la situation bien en main. Il n'est plus nécessaire de fuir le fort et nous allons vous laisser en paix. »

« Et pour Lady Taryn, Monseigneur ? Quand va-t-elle revenir ? »

« Bientôt, » assura Cade qui n'en savait absolument rien.

Le visage de Dai était rouge d'excitation. Il pensait avoir assisté à un miracle et peut-être était-ce vrai, mais si c'était le cas Cade n'y était pour rien. Dai s'inclina très bas. « Je vous reverrai à Caer Fawr, Monseigneur. »

Cade acquiesça d'un mouvement de la tête. « En effet. »

Tout en regardant Dai s'éloigner, Goronwy s'adressa à Cade. « On a perdu notre lucidité. A force de se concentrer sur les effets de la magie, on a perdu de vue l'essentiel. On n'a même pas vu ce qui était juste devant nos yeux et oublié comment on a agi jusque-là. A une époque, vous n'auriez pas demandé ce qu'il se passait et vous n'auriez pas accepté de ne pas le savoir. Vous auriez jeté ce manteau sur vos épaules et vous seriez allé voir vous-même à quoi jouait Oswin. »

A ces paroles de Goronwy, Cade sursauta comme s'il se réveillait. Il avait retrouvé son assurance. Il se retourna vers son ami. « C'est pour cette raison que vous allez retourner à Chester avec le char. Non pour aller au secours de Hywel et de Taryn, mais pour me fournir des réponses. »

Chapitre Vingt-Huit

Goronwy

Goronwy n'aimait pas l'idée de se séparer encore de ses compagnons. Il aimait encore moins l'idée de s'éloigner de Catrin en ces temps périlleux. Pourtant, il était clair que leurs obligations divergeaient. Savoir qu'Oswin et Penda se retiraient de Caer Gwrlie après avoir fait marcher leur armée toute la nuit pour les assiéger semblait absurde mais les deux forteresses n'étaient en fait distantes l'une de l'autre que d'un peu plus de dix milles. La cavalerie d'Oswin, Penda et Oswin avec elle, pouvait être de retour à Chester en moins de deux heures. Bedwyr et lui devaient dans ce laps de temps se rendre à Chester et en revenir.

« Pour notre part, nous allons prendre la route du sud vers Caer Fawr immédiatement. Les seigneurs gallois s'y rassemblent déjà et je suis en retard. » A l'abri dans les écuries, Cade ôta le manteau et le tendit à Goronwy qui le prit.

Pourtant, alors même qu'il roulait le manteau et le plaçait sous son bras, il adressa à Cade un regard dubitatif. « Comment allez-vous faire sans lui ? »

« Le temps est couvert et je peux m'abriter sous un manteau ordinaire si nécessaire. » Cade eut un rire un peu amer. « Vous avez raison, j'avais perdu une partie de ma lucidité. La magie est un outil mais ça ne peut pas être le seul. »

« Dit l'homme qui vient de nous confier un manteau magique. » Bedwyr secoua la tête avec un sourire ironique.

« Cade a raison. » Rhiann entrait dans l'écurie, Catrin à ses côtés. « Avec le manteau, vous aurez plus de chance de réussir et vous pourriez bien être de retour avant que nous n'ayons parcouru un mille. »

Cade prit la main de Rhiann. « L'un des plus grands avantages que ces Trésors nous ont offert est la capacité de les partager quand c'est nécessaire. Contentez-vous d'accepter ce cadeau. »

Sur leur insistance, mais en levant les yeux au ciel, Goronwy rangea le manteau dans le sac qu'il portait à l'épaule. Puis il échangea un regard avec Catrin. Tandis que Cade et Rhiann s'écartaient, elle se hissa au bord du char pour un baiser. « Je voudrais venir avec vous. »

« Il est plus sûr que vous ne veniez pas. »

Il y avait tant d'amour dans le regard de Catrin que le cœur de Goronwy se serra. Elle avait dit que se déplacer dans le char était comparable au désir amoureux, et c'était vrai, mais c'était une sensation fugace qui n'aurait jamais rien à voir avec ce qu'il ressentait pour elle. Elle se laissa retomber sur le sol. « Moi, en tout cas, savoir que vous avez le manteau me rassure un peu. »

Goronwy grommela à voix basse, « mais c'est encore un Trésor que nous risquons de perdre s'il tombe entre les mains des Saxons. » Cependant, personne ne semblait partager son inquiétude, alors il leva la main, visualisa la clairière près de l'entrée du tunnel, et disparut.

Goronwy et Bedwyr arrivèrent à l'endroit où ils avaient quitté Hywel et Taryn. Cette fois, ils ne rencontrèrent personne. En fait, l'endroit était complètement désert. C'était presque déconcertant et le calme qui régnait aurait éveillé les soupçons de Goronwy s'il ne s'en était pas réjoui. Ils descendirent du char et se dirigèrent vers le tunnel mais Goronwy jeta un coup d'œil derrière lui en fronçant les sourcils. « Je n'aime pas du tout le laisser sans personne pour le garder. »

Bedwyr, à deux pas devant lui, répondit avec un petit rire. « On ne peut pas dire qu'il n'est pas gardé. Comment pourrait-on le voler si on ne le voit pas ? »

Goronwy accéléra le pas pour revenir à sa hauteur. « Qu'est-ce que tu as dit ? »

Bedwyr s'arrêta à l'entrée du sous-sol. Jetant un coup d'œil à son ami par-dessus son épaule, il répéta sa phrase que Goronwy avait en fait parfaitement entendue la première fois.

« Pourquoi ne le verrait-on pas ? »

Bedwyr le regarda, incrédule. « Comment pourrais-je le savoir ? »

Goronwy lui agrippa le bras. « Peux-*tu* le voir ? »

« Pas à moins d'être avec toi. Pas à moins que tu ne le veuilles. Quand il est rangé, rien ne m'indique qu'il est là. » Bedwyr força Goronwy à lâcher son bras. « Là, je ne le vois plus. »

Que le cheval et le char deviennent invisibles lorsque Goronwy s'en éloignait expliquait en grande partie pourquoi personne ne s'en était approché à Caer Gwrlie. Soulagé, et de meilleure humeur qu'il ne l'avait été depuis le moment où il avait entendu Bedwyr raconter sa vision, Goronwy suivit Bedwyr dans le tunnel.

Exemple typique de l'esprit erratique de Peada, le tunnel n'était pas gardé non plus. Après avoir perdu ce qu'il voulait obtenir, le prince, dans toute son arrogance, avait jugé inutile de poster des hommes à cet endroit alors qu'il disposait de soldats à l'autre extrémité, dans Chester. Il n'était pas venu à l'esprit de Peada que Goronwy et Bedwyr pourraient revenir pour sauver leurs amis, puisque lui-même ne l'aurait pas fait. Certes, ils n'étaient pas officiellement venus à la rescousse de Taryn et de Hywel. Goronwy avait bien compris pourquoi Cade avait dit que ce n'était pas une priorité. Mais Goronwy n'avait aucune intention de quitter Chester sans eux.

« Qu'allons-nous faire quand nous les aurons trouvés ? » Les réflexions de Bedwyr avaient clairement suivi la même direction que celles de Goronwy. « On ne peut pas cacher quatre personnes sous le manteau. »

« J'appellerai le char pour qu'il vienne nous chercher. »

Bedwyr se mit à rire. « Tu peux faire ça ? »

Goronwy lui décocha un large sourire. « Je ne te l'avais pas dit ? Catrin et moi avons passé la moitié de la nuit à explorer les capacités du char. Il est lié à nous maintenant, à elle et à moi, et si je l'appelle, on va le voir apparaître. »

« Non, tu ne me l'avais pas dit. Tu aurais pu m'en parler plus tôt. »

« Tout comme tu aurais pu mentionner que le char était invisible. » Goronwy avançait d'un pas lourd à côté de Bedwyr. « A dire vrai, tout cela me met mal à l'aise. Et je me demande maintenant si l'influence qu'il exerce sur moi est une indication du pouvoir qui réside dans le reste des Trésors. »

« Comment cela ? »

« Qu'est-ce qui constitue le lien ? Il est clair que Caledfwlch appartient à Cade, mais qu'en est-il des autres ? »

« Est-ce que tu veux dire que le plat est lié à moi ? Que c'est pour cette raison que le vœu de Cade ne s'est pas réalisé ? »

Goronwy secoua la tête. « Je n'en suis pas certain. Je réfléchis à voix haute, c'est tout. »

« Je suppose que j'ai effectivement souhaité qu'Oswin lève le camp, » dit Bedwyr d'une voix hésitante. « Mais Taliesin a dit qu'on n'avait droit qu'à un seul vœu. En outre, je n'ai pas touché le plat une seconde fois. »

« Peut-être qu'à partir de maintenant, tous tes vœux seront exaucés. »

« Que Dieu m'en préserve. » Bedwyr leva la main. Ils avaient atteint l'extrémité du tunnel du côté de Chester et la vieille porte au pied de l'escalier d'accès au poste de garde.

Le talent particulier de Goronwy dans le domaine spirituel lui permettait de voir les auras, la vraie nature des choses. C'était un don reçu à la naissance qu'il avait toujours refusé d'exploiter, jusqu'à la veille, lorsque Taliesin et Catrin l'avaient obligé à reconsidérer son attitude. Par le passé, il avait attribué ses prouesses sur le champ de bataille aux efforts acharnés qu'il avait fait pour s'entraîner et non à un talent surnaturel qui trouvait sa source dans l'Autre Monde. C'est avec gratitude qu'il constatait qu'il n'avait pas été puni pour l'orgueil dont il avait fait preuve.

Il semblait toutefois avoir été récompensé d'avoir enfin admis la réalité de ses capacités innées, puisque cela lui avait permis d'ouvrir son cœur à Catrin. Par ailleurs, il avait ainsi trouvé le licol et le char, deux Trésors d'une valeur inestimable. Cette fois, il ouvrit ce qu'il nommait mentalement son troisième œil pour vérifier leur situation et ne discerna aucune menace immédiate. Il y avait un garde de l'autre côté de la porte, mais c'était un être humain tout à fait ordinaire, ni bon ni mauvais.

Bedwyr fit signe à Goronwy de se préparer à la confrontation. Les deux hommes avaient depuis longtemps l'habitude de travailler ensemble et ils se disposèrent à profiter au maximum de l'avantage de la surprise au cas où un danger les attendrait derrière la porte. De deux doigts, Bedwyr souleva la poignée et tira légèrement la porte vers lui. Elle s'entrouvrit lentement en grinçant, comme poussée par un courant d'air. Le bruit ne suscita aucune réaction dans la salle des gardes. Bedwyr et Goronwy attendirent encore un instant dans le tunnel obscur. Puis, Bedwyr protégeant ses arrières, Goronwy s'accroupit et leva les yeux. Il ne distinguait que les bottes du garde. Celui-ci, probablement juché sur un tabouret et adossé au mur, semblait avoir allongé les jambes et posé les pieds sur une pierre tombée là.

Goronwy jeta un coup d'œil à Bedwyr. « Tu parles saxon ? »

Bedwyr fit la grimace. « Pas bien. »

« Mets le manteau. Laisse-moi parler. » Goronwy se redressa. L'épée posée négligemment sur l'épaule, il s'engagea dans l'escalier en sifflotant une chanson de corps de garde.

Lorsque sa tête émergea du puits de l'escalier, le garde, qui avait déjà laissé retomber ses pieds sur le sol, se mit debout. « Qui êtes-vous ? »

« Aelric, » dit Goronwy avec son meilleur accent saxon, qui était loin de valoir celui de Hywel ou de Cade mais dont il espérait qu'il suffirait pour l'instant.

Le garde ne l'avait pas reconnu, ce qui n'avait rien de surprenant puisque la seule apparition de Goronwy à Chester la veille s'était produite lorsqu'il avait secouru ses amis et avait été encore plus brève aujourd'hui. A chaque fois, les soldats saxons auraient plutôt regardé le char que celui qui le conduisait, en admettant que l'un ou l'autre aient été visibles. Mais il vit alors la bouche du soldat béer d'étonnement. Goronwy entendit les pas de Bedwyr dans l'escalier. Lorsqu'il se retourna, il vit que celui-ci avait défié son ordre et ne portait pas le manteau.

Le garde pointa Bedwyr du doigt. « Attendez ! C'est... »

Goronwy pivota sur lui-même et coupa la parole du garde par un coup de son poing ganté à la mâchoire. Le Saxon s'écroula lourdement en renversant le tabouret sur lequel il avait été assis et resta allongé sur le sol sans bouger. Goronwy posa deux doigts sur son cou. Le pouls de l'homme battait régulièrement et il respirait, mais il avait perdu connaissance.

Goronwy regarda Bedwyr derrière lui. « A quoi as-tu pensé ? Pourquoi ne portes-tu pas le manteau ? »

« Je préfère ne pas l'utiliser si je n'y suis pas obligé. »

« J'aurais dit que c'était le bon moment. » Goronwy étouffa un grognement en constatant l'obstination de son ami. « Aide-moi à le transporter dans le tunnel. »

Les deux hommes portèrent le garde inconscient en bas de l'escalier et le déposèrent derrière la porte. Puis ils remontèrent en courant les marches qui menaient au niveau de la rue. Goronwy passa la tête dans l'ouverture de la porte et regarda de chaque côté avant de reculer précipitamment.

« Qu'est-ce que tu vois ? » demanda Bedwyr.

« Regarde. »

Bedwyr prit la place de Goronwy. Juger la situation ne lui prit que le temps de deux ou trois battements de cœur. Il referma la porte avec précaution et s'y adossa. « J'ai compté au moins vingt personnes, soldats et civils. »

« Et ce ne sont que ceux que l'on peut voir. » Goronwy pencha un peu la tête vers son ami. « Sommes-nous ici pour accomplir la mission que nous a confiée Cade ou non ? »

« Evidemment. »

Goronwy déplia le manteau de Cade. L'étoffe scintillait dans sa main et se déroula jusqu'au sol en une brillante cascade. Il avait vu Cade disparaître sous le manteau un nombre incalculable de fois mais c'était la première fois qu'il allait l'utiliser lui-même.

« Si j'avais le choix, je voudrais ne plus jamais avoir le moindre rapport avec le monde des *Sidhe*, » observa Bedwyr.

Goronwy posa la main sur l'épaule de son ami. « C'est ce que j'ai dit il y a très longtemps. » Il émit un petit rire. « Et regarde où ce refus m'a mené. »

Chapitre Vingt-Neuf

Taryn

« Hanté ? »

Taryn ignorait à quelle réaction elle aurait dû s'attendre de la part de Hywel, mais la tirer en arrière et se placer devant elle n'en faisait pas partie. Et il avait agi ainsi sans arme, puisqu'il avait laissé le couteau qu'elle lui avait donné dans la gorge du soldat. Hywel tentait de distinguer quelque chose dans l'obscurité au-delà du cercle de lumière dessiné par leur lanterne.

Elle le tapota d'un doigt dans le dos, qu'elle trouva étrangement rigide au toucher. « Si vous écoutez avec attention, vous entendrez les pas des soldats et les cris des druides qu'ils ont tués. »

Hywel lui jeta un coup d'œil par-dessus son épaule. « C'était un site sacré ? »

Elle haussa les épaules. « C'était le centre du culte païen de la région avant la venue des Romains. Du moins c'est ce qu'on raconte. »

Il avança d'un pas dans la salle souterraine, baissant légèrement sa garde, et regarda autour de lui avec curiosité. Il n'y avait pas grand-chose à voir. Le sol de terre battue s'étendait à perte de vue sous la ville. Tous les cinq pas, de solides piliers soutenaient le plafond.

« Vous n'avez pas peur ? » demanda Taryn derrière lui.

« Je suis aussi gallois que vous, » dit Hywel. « Pourquoi aurais-je peur des druides ? »

Taryn s'immobilisa pour écouter. Bien souvent elle était descendue là pour échapper à l'atmosphère qui régnait à la cour de son père et jamais personne ne l'avait suivie parce que l'endroit leur faisait peur. Elle considérait ce lieu comme *sien* et avait même hésité à y amener Hywel. Elle ne l'aurait pas fait s'ils n'avaient pas été en danger. De toute évidence, ils l'étaient encore, si l'on se fondait sur les cris des soldats lancés à leur poursuite. Ils étaient toujours là, mais ils n'avaient pas encore osé ouvrir la trappe.

Hywel se retourna vers elle. « Connaissiez-vous le soldat que j'ai tué ? »

Taryn leva la lanterne pour mieux le voir. A sa grande surprise, il la regardait avec une grande douceur. Elle déglutit avec peine. C'était difficile de le détester quand il la regardait comme ça. « Je l'avais déjà vu mais ce n'était pas un ami. »

« Je n'ai pas eu le choix. Il nous aurait arrêté ou, à tout le moins, aurait révélé notre présence, mais je suis désolé qu'il soit mort ainsi sous vos yeux. » Il tendit la main et lui prit la lanterne.

Elle haussa les épaules et détourna le regard. « Je sais que c'est la manière d'être des hommes. »

Hywel commença à avancer le long d'un mur, ses pieds soulevant la poussière. « Pourquoi vous comportez-vous comme ça ? »

« Comment ? »

« Pourquoi avez-vous une si mauvaise opinion de moi ? Pourquoi me détestez-vous à ce point ? »

« C'est *moi* qui *vous* déteste ? » Taryn cracha pratiquement ces mots. « C'est vous qui n'avez montré que du mépris pour moi depuis qu'on a fait connaissance. »

Hywel tourna la tête pour la regarder en fronçant les sourcils. « C'est seulement parce que vous n'avez fait que me contredire dès le moment où j'ai ouvert la bouche. Tout ce que je voulais, c'était vous faire part de mes condoléances pour la mort de votre mari et vous m'avez renvoyé mes mots en pleine figure. »

Il semblait sincèrement blessé. Taryn se tut. *Avait-elle réagi ainsi ?* Elle étudia le visage du jeune homme pendant un instant et sentit un sourire naître sur ses lèvres, non au souvenir de la mort de son mari, mais en réalisant la vérité. « Vous ne vous souvenez pas du tout de moi, n'est-ce pas ? »

Il la regarda avec méfiance. « Nous ne nous étions encore jamais rencontrés. »

« Oh mais si, mais en y réfléchissant, que vous ne vous en souveniez pas n'a rien de surprenant. Il y a dix ans, votre père faisait partie des nombreux seigneurs qui ont participé à une conférence à laquelle mon grand-père avait aussi été invité. Cade était là aussi, mais pas Rhiann. Comme fils unique de votre père, on vous a permis de rester dans le pavillon où les rois se réunissaient. Pendant les intermèdes, toutes les filles se faisaient concurrence pour attirer votre attention, plus encore que celle de Cade. »

Hywel semblait réellement déconcerté. « Sûrement pas. »

« Je vous assure que si, et vous avez réagi avec votre petit air supérieur et votre sourire méprisant. Je vous ai entendu discuter avec un autre garçon, nous attribuer une note en fonction de notre apparence et de notre lignée. » Elle laissa échapper un rire sarcastique. « Ma note n'était pas bien haute, alors que j'étais une princesse de Mercie. » Elle pencha la tête de côté, moqueuse. « Et du Gwent. »

Ces derniers mots firent ciller Hywel. « Le roi Arthur du Gwent était votre grand-père ? »

L'étonnement dans sa voix surprit Taryn. « Comment pouviez-vous l'ignorer ? »

« J'évite les commérages. » Il secoua la tête. « Comment votre mère, une princesse du Gwent, a-t-elle fini dans le lit du roi de Mercie sans qu'il l'épouse ? »

« Elle n'avait que quinze ans. Selon elle, ils étaient follement amoureux. Mais Penda était déjà marié et quand il est allé voir mon grand-père pour lui dire qu'il prendrait soin d'elle, mon grand-père l'a fichu à la porte. Penda est un homme orgueilleux et son amour s'est transformé en dédain, pour mon grand-père, ma mère, et en fin de compte pour moi. »

Hywel ne l'avait pas quittée des yeux pendant qu'elle parlait. Quand elle se tut, toute son attitude avait changé. Les épaules moins raides, il contemplait ses pieds. « Je n'ai jamais été à la hauteur de ce que mon père attendait de moi. Je me souviens de cette conférence, mais savez-vous de quoi je me rappelle à propos de cette semaine-là ? »

Taryn fit signe que non.

« Ce fut l'une des pires semaines de ma vie. Chaque soir, mon père m'interrogeait sur qui avait dit quoi et pourquoi ces paroles étaient importantes. Je ne réussissais jamais à lui fournir une réponse satisfaisante. » Il eut un petit rire sarcastique. « Je n'ai jamais réussi à lui apporter des réponses satisfaisantes. » "

Il leva la tête pour la regarder dans les yeux et elle ne put éviter son regard. La douleur qu'il exprimait était apparentée à la sienne. Son père lui avait à elle aussi brisé le cœur tant de fois.

« La colère de mon père était en fait plutôt liée au fait qu'il avait quitté le service de Penda et il attendait de moi que je lui prouve qu'il avait amélioré sa situation et n'avait pas à avoir de regrets, mais je ne le savais pas à l'époque. Ce que vous avez vu comme de l'arrogance, c'était en fait une détresse absolue. Avant que je devienne l'un des compagnons de Cade, il y a quelques mois, mon père et moi sommes restés étrangers l'un à l'autre pendant des années. »

« Je suis désolée, » dit Taryn. « Je ne le savais pas. Mais croyez-moi quand je vous dit que je comprends. »

« Je m'en rends compte et je suis désolé aussi. C'était mal de ma part de vous en vouloir de la manière dont Cade vous avait admise dans le cercle de ses intimes. Injuste et immérité... »

Une voix d'homme résonna, quelque part au-dessus d'eux. Un appel en saxon. Une autre voix répondit, puis une troisième. Hywel leva les yeux. « Ils sont juste au-dessus de nous. »

Taryn recula vers lui, les yeux fixés sur la trappe. « Il faut qu'on avance. »

« Savez-vous s'il y a une autre issue ? » Hywel leva encore la lampe pour essayer d'éclairer le mur opposé.

Taryn se sentait mal. « Il y a une porte à l'autre bout mais je n'ai jamais réussi à l'ouvrir. »

Encore des cris au-dessus d'eux. D'autres soldats semblaient avoir rejoint les premiers.

« Ils sont près de la trappe. » Hywel prit Taryn par le bras et l'entraîna plus loin dans la salle.

Taryn courait à côté de lui, obligée de faire deux pas chaque fois que le jeune homme en faisait un. Ses longues jambes semblaient avaler la distance. Elle était prête à éteindre la lanterne à l'instant où la trappe s'ouvrirait mais jusque-là ils avaient besoin de la lumière. Sans elle, l'obscurité serait totale. « Je regrette qu'on n'ait pas une seule arme. »

Ils étaient arrivés à la porte. « Moi aussi, mais nous avons déjà de la chance d'avoir pu nous échapper. » Hywel leva le loquet et poussa.

Exactement comme Taryn l'avait dit, il ne se passa rien. En fronçant les sourcils, il poussa de l'épaule, d'abord doucement puis plus fort. « Vous avez raison. Elle est bloquée. »

« Qu'allons-nous f... » Taryn s'interrompit en voyant le visage de Hywel. Ce n'était pas elle qu'il regardait mais quelque chose derrière elle. Elle se retourna vivement. Devant eux, l'air s'était mis à chatoyer. Une arche se matérialisa entre eux et le pilier le plus proche. La lanterne s'éteignit toute seule. Elle agrippa la manche de Hywel qui cette fois encore la tira derrière lui.

Un homme apparut sous l'arche qui n'était pas là l'instant d'avant. D'un geste, il les enveloppa avec lui dans une coupole dorée éclairée par sa propre lumière. « A présent, personne ne peut nous voir ni nous entendre. »

Taryn était figée sur place. Hywel avala plusieurs fois sa salive. « Monseigneur, » parvint-il à émettre. Il s'inclina. Un peu tard, Taryn plongea dans une révérence. Au-delà de la coupole, la trappe s'ouvrit et un soldat descendit l'escalier, l'épée à la main. Taryn porta la main à sa bouche, réprimant un cri.

Hywel la prit par la taille et l'attira contre lui. « Je crois vraiment qu'on ne peut pas nous voir, » murmura-t-il à son oreille.

Cela semblait bien être le cas. Un second homme descendit avec une torche qu'il agita autour de sa tête et s'avança jusqu'au milieu de la salle à la recherche du moindre signe de leur présence. Taryn avait l'impression qu'il regardait droit vers elle et avait peine à croire qu'il ne donnait pas l'alarme.

« Je le jure, Messire. Ils sont entrés ici ! » L'apprenti de la tannerie dévala l'escalier, suivi d'un troisième homme de Peada.

« Alors où sont-ils ? » Le premier Saxon, leur leader apparemment, lui lança un regard furieux.

« Savez-vous qui je suis ? » dit l'être apparu de nulle part. Taryn reporta les yeux sur lui. Elle avait compris qu'elle ne pouvait parler de lui comme d'un homme. Elle n'avait pas oublié qu'il était là, bien-sûr, mais l'arrivée des soldats saxons avait momentanément attiré son attention.

« Non, Monseigneur, » dit Hywel.

Donc ce n'était pas Taliesin. Taryn sentit les battements de son cœur accélérer encore. En le regardant de plus près, il n'avait effectivement rien d'un barde. Il portait une armure brillante dont chaque maille étincelait à la lumière qu'il avait créée. Une longue épée pendait à sa ceinture. C'était un guerrier des *Sidhe*. En fait, c'était *le* guerrier.

Gwydion porta les yeux sur elle. L'intensité de ses yeux bleus était telle que Taryn se sentit comme transpercée. « Très bien. Vous n'avez pas eu besoin de beaucoup d'indices pour me reconnaître. »

Taryn avala avec peine et le salua de nouveau d'une révérence. « Monseigneur. »

Soit Hywel avait déjà compris à qui ils avaient affaire, soit il était moins facile qu'elle à impressionner, mais l'expression de son visage n'avait pas changé.

Gwydion les enveloppa tous les deux du regard. « Vous allez venir avec moi. »

« Pourquoi ? » La question échappa à Taryn avant qu'elle ne puisse réfléchir.

Le regard de Gwydion se fit plus aigu encore, si une telle chose était possible. « Ne voulez-vous pas sauver votre cousin ? »

Taryn déglutit. « Si, bien-sûr. »

« Alors il vaudrait mieux quitter cet endroit. Il n'est pas très confortable. » D'un mouvement de la tête, il pointa le menton en direction des soldats. « Et il n'est pas sûr. »

« En quoi pouvons-nous vous assister, Monseigneur ? » demanda Hywel.

Gwydion tourna les yeux vers Hywel. « Vous avez le couteau, non ? »

Hywel passa sa langue sur ses lèvres. « Oui, Monseigneur. »

Taryn le regarda. « Mais... »

Hywel la serra un peu plus fort pour l'empêcher silencieusement de poser sa question. Elle s'était apprêtée à exprimer sa surprise en apprenant qu'il possédait un couteau dont il n'avait pas fait usage. Il aurait au moins pu le sortir un instant plus tôt quand ils avaient été en danger.

« Bien. A une époque, c'était mon père qui le détenait. J'ai bon espoir qu'il ressente une connexion avec celui qui le porte maintenant. »

Taryn se sentit pâlir en comprenant de quel couteau parlait Gwydion. Elle n'avait pas su.

Depuis le début, Hywel avait gardé un calme presque surnaturel mais les paroles du *Sidhe* semblèrent le consterner. « Voulez-vous parler du seigneur Beli ? »

Gwydion hocha sèchement la tête. « Il a perdu l'esprit et ne me reconnaît pas. Il faut que quelqu'un lui rappelle qui il est. J'espère que cette personne, c'est vous. »

Chapitre Trente

Goronwy

Goronwy n'avait jamais porté le manteau. Il avait imaginé qu'il ressentirait la même impression qu'avec les autres Trésors : on voyait une sorte de chatoiement et leur contact provoquait un frisson. Mais lorsqu'il le jeta sur ses épaules, l'étoffe le caressa, comme si une jolie femme lui chuchotait de douces paroles à l'oreille. Il trouva d'abord l'impression si agréable qu'il se demanda pourquoi Cade ne portait pas le manteau en permanence. Mais bientôt, alors qu'avec Bedwyr il s'engageait dans la rue principale de Chester, la caresse se transforma. C'était à présent comme une râpe dans un coin de l'esprit, comme un taon invisible qui le harcelait. Il devait faire un effort pour ne pas se gratter la nuque.

« Je le sens aussi, » dit Bedwyr à voix basse. « J'ai hâte de l'enlever. Je ne sais pas comment Cade peut le supporter. »

« Peut-être que pour lui la sensation est différente. »

« Je n'arrête pas de frissonner. » Bedwyr secoua brusquement la tête. « Et on n'est pas plus près qu'avant de trouver H

« Patience. D'abord la tâche que nous a confiée Cade. Allons voir dans la grande salle ce que fait Peada. »

Il y avait assez de monde dans les rues pour mettre Goronwy mal à l'aise puisqu'il leur fallait s'assurer de ne bousculer personne, mais tout de même moins que si les hommes d'Oswin et de Penda étaient revenus. Cela dit, les habitants de la ville se montraient discrets, se hâtaient d'une boutique à l'autre en baissant les yeux ou bien passaient à peine la tête par la fenêtre avant de refermer précipitamment leurs volets. Pour ce que Goronwy en savait, ils n'avaient pourtant rien de particulier à craindre, mais l'atmosphère générale était sinistre. Peut-être était-ce ce qui arrivait lorsqu'une ville perdait son Trésor, même lorsque ses habitants ne savaient pas qu'ils l'avaient eu en leur possession.

« Je n'ai pas vu un seul habitant de la ville hier, » murmura Bedwyr. « Penda avait déjà évacué tout le monde. »

« Je n'aurais jamais dit que Penda était un assez bon roi pour se préoccuper du sort de sa population, mais c'est bien le cas, » grommela Goronwy. « Qui l'aurait cru ? »

Bedwyr avait jusque-là dirigé leurs pas, puisqu'il s'était trouvé en ville récemment, mais à cet instant ils stoppèrent devant l'entrée de l'ancienne *principia* romaine, le bâtiment de l'administration de la cité. La grande salle, avec sa porte à deux vantaux, se trouvait au nord du complexe. Ouvrir les portes alors qu'ils étaient dissimulés sous le manteau risquait d'attirer l'attention, pour ne pas dire plus. Alors qu'ils hésitaient devant la porte, Goronwy et Bedwyr entendirent des pas précipités. Trois hommes qui couraient sous la colonnade se dirigeaient tout droit vers eux.

Immédiatement, Goronwy et Bedwyr se déportèrent sur le côté de la grande porte pour permettre aux deux soldats qui la gardaient de l'ouvrir largement. Le premier des trois arrivants avait devancé ses camarades de dix pas. Il passa la porte en premier et Goronwy et Bedwyr s'engouffrèrent dans l'ouverture derrière lui, juste devant les deux soldats qui le suivaient.

Ils se hâtèrent de traverser la cour derrière le soldat avant d'entrer dans la grande salle. Par chance, il y avait là tant d'allées et venues que le bruit masquait le son de leurs pas. Peada était assis à la table haute qui servait également de centre de commandement. Bedwyr saisit Goronwy par le bras et le tira sur le côté le long du mur. Il était temps. Un homme venait de bousculer l'autre bras de Goronwy et cherchait d'où était venu le choc, perplexe, jusqu'à ce qu'une autre personne le bouscule à son tour. Puis Goronwy le perdit de vue dans la cohue.

Le premier soldat s'arrêta devant la table haute et mit un genou à terre, courbant la nuque, bientôt imité par les deux hommes qui l'accompagnaient. « Monseigneur. »

Peada s'était levé en les voyant courir vers lui. Il se pencha au-dessus de la table, les deux mains à plat pour supporter le poids de son corps. « Que se passe-t-il ? Vous les avez trouvés ? »

« Nous avons suivi leur piste jusqu'à une maison à l'ouest de la ville, mais... » Il hésita. « Nous les avons perdus. »

Le visage de Peada s'assombrit. « Comment. » C'était plus un ordre qu'une question.

Les soldats se montraient réticents. Finalement, celui qui se trouvait derrière leur leader se décida. « Il y a eu une lumière dorée qui nous a aveuglés. Pendant un instant, j'ai vu trois personnes à l'intérieur d'un globe. Et puis il s'est comme effondré sur lui-même et il a disparu. »

Peada plissa les paupières et se tourna vers un homme perché sur la table à côté de lui. « Qu'en dites-vous ? » L'homme était grand, d'une grande beauté, imposant. Le fait que Peada le consultait plutôt que tous ses autres conseillers indiquait qu'il avait quelque chose de spécial.

L'homme se gratta la nuque. « Intéressant. Un de mes frères interfère. La question est de savoir lequel. » Son regard était froid. On ne pouvait pas dire que son aura était noire, dans la mesure où elle était en fait presque invisible. Goronwy n'avait encore jamais vu personne ainsi fondamentalement dépourvu de la moindre essence vitale. Ce qui voulait dire qu'il n'était pas réellement vivant. Il s'agissait d'un *Sidhe* et Goronwy se dit que savoir lequel n'avait pas beaucoup d'importance. S'il était là avec Peada, il collaborait avec Efnysien.

Peada lui jeta un regard noir. « Vous m'aviez promis que ça allait marcher ! Et en fait la situation ne fait qu'empirer ! Pourquoi devrais-je continuer à vous écouter ? »

L'homme ne quittait pas Peada des yeux. Il ne bougea pas. Il ne dit rien mais sous son regard, Peada rougit soudain et baissa la tête. « Veuillez m'excuser, Monseigneur. J'ai parlé sans réfléchir. »

L'homme hocha lentement la tête. « Vous êtes pardonné. Pour cette fois. » Il se redressa. « Je vais m'entretenir de tout cela avec mon maître. » Il se dirigea vers une porte à l'arrière de la salle et disparut. Ce ne fut qu'après son départ que le pouvoir qui avait émané de lui prit toute sa dimension. Goronwy entendit de profonds soupirs tout autour de lui, comme si tout le monde pouvait enfin respirer à fond.

Il tira Bedwyr par la manche et ils franchirent à leur tour le seuil de la porte du fond.

« Peut-être que Hywel et Taryn ont été emmenés contre leur gré, » dit souffla Bedwyr tandis qu'ils franchissaient le seuil de la porte. « Et s'ils étaient égarés dans l'Autre Monde, sans savoir comment revenir ? Ni l'un ni l'autre n'a de pouvoir magique. »

« Hywel a le couteau, » lui fit remarquer Goronwy, « à moins qu'on ne le lui ait pris. »

« Non. Ça, j'en suis sûr. Peada n'aurait pas manqué de s'en vanter. »

« Et comment se fait-il qu'Arianrhod ait dit à Taliesin que l'Autre Monde était désormais fermé aux humains et vice-versa ? J'ai du mal à comprendre comment un *Sidhe* a pu emmener Taryn et Hywel là-bas, » Goronwy indiqua du menton la direction dans laquelle le *Sidhe* était parti, « ou qu'un émissaire d'Efnysien se trouve ici. »

« Arianrhod a menti, » dit platement Bedwyr, « ou bien quelque chose a changé, et personne n'a pris la peine de nous dire quoi. »

« Ou bien elle a elle-même été trompée. »

Goronwy jeta un coup d'œil derrière lui vers les grandes portes de la salle qui s'ouvraient à nouveau pour laisser entrer un chevalier, casque sous le bras, escorté de six gardes. Le nouveau venu s'arrêta devant la table haute, rassembla les talons et salua de la tête. « Votre père et le roi Oswin sont de retour, Monseigneur. »

Peada fixa le messager du regard. « Ils ont déjà remporté la victoire ? Ont-ils pu se procurer certains des Trésors ? »

« Non, Monseigneur. Ils ont reçu votre message qui les prévenait que Chester était attaquée. » L'homme pressa les lèvres jusqu'à ce que sa bouche ne forme plus qu'une mince ligne.

Peada afficha son effarement. « Je n'ai pas envoyé de message. ». »

« C'est clair. »

Peada se détourna vivement, son regard se dirigeant vers le seuil de la porte où se tenaient encore Goronwy et Bedwyr, toujours invisibles sous le manteau. Le *Sidhe*, bien-sûr, avait disparu depuis longtemps.

Puis Peada pivota de nouveau sur lui-même et dévisagea les trois premiers soldats, à présent debout. Il était encore rouge et semblait prêt à dire quelque chose, mais Goronwy vit l'instant exact où il réalisa qu'il n'avait en fait rien à dire. Quel ordre aurait-il pu leur donner ? De retrouver Hywel et Taryn, qui contre toute attente avaient voyagé vers l'Autre Monde ? D'avertir son père que Chester n'était *pas* attaquée ? La situation était devenue irrécupérable.

« Laissons-le à son sort, » dit Bedwyr à Goronwy. « On en sait assez. Il est temps d'y aller. »

Chapitre Trente-et-Un

Catrin

Sous l'arche dans la crypte de l'abbaye de Valle Crucis, Catrin traçait des symboles dans l'air en prononçant les mots dont elle se rappelait à peine que Taliesin avait utilisés pour ouvrir le portail vers l'Autre Monde lorsqu'ils étaient passés ici avec lui. Encore et encore, elle essayait d'imiter son geste tout en changeant les mots, leur cadence. Pour finir, elle décida de ne plus rien dire du tout. Sans succès.

« Ça suffit. On va essayer autre chose. » Goronwy passa un bras autour de la taille de la jeune femme. C'était un tel soulagement de le voir revenu de Chester, même sans Taryn et Hywel. Elle s'étonnait elle-même de la rapidité avec laquelle elle s'était habituée à l'avoir près d'elle, et avait admis qu'il *désirait* rester près d'elle.

« J'essaie déjà autre chose. » Catrin prit une longue inspiration et ferma les yeux, puisant au plus profond de son être pour permettre à tous ses sens de s'épanouir. Plus ils approchaient du solstice d'été, plus il lui était difficile de mettre mentalement à l'écart cette présence dominante pour distinguer les autres phénomènes qui agitaient le monde spirituel. Si le moment n'était pas aussi sacré que le solstice d'hiver, avec sa promesse de renaissance du monde, cela n'en restait pas moins un jour sanctifié pour le couronnement d'un Roi Suprême et Catrin le sentait approcher jusque dans la moelle de ses os. « Les forces ici ne sont pas les mêmes qu'hier. Le sentez-vous ? Quelque chose a changé. » Elle ouvrit les yeux et regarda Goronwy. « La crypte vous paraît-elle différente ? »

Goronwy secoua la tête négativement, à regret.

« Si nous étions restés avec Taliesin et Mabon, si je n'avais pas eu peur de l'obscurité qui régnait dans la crypte, j'aurais été là quand Taliesin a ouvert le passage et je serais davantage certaine que les mots que j'emploie sont les bons. »

« Mais on ne l'a pas fait, et même si c'était le cas, qui dit que la magie aurait fonctionné une seconde fois ? » dit Goronwy. « Vous n'êtes pas sous la protection de Gwydion. Vous n'êtes pas Taliesin. »

« Peut-être que je devrais invoquer Arianrhod ou Dôn. » La nuit précédente, quand avec Goronwy ils avaient expérimenté les capacités du char, ils avaient commencé leurs essais avec tant d'excitation et d'espoir. Cependant, au bout de plusieurs heures, ils s'étaient sentis troublés, hésitants, méfiants. Et peut-être ce dernier sentiment était-il utile, mais elle en venait à réaliser que se servir des Trésors n'avait rien de particulièrement glorieux. Le char leur offrait des possibilités très spécifiques qui avaient leur limite. Il ne les transporterait pas dans l'Autre Monde.

Goronwy la serra contre lui. « Je dirais que cela signifie que nous ne sommes pas censés y aller. »

Au retour de Goronwy et de Bedwyr, qui s'était produit à environ cinq milles de Caer Gwrlie, Cade avait envoyé le plus gros de ses troupes en avant mais il avait saisi l'opportunité que lui offrait le char pour faire une étape supplémentaire. Lorsqu'il avait appris que Hywel et Taryn se trouvaient dans l'Autre Monde, il s'était senti encore plus pressé d'y aller lui-même. Rhiann, Bedwyr, Goronwy, Catrin et lui avaient réussi, serrés les uns contre les autres, à monter dans le char et à le diriger vers l'abbaye de Valle Crucis dans l'espoir de reproduire le voyage du jour précédent.

Un bref instant après avoir donné l'ordre, ils s'étaient retrouvés projetés en un éclair dans un pré voisin de l'abbaye, juste devant eux. Malheureusement, c'était bien l'abbaye de leur monde et non le magnifique paysage dans lequel, dans l'Autre Monde, ils avaient découvert le palais de Dôn. Toutefois, les moines s'étaient montrés plus aimables avec Cade qu'avec Taliesin et ils n'avaient pas eu besoin de proférer des menaces ou d'employer la magie comme Taliesin avait dû le faire pour permettre aux femmes d'entrer. Ils avaient pu gagner la crypte ensemble.

Goronwy se tourna vers Cade. « Taliesin a peut-être demandé votre présence mais il ne fait rien pour nous faciliter le passage. »

« Dans le monde des *Sidhe*, rien n'est garanti. » Cade pencha un peu la tête. « Vous vous rappelez sans doute que pour y parvenir, j'ai dû mourir. »

Rhiann saisit son mari par le bras. « Si quelque chose indique que ce n'est pas Taliesin qui est apparu à Bedwyr, c'est bien ça. Je suis sûre que tu le réalises aussi ? Si Taryn et Hywel ont été emmenés dans l'Autre Monde par un *Sidhe*, tout ce qu'Arianrhod nous a dit est faux et pour te faire venir il lui suffirait d'apparaître devant toi et de t'appeler. Ce qu'elle n'a pas fait. Ce qui veut dire que tu n'es pas supposé y aller. »

« Si l'on devait qualifier Taliesin d'un mot, ce serait sûrement *imprévisible*, » observa Cade d'un ton sec tout en prenant la main de Rhiann pour lui montrer que ces mots n'avaient rien de méprisant à son égard. « Mais à part me couper la tête, je ne vois pas ce qu'on peut faire. »

« C'est à Cade ou à Bedwyr que le plat est réellement lié, » dit Catrin. « C'est peut-être pour cela qu'il ne fonctionne pas pour moi. L'un d'eux doit trouver les mots à prononcer. »

« Helloo ! »

Ils se retournèrent tous au son de la voix familière. La grimace de Cade se transforma en un large sourire lorsque la silhouette solide de son frère d'adoption, Rhun, déboucha d'un coude du tunnel. « Tu es venu ! »

« Evidemment que je suis venu. Je te l'avais dit. »

Goronwy et Catrin avaient rendu visite à Rhun le soir précédent dans le cadre de leurs essais avec le char et lui avaient relaté tout ce qui s'était passé. Il n'avait donc pas été difficile d'envoyer un des moines sur la grand-route pour le détourner de son chemin alors qu'il passait près de l'abbaye avec ses hommes, venant de Denbigh où ils avaient fait étape au cours de leur voyage depuis Aber.

Les deux hommes s'étreignirent, échangèrent des claques dans le dos, puis se serrèrent plus fort. A ce jeu, Rhun, plus robuste que Cade, était le plus fort. Puis ils s'écartèrent l'un de l'autre et Cade reprit son sérieux. « Comment va ton fils ? »

« C'est un petit gars costaud, mais son père ne l'intéresse pas du tout pour l'instant. Bronwen vous transmet toute son affection. » Rhun s'adressa ensuite à Bedwyr. « Vous manquez à Aderyn, le Ciel seul sait pourquoi. Elle vous demande de venir la retrouver dès que possible. »

Un rare sourire s'épanouit sur le visage de Bedwyr.

Rhun se retourna vers son frère. « Tu t'es fourré dans une quantité invraisemblable d'ennuis depuis que je t'ai quitté. » Il ne s'était jusque-là adressé à eux que sur le ton de la plaisanterie mais là il redevint complètement sérieux. « Que Penda soit maudit pour avoir livré Chester à Oswin. »

Pendant l'échange entre les deux hommes, Catrin reporta son attention sur le plat. Elle avait d'abord refusé de le toucher et elle s'efforça de vider son esprit, de ne rien souhaiter du tout. Il était étonnant de constater à quel point c'était difficile. L'être humain était plein de désirs. C'était dans sa nature. Apprendre à ne rien désirer exigeait un sérieux entraînement. Par chance, non seulement Catrin avait suivi cet entraînement, mais au cours des années qu'elle avait passées seule, avant de rencontrer Goronwy, elle avait volontairement appris à ne rien souhaiter, consciente que si elle désirait quelque chose, elle ne connaîtrait que des déceptions.

Elle leva les yeux vers Cade. « Monseigneur ? »

« Qu'est-ce que c'est ? » demanda Rhun.

« Un nouvel essai. » Cade s'approcha de son pas souple et s'agenouilla en face de Catrin de l'autre côté du plat, prenant soin de ne pas le toucher et de ne pas agiter l'eau qu'il contenait.

Rhun le suivit. « Pour quoi faire ? »

Goronwy intercepta Rhun et lui expliqua la situation à voix basse, mais assez fort tout de même pour que Catrin l'entende. « Comme je vous l'ai dit hier soir, Cade cherche un moyen de pénétrer dans l'Autre Monde pour retrouver Taliesin et les derniers Trésors. C'est pour cela que nous sommes venus ici, pour essayer de reproduire notre voyage avec Taliesin, en espérant que cela nous mènera à lui. »

« Je n'aime pas ça. »

« Nous non plus. Mais avec le couronnement de Cade imminent, on ne peut pas prendre le risque de laisser Taliesin là-bas tout seul alors qu'Efnysien œuvre contre nous. Et il nous manque encore les deux derniers Trésors. »

Rhun répondit par une belle imitation de Bedwyr, un grognement qui devait être un chapelet de jurons, pensa Catrin, mais qu'il réussit plus ou moins à ravaler.

« Vous êtes prête ? » Cade posa la main sur le bras de Catrin.

Catrin acquiesça et reporta son attention sur le plat. Elle ne l'avait pas touché depuis qu'elle l'avait posé sur les dalles du sol, mais elle sentait le pouvoir qui en émanait, particulièrement déstabilisant, d'autant que l'objet ne ressemblait à rien de plus qu'un plat de terre cuite ordinaire. Elle inspira. « Et vous, êtes-vous prêt ? »

Pour la première fois, Cade parut inquiet. « Je ne sais pas du tout ce que je dois dire. »

« J'ai constaté, en ce qui concerne le monde des *Sidhe*, qu'il vaut mieux laisser l'instinct nous guider. » Elle leva la tête pour s'adresser à Rhiann qui rôdait à quelques pieds d'eux. « Je crois qu'il vaudrait mieux que vous soyez plus proche de lui que moi. Le lien entre vous devrait lui permettre de disposer d'un pouvoir différent de celui qui est normalement en lui. »

Tandis que Cade sortait le couteau de l'étui qu'il portait à la ceinture, Rhiann s'agenouilla à la place de Catrin. La reine du Gwynedd était très pâle et Catrin ne parvenait pas à déterminer si c'était dû à ce qu'ils essayaient de faire dans ce tunnel ou si c'était simplement dû au fait qu'elle était enceinte. Mais son regard ne vacillait pas et elle se montrait aussi déterminée que n'importe lequel d'entre eux. Cade entailla la paume de sa main, à la base du pouce.

Il ne saigna pas beaucoup mais ce fut suffisant pour que trois gouttes, *une, deux, trois,* tombent dans l'eau. Puis il se mit à réciter des mots qui prenaient de plus en plus de force et résonnaient de plus en plus de pouvoir au fur et à mesure qu'il les prononçait. Les parois de pierre faisaient écho.

Aux premières lueurs de l'aurore,
Entre l'oiseau de colère et Gwydion
Ils marchent dans les ténèbres
A la recherche du gweledydd.
Arianrhod, porteuse de beauté et de sérénité
S'avance pour sauver les Britons,
De ses mains surgit un arc-en-ciel,
Qui efface la violence qui règne sur la terre.

Cade pressa sa main et trois gouttes de sang supplémentaires s'écoulèrent dans l'eau, générant des cercles qui allaient en s'élargissant vers le bord du plat. Tous retenaient leur souffle dans l'espoir désespéré de voir la porte vers l'Autre Monde s'ouvrir. Comment pouvait-il en être autrement après une telle invocation ? »

Mais seul le silence répondit. Rien ne vint éclairer l'obscurité. Ni Gwydion ni Arianrhod ne firent leur apparition et la seule porte visible était celle qui leur permettait de retourner dans l'église de leur monde mortel.

Chapitre Trente-Deux

Rhiann

Après l'échec dans le tunnel sous l'abbaye, Cade ordonna aux hommes de Rhun de rejoindre Caer Fawr avec tous les chevaux, tandis que Goronwy, en plusieurs allers et retours, transportait leur petit groupe dans le char. Il ne semblait y avoir aucune raison d'aller ailleurs. Cade allait être couronné Roi Suprême quoi qu'il en soit.

Le soir tombait lorsque Rhiann, Catrin et Cade descendirent du char à l'ombre de la forteresse pour éviter à Cade d'être pris dans les derniers rayons du soleil. Il avait retrouvé le manteau mais préférait éviter de le porter s'il n'y était pas obligé, en grande partie parce qu'il venait à Caer Fawr pour être vu. Cependant, il le jeta sur ses épaules par sécurité jusqu'à ce que le soleil soit complètement couché et disparut. Alors que Goronwy, resté sur le char, disparaissait à son tour avec un petit signe de la main pour aller chercher Bedwyr et Rhun, les trois compagnons gravirent les marches qui menaient au chemin de ronde pour regarder par-dessus les remparts.

C'était comme toujours étrange de savoir Cade avec eux et de ne pas le voir mais Rhiann avait vraiment l'impression de s'y habituer. Bien-sûr, elle ne l'entendait pas respirer, mais elle avait malgré tout conscience de sa présence à côté d'elle. Elle posa une main sur son ventre et sentit une vibration, comme si le bébé sentait lui aussi la proximité de son père.

Catrin soupira, s'étira et contempla les nuages au-dessus de leur tête. « Nous arrivons au moment où vous allez être couronné Roi Suprême, Monseigneur, et c'est plus que nécessaire, même si nous échouons à tous autres égards. »

« Je sais, » dit Cade. « J'ai fini par le comprendre. »

« La plupart de ceux qui doivent venir sont déjà là, » remarqua Rhiann en désignant de la main la campagne au-delà du plateau sur lequel se dressait la forteresse de Caer Fawr. Tous les vassaux de Cade en Gwynedd ainsi qu'une grande partie des souverains des royaumes qui composaient le Pays de Galles avaient fait le voyage. Au-dessous d'eux, de nombreuses bannières flottaient dans les champs où, trois mois plus tôt, avait eu lieu la grande bataille contre Mabon et l'oncle de Cade, Penda. La vallée était d'un bout à l'autre couverte de tentes.

« Le couronnement du Roi Suprême est un évènement qui ne s'est pas produit depuis une génération, depuis votre père, Cade. » Puis Catrin pointa du menton la bâtisse en bois à gauche de la grande salle, que l'on avait rénovée pour y loger des hôtes. Alcfrith, la mère de Cade (et la belle-mère de Rhiann) venait d'apparaître sur le seuil de la porte.

Rhiann retint une exclamation. Elle avait oublié qu'Alcfrith viendrait d'Aberffraw. En fait, elle réalisa que toute à son inquiétude pour leurs amis et pour leur quête des Trésors, elle n'avait pas du tout pensé à la cérémonie qu'exigerait un événement d'une telle solennité et magnificence.

L'éducation de Rhiann à Aberffraw, où elle avait été davantage une servante que la fille de la maison, ne l'avait jamais incitée à se préoccuper de savoir à quoi elle ressemblait ou comment on la voyait. Mais cette fois, il leur fallait prendre soin des apparences. Machinalement, elle lissa sa jupe en espérant qu'elle ne portait pas trop de traces de leurs aventures de la journée. Puis elle descendit en hâte dans la cour à la rencontre de celle qui était doublement sa belle-mère.

« Ma chère. » Alcfrith la salua avec un grand sourire.

Rhiann n'avait pas réalisé que Cade l'avait suivie jusqu'à ce qu'elle entende son pas sur les pavés de la cour et qu'il ôte son manteau. Le mur de l'ouest était assez haut pour protéger une bonne partie de la cour des rayons du soleil couchant et il resta là, à regarder sa mère. Lorsque Rhiann tourna la tête vers lui, l'expression qu'il arborait, d'amour mêlé d'inquiétude, lui brisa le cœur. Il avait vécu toute sa vie sans Alcfrith. Sa mère adoptive l'avait tendrement aimé, mais cela ne diminuait en rien son besoin désespéré d'avoir aussi l'amour d'Alcfrith.

Puis Cade sourit et n'afficha plus que de la joie. Il s'avança vivement et si Alcfrith ne comprenait pas encore complètement les limitations que le don (ou la malédiction) imposait à son fils, elle fit quelques pas vers lui pour le rejoindre dans l'ombre du mur. Cade la prit dans ses bras et la fit tournoyer avant de la reposer par terre. « Vous m'avez manqué ! Quand êtes-vous arrivée ? »

« Hier. » Alcfrith les regarda tous les deux avec un plaisir qui semblait sincère. « Mes enfants. » Un bras autour de Cade, l'autre autour de Rhiann, elle les serra contre elle. « Ton père rêvait de voir ce jour arriver, Cadwaladr, tout en sachant que ton couronnement impliquait de fait qu'il ne serait pas là pour y assister. Il serait tellement fier de toi, mon fils. »

« Je l'espère. » Cade jeta un coup d'œil au bâtiment qui abritait la grande salle, décoré de bannières et d'oriflammes tous ornés du dragon rouge. Cade avait adopté ce symbole, essentiellement parce qu'il n'avait eu le choix qu'entre l'accepter ou se faire écraser. Les prophéties avaient prédit son avènement et qu'il devienne ou non le roi dont les légendes parlaient, il effectuerait les gestes symboliques requis comme s'il y croyait.

« Monseigneur ! »

Rhiann se retourna pour voir qui interpellait Cade et son visage s'illumina en apercevant un autre de leurs compagnons qui lui avait manqué, Siawn, désormais seigneur de Caer Dathyl, qui sortait des baraquements et traversait la cour pour les rejoindre.

Cade étreignit encore une fois sa mère en attendant que Siawn arrive jusqu'à lui. Après une rude embrassade digne de celles de

Rhun, Siawn regarda Cade avec gravité. « Certains des rois murmuraient que vous ne viendriez pas. Que vous nous preniez pour des imbéciles. »

« Et vous, qu'en pensiez-vous ? » Le regard que Cade adressait à son ami était plein de compréhension.

« Que vous alliez venir. Comment aurais-je pu en douter après ce que nous avons vécu ? » Tous deux avaient été emprisonnés ensemble dans les cachots de Caer Ddu. Aucun danger, aucun doute n'aurait pu rompre le lien que cette épreuve avait créé entre eux.

Cade, cependant, détourna les yeux et son regard se fit distant. « J'avais espéré, en fait, arriver un peu plus tard. Mais j'ai été dépassé par les événements et il m'était impossible d'attendre plus longtemps. Peut-être est-ce aussi bien. Ma présence va apaiser les barons. »

« J'ai appris que Dinas Bran s'était écroulé, » dit Siawn.

« Et Chester est tombée entre les mains d'Oswin de Northumbrie, » dit Rhiann. « Pourtant, sa conduite depuis lors est étrange. Il a assiégé Caer Gwrlie où nous nous étions réfugiés la nuit dernière puis il est parti ce matin sans avoir tiré une seule flèche. »

Siawn fronça les sourcils. « J'admets que ça paraît bizarre, mais pas plus que ce que nous constatons ici. » Il montra d'un geste le grand donjon de Caer Fawr. « Personne ne veut entrer dans la grande salle. L'aura qui s'en dégage met tout le monde mal à l'aise. »

Si la remarque était venue de quelqu'un d'autre, Rhiann aurait pu ne pas y attacher beaucoup d'importance, mais Siawn avait vécu les événements de Caer Ddu, et son château était érigé sur un piton rocheux sous lequel se trouvait un portail d'accès à la caverne d'Arawn. Il avait vu le chaudron noir. Il aurait été absurde de ne pas l'écouter quand il décrivait un phénomène étrange.

Et à présent qu'elle y réfléchissait, depuis leur arrivée, Rhiann n'avait vu personne entrer ou sortir de la grande salle. Elle réalisa aussi qu'elle n'avait pas une seule fois tourné les yeux vers les portes parce qu'elles provoquaient chez elle un sentiment de malaise.

« Que voyez-vous ? » Cade s'adressait à Catrin qui était à son tour descendue du chemin de ronde et dont le regard était déjà fixé sur l'entrée de la grande salle.

« Rien de précis. » Elle secoua la tête. « Rien de tangible. Quand Goronwy reviendra, on lui demandera... »

« Je vois les ténèbres ramper, » intervint Alcfrith derrière eux.

Ils se retournèrent tous trois vivement vers elle. « Mère ? » interrogea Cade.

« Les ténèbres m'ont suivie tous les jours de ma vie, sauf ces derniers mois. Pour la première fois, j'ai enfin pu voir le soleil. » Puis elle désigna, désolée, la muraille autour d'eux. « Jusqu'à e que j'arrive ici. »

Rhiann prit la main d'Alcfrith dans l'intention de la rassurer mais en même temps son regard fut encore une fois attiré vers les portes de la grande salle. A cet instant, le dernier rayon du soleil couchant, au-dessus de la montagne à l'ouest, éclaira le châtelet d'entrée de Caer Fawr, baignant les remparts d'une lumière dorée. La scène était d'une beauté à couper le souffle. Mais lorsque le rai de lumière illumina le donjon, il fut comme avalé par le néant. Rien ne pouvait éclairer la bâtisse. Rhiann sentit un long frisson parcourir son corps.

Puis le soleil sombra derrière les collines. Et disparut.

« Vous avez vu ça ? » Délivré de sa crainte du soleil, Cade tendit le manteau à Rhiann pour qu'elle le range. Lorsqu'elle acquiesça en silence, il ajouta, « Ma mère et Siawn ont raison. Quelque chose ne va pas. Je le sens aussi, même si je ne peux l'expliquer. »

Rhiann porta la main à son ventre, effrayée tout à coup pour l'enfant à naître. Cade vit son geste et l'attira dans ses bras. Puis il s'adressa aux autres par-dessus sa tête. « Je veux que personne ne s'approche de cet endroit avant qu'on en sache plus. » Il baissa les yeux vers le visage de Rhiann. « Il faut que tu me fasses confiance. »

Elle lui rendit son regard. « Que vas-tu faire... »

Il l'interrompit d'un baiser. Comme toujours, sa caresse enivrait Rhiann, mais cette fois le baiser semblait teinté d'un mélange de sentiments. Tristesse ? Regrets ?

Lorsqu'il relâcha son étreinte, l'expression de son visage indiqua à Rhiann qu'elle avait deviné juste. Elle aurait voulu lui passer les bras autour du cou et ne plus jamais le lâcher.

Les larmes lui vinrent aux yeux et Cade effaça la première de son pouce. « *Cariad*, je fais ce que je dois faire. »

Elle hocha la tête pour lui montrer qu'elle comprenait, même si ce n'était pas strictement vrai, et le regarda en tremblant se diriger vers la grande salle. Il gravit les marches trois par trois et atteignit le perron. A Caer Fawr, le bâtiment avait été bâti au sommet du piton rocheux et s'ouvrait vers le nord-est. Lorsque les portes étaient ouvertes, le soleil levant du solstice d'été, qui devait avoir lieu deux jours plus tard, éclairerait le centre exact de la salle, là où Cade serait couronné. Cade tira les portes vers lui et elles s'ouvrirent aisément.

Mais à l'instant où les portes s'ouvrirent, un nuage noir s'échappa de l'ouverture, enveloppant Cade comme un linceul. Le nuage ne ressemblait pas vraiment à de la fumée mais plutôt à un tourbillon de sable et de poussière. Il tournoya autour de Cade et l'engloutit.

Quand Cade disparut, Rhiann ressentit dans son ventre un élancement qui la mit à genoux. Appelant Cade dans un sanglot, elle s'agrippa à Alcfrith, sans jamais quitter des yeux l'endroit où Cade s'était évaporé. Siawn, pour sa part, avait gravi les marches en courant. A peine arrivé en haut, le cyclone le repoussa violemment et il retomba sur le dos sur les pavés de la cour. Puis le tourbillon noir recula dans la salle et les deux grandes portes se refermèrent avec un claquement.

« Cade ! » hurla Rhiann. Ignorant sa douleur, elle se leva en titubant et courut vers le bâtiment.

Alcfrith vint avec elle. Elle lui tenait toujours le bras. Siawn était tombé à plat sur le dos. Avec un gémissement, il lutta pour s'asseoir en se tenant la tête là où il avait heurté une pierre. Catrin s'approcha d'abord de lui mais Rhiann se dégagea de la main d'Alcfrith pour suivre le chemin emprunté par Cade, ses jupes relevées jusqu'aux genoux pour ne pas trébucher. A son tour elle tira les portes vers elle. Lorsqu'elles refusèrent de s'ouvrir, elle se mit à cogner dessus de toutes ses forces en criant le nom de Cade.

Les yeux étincelant de rage, elle se tourna vers Catrin toujours agenouillée près de Siawn. « Pouvez-vous les ouvrir. C'est forcément un pouvoir magique qui les maintient fermées. »

Catrin secoua la tête d'un mouvement saccadé. « Je n'ai pas pu ouvrir de portail à l'abbaye de Valle Crucis. Je crains de ne pas en être capable ici non plus. »

Alcfrith rejoignit Rhiann et pressa sa joue contre la porte. Puis elle tendit la main vers Rhiann. « Il est vivant. Je le sais. »

La désolation de Rhiann était telle qu'elle voulait désespérément la croire. Elle pressa elle aussi sa joue contre la porte, dans l'espoir de sentir ce qu'Alcfrith avait senti. Tout à coup, un éclair illumina la cour. Le char doré était de retour. Bedwyr et Rhun en descendirent d'un saut. Avant que Goronwy puisse repartir, Catrin se précipita vers lui pour lui raconter ce qui venait de se produire.

Avec méfiance, les autres compagnons s'approchèrent des portes devant lesquelles Rhiann et Alcfrith attendaient.

« Que sentez-vous, Goronwy ? » demanda Catrin.

« Rien qui suggère une menace. » Il posa une main hésitante sur la porte.

« Elle ne veut pas s'ouvrir. On a essayé. » Les larmes ruisselaient sur le visage de Rhiann. Elle les essuya de la main, avec colère et chagrin parce que Cade n'était pas là pour le faire.

« On va les enfoncer si on n'a pas le choix. » Rhun saisit une poignée et Goronwy l'autre. Les deux hommes échangèrent un regard, comptèrent silencieusement jusqu'à trois et tirèrent ensemble. Tous reculèrent précipitamment en chancelant lorsque les portes s'ouvrirent sans opposer la moindre résistance. Rhiann et ses compagnons contemplèrent, incrédules, la salle obscure.

Cade était allongé sur le dos sur un autel de pierre au milieu de la salle.

Rhiann partit en courant devant les hommes et se jeta sur son mari. Il ne bougea pas. Il ne respirait pas, mais c'était normal. Lorsqu'il dormait, il gisait comme un cadavre.

« Est-ce que... Est-ce qu'il est en vie ? demanda-t-elle à Goronwy.

Mais ce fut Alcfrith qui répondit. « Naturellement. Son aura est pâle, mais elle est bien là. »

Rhiann regarda sa belle-mère bouche bée. « Vous voyez les auras ? »

« Seulement la sienne. » Alcfrith repoussa doucement une mèche de cheveux égarée sur le front de son fils. « Mon merveilleux enfant... »

Rhiann se retourna vers ses amis. « Personne ne doit savoir ce qui est lui est arrivé. »

Rhun montra de la main le corps de Cade de la tête aux pieds. « Ce n'est pas possible de garder ceci secret. »

« Je ne voulais pas dire... » Elle avala sa salive, plus certaine que jamais de sa résolution. « On dira à tout le monde qu'il médite pour se préparer à son couronnement. » Puis elle baissa les yeux et caressa du regard les traits ciselés de ce visage qu'elle aimait tant. « Ce qui nous laisse tout au plus un jour et deux nuits pour trouver comment le réveiller. »

Chapitre Trente-Trois

Goronwy

Ils avaient réussi à reporter la réunion officielle des seigneurs et rois gallois prévue le soir précédent mais elle était devenue inévitable. C'était pourtant la dernière chose dont Goronwy avait envie de se charger. Mais avec Cade toujours inanimé, rassurer ses alliés et ses sujets était à présent une priorité. Le solstice, et donc le couronnement, devait avoir lieu à l'aube. Jusque-là, ils avaient pu éteindre les rumeurs qui couraient sur la situation mais tout le monde commençait à se demander pourquoi on ne pouvait rencontrer Cade. Goronwy aurait voulu que Taliesin soit parmi eux. Il aurait cité la prophétie, entonné un poème ou deux, et laissé chacun troublé mais assuré que tout allait bien.

« Le roi Cadwaladr se prépare, » affirma encore une fois Goronwy d'une voix ferme.

Rhun hocha la tête pour lui apporter son soutien. « L'organisation de la cérémonie du couronnement est bien avancée. Vous devriez pour votre part vous préparer, vous et vos sujets, à l'avènement d'un nouveau Roi Suprême. »

Personne ne s'esclaffa ni ne remit en cause leur déclaration. On n'aurait pas manqué de les accuser de tromper l'assistance. Les seigneurs gallois n'étaient pas hommes à laisser passer une occasion de saisir un avantage si on la leur présentait. Non parce qu'ils étaient plus que d'autres d'une nature déloyale, mais avant l'apparition de Cade, ils avaient perdu, perdu, et perdu encore. Ils plaçaient à présent tous leurs espoirs en Cade, ils le couronnaient dans l'espoir de prévaloir enfin et ils craignaient plus que tout de voir cet espoir encore une fois réduit à néant.

Apparemment un peu réconfortés, les seigneurs rassemblés se dispersèrent, à l'exception d'un seul. Tudur, le fidèle roi du Merionnydd, vint se planter en face de Goronwy.

« Que se passe-t-il en réalité ? » Le front plissé, il pointait le menton avec défiance. « Vous êtes un très mauvais menteur, Goronwy, et Rhun est encore pire. Vous avez peut-être réussi à berner mes compatriotes, mais pas moi. Dites-moi la vérité. »

Goronwy lui répondit d'un petit sourire triste. Il lui fallait faire un choix. Ils pouvaient continuer à mentir à Tudur, mais celui-ci avait combattu les démons près de Caer Dathyl après la défaite d'Arawn. Il savait ce que l'Autre Monde était capable de déchaîner sur eux.

« Et moi qui pensais que je m'améliorais. » Rhun ponctua sa phrase d'un gloussement. « Mon ami, il se trouve dans l'Autre Monde, à la recherche de Taliesin et des derniers des Treize Trésors des Britons. »

Tudur soupira. Ses yeux passèrent de Rhun à Goronwy avant de revenir sur Rhun. « S'il nous a abandonnés pour accomplir cette tâche, je ne doute pas qu'elle soit particulièrement importante, mais qu'est-ce qui pourrait être *plus* important que son couronnement ? »

« Sans les Treize Trésors au complet, » dit Goronwy, « Cade sera bien couronné Roi Suprême et le Pays de Galles sera sauf pour un temps, mais cela ne durera pas. Notre pays tombera entre les mains des Saxons. »

« Et avec les treize ? » L'espoir qui se lisait sur le visage de Tudur faisait mal.

Rhun poussa un grognement. « Taliesin dit que pour finir, on perdra tout de même contre les Saxons, mais que sans les Trésors, notre peuple cessera complètement d'exister. Avec eux, il a une chance de se relever. »

Tudur détourna le regard, mordillant sa lèvre inférieure. Puis il reporta son attention sur Rhun et Goronwy. Il redressa les épaules et son visage s'éclaira. « Merci de m'avoir confié la vérité. Je ne ferai rien pour trahir cette confiance et je vais parler aux autres pour les encourager à ne pas douter. »

Goronwy s'inclina, le remercia et le laissa partir. Puis il se tourna vers Rhun. « Vous êtes marié depuis un certain temps. »

Rhun haussa les sourcils. « En effet. »

Goronwy déglutit avec difficulté. Il se sentait bête soudain, plus dépassé qu'il ne l'avait été avec les seigneurs gallois. « Comment avez-vous demandé à Bronwen de vous épouser ? »

Un grand sourire transforma le visage de Rhun. « J'ai d'abord demandé à son père, bien-sûr. »

Goronwy hocha la tête. « Le père de Catrin n'est plus en vie. »

« Alors vous devriez simplement poser la question à Catrin. »

« Comment ? » Le mot sortit presque comme un gémissement.

« Poser quelle question à Catrin ? »

Goronwy pivota sur lui-même et découvrit, horrifié, l'objet de son affection qui attendait patiemment la fin de leur conversation près de l'un des poteaux de la tente. Rhun s'esclaffa et le gratifia d'une grande claque dans le dos avant de s'éloigner. « Vous allez vous en sortir. »

Goronwy croisa ses mains devant sa bouche et regarda Catrin par-dessus. Elle lui rendit son regard avec son calme habituel. Sans rien lui demander, elle se contentait d'attendre. Jamais elle ne lui avait paru plus belle, malgré les cernes dus au manque de sommeil et à l'inquiétude qui les torturait tous. Il n'avait qu'une envie, la prendre dans ses bras et l'embrasser jusqu'à effacer ces ombres.

Cette pensée suffit à le décider. Il laissa retomber ses mains et se dirigea vers elle d'un pas décidé, lui prit la main et la porta à ses lèvres. « Voulez-vous m'épouser ? »

Et c'est avec délice qu'il rapporta à Rhun, plus tard, qu'elle avait dit oui, que c'était elle qui l'avait embrassé passionnément et que leur baiser avait effectivement chassé les ombres.

Chapitre Trente-Quatre

Cade

« La cuvée d'hydromel qu'ils ont préparée ce soir est particulièrement réussie. Vous n'êtes pas d'accord ? » L'homme qui vint s'asseoir en face de Cade et posa une grande carafe sur la table entre eux, les biceps cerclés d'or, un vaste manteau flottant derrière lui, était particulièrement imposant.

Cade vit devant lui une chope qu'il n'avait pas remarquée jusque-là. Il la leva par l'anse en os et avala une gorgée. Ce qui coula dans sa gorge était un pur nectar. Jamais il n'avait goûté de boisson aussi merveilleuse. Il but une autre gorgée. Le géant en face de lui se mit à rire. « Rien ne vaut une bonne chope pleine d'hydromel. »

« Vous n'avez pas tort. » Cade but encore une longue gorgée avant de trinquer avec son nouvel ami. « Comment vous appelez-vous ? »

« Manawydan. Et vous ? »

Ce nom disait quelque chose à Cade mais il n'arrivait pas à le placer. Il se contenta de répondre à la question. « Cadwaladr ap Cadwallon. »

Il leva de nouveau sa chope mais avant qu'il puisse la porter à sa bouche il vit le visage de son interlocuteur se durcir. L'homme tendit le bras au-dessus de la table et saisit le poignet de Cade. « Qu'est-ce que vous faites ici ? »

Cade le regarda avec stupéfaction, sans savoir ce qui avait provoqué ce brusque changement d'attitude. Il fit tourner son poignet pour obliger Manawydan à lâcher prise. « Je bois, tout comme vous. »

Manawydan n'apprécia pas cette réponse et continua à dévisager Cade d'un regard noir. Puis il se leva à moitié et balaya la salle du regard. « Vous n'êtes pas censé être déjà ici. Il faut que je vous fasse sortir de... » -

« Il vous faut excuser mon ami. Il n'est pas lui-même. »

Une main s'abattit sur l'épaule de Cade. En se retournant, il vit un homme mince et de haute taille qui baissait les yeux vers lui, l'air si sérieux que Cade dut convenir que quelque chose n'allait pas et que ces deux étrangers ne l'alarmaient pas sans raison. Son regard passa rapidement de l'un à l'autre tandis qu'il cherchait le moyen de demander poliment quel était le problème, sans vexer personne. « Excusez-moi... Est-ce que je vous connais ? »

Le nouvel arrivant regarda Manawydan et ils échangèrent ce que Cade ne pouvait décrire que comme un regard entendu. Supérieur. *Agaçant.* Tout à coup Cade se mit en colère en voyant les deux hommes le traiter comme un enfant ignorant facile à gérer et à manipuler s'ils trouvaient les mots justes.

Mais à cet instant l'homme mince se pencha pour regarder droit dans les yeux de Cade. « *Il ne mourra pas. Il ne fuira pas. Il ne se lassera pas. Il ne s'effacera pas. Il n'échouera pas. Il ne pliera pas. Il ne tremblera pas.* »

Ce fut comme si on avait jeté un seau d'eau glacée sur la tête de Cade. Il tenta de reprendre son souffle, cligna des yeux... et bondit sur ses pieds en se rappelant tout à coup qui il était et pourquoi il était là. Comme Manawydan un instant plus tôt, il balaya la salle du regard. Tout autour d'eux, des hommes d'aussi haute taille se déplaçaient entre les tables, plongés dans les réjouissances. Il vit qu'il se trouvait dans une salle immense auprès de laquelle celle de Caer Fawr ressemblait à une simple étable. Tout était orné de dorures. Aux murs étaient suspendues des tapisseries aux riches couleurs, si vives qu'elles agressaient ses sens, tout comme le bruit émanant des nombreux convives. « Je suis dans l'Autre Monde, n'est-ce pas ? »

Il n'eut pas besoin de voir Taliesin acquiescer pour comprendre la vérité. Le souvenir de l'instant où il avait effleuré le bord du plat dans la petite salle où ils s'étaient réunis à Caer Fawr lui revint. Il n'avait pas souhaité le départ d'Oswin et de Penda. Il n'avait pas prié pour que Hywel et Taryn soient sains et saufs. Les retrouver indemnes ne serait qu'une conséquence du fait qu'il ait réussi à collecter les derniers Trésors.

Non... Il avait souhaité qu'on le mène à son ami, et voilà que celui-ci était là. Mais il n'avait pas spécifié dans quelles circonstances il voulait le retrouver, et alors qu'il avait cru formuler son vœu avec finesse, s'il en avait su davantage, il aurait choisi d'agir différemment. Il n'aurait pas décidé de se laisser entraîner dans l'Autre Monde par les ténèbres. Ses pensées allèrent à Rhiann, qui devait être anéantie par sa disparition, et à leur futur enfant. Tout cela, tout ce qu'il faisait, il le faisait ultimement pour son fils.

Pourtant, puisqu'il était là, il prit dans ses bras Taliesin qui, d'abord rigide, se laissa un peu aller quand Cade lui asséna une claque dans le dos avant de le lâcher. « Je ne suis pas mécontent de vous revoir. »

« Depuis combien de temps suis-je ici ? » demanda Cade.

« Quelques jours. Ou quelques heures. C'est impossible à dire. »

« Vous avez dit à Bedwyr qu'il me fallait venir, » dit Cade.

Taliesin fronça les sourcils. « Pas du tout. Vous feriez mieux de me raconter tout ce qui s'est passé depuis que je vous ai quitté. »

Cade obéit. Et plus il avançait dans son histoire, plus les visages de Manawydan et de Taliesin s'assombrissaient. Le *Sidhe* et le barde ne le quittaient pas des yeux et Cade sentait qu'il existait un lien très fort entre ces deux êtres qui n'auraient pas pu être plus différents, sauf peut-être quant au seul aspect qui importait.

« Efnysien, » commentèrent-ils tous deux d'une seule voix.

Et Manawydan ajouta, « c'est un maître de l'illusion. » De la main, il désigna son propre corps. « Pour ma part, je n'ai pas le pouvoir de modifier mon apparence en fonction de la situation, mais il peut le faire à son gré. »

« Comme Mabon, » observa Cade.

Manawydan gloussa. « Mabon se veut séduisant. Efnysien n'a aucune vanité en ce qui concerne son apparence physique. Ce qu'il veut, c'est le pouvoir. Alors que Mabon agit comme un enfant qui veut qu'on s'occupe de lui et ne tient aucun compte de ce qu'il fait ou de qui il blesse pour obtenir ce qu'il veut, Efnysien se plaît à leurrer ses victimes, à gâcher leur bonheur, à ruiner tout ce qu'elles apprécient, juste pour le plaisir. »

C'était le résumé le plus clair et le plus succinct du caractère d'Efnysien que Cade ait jamais entendu. Cependant, il était impossible d'ignorer le chagrin que l'on percevait dans la voix de Manawydan.

« Et malgré tout, c'est votre frère, » dit Cade.

Manawydan baissa la tête. « Je ne souhaite pas plus qu'on lui fasse du mal que je ne me le souhaite. » Il soupira. « Mais voilà où nous en sommes. »

Le visage de Taliesin n'avait rien perdu de sa morosité lorsqu'il relata ce qu'il avait vécu dans la salle du trésor d'Arawn.

Manawydan se frotta le menton. « Il me faut vous ramener dans votre monde le plus tôt possible. Efnysien vous a transporté ici pour tenter d'empêcher votre couronnement. On ne peut lui permettre de réussir. »

« Il prétend qu'il n'a rien à voir avec les ténèbres, « dit Taliesin.

Manawydan s'esclaffa. « Efnysien ment comme il respire. » Il partit à grands pas vers une porte au fond de la salle.

Cade se hâta derrière lui. Lorsqu'il le rattrapa, il alla jusqu'à prendre Manawydan par le bras pour l'arrêter. « Ne nous renvoyez pas tout de suite. Si je suis couronné sans avoir les Treize Trésors en ma possession, Taliesin me dit que ce sera la fin du pays des Britons. Pourriez-vous plutôt nous aider à finir ce qu'on a commencé ? »

« Que croyez-vous que j'essaie de faire ? » Ils s'engageaient dans un long couloir et Manawydan leur fit signe d'accélérer le pas. Cade n'avait jamais vu un couloir aussi long. Il s'étendait devant eux à perte de vue.

Un nombre infini de portes s'ouvraient de chaque côté. Chacune semblait mener à un endroit différent, souvent bien éloigné du palais. Tout en courant, Cade aperçut une tente multicolore dressée dans un désert, une immense hutte ronde dans une forêt sous une pluie battante, une tempête de neige, et... une grande salle qui rappelait celle dont ils venaient de sortir, mais plus petite. Il aurait pu s'agir de la grande salle d'Aberffraw. Malgré l'urgence, il s'arrêta pour admirer ce qu'elle avait dû être dans toute sa gloire.

Taliesin surgit derrière l'épaule droite de Cade. « Votre père est là, au milieu. »

Si Cade en avait encore eu la capacité, il aurait pris une longue inspiration à la vue de Cadwallon. Il fit un pas en avant, presque involontairement, avant de prendre conscience que quelque chose dans un coin de son esprit lui murmurait d'entrer dans la salle. La mère de Cade avait déclaré que son père aurait été fier de lui, mais il avait à présent une chance de s'en assurer...

« Cade. » Le ton tranchant de Taliesin le rappela à lui. « Est-ce vraiment ce que vous voulez ? »

Cade sursauta et se retourna. Il regarda son ami en clignant des yeux comme s'il sortait d'un sommeil profond. « Non. Même si c'était le cas, je ne peux pas. » Il reprit sa course derrière Manawydan qui ne les avait pas attendus, la main devant la bouche, réprimant une nausée. Il avait bien failli succomber à la tentation.

« Vous avez pris la bonne décision. » Le *Sidhe* glissa un regard vers lui lorsqu'il parvint à sa hauteur. « Vous êtes bien l'homme de la prédiction. » Voyant que Cade ne répondait pas, il ajouta, « je sais que vous vous demandez pourquoi votre père n'est pas auprès du Christ. »

« C'était un croyant... »

« N'est-ce pas le paradis pour lui ? N'est-ce pas une cause louable pour son âme que de se préoccuper de son peuple après sa mort comme il l'a fait pendant sa vie ? » Manawydan lui décocha un regard sardonique. « Votre paradis chrétien n'est pas un endroit. C'est un état. »

« Je croyais... » Cade continuait d'avancer, avec l'impression de devoir allonger le pas à chaque enjambée. « Je croyais que les *Sidhe* avaient vu la venue du dieu chrétien avec horreur ? »

Loin de se montrer charitable, Manawydan lui jeta un regard affligé. « Vous êtes à la fois *Sidhe* et chrétien et pourtant vous n'avez pas compris. » Il secoua la tête. « Il ne faut pas s'étonner que le peuple s'égare. »

« Je vous en prie. » Cade tendit la main vers Manawydan sans toutefois le toucher comme il l'avait fait un peu plus tôt. « Expliquez-moi. »

Manawydan s'arrêta et se tourna vers Cade. « Le pouvoir qui a créé l'univers est aussi ancien que le temps. Plus ancien que nous. A l'aube de l'humanité, il était trop vaste, trop terrible pour que les mortels parviennent à le concevoir et il a donc fait appel à nous pour l'aider à modeler l'esprit humain. Mais ce moyen n'a pas suffi à atteindre tout le monde, alors il a fait appel au Christ. » Manawydan émit un petit rire moqueur. « Mais les humains se sont mépris sur ses intentions, et ils l'ont tué. »

Cade ressentit l'immense tristesse qui émanait de Manawydan tandis que le dieu continuait. « Nous ne sommes pas en concurrence avec le Christ. Renoncer à l'un ne renforce pas le pouvoir de l'autre. C'est ce que nous nous sommes efforcés de révéler à l'humanité. » Il soupira. « Au lieu de cela, nous nous effaçons chaque jour un peu plus dans la brume... »

« Arrêtez-vous ! »

Au son de cette nouvelle voix, ils se retournèrent. Trois soldats au visage gris comme taillé dans le granit se tenaient à vingt pas d'eux, au bout du couloir. Mais l'ordre n'émanait pas d'eux. Un autre homme de haute taille, presque aussi mince que Taliesin et d'une beauté surpassant celle de n'importe quel être humain, les yeux gris et la chevelure sombre, surgit entre deux des soldats et plongea son regard dans celui de Manawydan.

Manawydan se plaça devant Cade pour lui faire écran de son corps. « Que sont-ils pour toi, mon frère ? Ne leur fais pas de mal. »

Cade chercha mentalement qui pouvait être le nouveau venu, un frère de Manawydan, mais pas Efnysien devant qui, Cade l'espérait, Manawydan prendrait la fuite. Tous les *Sidhe* étaient liés par des liens de parenté, mais tous ne prétendaient pas appartenir à la même fratrie.

« Je respecte les ordres de Beli. Il veut leur parler. Retourne à ta forge. Cela ne te regarde pas. »

Cade se pencha en avant pour murmurer à l'oreille de Manawydan. « Est-ce... »

Manawydan le coupa d'un geste, fronçant les sourcils, mais trois autres soldats gris identiques apparurent derrière Taliesin et, avec des gestes sûrs, l'un d'eux lia les mains de Taliesin dans son dos et lui enfonça un morceau d'étoffe dans la bouche pour l'empêcher de parler.

« Ce n'est sûrement pas nécessaire, Nysien. » Manawydan avait gardé son calme. *Sidhe*, artisan, guerrier et conseiller des rois, il ne craignait rien ni personne. « Ces hommes sont des humains. Ils n'ont aucun pouvoir ici. »

Cade fit la moue. Si Efnysien était capricieux et vindicatif, Nysien était son exact contraire. Du moins était-ce ce que Cade avait toujours compris.

« Tu sais mieux que quiconque qu'il vaut mieux ne pas intervenir, mon frère. » Les yeux de Nysien lançaient des éclairs. « Tu n'es pas en position de t'opposer à ce que Beli a ordonné. » Il fit signe aux soldats, derniers pions du jeu d'échecs, d'emmener Taliesin et Cade.

Tandis qu'on les poussait dans un nouveau passage qui s'était ouvert à sa droite, Cade jeta un coup d'œil en arrière en direction de Manawydan. Le dieu était resté là où il était et les regardait s'éloigner, apparemment songeur.

Chapitre Trente-Cinq

Taryn

Taryn se retrouva à genoux dans un vestibule, ramassée sur elle-même, luttant contre une terrible envie de vomir. Accroupi près d'elle, Hywel donnait l'apparence de vouloir la réconforter, mais il luttait également pour réprimer des nausées. Il appuya le front contre le mur derrière Taryn et ferma les yeux.

Gwydion, debout sur le seuil de la porte, passa la tête à l'extérieur avant de se retourner vers eux sans déguiser son impatience. Haletante, Taryn se força à se lever. Côte à côte avec Hywel, qui lui tenait la main, ils firent face au dieu et il aurait été difficile de déterminer lequel soutenait l'autre. Peut-être cela n'avait-il aucune importance. Peut-être valait-il mieux considérer qu'ils se soutenaient mutuellement.

Elle reconnaissait que Hywel avait fait preuve de courage en lui demandant franchement pourquoi elle ne l'aimait pas. Rares étaient les hommes qui auraient agi ainsi. Ils auraient choisi d'ignorer ce qui les opposait et de prétendre que cela ne les affectait pas. Clairement, son attitude avait heurté Hywel et en l'espace de quelques phrases, de celle dont chaque mot le hérissait, elle était passée au statut de compagne. Elle sentait le changement qui s'était produit en lui, et en elle pour être honnête, et c'était un véritable soulagement de ravaler les réponses mordantes qui lui venaient aux lèvres au lieu de les exprimer à voix haute. Elle n'avait plus aucune envie de le provoquer.

Hywel regarda autour d'eux. « Sommes-nous... » Il marqua une pause et Taryn eut presque l'impression de voir les pensées qui tournaient dans sa tête. « Nous ne sommes pas dans l'Autre Monde, n'est-ce pas ? »

Gwydion s'esclaffa. « Bien-sûr que non. Pourquoi aurais-je besoin de votre aide si c'était le cas ? Ceci est toujours votre monde. »

Nous ne sommes toujours pas sûrs de comprendre pourquoi vous avez besoin de notre aide, » dit Taryn, certaine qu'à ce propos elle pouvait parler à la fois pour elle et pour Hywel. « Nous n'avons ni l'un ni l'autre le moindre pouvoir magique. »

Gwydion plissa les paupières. « J'oublie toujours à quel point votre perspective est limitée. L'âme humaine en elle-même possède une force supérieure à tout ce que je pourrais mettre en œuvre ici. » Il les contempla un instant, la tête un peu penchée. « En particulier vos âmes. »

« Pourquoi *nos* âmes ? » L'incrédulité que cette affirmation suscitait chez Hywel lui donnait presque envie de rire.

« Ne portez-vous pas le couteau de Llawfrodedd le Cavalier ? »

Taryn ignorait qui était Llawfrodedd mais son estomac se glaça en entendant Gwydion mentionner le couteau avec tant de respect.

« Je suis son descendant, » dit Hywel.

Gwydion reprit la parole. Malgré son aspect formidable et la manière dont sa voix résonnait autour de lui sans qu'il ait besoin d'élever le ton, sa voix était douce. « C'était mon frère, par l'esprit sinon par le sang. Nous gardions ensemble les vastes troupeaux des Britons, avant sa trahison et sa mort après la chute du Roi Arthur. »

Gwydion ne faisait pas référence au grand-père de Taryn, bien-sûr, bien qu'il ait porté le même nom, mais au célèbre sauveur du peuple briton.

« Mais alors, pourquoi moi ? » osa-t-elle demander d'une toute petite voix.

« Ne possédez-vous pas, à juste titre, la pierre à aiguiser de Tudwal Tudglyd ? »

Elle avala sa salive. « La pierre appartenait à mon grand-père, mais il a d'autres descendants... »

« Vous n'avez pas la moindre idée du pouvoir du sang qui coule dans vos veines, où se mêlent les plus grandes lignées du Pays de Galles et d'Angleterre, de Gallois et de Saxons, de Chrétiens et de Païens. » Il désigna Hywel du menton. « Tout comme dans ses veines. Et dans celles du roi Cadwaladr. Il y a là une force que ceux pour qui la pureté du sang est primordiale ne pourront jamais comprendre. »

Taryn baissa les yeux sur ses pieds. S'il n'avait pas été un dieu, elle lui aurait répondu qu'il disait des bêtises. Pourtant... elle devait admettre que le sang saxon qui se mêlait en Cade et en Hywel au sang gallois avait fait d'eux des hommes extraordinaires, physiquement autant que moralement.

Puis Gwydion décocha à Taryn un sourire qui transforma son visage dont la beauté coupa soudain le souffle de la jeune femme. « Et même si ce n'était pas le cas, comment imaginer un couple plus parfait que vous pour me venir en aide ? De tous mes alliés, vous deux êtes les seuls à pouvoir pénétrer sans crainte dans le camp ennemi. »

Ses paroles n'aidaient en rien Taryn à comprendre ce qu'il voulait d'eux, mais lorsque Gwydion ouvrit la porte du vestibule dans lequel ils se trouvaient, elle sut qu'ils n'avaient d'autre choix que de le suivre. Ils entrèrent dans la grande salle d'une forteresse, la table haute surmontée d'un dais à leur droite.

Taryn serrait la main de Hywel dans la sienne plus fort que jamais. « A qui est cette salle ? »

Hywel, de son côté, s'était déjà figé à un pas de la table la plus proche où des hommes, essentiellement des soldats, mangeaient et buvaient, de toute évidence de fort bonne humeur. Gwydion leur fit signe de continuer à avancer mais comme Hywel Taryn n'en avait aucune envie. Elle aussi avait tout de suite reconnu l'homme assis au centre de la table haute : le roi Penda de Mercie.

Son père.

Gwydion revint vers eux avec un petit claquement de langue impatient. « Vous voyez mon problème ? »

« Non, je ne vois pas ! » rétorqua Taryn. « Vous êtes un dieu. Il vous suffit d'aller le voir et de lui demander ce que vous voulez et il vous le donnera. »

Gwydion agita un doigt devant elle. « Cela aurait pu fonctionner à une époque, mais d'autres membres de ma famille murmurent à l'oreille de votre père. Je n'ai pas les dons d'orateur de Mabon et même si je peux dissimuler quelque peu l'aura de mon pouvoir, je n'ai pas la capacité de transformer mon apparence. »

« Qu'en est-il de votre sœur ? » demanda Hywel. « Elle n'a pas eu de mal à convaincre Cade. »

Le visage de Gwydion s'assombrit. Taryn crut d'abord que c'était dû à la remarque acerbe de Hywel mais lorsque le dieu répondit sérieusement elle réalisa qu'elle avait mal compris.

« Elle ne peut pas venir. Elle est... empêchée. »

Il n'aurait rien pu dire de plus déroutant. Hywel soupira. « Que voulez-vous de nous ? »

Gwydion jeta un nouveau coup d'œil à la table haute. Un nouveau venu, un homme grand et musclé mais à la barbe blanche, avait rejoint Penda. Gwydion le désigna d'un mouvement de la tête. « Vous voyez cet homme ? »

« Oui, » répondirent-ils ensemble.

« Qui est-ce, à votre avis ? »

« Oswin de Northumbrie, » dit Taryn sans hésitation.

« Voilà. » Gwydion prit le bras de Taryn et l'entraîna le long du mur. « C'est ce que tout le monde pense. Mais en fait c'est Beli, le seigneur de l'Autre Monde. Mon père. »

Taryn sentit l'air se bloquer dans sa gorge. Elle porta la main à sa bouche, tentant de se reprendre et de cacher son étonnement. Hywel fixa Gwydion du regard. « Comment ? »

« Il a été ensorcelé et on l'a persuadé qu'il est Oswin de Northumbrie. Le véritable Oswin se trouve toujours dans sa forteresse de Deira, occupé à soigner une fièvre dont il n'arrive pas à se débarrasser. Il ignore complètement que mon père a fait traverser la moitié du pays à ses hommes pour les emmener à la conquête de Chester. »

Taryn montra les soldats autour d'eux. « Pourquoi sont-ils ici et non à Caer Gwrlie ? »

Gwydion afficha un air penaud qui le rendait presque humain. « Je ne manie pas la magie aussi aisément que Mabon ou Efnysien, mais j'ai tout de même quelques talents. Disons que je me suis livré à un tour de passe-passe. Ils croient qu'ils ont remporté la victoire. »

« Comment ? » Hywel semblait avoir du mal à trouver un autre mot.

« J'ai glissé une suggestion dans leur boisson. L'effet va se dissiper au lever du soleil mais pour l'instant, ils vont passer la nuit à célébrer leur victoire. »

Taryn sentit un malaise l'envahir. « Quel... quel jour sommes-nous ? Quand le solstice aura-t-il lieu ? »

« A l'aube demain, Cadwaladr doit être couronné Roi Suprême. » Gwydion les dévisagea. « D'où l'urgence de votre tâche. »

Hywel ne cilla même pas en apprenant comment le temps leur avait filé entre les doigts. Il se contenta de demander, « et nos amis ? »

« La mission de Cadwaladr est plus importante que la défense d'une unique forteresse. Je savais qu'il me fallait le libérer et j'avais également besoin de savoir mon père temporairement occupé. »

« Taryn et moi n'avons toujours pas compris ce que vous attendez de nous. »

« Beli a oublié qui il est vraiment. Vous êtes ici pour le lui rappeler. Et avant que vous ne me posiez la question, non, il ne me reconnaît pas, du fait du sort qu'Efnysien lui a jeté. » Gwydion ne quittait pas Hywel des yeux. « Je suis allé à lui dans l'intimité de sa tente, je l'ai supplié de se réveiller, de me reconnaître. Chaque fois, il a ordonné à ses hommes de m'enchaîner. M'échapper ne me pose aucun problème, mais je n'ai pas le pouvoir d'obliger mon père à retourner dans l'Autre Monde. » Il avait crispé les poings. « Je suis plus doué pour trouver des solutions aux problèmes que l'on peut résoudre avec une épée. »

Hywel indiqua d'un petit grognement qu'il comprenait très bien mais Taryn secoua la tête, stupéfaite. « Comment allons-nous accomplir ce qui vous est impossible ? »

D'un doigt sous le menton, Gwydion leva le visage de Taryn vers lui. Parce qu'il la touchait, elle ne pouvait plus bouger ni penser. Il plongea son regard dans celui de la jeune femme. « A vous deux, vous trouverez une solution. » Il laissa sa main retomber. « Je dois m'en aller. Même moi, je ne peux être en deux endroits en même temps. »

Et il disparut.

« Nous sommes vraiment dans le dernier endroit où j'ai envie de me trouver. » Hywel reprit la main de Taryn dans la sienne. « Mais au moins, je suis avec vous. »

Taryn ne parvint pas à se retenir. Elle éclata de rire.

Chapitre Trente-Six

Rhiann

« Il doit y avoir autre chose que nous pourrions faire ! » Rhiann était à la limite de perdre le contrôle d'elle-même, ce qui ne lui arrivait jamais.

Catrin s'en aperçut et lui prit les mains. « Si c'était le cas, nous serions en train de le faire. »

« On pourrait retrouver les derniers Trésors. »

« Dites-moi où chercher et je saute dans le char, » dit Goronwy. « Mais je suis à court d'idées. »

Rhiann prit une inspiration qui la secoua comme un frisson et enfouit son visage dans ses mains. Elle avait veillé Cade toute la nuit et toute la journée, craignant de ne pas être là quand il se réveillerait. S'il se réveillait. Chaque coin de l'autel était gardé par un homme d'armes, un de ceux qui les avaient accompagnés de Dinas Bran à Chester puis à Caer Gwrlie et enfin à Caer Fawr. Qu'ils ne dorment pas debout était difficile à croire. Tout comme Rhiann. Pour la première fois, elle regretta d'être enceinte. Bien plus grave que les changements intervenus dans son corps, le bébé l'avait transformée en une épave perpétuellement épuisée et au bord des larmes, au point qu'elle ne se reconnaissait plus.

Ce qui, naturellement, n'avait pas échappé à Catrin. « Vous avez besoin de dormir. » Elle repoussa une mèche de cheveux collée sur la joue de Rhiann.

Ce qu'elle suggérait ne fit qu'attiser la colère que Rhiann sentait monter en elle. Elle inspira profondément et soupira. « Ce dont j'ai besoin, c'est de réfléchir. » D'un geste de la main, elle s'excusa. « Je suis désolée. Vous n'y êtes pour rien. Personne n'y est pour rien. »

« Sauf peut-être Cade, » dit Dafydd. Avant que Rhiann n'explose, il tendit la main pour l'arrêter et se hâta de finir sa pensée. « Il avait la volonté de se rendre dans l'Autre Monde, vous vous en souvenez ? »

« Oui, bien-sûr. On l'a tous entendu. » Bras croisés, Rhiann se retourna vers lui.

« Donc, il nous faut croire qu'il se trouve avec Taliesin à cet instant. Il sait la vérité. En ce sens, peu importe ce que nous pensons ou ce que nous savons. Ils sont ensemble. »

Bedwyr se balançait sur ses talons. « Donc je peux cesser de m'inquiéter sur le fait de savoir ou non si la vision que j'ai eue était vraie ou fausse. »

Dafydd écarta largement les mains. « Je sais que nous n'avons pas les Treize Trésors, et je comprends leur importance pour le destin ultime du pays, mais pour ce que nous avons à faire, ceux que nous possédons devront suffire. »

« De quoi parles-tu, Dafydd ? » demanda Goronwy. « Suffire pour quoi ? »

« Pour créer un espace dans lequel il *peut* revenir. Laissons à Taliesin le soin de ramener Cade. C'était son idée de le couronner lors du solstice d'été. Pensez-vous qu'il va oublier ? »

Rhiann ne comprenait toujours pas d'où lui était venue cette idée, mais Bedwyr leva la main. « Tu veux dire, recréer ma vision ici, dans la grande salle ? »

« C'est exactement ce que je veux dire. On va faire en sorte qu'elle ressemble tout à fait à ce que tu as vu. » Dafydd claqua des doigts. « Même si tu as l'impression à présent que la voix n'était pas celle de Taliesin, Bedwyr, il est possible qu'en se révélant à toi, le *Sidhe* ait dévoilé ce qu'il craint le plus, les moyens de le vaincre. »

Son idée parut sensée à tous les compagnons. Tandis qu'ils disposaient les Trésors conformément aux indications de Bedwyr,

Rhiann s'approcha de Dafydd et posa la main sur son bras. « Vous êtes un véritable ami, Dafydd. Cade en a conscience. »

« Merci, mais je le sais. » En soupirant, Dafydd détacha le ceinturon d'où pendait Dyrnwyn et le remit à Goronwy. « Nous sommes allés trop loin pour refuser l'obstacle maintenant. Il nous reste un dernier lancer de dés, le tout pour le tout. »

« Ou bien nous perdons tout. » Bedwyr l'avait entendu.

Dafydd haussa les épaules. « Peut-être, mais est-ce si important ? Il me semble que Taliesin serait le premier à dire que la leçon réside dans le voyage et que c'est là toute sa beauté. »

« Un dernier lancer... » Rhiann laissa sa phrase en suspens, les yeux sur le plat que Catrin posait avec précaution sur le sol, toujours dans son coffret. L'objet l'appelait mais elle s'efforçait de résister. Plus que jamais, elle convenait avec Bedwyr, et Cade, et Taliesin, que le plat était le plus dangereux des Trésors. Elle aurait souhaité voir Cade se réveiller mais elle se méfiait de ses propres désirs et comprenait que ses vœux risquaient d'être contraires à ce dont ils avaient besoin. Cade avait choisi ce chemin et elle ferait une grave erreur en le forçant à en dévier parce qu'elle avait peur de ce qu'il vivait.

Au cours de ces derniers mois, elle avait réalisé que la souffrance n'était pas toujours inutile. Sa propre vie le lui prouvait : par la manière dont il l'avait traitée, son père avait fait d'elle la femme digne de l'amour de Cade. Si telle était la récompense de ses souffrances, elle n'aurait jamais souhaité que celle qu'elle était alors ait été épargnée. Pourtant, si la petite fille qui pleurait chaque nuit dans son lit avait eu cette opportunité, elle aurait sans aucun doute formulé ce vœu. Et commis une grave erreur.

Rhiann recula un peu et prit place sur un banc couvert de coussins pour réfléchir. Quand Bedwyr avait exposé son idée, elle avait d'abord mal compris et pensé qu'il voulait recréer la scène de sa vision. S'ils ne pouvaient ouvrir une porte sur l'Autre Monde, pouvaient-ils au moins y projeter leur image comme Taliesin l'avait fait ?

Rhiann pour sa part n'en était pas capable, évidemment. Elle ne savait même pas si c'était possible et elle s'apprêtait à demander à Catrin si elle avait une idée sur la question quand elle vit son amie, assise près d'elle, se raidir soudain. Elle fixait du regard Angharad qui venait d'entrer dans la salle chargée d'une pile de linges destinés à la cérémonie le lendemain.

« Catrin ? Que se passe-t-il ? » demanda Rhiann. Pour seule réponse, Catrin se leva et s'avança vers Angharad.

Lorsqu'elle vit Catrin venir vers elle, le visage figé, Angharad s'immobilisa, aussi déconcertée que Rhiann par l'attitude de Catrin. « Quoi ? Pourquoi me regardes-tu ainsi ? »

« A cause de lui. » Catrin pointa le doigt derrière Angharad et Rhiann vit alors ce qu'elle voulait dire. Ce n'était pas Angharad que Catrin regardait, mais un homme qui s'était levé dans son dos.

Angharad pivota sur elle-même avec un petit cri et en reculant percuta Dafydd qui la retint par les épaules.

« Monseigneur Manawydan. » Goronwy, qui avait rejoint Catrin, s'inclina très bas. Ses compagnons s'empressèrent de l'imiter. « A quoi devons-nous cet honneur ? »

« Ah, bien. Vous me voyez. Ma mère... » Il désigna de la main quelque chose qu'ils ne voyaient pas, « a supposé que je savais utiliser le miroir. » La mère de Manawydan, Penarddun, était réputée être la plus belle des *Sidhe*. De nombreuses légendes évoquaient son miroir magique et Rhiann courba la nuque en réalisant qu'ils se trouvaient en sa présence, même s'ils ne pouvaient le voir.

Une seule question intéressait Goronwy. « Avez-vous vu le roi Cadwaladr et Taliesin ? »

« C'est pour cette raison que je suis ici. »

Rhiann releva brusquement la tête. Elle s'efforça de ne pas laisser l'espoir l'envahir mais ne put s'en empêcher. Manawydan fixait du regard l'autel sur lequel reposait le corps de Cade. Il le pointa du menton. « Je voulais voir par moi-même. »

Si Rhiann avait pu bondir à travers le miroir et secouer Manawydan, elle n'aurait pas hésité. Elle réussit pourtant à se retenir et se contenta de demander, « voir quoi, Monseigneur ? »

« Que ce qu'il a dit est la vérité. » Son expression se fit grave. Comme tous les *Sidhe*, ses émotions étaient exacerbées et la compassion qui apparut dans son regard fit monter des larmes dans les yeux de Rhiann. « Vous allez devoir être forts et prudents. Je ne trouve ni Arianrhod ni Gwydion et Beli se conduit bizarrement. Je ne sais pas en qui avoir confiance. Jamais je ne me suis fié aux humains, mais il me semble à présent que vous représentez notre salut tout autant que nous avons été le vôtre. » Puis son regard se porta sur le char et son visage s'éclaira. « Il vous a été utile ? »

« Plus qu'utile, » confirma Goronwy. « Nous vous remercions du fond du cœur de nous avoir permis de le prendre. »

Manawydan hocha la tête, magnanime. « Mais je vois que vous n'avez pas encore tous les Trésors. Du moins, ils ne se trouvent pas tous ici. »

« Il nous manque le pot et le panier, » dit Goronwy.

Manawydan fit la moue. « A ce sujet, au moins, je peux vous aider. Arianrhod m'a dit qu'elle avait laissé ce dernier à votre intention. » S'il vit le regard effaré des compagnons, il ne fit aucune remarque et n'en tint pas compte. « Efnysien n'a pas pensé à tout. » Avec un petit sourire satisfait, il les salua de la tête et disparut.

Chapitre Trente-Sept

Rhiann

Le temps de quelques battements de cœur, Rhiann fixa du regard l'endroit où un instant auparavant se tenait Manawydan. Puis elle se tourna vers ses amis.

Dafydd fronçait les sourcils. « On s'en serait souvenu si Arianrhod nous avait laissé le panier. »

Angharad émit un petit rire. « Au lieu de cela, elle nous a laissé Mabon. »

« Elle m'a donné la flèche noire, » remarqua Rhiann. « Elle m'a été bien utile et je lui en suis reconnaissante, mais une flèche n'a rien à voir avec un panier. »

Goronwy se passa la main dans les cheveux, montrant son agacement. « Les *Sidhe* semblent incapables de parler autrement que par énigmes. »

Catrin se tourna vers lui. « Manawydan n'a pas cette réputation, pourtant. Peut-être s'est-il exprimé franchement. »

« Il a dit qu'il ne trouvait pas Arianrhod, » dit Rhiann. « Serait-ce parce qu'elle est *ici* avec le panier ? »

« Il a dit qu'elle nous *l'avait* donné, » dit Angharad. « Il a employé le passé. »

« La dernière fois que nous l'avons vue, elle lavait les tuniques de nos guerriers dans la rivière. Peut-être qu'elle se trouve toujours là-bas. » Rhiann sentait son excitation monter.

« Il est interdit aux *Sidhe* d'avoir des contacts avec le monde des humains, » observa Angharad.

Dafydd s'esclaffa. « On a beaucoup entendu parler de cette interdiction, mais on ne peut pas dire qu'elle ait affecté qui que ce soit jusqu'à présent. Ils auraient tout aussi bien pu s'en dispenser. »

Angharad, les mains sur les hanches, contemplait l'endroit où Manawydan avait fait son apparition. « Peut-être que ce n'est pas réciproque. » Elle se tourna vers ses compagnons. « Je sais que ça paraît insensé, mais quelle preuve avons-nous que le monde des *Sidhe* nous est fermé ? »

« Aucune, » dit Dafydd. « Et on ne manque pas de preuves du fait que la frontière est grande ouverte. »

Catrin plissait le front. « A Valle Crucis, je n'ai pas pu franchir la barrière par mon seul pouvoir. »

« Mais vous l'avez fait avec Goronwy dans le char pour en revenir, » dit Dafydd. « On ne connaît pas les règles mais ça ne veut pas dire qu'il n'y en a pas. »

« S'il existe des règles, elles semblent être faites pour être brisées, » ajouta Rhiann avec un rire bas. « Et si le message d'Arianrhod à propos du fait que le monde des humains était fermé aux *Sidhe* ne nous était pas du tout destiné mais s'adressait seulement à Mabon ? Elle était obligée de parler en général, naturellement, mais peut-être voulait elle seulement en persuader son fils ? »

« Pourquoi aurait-elle fait cela ? » demanda Bedwyr.

« Pour priver Mabon de ses pouvoirs, » dit Catrin.

Angharad, une main devant la bouche, se tourna vers son mari. « Si Arianrhod voulait le freiner pendant un temps, elle n'avait peut-être pas d'autre moyen. »

« Je ne vois pas comment ça fonctionnerait. » Dafydd rendit son regard à sa femme. Rhiann savait que le fait qu'il possède Dyrnwyn était une concession envers un monde qu'il ne percevait pas. Détenir l'épée n'allégeait en rien le malaise qu'il ressentait à l'égard du monde des *Sidhe*.

« Parce que Mabon et tous ceux qui l'entourent ont cru qu'il était privé de ses pouvoirs, ceux-ci paraissaient avoir disparu, » poursuivit Angharad. « N'est-ce pas ce qu'Arianrhod a voulu expliquer en parlant du mur qui s'élevait entre les deux mondes ? Les humains ne pensent plus aux *Sidhe* et pour cette raison les *Sidhe* perdent les pouvoirs qu'ils pouvaient exercer dans notre monde. »

« Je pourrais très bien ne pas croire que si je saute de la plus haute tour je vais me tuer mais ça ne m'empêcherait pas de mourir, *cariad*, » dit Dafydd en riant.

Rhiann faillit elle aussi se mettre à rire en entendant le ton très *marital* qu'il avait employé avec Angharad. Il voulait se montrer rationnel et raisonnable mais Rhiann comprenait où Angharad voulait en venir, même si ce n'était pas le cas de Dafydd. « Je vous l'accorde, Dafydd, mais le monde spirituel est bien moins précis. »

Catrin acquiesça. « Le pouvoir de la foi dépasse de loin le monde matériel. Le Christ n'a-t-il pas dit *croyez en moi et vous aurez la vie éternelle* ? Comment une simple croyance pourrait-elle modifier le sort d'une âme ? Et pourtant, aucun Chrétien ne met ces paroles en doute.

« Je ne suis pas enclin à m'attarder longtemps sur des questions spirituelles, mais je pense qu'Angharad a raison, au moins en ce qui concerne la barrière entre le monde des *Sidhe* et le nôtre, » dit Bedwyr. « Je sais qu'un esprit maléfique est venu murmurer à mon oreille. Cette barrière n'existe pas. »

« Pour moi, ça vaut le coup d'essayer de parler à Arianrhod. Nous sommes dangereusement près de l'expiration du délai dont nous avons bénéficié. » Goronwy regarda Bedwyr. « Allons-y. »

Catrin l'arrêta d'un geste. « Non, Goronwy. Tu n'étais pas à la rivière la dernière fois. Cette tâche est dévolue au reste d'entre nous. »

Rhiann regarda, derrière son amie, Cade allongé sur l'autel, et son cœur se serra. Elle aurait donné n'importe quoi pour qu'il se réveille et lui dise de ne pas y aller, que c'était trop dangereux. Mais il ne bougea pas, et le danger n'était pas si important. Ni Goronwy ni Bedwyr n'émirent d'objection à voir les jeunes femmes partir avec Dafydd pour seule escorte, comme la première fois.

Un quart d'heure plus tard, tous les quatre se retrouvèrent à la poterne, sortirent avec un simple signe de tête à l'attention du soldat en faction, et descendirent le sentier qui menait à la rivière. Même avant que Manawydan n'évoque les cadeaux d'Arianrhod, Rhiann avait eu à l'esprit la bataille qu'ils avaient livrée là au mois de mars. A présent, un flot de souvenirs lui revenait en mémoire, et avec lui toute la crainte et l'anxiété qu'elle avait alors ressenties.

Lorsque Taliesin avait annoncé que le couronnement de Cade aurait lieu à Caer Fawr, Rhiann l'avait supplié d'organiser la cérémonie ailleurs. Mais Taliesin avait insisté et maintenant Rhiann se demandait si les réflexions qui l'avaient amené à prendre cette décision lui appartenaient vraiment. Ou bien si c'était Arianrhod, voire Efnysien, qui les lui avaient soufflées.

Ils contournèrent le gros rocher qui dissimulait la rivière à la vue de ceux qui descendaient le sentier. La dernière fois qu'ils étaient venus, Rhiann avait été la première à reconnaître Arianrhod sous la guise d'une vieille femme. Suivie de Catrin, elle s'était jetée dans l'eau pour parvenir jusqu'à elle et l'empêcher de laver les tuniques de leurs guerriers. Aujourd'hui, les rochers, les quelques maigres buissons qui avaient réussi à s'accrocher à la rive et le banc de graviers au milieu de la rivière étaient déserts.

« Elle n'est pas là. » Elle soupira. « Je suis désolée. » Le chemin n'avait pas été long et elle s'excusait surtout de leur avoir donné de faux espoirs.

« N'abandonnez pas si vite. » Angharad longea la rive jusqu'à atteindre un arbre tombé en travers du chemin. Relevant ses jupes, elle grimpa dessus et gagna l'ile par ce moyen. Après une rapide inspection de l'herbe rare parsemée de rochers, elle s'assit sur ses talons et se mit à gratter les graviers et la terre au centre de l'ile, à l'endroit exact, en fait, où Arianrhod s'était adressée à Rhiann et où celle-ci avait trouvé la flèche noire.

Catrin s'avança à son tour. « Attends, Angharad, je vais t'aider. »

Rhiann s'apprêtait elle aussi à traverser le cours d'eau mais avant d'avoir fait deux pas elle se retrouva enveloppée d'un brouillard sombre et froid, les pieds collés au sol. Les mots qu'elle avait voulu crier à ses deux compagnes s'étranglaient dans sa gorge. Elle ne pouvait plus bouger. Ni respirer.

Et une voix doucereuse s'éleva dans sa nuque. « Tu ne peux pas l'aider. Retourne à ta tapisserie et à tes larmes. Il est inutile de lutter. C'est fini. Tout est perdu. » Chaque mot semblait enrobé de glace. Une vague de désespoir envahit Rhiann, si profond qu'elle tomba à genoux. Seul un reste de présence d'esprit l'empêcha de s'allonger là pour ne plus jamais bouger.

« Rhiann ! »

Son nom lui parvint faiblement. La voix lui paraissait familière mais elle n'arrivait pas à la placer. Puis elle sentit qu'on la soulevait. Quelque chose en elle lui soufflait de se dégager des bras de celui qui la portait mais elle n'en avait pas l'énergie. Tout ce qu'elle voulait, c'était dormir. Peut-être pour l'éternité.

Un plongeon soudain dans l'eau froide, bien réel, la ramena vite à elle. La voix et le brouillard disparurent. En criant et en crachant, elle se débattit pour échapper à son ravisseur.

« Rhiann ! C'est moi ! C'est moi ! »

Dafydd la tenait contre sa poitrine. Elle cessa de lutter. La main sur le cœur, elle respira plusieurs fois à fond, puis Dafydd la mit debout sur ses pieds. Tous deux se retrouvèrent dans la rivière, de l'eau jusqu'à la taille, les cheveux et les vêtements dégoulinant d'eau. Elle le dévisagea longuement.

Il haussa les épaules. « La magie se dissout dans l'eau vive. »

Catrin et Angharad la regardaient aussi, bouche bée, à genoux. Angharad avait le bras enfoncé jusqu'au coude dans le trou qu'elles creusaient.

Avec la main de Dafydd sous son coude, Rhiann gagna le banc de gravier d'un pas chancelant et se dirigea vers ses amies. « Je me suis retrouvée happée par un brouillard noir et envoûtée par une voix plus noire encore. Si Dafydd ne m'avait pas portée dans l'eau, je ne sais pas ce qui serait arrivé. »

Le visage de Catrin était grave. « Je n'ai rien vu. »

« Personne n'a rien vu sauf moi. Comment pouvons-nous vaincre quelque chose qu'on ne voit pas ? » Rhiann porta la main à son ventre et sentit avec soulagement le bébé donner un coup de pied. Quelle idiote de l'avoir mis en danger, d'avoir pensé que se déplacer, même sur une courte distance, ne présentait aucun risque.

« Comme nous le faisons toujours, » dit Dafydd. « En gardant un œil les uns sur les autres. »

« Ça a suffi jusqu'à maintenant, mais qui peut dire combien de temps... » Rhiann s'interrompit quand Angharad, avec un cri de triomphe, tira du trou qu'elle avait creusé dans la terre une tunique ornée du dragon.

Catrin la lui prit des mains. « Un dernier cadeau d'Arianrhod ? »

« Est-ce un cadeau... ou autre chose ? » dit Dafydd. « Au moins, elle ne flotte pas dans la rivière. »

« Et est-ce celle de Cade ? » En fronçant les sourcils, Rhiann tâta l'ourlet du vêtement. Le tissage était fin mais elle ne la reconnaissait pas. « Qu'est-ce que ça veut dire ? Qu'est-ce qu'on est supposé en faire ? »

« Regardez ça ! » Toujours à genoux, Angharad continuait à creuser dans la terre et le gravier. La tunique de Cade n'avait pas été enterrée profondément et la jeune femme s'efforçait d'élargir la zone qu'elle avait fouillée.

Dafydd s'agenouilla à côté d'elle. A l'aide de son couteau, il élargit et approfondit le trou. Rhiann ne vit pas tout de suite pourquoi mais en poursuivant leurs efforts ils ne tardèrent pas à révéler le bord d'un grand panier d'osier pourvu d'un couvercle. En fait, lorsqu'elle s'accroupit à côté de Dafydd pour le regarder travailler, Rhiann réalisa qu'il s'agissait de ce même panier dans lequel s'étaient trouvées les tuniques qu'ils avaient empêché Arianrhod de laver trois mois plus tôt.

« Arianrhod avait bien quitté la rive les mains vides. » Catrin avait cessé de creuser. A genoux dans la boue, la main devant la bouche, elle contemplait leur découverte.

Angharad et Dafydd dégagèrent suffisamment la terre pour sortir le panier de son trou. Rhiann craignait presque de soulever le couvercle mais ses compagnons lui laissèrent ce soin, persuadés que ce droit lui revenait en tant que reine du Gwynedd, ou simplement d'épouse de Cade. D'une main tremblante, elle le leva juste assez pour jeter un coup d'œil à l'intérieur. Puis elle hésita encore, incrédule, avant de soulever complètement le couvercle pour montrer le contenu du panier à ses amis.

Au fond se trouvaient cinq petites miches de pain, deux poissons et une carafe de vin.

Ils avaient trouvé *le* panier, le douzième Trésor. Il ne manquait plus que le pot.

Chapitre Trente-Huit

Taliesin

« **C**omment Nysien, parmi tous les *Sidhe*, a-t-il pu nous faire ça ? » Cade faisait les cent pas dans la cellule où ils étaient détenus. Par bonheur, il retenait les imprécations qui lui venaient aux lèvres. Invoquer en vain le nom d'un dieu quelconque dans leur situation aurait vraiment été stupide.

« Si vous arrêtiez vos allées et venues, j'arriverais peut-être à réfléchir, » dit Taliesin.

Cade se retourna vivement vers lui. « Et pourquoi Arawn vous a-t-il dit de chercher une araignée ? Quelle araignée ? Il n'y a pas d'araignées dans l'Autre Monde ! Et même s'il y en avait, comment cela pourrait-il nous aider ? »

« Si je le savais, je vous le dirais. »

Cade fit encore une fois le tour de la geôle avant de se laisser tomber au bord du lit, les mains entre les genoux. Il était tellement plus lourd que Taliesin que les pieds à l'avant du lit se levèrent brièvement du sol avant que Taliesin ne se pousse précipitamment vers la droite pour rétablir l'équilibre. « Pourquoi les dieux ont-ils besoin d'une aide quelconque des humains ? Que pouvons-nous faire qui leur serait impossible ? »

« Peut-être rien. Mais peut-être vaut-il mieux être sous-estimé. » Taliesin pencha un peu la tête. « Et discret. »

« Discret ? Qu'y a-t-il de discret dans le fait d'être enfermé dans une cellule ? »

« Les *Sidhe* sentent automatiquement la présence de l'un des leurs mais beaucoup moins la nôtre. L'une des raisons pour lesquelles

301

nous avons pu pénétrer dans la caverne d'Arawn sans être arrêtés plus tôt est que les *Sidhe* doivent faire un réel effort pour nous repérer. Pour eux, nous sommes des fourmis. Ils nous remarquent à peine, à moins que nous ne formions une horde. »

Cade enfonça le bout de sa botte dans une fente entre les pierres. « C'est étrange de penser qu'on arrive au bout du chemin. »

« Mourir n'est pas si dur, Cade. Je l'ai vécu un nombre incalculable de fois et la mort n'est pas une fin. » Taliesin eut un petit sourire triste. « C'est vivre qui demande du travail. C'est vivre qui est douloureux. C'est ce que si peu de gens comprennent. » Il marqua une pause avant de continuer d'une voix plus douce encore. « J'ai connu votre père... ou plutôt, je me souviens de lui. Tout cela est bien à ce propos, non ? »

Taliesin n'attendit pas de réponse. « Il était brave, bien-sûr, et charismatique. Il aimait votre mère, au cas où vous vous seriez posé la question. Il s'est trouvé qu'elle était la fille de Penda, mais je pense qu'il l'aurait épousée même si elle avait été une simple paysanne. »

Cade contemplait ses pieds. « Mais il est mort. »

« Cadwallon était fier mais il manquait de sagesse. Il a vu une voie possible pour débarrasser notre pays des Saxons à jamais et il l'a suivie, même quand il s'est avéré que le but qu'il s'était fixé était impossible à atteindre. »

« Ils ne partiront jamais, n'est-ce pas ? »

Taliesin secoua la tête. « Il n'y a aucun futur dans lequel je ne vois pas la botte des Saxons nous écraser la nuque. La question est seulement de savoir combien de temps on pourra leur résister, et combien de temps il nous faudra pour nous relever. »

« Si cela arrive un jour. »

Taliesin acquiesça. « Si cela arrive un jour. »

Cade tourna la tête et Taliesin plongea les yeux dans son regard, qui était calme et n'exprimait aucune surprise. « Et vous ? » demanda Cade. « Combien de temps allez-vous continuer ? »

« Aussi longtemps qu'on aura besoin de moi. »

« Ce pourrait être pour l'éternité. »

Ce fut au tour de Taliesin de contempler ses bottes. Peut-être qu'à cet instant, finalement, à la fin comme l'avait dit Cade, il pouvait parler de lui-même comme de celui qui les sauverait tous. « En vérité, je ne me souviens pas du commencement. Je ne me souviens pas du moment où j'ai réalisé que je portais en moi ma propre personne, Taliesin, plus tous les autres. Avais-je trois ans ? Cinq ? J'étais très jeune en tout cas. Comme j'étais orphelin, comme tant d'enfants ces jours-ci, je n'avais pas de parent susceptible de remarquer le changement que je subissais. »

« Ce qui ne veut pas dire, toutefois, que j'ai manqué de modèle parental. Qui peut dire qu'il a eu autant de parents diligents que moi, dont l'essence même contient des douzaines de sages pour le guider ? Je connaissais la réponse à mes questions avant même de les poser. Mais ils peuvent aussi se montrer agaçants, ces vieillards, avec leurs querelles et leur rigueur morale. »

« Vous n'avez pas besoin d'en dire plus. » La voix de Cade était à peine plus qu'un murmure.

« Croyez-vous ? J'ai vu la curiosité dans vos yeux quand vous me regardez. Vous ne les avez jamais posées, mais je devine les questions que vous avez sur le bout de la langue. *Qui m'a pris des bras de ma mère et m'a emporté ? Comment pouvez-vous à la fois être ce vieil homme et un jeune homme de vingt-sept ans ? À quoi cela ressemble-t-il de vivre toutes ces vies mais de n'en avoir qu'une ?* »

« Vous avez pris plaisir à ne pas répondre. »

Le visage de Taliesin se fendit d'un large sourire. « Le roi du Gwynedd ne manque pas de clairvoyance. » Il pencha la tête de côté pour mieux dévisager Cade. « Mais cela n'a rien d'étonnant. N'êtes-vous pas celui que la légende nous a promis ? »

Cade balaya la cellule du regard. « Ça n'y ressemble pas pour l'instant. »

Taliesin éclata de rire, franchement, pour la première fois depuis longtemps. « J'ai l'impression que c'est exactement ce que veulent les dieux. »

« Me mettre en cage ? »

« Vous donner une leçon d'humilité. » Alors que Cade ne s'était jamais senti aussi impuissant que pendant ces dernières heures, ce sentiment n'était qu'une fraction de ce que Taliesin, pour sa part, ressentait depuis le début. Plus on disposait de pouvoir, plus la perte de ce pouvoir désespérait son détenteur. « Chacun à notre manière, vous et moi serions les personnes les plus puissantes du pays si nous décidions de laisser notre pouvoir prendre les rênes. Et pourtant nous voilà ici. »

Sa réflexion éveilla l'intérêt de Cade. De morose, son visage se fit songeur. « Chaque jour, je lutte contre l'impulsion de faire usage de mon pouvoir... »

« ...Et vous arrivez ici et découvrez que parmi les *Sidhe* vous êtes autant dépourvu de pouvoir que n'importe quel mortel... mais peut-être que vous vous sous-estimez. »

« Vraiment ? » Cade se leva, repris par son sentiment de frustration. Il se frotta le visage à deux mains avant de les laisser retomber. « Je ne sais même pas pourquoi je suis ici. Vous dites que vous ne m'avez pas appelé, mais si ce n'est pas vous, qui est-ce ? Et pourquoi ? »

« Lorsque nous aurons la réponse à cette question, tout s'expliquera, je crois. »

Cade croisa les mains sur sa poitrine et s'adossa au mur. « Revenons un peu en arrière et réfléchissons à ce que nous savons. D'abord, contre toute attente, Nysien s'est ligué avec Efnysien. »

« Ou bien on nous a amenés à le croire, » dit Taliesin.

« Quoi ? » Cade lui jeta un regard noir. « *Croire* que c'est le cas ? »

Taliesin adressa à son ami un petit sourire ironique. « Ici, toutes les apparences sont trompeuses. Avez-vous remarqué que les soldats qui nous ont encerclés étaient tous identiques ? »

« Ce sont des pions du jeu d'échecs, » dit Cade.

« En effet, ce qui signifie que Dôn est impliquée. »

« Pourquoi collaborerait-elle maintenant avec Efnysien alors que ce sont les hommes de celui-ci qui ont mis son palais à sac ? »

« Ce n'est peut-être pas le cas. »

Cade désigna leur geôle. « On dirait bien que si. »

« Mais comme je viens de le dire, dans l'Autre Monde on ne peut pas se fier aux apparences. Efnysien lui-même est un maître en matière d'illusion. Qui peut dire ce que nous avons réellement vu ? »

« Ça ne nous aide pas. Voulez-vous dire qu'Efnysien s'est fait passer pour son frère ? »

Taliesin haussa les sourcils. Au fond, l'irritation de Cade l'amusait. « La question est, lequel ? »

« Mais... » Cade avait vu plus d'actes maléfiques au cours d'une année que la plupart des hommes n'en voyaient pendant toute leur vie, mais cette supposition le choquait profondément. « Ce serait carrément démoniaque ! Il aurait pu prendre l'apparence de Dôn pour convaincre Nysien de faire ce qu'elle lui demandait. Et juste à l'instant, il aurait pu prendre l'apparence de Nysien, ou pire, de Manawydan pour découvrir à quoi nous pensions ou influer sur nos actions. »

« Vous réalisez que vous parlez d'un être qui a massacré l'entière garnison d'un château parce qu'il était vexé ? » . En soupirant, Taliesin se laissa aller sur le lit, plus confortable qu'il ne s'y attendait. Il resta un moment à contempler le plafond mais l'envie de dormir fut bientôt la plus forte et il ferma les yeux.

Les armées de Cadwaladr apparaissent dans toute leur puissance,

Les Cymry se glorifient de la bataille qu'ils ont livrée.
Du massacre démesuré commis.

Le gweledydd prédit
Qu'il répondra à l'appel
Une seule compagnie, un seul conseil.

Arthur et Cadwaladr,
Seront honorés jusqu'au jugement,
Connaîtront la prospérité.

La mort a été répandue jusqu'au bout du monde.
La maladie et le devoir nous délivreront.
Que le sang coule, que la mort vienne.

Deux Trésors ;
Deux dragons ;
Deux chefs glorieux d'armées lumineuses.
Et pourtant une même fortune, une même foi.
Pris dans la même toile du destin,
Tout comme le gweledydd l'a prédit.

A la fin de la complainte, alors que les derniers mots résonnaient encore aux oreilles de Taliesin, celui-ci se releva d'un bond. Le poème lui avait rappelé la dernière chose qu'il avait vue avant de fermer les yeux. « Regardez ! »

Cade baissa les yeux vers lui. « Regarder quoi ? » Mais tout en posant la question il suivit des yeux le doigt que Taliesin pointait vers le plafond et vit ce qui avait coupé le souffle du barde. A peine visible sur la pierre grise, une toile diaphane avait été tissée entre deux pierres. Une araignée noire s'accrochait en son centre.

Chapitre Trente-Neuf

Catrin

« **A**llons-nous partager la nourriture avec la forteresse ? » Catrin se pencha et saisit le panier par une de ses anses.

Rhiann prit l'autre. « Si les gens ont faim, on les nourrit. C'est à cela que le panier est destiné. Nous ne sommes pas obligés de mentionner d'où vient la nourriture. »

« On est certain que c'est le Trésor ? » Dafydd avançait d'un pas sûr devant elles dans la rivière. Il regardait alternativement à droite et à gauche, en alerte, bien qu'à cet instant ils ne soient pas menacés, du moins dans le monde matériel.

Angharad fermait la marche. Elle avait gardé à la main la tunique au dragon. « J'en suis convaincue, mais je voudrais que Cade se réveille pour le voir aussi. Ou que Taliesin soit là. Il saurait le dire. »

Catrin inspira brusquement et jeta un regard en direction de Rhiann qui lui sourit tristement. Pendant un instant béni, malheureusement trop bref, toutes deux avaient oublié la situation périlleuse de Cade.

« Mon espoir, c'est que lorsque nous aurons réuni tous les Trésors, Cade se réveillera, » dit Rhiann, des larmes dans la voix.

« Je sais. J'ai passé ma vie à communier avec un monde que je n'aperçois que du coin de l'œil, et ce que j'en comprends ne représente qu'une miette de tout ce qu'il y a à savoir. » Catrin regarda Angharad par-dessus son épaule. « J'ai le sentiment que la tunique est importante aussi, ne la lâche pas. »

« Au moins, Arianrhod n'était pas en train de la laver dans la rivière, » dit Angharad.

Catrin hocha la tête. « C'est un fait qui nous laisse de l'espoir. »

De retour à la forteresse, ils placèrent le panier à la place qui lui revenait, avec les autres Trésors, autour de Cade. Catrin sentait le pouvoir qui en émanait. C'était comme une vibration dans sa tête, obsédante. Plissant le front, elle se retourna vers Angharad et réalisa pourquoi la tunique attirait autant son attention. A elle seule, elle dégageait autant d'ondes magiques que tous les Trésors ensemble, alors qu'elle ne faisait pas partie des objets sacrés.

Pourtant, cette sensation ne la quittait pas et elle décida de prendre un risque. Elle prit la tunique des mains d'Angharad et s'approcha de l'autel. Le cercle était un symbole sacré, peut-être le plus sacré, le plus puissant de ceux que Catrin connaissait, et celui que les Trésors formaient autour de Cade était si puissant que lorsqu'elle pénétra dans l'intervalle entre deux d'entre eux, le char et le panier, la vibration qui s'était emparée d'elle emplit l'air autour d'elle d'un bourdonnement.

Retenant sa respiration, elle se faufila entre les deux Trésors. La vibration ressemblait maintenant aux battements d'un énorme cœur qui formaient comme un mur invisible cherchant à lui bloquer le passage. Elle décrivit dans l'air un signe de paix et réussit à pénétrer à l'intérieur du cercle. Elle relâcha l'air bloqué dans sa poitrine en constatant que la résistance que lui avait opposée la magie était protectrice et non maléfique. Tout semblait confirmer que la décision de se conformer à la vision de Bedwyr avait été juste.

Elle baissa les yeux sur le roi. Figé dans ce sommeil qui n'en était pas un, une mort qui n'en était pas une, il était presque méconnaissable. Cela ne voulait pourtant pas dire qu'elle ne devait pas prendre de précautions. Le plus doucement possible, elle déplia la tunique qu'Angharad avait extraite du trou près de la rivière, sans chercher à la débarrasser de la terre qui la souillait, et l'étendit sur Cade comme une couverture.

Son geste n'eut aucun effet. Vaincue, elle baissa la tête, en se reprochant de s'être attendue à provoquer un changement. Mais après un instant, si Cade ne bougea pas et n'ouvrit pas les yeux, ses lèvres s'entrouvrirent, comme celles d'un humain qui aurait poussé un soupir. Cade ne fit aucun autre mouvement et aucun son ne sortit de sa bouche mais lorsque Catrin recula pour s'écarter de l'autel elle remarqua que son teint était moins gris. En fait, sa peau paraissait plus proche de la nuance rosée de la peau humaine qu'elle ne l'avait jamais vue.

« Catrin ? » interrogea Rhiann dans son dos.

Catrin leva la main et traça le même signe de paix qu'auparavant, le pouce, l'index et le majeur dressés, les deux autres doigts recourbés, et sortit du cercle. Puis elle se tourna vers Rhiann. « Il semble aller mieux, vous ne trouvez pas ? »

Rhiann fixait Cade du regard, la main devant la bouche. « J'ai tellement envie de le croire. »

Rhun prit place derrière Rhiann et posa une main sur son épaule. Un peu plus tôt, alors qu'il s'occupait de ses hommes, il avait manqué l'apparition de Manawydan. « Il est en vie et les Trésors le protègent. »

« Ou bien l'emprisonnent, » dit Rhiann.

« Non. » Catrin secoua la tête. « La plus grande partie de ce qui s'est produit au cours de ces derniers jours échappe à ma compréhension. Mais les Trésors sont bienfaisants. Ils veulent qu'il réussisse. Je le sens. »

Chapitre Quarante

Taliesin

Cade leva la main vers la toile d'araignée puis la retira. Même sur la pointe des pieds, ses doigts ne touchaient pas tout à fait le plafond. Puis il poussa une exclamation. « Vous avez vu ça ? »

Taliesin cilla. On aurait dit que l'araignée et sa toile s'étaient fondues dans la pierre sur laquelle elles étaient fixées. Mais elles n'avaient pas disparu. Elles étaient à présent gravées dans la pierre. Si Cade ne l'avait pas vu aussi, Taliesin aurait sans doute pensé qu'il avait une hallucination.

« Est-ce qu'elles ressemblent aux sculptures que Gwydion vous a montrées ? Goronwy m'en a parlé. »

« Ce ne sont pas les pièces d'un jeu d'échecs, je peux vous l'assurer. »

« C'est vrai. Mais... c'est une sculpture. »

Taliesin s'esclaffa. « Associer les deux présupposerait que Gwydion et Arawn œuvrent ensemble. »

« Ils ont Arianrhod en commun et j'ai le sentiment que l'animosité dont elle a fait preuve à l'égard d'Arawn n'était pas réciproque. »

Taliesin eut une moue pensive. « Si cette araignée est celle qu'Arawn m'a dit de chercher, et comment pourrait-il en être autrement, cela veut dire que Nysien nous a amenés ici dans un but précis. »

Cade laissa échapper un de ces soupirs qu'il forçait parfois hors de sa poitrine. « Nous devrions avoir honte d'avoir autant oublié notre propre histoire. »

Taliesin acquiesça. « Nysien n'est pas un fils de Dôn mais il est si proche de Gwydion qu'il pourrait aussi bien l'être. Si Efnysien est le pire des *Sidhe*, Nysien est certainement le meilleur. »

« En outre, grâce à cette bienveillance innée, il n'a jamais craint son frère, » ajouta Cade.

« Nysien ne nous a pas trahis Il nous a sauvés. » Taliesin leva les yeux et échangea un regard avec Cade. « On dit que les araignées sont sous la protection d'Arianrhod. »

Cade reporta les yeux sur le plafond. « Parce qu'elles tissent une toile, comme elle. Elle tisse notre destin. » Puis il se pencha, tira le lit vers le milieu de la pièce et replia le matelas. Avec un geste galant, il fit signe à Taliesin de monter sur le lit. « Après vous. »

Taliesin répondit d'un petit gloussement mais grimpa tout de même sur le lit. C'était un meuble en bois très simple, quatre pieds, un cadre fait de quatre planches, des lattes de bois entre les planches latérales pour servir de support au matelas. Debout sur le cadre à un pied du sol, il était assez grand pour atteindre aisément la gravure.

« Savez-vous quoi en faire ? » demanda Cade.

« Je n'en ai pas la moindre idée et j'ai peur de faire une erreur. » Taliesin revit toutes ses interactions avec les *Sidhe*, à la recherche d'une indication de ce qui était censé se passer ensuite.

Cade hocha la tête avec assurance. « Ce message. Il est pour vous, pas pour moi. »

« C'est ce que je dirais aussi. Oui. » Taliesin leva le bras et effleura la gravure de deux doigts. « *Deux Trésors. Deux dragons. Deux chefs glorieux d'armées lumineuses. Et pourtant, une même fortune, une même foi, une destinée entrelacée.* »

Cade maugréa sa désapprobation. « Je connais ce poème. Il se réfère à ma venue, ou du moins c'est ce qu'on dit. »

« Il se réfère en effet à votre venue, » dit Taliesin avec douceur. « Je pensais que vous aviez renoncé à lutter contre la légende ? »

« Il me semble qu'aucune légende n'est à la hauteur quand on la compare à la froide réalité. »

Taliesin baissa les yeux vers Cade, sourcils froncés. « Vous n'allez pas faiblir maintenant, Cadwaladr ap Cadwallon. Pas quand tant de gens dépendent de vous. »

Cade contemplait le sol. « Je vous prie de m'excuser. Je n'avais pas l'intention de me plaindre. »

« Vous n'avez pas choisi ce chemin, mais vous l'avez suivi avec force et grâce. Ne perdez pas la foi devant le dernier obstacle. » "

Cade leva la tête et donna à Taliesin la réponse que celui-ci voulait entendre. « Non. »

Taliesin lui jeta un regard noir. « Ça vaudrait mieux » Et sur ces paroles, Taliesin décida lui aussi de faire fi de toute prudence et de passer à l'action, comme il venait de demander à Cade de le faire. Il brandit son bâton vers la gravure en déclamant le titre du poème : « *Mae'r ddraig yn disgleirio allan* ! » *Le dragon resplendit.* Si une araignée ouvrait la voie vers Arianrhod, le dragon appartenait à Cade et Arianrhod devrait reconnaître que c'était son champion qui l'invoquait.

L'extrémité du bâton de Taliesin explosa en une cascade de lumière rouge et or. En même temps, la toile se mit à briller, d'abord comme de l'or, avant de virer au rouge. La lumière du bâton s'éteignit, plongeant la cellule dans une obscurité qui semblait plus épaisse qu'avant, mais la pierre sur laquelle l'araignée et la toile avaient été gravées avait disparu, laissant une ouverture suffisante pour permettre à un homme de passer. Une faible lueur émanait de l'ouverture mais Taliesin ne distinguait que des pierres.

« Laissez-moi passer en premier. » Sans attendre l'accord de Taliesin, Cade grimpa sur le lit, agrippa les pierres qui bordaient l'ouverture et se hissa dans le trou.

La distance n'était pas grande pour quelqu'un de la taille de Cade, mais il s'agissait de sauter vers le haut et non vers le bas et il atterrit maladroitement sur le ventre, à moitié hors du trou et à moitié dans le vide. Il se rétablit rapidement et s'accroupit. « Je n'aime pas ça. »

« Que voyez-vous ? »

« Encore une salle. »

Taliesin s'était déplacé dans le palais d'une pièce à l'autre depuis qu'il était entré dans l'Autre Monde et chaque salle dans laquelle il était entré semblait constituer une entité propre, un monde à part. Les pièces se succédaient sans aucune cohérence et même en se déplaçant avec précaution, franchir un seuil n'était jamais sans danger, comme il en avait fait l'expérience.

Cependant, quand Cade lui tendit la main, il la saisit et permit à son ami de hisser homme et bâton à travers l'ouverture à la force d'un seul bras.

« Je ne cesse de me demander pourquoi de simples mortels imaginent qu'ils peuvent se battre contre vous, » remarqua Taliesin quand Cade le déposa sur ses pieds sur le sol pavé d'une immense salle, bien que nommer l'endroit une salle soit équivalent à désigner à la fois la tanière d'un ours et la caverne d'Arawn à Caer Dathyl sous le vocable de *grotte*. Une centaine de dalles de pierre le séparaient du mur du fond, chacune décorée de feuilles, de lianes et de branches peintes en vert et en brun. Les murs et le plafond portaient les mêmes ornements. Ils étaient entrés dans une forêt de pierre.

« Je ne crois pas m'être jamais senti moins à la hauteur qu'ici. Je suis peut-être en partie *Sidhe*, mais comment puis-je affronter une pièce de jeu d'échecs ? Ou une créature aussi ancienne que le temps lui-même ? » Cade montra les décorations. « Et qu'est-ce que tout cela veut dire ? »

« Je partage vos sentiments, » dit Taliesin. « On pourrait aussi dire de moi que je suis aussi vieux que le temps, mais ce n'est pas vrai. Quand Arawn et Efnysien se sont confrontés l'un à l'autre dans la salle du trésor d'Arawn, j'ai créé un écran, mais je n'ai rien pu faire de plus. En fait... » Il fronça les sourcils, « je n'ai même pas pensé à agir autrement. »

Cade ferma le poing et se frappa la cuisse. « Le plus exaspérant, c'est la manière dont les *Sidhe* interfèrent dans les pensées. Si vous n'étiez pas venu, j'aurais pu rester indéfiniment dans cette salle de banquet, sans penser à rien qu'à la chope d'hydromel devant moi. Est-ce pour cette raison que les ténèbres m'ont amené ici ? Pour que je passe l'éternité vide de toute pensée, de toute préoccupation ? »

« Je ne sais pas. Je commence à me demander, vraiment, si la nature des ténèbres est bien celle qu'on a imaginée... » Taliesin se tut brusquement. D'un cercle sculpté dans le sol au centre de la salle, le tourbillon noir devenu un peu trop familier s'éleva comme la vapeur qui sort d'un chaudron, mais complètement opaque, tournoyant plus violemment à chaque circonvolution.

Taliesin jeta un coup d'œil en direction du trou qui donnait accès à leur cellule en se demandant s'ils devaient s'y réfugier. Avant qu'il puisse faire un pas dans cette direction, la force du vent lui arracha son bâton des mains, le jeta à vingt pas de lui, souleva le barde et le colla au mur derrière lui. Malheureusement, la télékinésie ne faisait pas partie de ses talents. Il pouvait toujours essayer de tendre le bras vers le bâton, cela n'allait pas le déplacer.

Sa tête heurta le mur et pendant un instant il perdit conscience, ou du moins la conscience de ce qui l'entourait directement. Il eut l'impression que son esprit se détachait de son corps, qu'il flottait au-dessus, s'en éloignait, tout à coup doté d'une clairvoyance totale.

Il vit Taryn et Hywel qui se trouvaient, sans qu'il puisse s'expliquer comment, en compagnie du roi Penda de Mercie. Puis Arawn et Efnysien dont le combat épique dans la salle du trésor se poursuivait, sous les yeux de Mabon qui pour une fois avait choisi le bon camp, celui de son père. Il vit le corps de Cade allongé sur l'autel à Caer Fawr, entouré des Trésors qu'ils avaient rassemblés. Tout autour de lui, une armée de pions du jeu d'échecs montaient la garde, protégeant Cade et le cercle sacré. Il vint à l'esprit de Taliesin que Cade pouvait se trouver en deux endroits à la fois parce qu'il avait laissé sa part humaine à Caer Fawr lorsque sa part *Sidhe* était venue dans l'Autre Monde.

Ou bien était-ce l'inverse ?

Et tout à coup Taliesin réintégra son corps. Cade luttait contre le vent, tentant de le rejoindre.

« Non, Cade ! » Taliesin parvenait à peine à respirer mais il força les mots à sortir de sa bouche. « Il ne manque plus qu'un Trésor ! Il vous faut le trouver ! »

« Pas sans vous ! »

La voix de Taliesin résonnait comme un écho dans sa propre tête. « Quoi qu'il arrive à mon corps, mon âme est invulnérable. Vous devriez l'avoir appris aujourd'hui. »

Cade hésita et leurs regards se rencontrèrent. Taliesin le voyait lutter contre lui-même, réticent à suivre l'ordre de Taliesin alors que c'était le seul choix logique.

« Dois-je vous rappeler que la vôtre aussi ? »

D'un battement de cœur à l'autre, même si son cœur ne battait pas, Cade changea d'expression. Il pivota sur ses talons et se dirigea à grands pas vers le centre de la salle et le tourbillon noir des ténèbres. Le vent ne l'affectait plus. Sans arme, puisqu'il avait laissé ces objets matériels dans le monde humain, il tendit simplement la main, non pour repousser les ténèbres mais comme une invite.

Taliesin ferma les yeux et laissa sa tête aller contre le mur, sans plus essayer de résister à la force du vent. Son ami avait compris et allait faire exactement ce qu'il avait à faire, même si cela devait lui coûter la vie. Aucun sacrifice n'était plus honorable que cela dans tous les mondes spirituels et Taliesin ne pouvait que prier pour que la foi de Cade reçoive sa juste récompense.

Cade, pour sa part, s'était débarrassé de ses doutes. Il s'avança d'un pas sûr vers les ténèbres. Puis *dans* les ténèbres.

Chapitre Quarante-et-Un

Cade

Cade n'allait pas prétendre qu'il ne savait pas ce qui l'avait poussé à s'avancer vers les ténèbres. Un accès de témérité. Et la désespérance.

Et peut-être une touche d'arrogance couplée à une ultime résolution : *par les dieux, on ne va pas me prendre encore une fois pour un imbécile !* Il sentait le pouvoir qui émanait de la masse tournoyante. Il n'était aucunement prêt à essayer de le contrer. Mais il se trouvait dans l'Autre Monde et donc, pour ainsi dire, mort. En voyant les ténèbres s'élever dans la salle, il s'était demandé quel était le pire qui pouvait arriver. Mourir encore une fois ? Être empêché de retrouver sa bien-aimée ? C'était déjà la réalité.

C'était l'araignée qui lui avait donné de l'espoir, elle et l'assurance de la part de Taliesin que l'enjeu était différent de ce qu'ils avaient imaginé jusque-là. Fait remarquable, il n'éprouvait aucune crainte. La peur l'avait quitté depuis qu'il avait été capturé par les pions du jeu d'échecs. Peut-être cela faisait-il partie de ce sentiment irréel que ressentait un être humain dans l'Autre Monde. Peut-être était-ce dû à l'assurance dont Manawydan l'avait doté lorsqu'il lui avait montré le sort réservé à son père. C'était un cadeau dont peu d'humains avaient bénéficié. Pour toutes les âmes, la mort était la dernière frontière au-delà de laquelle ne se trouvait que l'inconnu.

Certes, Cade se serait montré excessivement arrogant s'il n'avait pas reconnu qu'il n'était pas un être humain ordinaire. Tout comme Taliesin, qui portait en lui l'âme et les souvenirs de tant de générations. Et la mort n'avait pas non plus mis fin à leur existence. C'était un réconfort que Cade était impatient de partager avec ses compagnons.

Il s'efforça toutefois de se rappeler de *ne pas se fier aux apparences*, puis il se laissa avaler par la violence insensée de la masse tournoyante des ténèbres.

Un torrent de pouvoir l'assaillit de toutes parts. Il parvint tout juste à rester debout. Dans ce tourbillon aux allures de cyclone, l'air était si épais qu'il constituait une masse tangible. Il leva l'avant-bras devant ses yeux pour se protéger le visage de la force du vent. La poitrine enserrée comme par un cercle de fer, il remercia silencieusement Arianrhod de l'avoir transformé et ainsi évité d'avoir à respirer.

Tu me remercies ?

Toi que j'ai changé.

Torturé.

Suspendu, délaissé, aux fils tordus du Destin ?

La voix faisait écho tout autour de Cade et il ne faiblit pas, encouragé de reconnaître la voix d'Arianrhod. Il n'avait eu aucune nouvelle d'elle depuis des mois et savoir qu'elle ne l'avait pas entièrement abandonné le réconfortait.

A cette pensée, le vent parut faiblir, le fouet se transforma en caresse. Deux pas de plus et la pression qu'il subissait s'allégea. Il put se redresser complètement. Il se retrouva au milieu de la salle, dans le cercle à travers lequel le maelström avait surgi. Bien que le tourbillon noir ait gonflé jusqu'à occuper de multiples fois son espace initial, au centre du cercle tout était calme.

Et il n'était pas seul.

Arianrhod se tenait devant lui dans toute sa gloire, enveloppée d'un halo de lumière qui était bien plus qu'une aura. Elle *était* la lumière. Vêtue d'une robe tissée de fils d'argent et d'or, elle tenait dans la paume de sa main un disque doré qui tournait doucement.

Il la regardait, rendu muet par sa beauté et le pouvoir qui émanait d'elle. Il ne savait pas quoi dire. Il n'était même pas capable de donner un nom à ce qu'il voyait. Arianrhod sourit et la puissance de son approbation le frappa au creux de l'estomac comme un coup de poing. A cet instant, il aurait avec bonheur donné sa vie pour elle. A cette pensée, une toute petite partie de son esprit se mit à rire. C'était déjà ce qu'il avait fait.

Puis elle rendit sa lumière moins éblouissante et le sentiment d'adoration ressenti par Cade s'évapora, le laissant face à une jeune femme à peine plus âgée que Rhiann. Le disque tournait toujours dans sa main mais son visage n'exprimait plus que de la mélancolie.

« Que voulez-vous de moi ? » demanda-t-il.

Elle le contempla, la tête un peu penchée. « Vous supposez que c'est moi qui vous ai invoqué. »

« Vous êtes les ténèbres, « dit Cade. « Je suis incapable de comprendre comment ou pourquoi, mais c'est votre volonté qui m'a poussé sur tous les chemins que j'ai suivis depuis que vous m'avez transformé dans cette caverne. »

« Vous ne comprenez pas, » dit Arianrhod. « Je suis tout autant prisonnière que vous. »

Cade fronça les sourcils. « C'est vous qui m'avez amené ici. »

« Cela... » Elle montra les parois tournoyantes autour d'eux, « c'est ce qui vous a amené ici. »

« Comment pourraient-elles ne pas faire partie de vous ? »

Arianrhod le fixa des yeux. Ils étaient bleus, insondables et semblaient l'attirer vers elle. Tout à coup, il se sentit tomber, comme s'il avait plongé du haut d'une falaise. Mais à la place de l'eau ou des rochers qui auraient dû se trouver en bas, il ne vit qu'un tourbillon noir et il sut que s'il se laissait aspirer, les ténèbres le consumeraient.

Il se força à revenir à lui et ce fut comme un arrachement. Il n'avait pas quitté Arianrhod du regard.

« Vous voyez, maintenant ? » dit-elle.

" »Les ténèbres... »

« Se trouvent au centre de toutes les créatures. C'est le noyau de notre âme, l'animal qui est en nous et que chaque jour on essaie de dominer. Efnysien a découvert comment extraire ce noyau hors de mon essence. Il n'a pas menti quand il a dit à Taliesin qu'il n'avait pas créé les ténèbres et qu'il ne les maîtrisait pas. Il a simplement rompu leurs chaînes pour me regarder me détruire et détruire tout ce que j'aime. » Elle émit un petit rire de dérision. « Il semblerait que tout au fond de moi mon plus grand désir soit de vous détruire. » ˮ

« Comment pouvons-nous... *les* arrêter ? » Cade se secoua. Il avait failli dire, *vous* arrêter.

« Comment les avez-vous arrêtées à Dinas Bran ? »

« On pourrait soutenir que j'ai échoué, puisque le château est en ruines, mais... » Cade ravala les mots qui lui venaient aux lèvres. Il ne voulait pas mentionner la coupe du Christ. « C'était la corne à boire. »

« La corne à boire... et vous, Cadwaladr ap Cadwallon. »

Cade sentit son estomac se serrer encore. « Vous m'accordez trop de crédit. »

Arianrhod secoua vivement la tête. « C'est la raison pour laquelle il vous faut réunir les derniers Trésors, et la raison pour laquelle Efnysien a fait usage de toutes les armes et de tous les artifices dont il dispose pour les récupérer. Eux seuls peuvent contrer son pouvoir et, pour être tout à fait franche, le mien. »

« Je sais déjà que c'est Efnysien et non Mabon qui veut détrôner Beli. » soudain, Cade s'enflamma. Il ne voulait qu'une chose, affronter cet Efnysien et le réduire en poussière.

Arianrhod tendit la main vers lui. Instantanément, le feu qui s'était emparé de lui se calma. « J'ai arraché à Efnysien ce qui lui permettait de me contrôler tandis qu'il se confrontait à Arawn et si Efnysien m'a emprisonnée en moi-même, j'ai utilisé ce petit reste de contrôle pour nous enfermer dans cette salle. »

« Efnysien ignore que nous sommes tous deux ici ? »

« La loyauté d'Arawn est intacte. Pendant que vous buviez dans la salle du banquet, une bataille faisait rage dans l'Autre Monde. » Elle hocha la tête d'un air entendu. « Mais Efnysien est en route. »

Cade fit un tour complet sur lui-même pour inspecter l'espace restreint autour d'eux, à la recherche d'une issue sans en trouver aucune. « Comment est-il possible qu'Efnysien ait autant de pouvoir ? »

« Comment reconnaîtrions-nous ce qui est bon si nous n'avions jamais vu le mal ? »

Ce n'était pas la réponse que Cade voulait entendre et il ne la crut pas vraiment. Le pouvoir d'Efnysien devait dépendre de plus que ce qu'on lui avait expliqué jusque-là. « Pourquoi n'avez-vous dit à personne ce qu'Efnysien vous infligeait ? »

« Je n'en suis consciente que lorsque cela se produit. Je parviens à reprendre le contrôle mais jusqu'à récemment, au moment où je me libérais de son emprise, j'oubliais ce qu'il s'était passé. »

« Pourquoi ne vous libérez-vous pas maintenant ? »

Elle pencha la tête de côté. « Il m'a piégée dans ce cercle. »

Cade regarda à ses pieds. Il avait remarqué le cercle tout de suite, bien-sûr, mais à présent une lueur d'un pourpre profond émanait de la sculpture. « Pourquoi ai-je pu entrer ? »

« Son pouvoir est spécifiquement lié à moi. »

« On peut briser un cercle. »

« Pas celui-là. »

« Si c'était vraiment ce que vous croyiez, pourquoi m'avoir amené ici ? » Il se pencha vers le sol et fit courir ses doigts sur la rune à ses pieds. Dans un cercle fermé était gravée une série de cercles concentriques, tous incomplets.

Plissant le front, il en traça à nouveau les contours. Dans l'ensemble, ils ressemblaient à un labyrinthe, ou aux remparts qui protégeaient Caer Fawr. Il se mordilla la lèvre inférieure et passa à nouveau le doigt sur la gravure, cette fois en suivant les espaces vides entre les lignes plutôt que les lignes elles-mêmes. Tandis qu'il approchait du centre du labyrinthe, il sentit sa main se mettre à trembler puis le pouvoir pénétrer dans ses doigts et s'infiltrer dans son bras.

L'image se souleva du sol, intangible, diaphane. Au fur et à mesure qu'elle s'élevait, les ténèbres autour d'eux reculaient. Puis ils se dissipèrent entièrement. L'empreinte du cercle dans la pierre avait laissé la place à un espace vide. A l'intérieur se trouvait un grand bol de céramique muni d'un couvercle. Un pot.

Clap. Clap. Clap.

Cade leva les yeux sur une haute silhouette aux cheveux noirs et gras et au sourire dément qui se dirigeait droit sur lui. Cade jeta un coup d'œil à la déesse. Les ondes de colère qui se dégageaient d'Arianrhod auraient fait exploser une coupe de cristal.

Les yeux d'Efnysien, en revanche, étaient aussi opaques que des billes d'onyx. « Le dernier Trésor. Et vous l'avez trouvé. Je savais que je pouvais compter sur vous. Donnez-le-moi et je vous laisserai rentrer chez vous. »

Chapitre Quarante-Deux

Hywel

« Je pense toujours que Gwydion a perdu la tête. » Hywel se trouvait dans l'antichambre encore paisible avec Taryn. « Mais je crois que j'ai une idée. Venez. »

Initialement, ils étaient revenus là pour réfléchir et échanger des idées. Il la guida vers l'extérieur. Tous deux s'arrêtèrent net en constatant à quel point le jour s'était obscurci.

« Qu'est-ce... » commença Taryn.

Hywel était lui aussi étonné mais il avait un tout petit peu plus d'expérience qu'elle à propos des *Sidhe*. « Le temps ne s'écoule pas dans l'Autre Monde au même rythme que dans le monde des humains. »

« Nous ne sommes pas dans l'Autre Monde. »

« Vous en êtes certaine ? »

Taryn parut déconcertée. « C'est ce que Gwydion a dit. »

« Alors expliquez-moi pourquoi l'heure est différente, » rétorqua Hywel. Mais tout de suite il baissa la tête, l'air penaud. « Il a figé cet endroit par magie pour retenir Peada et son père. On le sait. »

« Mais c'est la lumière de l'heure qui précède l'aube, Hywel. » Désespérée, Taryn lui agrippa le bras. « Le jour va se lever et nous sommes encore ici ! »

« Alors il vaut mieux nous dépêcher. » Ils étaient arrivés à la porte de la cuisine.

Taryn le tenait toujours par le bras. « Allez-vous me dire quel est notre plan ? Devons-nous prétendre être des serviteurs ?

Il lui adressa un petit sourire avant d'ouvrir la porte. « Pas vraiment. »

Il vit Taryn faire la grimace, frustrée par cette réponse qui n'en était pas une, mais une fois à l'intérieur, tout le monde la reconnut immédiatement et elle salua d'un gracieux sourire le cuisinier qui s'inclinait devant elle. « Demoiselle. Que puis-je faire pour vous ? »

Taryn fit signe à Hywel de répondre. « J'ai besoin de disposer de l'office un moment. J'ai un plat à préparer pour la table haute. »

Le cuisinier semblait prêt à refuser mais Taryn lui posa la main sur le bras. « Juste du pain et du fromage. C'est quelque chose que mon père m'a expressément demandé de lui apporter. »

Le cuisinier ne comprenait pas mais il n'allait pas refuser ce que lui demandait la fille de Penda. Il ne lui avait pas encore demandé ce qu'ils faisaient là et avec un peu de chance ils seraient partis avant qu'il ait le temps de réfléchir au caractère étrange de leur visite. « Par ici. »

Un instant plus tard, Hywel et Taryn se retrouvèrent seuls dans l'office. Debout devant le rideau qui séparait la pièce de la cuisine, bras croisés, elle dévisagea Hywel. « Et maintenant ? »

« Maintenant on vérifie si le couteau est vraiment ce que tout le monde prétend. » Il porta la main au creux de son dos, écarta les bandes de toiles enroulées autour de son torse et, avec précaution, sortit le Trésor.

Taryn le regarda en fronçant les sourcils. Le manche était ciselé et la lame elle-même, aiguisée des deux côtés, se terminait en pointe. « Ça ressemble plus à la pointe d'une lance qu'à un couteau. »

« Probablement parce que c'est ce qu'il était. » Il lui jeta un coup d'œil. Elle avait parlé avec tant d'assurance du panier et du pot qu'il avait supposé qu'elle connaissait l'origine de chacun des Trésors. « C'est la lame qui a percé le flanc du Christ quand il était sur la croix. »

Taryn porta la main sur sa bouche et fit un pas en arrière. « Comment supportez-vous de le manipuler ? »

« Je le supporte parce que c'est mon devoir. » Il prit un plateau sur une étagère, coupa un grand morceau de fromage dans la meule à proximité puis se mit à tailler des tranches. Et à tailler.

« Est-ce sans fin ? » Taryn se pencha vers lui, sa curiosité l'emportant sur sa crainte.

« Je dirais que ça dépend de la quantité de fromage nécessaire pour deux douzaines d'hommes. » Il cessa de couper le fromage et saisit une miche de pain en train de refroidir sur une grille. Là aussi, il en tailla bien plus de tranches que la petite miche ne pouvait en fournir. Puis il remit le couteau dans son étui et tendit le plateau à Taryn. « Pouvez-vous apporter cela à votre père ? Je serai juste derrière vous. »

Taryn inspira brusquement. Il savait combien elle craignait son père. C'était quelque chose qu'ils avaient en commun, même si Hywel et son propre père étaient finalement arrivés à un compromis. Mais le mur qui la séparait de Penda était bien plus haut et ce n'était pas elle qui l'avait érigé.

Elle prit le plateau et contempla un moment la nourriture disposée dessus. « C'est exactement ce que Gwydion voulait, n'est-ce pas ? Il savait que Penda me permettrait de l'approcher parce que je suis sa fille. Pourquoi ne l'a-t-il pas simplement dit ? »

« Les *Sidhe* suggèrent. Ils manipulent. Ils conspirent. Mais ils ne donnent pas d'ordre. »

« Arianrhod donne des ordres à Cade. »

« Vraiment ? Cade explique comment la prophétie prédit l'avenir, mais il nous rappelle aussi que les individus disposent de leur libre arbitre. C'était sa décision d'aller dans les cavernes sous Caer Dathyl. Elle ne lui a jamais dit ce qu'elle voulait. Il a dû le découvrir tout seul. »

Taryn dévisagea Hywel en fronçant le nez. « Ce serait plus facile s'ils le disaient tout simplement. »

« Les règles qui contraignent les *Sidhe* sont juste différentes de celles qui s'imposent à nous. » Il lui rendit son regard. « Et personne n'aime vraiment qu'on lui dise quoi faire, non ? »

Taryn répondit avec un rire réconfortant. « Non, en effet. »

Penda et Oswin étaient assis ensemble à la table haute où ils dégustaient sans enthousiasme un repas essentiellement composé d'hydromel. Le temps pour Hywel et Taryn de traverser la grande salle, ils vidèrent leur carafe qu'un serviteur resté à proximité s'empressa de remplir. L'allure de Taryn était bien trop fière et sa robe de trop belle qualité pour qu'on la confonde avec une servante, mais tous les convives ne virent que le plateau qu'elle portait jusqu'au moment où ils approchèrent de l'estrade. Les hommes autour de Penda et d'Oswin redressèrent la tête. Tous fixaient avec intérêt la nourriture qu'elle apportait. Hywel ne voyait toujours que du pain et du fromage mais leur réaction l'incita à redresser les épaules et à lever le menton, sans pour autant lâcher Taryn qu'il tenait par la taille.

Tout d'abord, Penda ne montra en rien qu'il les reconnaissait. Comme ses hommes, il ne quittait pas la nourriture des yeux. Mais lorsque Taryn plaça le plateau devant lui et resta où elle était, en face de son siège, ses yeux remontèrent jusqu'à son visage et s'y arrêtèrent, comme l'auraient fait les yeux de n'importe quel homme doué de la vue. Enfin, il parvint à détourner son attention suffisamment pour regarder celui qui l'accompagnait. « Vous ! »

Hywel s'inclina. « Monseigneur. »

Le regard de Penda passa alternativement de Hywel à Taryn, plusieurs fois. Il avait oublié le plateau posé devant lui. Oswin/Beli, quant à lui, tira le plateau vers lui et se mit à manger comme un affamé. Le soldat assis à côté de lui qui tenta d'attraper un morceau de fromage reçut une tape sur la main. Quel que soit l'enchantement dont Gwydion espérait qu'il affecterait son père semblait fonctionner. Toutefois, le contenu du plateau n'allait pas nourrir vingt-quatre personnes s'il n'en tenait qu'à Oswin/Beli.

Penda frappa du poing sur la table. « Vous êtes venu me demander la main de ma fille, c'est cela ? Vous ne l'aurez pas ! »

Hywel reporta son attention sur le père de Taryn. Les paroles de Penda l'avaient rendu muet mais Taryn, bien moins désarçonnée, répondit à son père d'une voix pleine de dédain. « Le roi Cadwaladr est mon suzerain à présent, pas vous, Père. » Elle leva fièrement la tête. « Je n'ai pas besoin de votre permission. »

Elle se montrait assez adroite pour ne dire que la vérité sans confirmer ni infirmer la supposition de Penda. Cependant, celui-ci ne vit que la défiance qu'elle lui opposait. Il rougit brutalement et bondit sur ses pieds. « Je t'interdis de me parler ainsi, jeune fille ! »

Si les premiers mots de Penda avaient coupé le souffle de Hywel, il n'allait pas permettre à qui que ce soit, et encore moins au père de Taryn, de lui parler grossièrement. S'il avait encore eu son épée il l'aurait tirée de son fourreau à cet instant. Il dut se contenter de s'approcher davantage de la table et de passer devant Taryn. « Vous vous adressez à ma bien-aimée. Excusez-vous. »

« Sûrement pas ! »

Hywel tourna le regard vers Oswin/Beli. « Qu'en dites-vous, Monseigneur ? »

Oswin/Beli avait continué à manger, même si son attention avait été attirée par la dispute. « Pourquoi devrais-je m'impliquer ? »

Hywel comprenait à présent pourquoi Gwydion les avait amenés ici et leur avait demandé de faire ce qu'il ne pouvait faire lui-même. Alors que Gwydion aurait pu apparaître devant les deux rois dans toute sa splendeur et anéantir Penda par son pouvoir et sa magie, Beli, un dieu lui-même, n'en aurait pas été ébranlé. Il n'était pas en concurrence avec d'autres dieux, ne cherchait pas à assurer son pouvoir sur eux, même s'il se trouvait à la tête du conseil. S'il avait érigé cette barrière entre le monde des humains et celui des *Sidhe*, toute perméable qu'elle semble être, c'était parce qu'il pensait que les humains l'avaient oublié.

Et Hywel sut alors ce qu'il avait à faire. Il mit un genou à terre devant la table, tira Taryn à côté de lui, et entonna une invocation. « Ô Beli, seigneur tout-puissant, dieu du soleil, source de lumière et messager de la mort, je vous supplie de rejeter cette carapace de mortel et de retourner vers les contrées lumineuses dont vous venez. »

Bien qu'il n'en ait pas eu l'intention, sa voix résonna dans toute la salle, imposant le silence à tous. Il leva les yeux et vit que Beli s'était levé et le fixait avec une telle intensité qu'il fut impossible à Hywel de détourner le regard.

Totalement insensible à la tension sous-jacente, Penda observait Hywel avec mépris. « Qu'est-ce que vous racontez ? »

« Silence. » La voix de Beli vibra dans les oreilles de Hywel. Puis, sans lâcher le jeune homme des yeux, il poursuivit. « Continuez. »

Hywel sentit l'air se bloquer dans sa gorge. Il n'était pas Taliesin. Il ne savait pas du tout comment poursuivre. La source à laquelle, dans un éclair d'inspiration, il avait puisé les mots qu'il venait de prononcer était asséchée.

Alors, Taryn se mit à chanter à côté de lui, et il reconnut le chant, extrait de la *Balade de Beli Mawr* de Taliesin.

J'étais avec Llyr et Gwydion lors de la bataille,
Où ils ont réduit le monde en cendres à leurs pieds.
J'étais avec Bran en Irlande,
Où j'ai vu nos ennemis tomber.
J'étais parmi les gweledydd,
Lorsqu'ils se réunissaient sous les arbres millénaires.

Les Cymry, dans un même élan,

Ont la bravoure des héros.
Délivrez-les des épreuves qui leur sont infligées,
Par les Saxons leurs ennemis.
Manawydan et Arianrhod l'ont prédit.
Par trois fois, devant le feu, elle a chanté pour leur pays.

Embrassé par les courants de l'océan,
Couronné par la fontaine d'abondance.
Son hydromel est plus doux que le vin.
Et lorsque je vous aurai rendu grâce, seigneur tout-puissant,
Que notre alliance soit à jamais confirmée.

Si le calme s'était imposé dans la salle quand Hywel avait parlé, à présent c'était un silence de mort qui régnait. Depuis l'instant où Taryn avait ouvert la bouche, révélant une voix qui ne pouvait lui venir que de sa mère galloise, Hywel avait senti le pouvoir contenu dans les mots qu'elle chantait. Même les Saxons, dont la tradition musicale résidait principalement en des chansons de corps de garde braillées par des hommes qui chantaient faux, ressentaient leur pouvoir magique.

Penda, seul, semblait indifférent. Il réagit avec un rire moqueur qui n'exprimait que de la dérision. Taryn et Hywel restaient à genoux, courbant la nuque, sans oser lever les yeux de crainte de lire le même sentiment dans le regard de Beli.

Bang !

Hywel leva vivement la tête quand le coup de tonnerre résonna dans la salle. Beli, debout, tendait le bras devant lui, paume tournée vers le ciel. Le corps de Penda gisait contre le mur du fond, apparemment jeté là comme un tas de chiffons par la seule volonté de Beli.

Hywel reprit inconsciemment la main de Taryn. Ensemble, ils se levèrent et s'éloignèrent de la table à reculons. La silhouette de Beli avait grandi et son aura irradiait à tel point que même Hywel la voyait. A présent que lui et Taryn se trouvaient à quelques pas de la table haute, il vit que tous les Saxons présents dans la salle s'étaient écroulés sur le sol. Ce que Beli avait fait à Penda avait affecté tous ses hommes. Seuls Hywel et Taryn étaient encore debout.

« Pourquoi êtes-vous venus ici ? » A nouveau, les paroles de Beli résonnèrent tout autour d'eux.

Hywel prit une longue aspiration pour répondre sans bafouiller. « Votre fils, Gwydion, nous a envoyés. »

« Pourquoi ? »

Le mot parut ricocher dans la tête de Hywel. Il résista à l'envie de se couvrir les oreilles de ses mains, de peur d'amplifier encore l'écho.

« Monseigneur, » dit Taryn, « nous servons Cadwaladr ap Cadwallon, qui sera couronné Roi Suprême des Britons au lever du soleil. »

« A *mon* lever. »

Taryn baissa la tête « En effet, Monseigneur. »

Beli balaya la salle du regard. « Où est Gwydion ? »

« Je suis là, Père. »

Hywel ne se retourna pas. Ce n'était pas nécessaire. Il sentait les ondes de pouvoir qui se répandaient derrière lui. Se trouver pris entre deux *Sidhe* était bien le dernier endroit où il aurait souhaité être et il espérait avec ferveur que cela ne se reproduirait jamais.

« Comment suis-je arrivé ici, mon fils ? » demanda Beli, sur un ton presque plaintif. « Depuis combien de temps suis-je au milieu de ces mortels ? »

« Je ne sais pas, Père. Assez longtemps. » Gwydion s'avança et vint se placer à côté de Hywel, qui se raidit pour ne pas céder au désir de s'écarter. « Nous n'avons pas réalisé tout de suite que vous étiez parti. »

Beli fronça les sourcils. « Tu n'avais pas remarqué ? »

Gwydion hésita. « Apparemment, Efnysien se fait passer pour vous depuis un certain temps. Il nous a tous trompés. Même Arianrhod. »

Les yeux de Beli se mirent brièvement à briller lorsqu'il entendit le nom de sa fille, puis son regard s'éteignit à nouveau. « Pourquoi n'est-elle pas venue me chercher ? »

« Elle ne savait pas. Et lorsqu'elle a compris, elle ne pouvait plus. »

Chapitre Quarante-Trois

Taliesin

Quand Cade souleva le pot et le tira hors de sa cachette, trois pensées vinrent successivement à l'esprit de Taliesin. D'abord, qu'Arianrhod n'avait pas choisi de faire de Cade son champion par hasard. Ensuite, qu'Efnysien n'était qu'un fieffé menteur. Enfin, qu'il n'était plus, lui-même, totalement impuissant.

Avec la disparition des ténèbres, aucune force n'épinglait plus Taliesin au mur. Il retomba sur le sol avec un bruit sourd, mais comme le choc se produisit en même temps que l'un des applaudissements d'Efnysien, personne ne s'en rendit compte.

Il se précipita vers son bâton. Le soulagement qu'il ressentit en le tenant de nouveau entre ses mains fut tel qu'il aurait suffi à l'abattre. Pourtant, ce n'était pas le moment de se laisser aller à ses émotions et il pivota immédiatement sur lui-même pour observer l'endroit où se tenaient Efnysien, Arianrhod et Cade, celui-ci avec le pot entre les mains. Malgré les dénégations d'Efnysien, l'objet *était* la source de son pouvoir et contenait les réponses à toutes les questions de Cade. Taliesin aurait voulu l'appeler, lui dire ce qu'il avait vu, mais si sa gorge semblait fonctionner, aucun son n'en sortait. Peut-être était-ce un dernier effet des ténèbres.

Arianrhod, pour sa part, lui apparaissait diminuée par rapport à la dernière fois qu'il l'avait vue. Les ténèbres semblaient avoir fait plus que l'emprisonner. Elles avaient comme avalé son pouvoir et elle n'était plus que l'ombre d'elle-même, ce qui avait sûrement aussi été l'intention d'Efnysien.

Naturellement, Efnysien se mit à rire. « Je sais ce que tu penses, humain. Tu veux faire un vœu, mais lequel ? Tu espères retourner dans ton monde ? Fais ce vœu et il sera exaucé, mais tu partiras sans le pot que tu ne peux emporter. » Il ricana encore. « Il n'existe aucune voie qui te permette de l'emporter. »

« Madame ? » dit Cade sans jamais quitter Efnysien des yeux.

« Je ne peux pas t'aider. » dit Arianrhod. « Ma force est épuisée, comme il le voulait. »

Taliesin aurait pensé que ses paroles décourageraient Cade mais au lieu de cela il vit les muscles de son visage se relâcher, les rides autour de sa bouche et de ses yeux se lisser. Il exprimait soudain un tel calme, une telle sérénité que Taliesin se surprit à respirer lui aussi profondément.

Les paupières de Cade frémirent, signe certain qu'il se préparait à accomplir une tâche difficile, mais Efnysien parut en conclure qu'il s'apprêtait à s'avouer vaincu. Il sourit largement, sûr de savoir quel vœu Cade formulait, et tendit la main pour accepter le pot que Cade n'allait pas manquer de lui rendre.

Mais une lueur brilla alors dans le regard de Cade, que Taliesin ne pouvait qualifier que de malicieuse. Taliesin ne se rappelait pas avoir déjà vu cette expression sur le visage de Cade. Soit Efnysien ne le remarqua pas, soit il s'en moquait, soit il ne connaissait pas suffisamment Cade pour s'apercevoir que son plan allait être déjoué. Avec un sourire qui s'élargissait encore, le dieu fit un pas en avant... à l'instant où Cade laissa tomber le pot.

Si Taliesin avait disposé d'un instant supplémentaire pour réagir, il aurait peut-être pu conjurer un coussin d'air pour arrêter la chute du pot. Si Efnysien n'avait pas autant jubilé en constatant qu'il obtenait enfin ce qu'il voulait, il aurait peut-être réagi plus vite au geste de Cade.

Mais dans les faits, au moment où le pot heurta le sol pavé et explosa en mille morceaux, Arianrhod grandit devant leurs yeux. Son pouvoir se mit à rayonner comme le soleil qui pointe derrière un nuage. D'un geste de la main, elle expédia Efnysien à travers la salle.

Cade n'avait pas formulé de vœu pour lui-même. Au lieu de cela, il avait souhaité la seule chose à laquelle Efnysien n'avait jamais pensé, parce que consacrer un vœu au bénéfice de quelqu'un d'autre que lui ne lui serait jamais venu à l'idée.

Efnysien atterrit à plat sur le dos, le souffle coupé, bras et jambes écartés. Alors, des dalles sur lesquelles il gisait, des lianes surgirent et s'enroulèrent encore et encore autour de ses bras et de ses jambes, le maintenant solidement au sol. Il tenta d'abord de lutter pour se dégager, mais plus il se débattait, plus elles l'enserraient.

Arianrhod se dirigea d'un pas sûr vers le *Sidhe* déchu en compagnie d'un Cade totalement silencieux. Lorsqu'elle arriva près de lui, une porte dans le mur à sa droite s'ouvrit. Gwydion et Nysien firent leur apparition, soutenant entre eux un très vieil homme à la silhouette courbée. Cependant, lorsque l'homme leva la tête, Taliesin croisa son regard qui brillait tellement de l'intérieur que ses yeux en semblaient transparents. Taliesin comprit que la faiblesse apparente du nouveau venu n'était qu'une ruse. Quelques pas en arrière, Arawn et Mabon avançaient côte à côte.

Arianrhod salua leur arrivée d'un rapide coup d'oeil avant de reporter son attention sur Efnysien. « Pourquoi ? »

Efnysien rétorqua encore avec un petit rire, mais l'amertume et le ressentiment avaient remplacé la jubilation et le sentiment de triomphe. « Pourquoi pas ? »

Le vieil homme était arrivé près de lui. Taliesin tremblait de tous ses membres et s'agrippait des deux mains à son bâton. Il savait qu'il aurait dû s'incliner mais il était figé sur place.

Quoi qu'il en soit, personne ne s'occupait de lui. Arianrhod tendit la main vers le vieillard. « Je suis tellement désolée, Père, de ne pas être allée à votre recherche plus tôt. Je ne savais pas. »

« Gwydion m'a expliqué l'essentiel de ce qu'il s'est passé en mon absence, ma fille. Ce n'est pas ta faute. »

« Beli. Vous n'allez pas croire... » Efnysien tentait encore de se relever.

Mais le roi de l'Autre Monde ne le laissa pas l'interrompre. « Tu as voulu me renverser. Tu as pris ma place parce que tu savais que le dieu du soleil devait être confiné pour que les ténèbres règnent. Tu as semé le chaos dans notre monde et dans celui des mortels. Tu as enfermé le pouvoir de ma fille dans un Trésor qu'un humain a été obligé de détruire. Tu as causé tant de dommages que tu as forcé notre famille à demander l'aide des humains. Tes agissements sont impardonnables et insupportables. » Il fit un geste de la main et Efnysien cessa de bafouiller. Beli l'avait privé de sa voix. « Mais leurs conséquences peuvent être annulées. »

Puis Beli leva la tête et transperça Taliesin de son regard. Moins d'un battement de cœur plus tard, sans avoir fait un mouvement, le barde se retrouva aux côtés de Cade, sans encore pouvoir parler ni respirer.

« Je dirais que vous vous êtes tous deux montrés stupides, mais tout de même moins que les humains en général. » Beli ne quittait pas Cade des yeux. Il tendit la main vers lui et traça dans l'air, du pouce, une ligne qui allait du front au sternum. « Prends soin de ton peuple, Cadwaladr ap Cadwallon, Roi Suprême des Britons. »

Et en les repoussant de la main, d'un geste qui ressemblait fort à celui qu'Arianrhod avait utilisé pour vaincre Efnysien, Beli les projeta dans un éclair de lumière blanche qui les aveugla. Puis ils perdirent connaissance.

Chapitre Quarante-Quatre

Rhiann

Une foule compacte se pressait dans la grande salle. Depuis des heures, on arrivait de partout. Tout autour du corps de Cade, les visiteurs veillaient, et les compagnons auraient dû les combattre physiquement pour les arrêter.

En vérité, ils ne l'avaient pas souhaité. Cade était allongé sur l'autel au centre de la pièce, entouré des Trésors qu'ils avaient réunis. Peut-être n'était-ce pas suffisant. Peut-être qu'au dernier moment Rhiann aurait dû envoyer Goronwy chercher le chaudron que gardait son cousin, ou bien la corne à boire enterrée sous les décombres de Dinas Bran.

Mais elle ne l'avait pas fait. Et le moment d'assumer les conséquences de toutes les décisions qu'ils avaient prises était venu.

Siawn vint se placer à la droite de Rhiann. « Il est temps. » Parce qu'il chevauchait la ligne entre les Chrétiens et les Païens presque autant que Cade, le roi de Caer Dathyl allait conduire la cérémonie.

« Comment peut-il être temps ? » demanda Rhiann. « Il n'est pas là. »

« Il est là. Il n'est pas mort. Conscient ou non pour l'événement, il est notre roi. »

Rhiann faillit se mettre à rire en entendant la certitude dans la voix de Siawn, mais elle ne voulait pas paraître se moquer de lui. Et peut-être avait-il raison. Leur seul guide, c'était la prophétie et, en fin de compte, la foi. Elle ne faiblirait pas avant que tout espoir soit réellement perdu.

Avant que Siawn n'entame le rituel, cependant, la porte à l'ouest de la salle s'ouvrit à la volée. Taryn et Hywel, haletants, apparurent sur le seuil, les yeux sur le corps de Cade. « Est-il... ? » Hywel ne parvenait pas à finir sa phrase.

« Je ne comprends pas, » dit Taryn, l'interrompant. « Gwydion nous a promis... »

Siawn tendit la main vers eux. "Ce n'est pas encore fini." A pas lents il entama un tour de l'autel, en chantant en latin et en balançant devant lui l'encensoir qui répandait dans la salle son parfum caractéristique.

« Le soleil se lève. » Rhiann se tourna vers la grande porte, ouverte pour faire entrer l'air, à travers laquelle on apercevait les premières lueurs de l'aube. L'enfant qu'elle portait remua et elle porta la main à son ventre. Elle priait de toutes ses forces pour que ce ne soit pas un autre prince qui serait lui aussi élevé sans son père.

La lumière se fit plus vive dans le ciel. Puis le premier rayon du soleil d'été franchit le seuil de la porte et frappa l'autel, éclairant à sa base la gravure d'un dragon que Rhiann n'avait pas remarquée avant cet instant. Qui peut-être n'avait pas existé avant cet instant.

Le pouvoir fit vibrer la salle. Ou bien la force de la magie. Ou encore l'espoir. Elle avait essayé de se persuader que Cade était perdu, que tout était vraiment fini. Mais elle ne l'avait jamais sincèrement cru. Comment aurait-elle pu le croire ?

Et à présent, alors que l'assemblée reprenait le chant de Siawn et que le soleil envahissait toute la salle, ce n'était plus nécessaire.

Cadwaladr ap Cadwallon ouvrit les yeux, sa poitrine se souleva, il respira pour la première fois depuis de nombreuses années et il se leva lentement pour leur faire face.

Le Roi Suprême des Britons.

* * * * *

« Sais-tu chanter, Rhiannon à la chevelure aile de corbeau ? » murmura Taliesin à l'oreille de Rhiann.

« Je sais chanter. » Rhiann se tourna vers lui. « Je sais rapiécer les blessés. Je sais prier pour les morts. » Penchant un peu la tête, elle modifia les mots qu'elle avait prononcés plusieurs mois auparavant lors de leur première rencontre. « Et même sur la tombe de mon père. »

« Tu ne l'as pas laissé entrer dans ta maison ni rester à grelotter dans le froid. » Taliesin, en hochant la tête, s'assit à côté d'elle. « Tu as fait beaucoup mieux. Tu lui as pardonné. »

Rhiann chercha Cade des yeux. Au centre du pavillon de toile, il recevait l'hommage de tous les visiteurs. Devant l'affluence, ils avaient été obligés de déplacer les célébrations dans la prairie au pied de Caer Fawr. Cade avait été couronné et la jubilation de son peuple s'était répandue bien au-delà des murs de la forteresse. Elle n'avait pas encore eu un moment seule avec lui après une brève mais joyeuse étreinte et un rapide baiser, mais cet instant fugace avait suffi à lui faire comprendre la transformation du Cade qui leur était revenu.

Ses mains étaient tièdes. Son souffle, dans son cou, était chaud. Il était sorti dans la cour, à la lumière du matin, sans la moindre hésitation.

« Il se pourrait qu'avant longtemps il regrette de ne plus être immortel, de ne plus avoir en lui la force des *Sidhe*, » l'avertit Taliesin, lisant dans ses pensées. « Les Saxons ne vont pas disparaître. D'autres batailles l'attendent."

Elle ramena son regard sur le barde. « Alors il les combattra comme un simple mortel, et il mourra comme un simple mortel. Ses talents purement physiques n'ont jamais été le plus important, vous le savez. » Les yeux de Rhiann se portèrent de nouveau sur Cade. Celui-ci parut sentir qu'on le regardait. Il se retourna pour regarder, à travers le pavillon, dans la direction de Rhiann. Au même instant, le bébé donna un coup de pied et elle porta instinctivement la main à son ventre.

Cade vit son geste et éclata de rire.

Sans le quitter des yeux, Rhiann poursuivit à l'intention de Taliesin. « Il ne regrette pas un seul instant de ce qui lui est arrivé. Arianrhod l'a transformé puis Beli lui a rendu son état initial, mais rien de tout cela n'explique pourquoi il est le Roi Suprême. »

Taliesin la dévisagea un moment puis il se mit à rire aussi. « Nos rôles sont inversés, ma reine. L'élève prend la place du maître. Et l'enfant perdu... » Il dirigea lui aussi son attention sur Cade, « ...devient une légende. »

Fin

Merci d'avoir voyagé avec moi à la découverte des héros méconnus du Pays de Galles de l'époque médiévale.
Si ce n'est déjà fait, rejoignez-nous sur mon fan club pour échanger en toute amitié dans notre petit coin d'Internet et profiter des photos de nombreux sites du Pays de Galles mentionnés dans mes livres.
https://www.facebook.com/groups/sarahwoodburybooksfanclub

Je vous invite, si vous n'avez pas encore fait leur connaissance, à continuer le voyage quelques siècles plus tard en suivant les enquêtes de Gareth et Gwen à la cour du roi Owain Gwynedd.

Gareth & Gwen – Enigmes Médiévales
Tome 1 -Le Preux Chevalier
https://books2read.com/lepreuxchevalier

Premier Chapitre
Août 1143
Gwynedd (Pays de Galles du Nord)

« **R**egarde-toi, ma fille. »

Avec un claquement de langue exaspéré, Meilyr, le père de Gwen, arrêta le cheval d'emprunt qu'il montait à côté d'elle sur le bord du chemin. Il était de mauvaise humeur depuis le matin, depuis qu'il s'était aperçu que son cheval était blessé et que le roi Anarawd et sa troupe avaient quitté sans eux le château où ils avaient fait étape, refusant d'attendre que Meilyr trouve un cheval pour remplacer le sien. Les hommes d'armes d'Anarawd auraient formé pour Meilyr la prestigieuse escorte qu'il convoitait.

« Vous n'aurez aucune raison de vous plaindre lorsque nous serons arrivés à la cour d'Owain Gwynedd. » La brise caressa le visage de Gwen et elle ferma les yeux un instant, laissant son poney trouver lui-même son chemin. « Vous n'aurez pas à avoir honte de moi au mariage. »

« Si tu te préoccupais un peu plus de ton apparence, tu serais mariée toi-même depuis des années et tu m'aurais donné depuis longtemps des petits-enfants. »

Gwen ouvrit les yeux, le front plissé par l'irritation. « A qui la faute si je ne suis pas mariée ? » Ses doigts se crispèrent sur ses rênes mais elle s'obligea à se détendre. Elle avait elle-même décidé de se vêtir simplement. Dans sa sacoche, elle avait rangé ses plus beaux vêtements et les rubans qui orneraient ses cheveux, mais elle ne voyait aucune raison de les porter et de risquer de les salir lors du long voyage qui les menait au château d'Aber.

La fille du roi Owain Gwynedd devait épouser le roi Anarawd dans trois jours. Owain Gwynedd avait invité Gwen, son père et son petit frère bientôt âgé de douze ans, Gwalchmai, à assurer le divertissement des invités au cours des célébrations, à condition toutefois que le roi et son père parviennent à combler les six années d'animosité et de silence qui avaient creusé un profond fossé entre eux. Meilyr avait été le barde attitré de Gruffydd, le père du roi Owain. Il avait pratiquement élevé l'un des fils d'Owain, Hywel. Mais six ans constituaient un long laps de temps. Il n'y avait rien d'étonnant à ce que son père soit d'humeur irritable.

Pourtant, elle ne pouvait se contenter de ne pas relever le commentaire de son père. Il était le seul responsable du fait qu'elle n'ait pas encore d'époux. « Qui a refusé la dernière proposition ? »

« Rhys était une canaille et un bon à rien, » dit Meilyr.

Et tu n'allais pas faire cadeau de ton intendante, bonne à tout faire, cuisinière et gouvernante à n'importe qui, n'est-ce pas ?

Mais au lieu de prononcer ces mots, Gwen se mordit la langue et préféra garder ses pensées pour elle. Elle s'était déjà exprimée et cela lui avait valu une gifle. Elle avait passé de longues nuits, allongée sans bouger près de son petit frère, à regretter de ne pas avoir défié son père pour rester auprès de Rhys. Ils auraient pu s'enfuir et se marier à la sauvette. Au bout de sept ans, leur mariage aurait été tout aussi légal qu'un autre. Mais son père n'avait pas complètement tort et Gwen n'était pas trop fière pour l'admettre. Rhys était bel et bien un bon à rien. Elle n'aurait pas été heureuse avec lui. Le père de Rhys avait failli se mettre à pleurer lorsque Meilyr avait rejeté sa proposition. Il n'y avait pas que les filles qui étaient parfois difficiles à caser.

« Père ! » Gwalchmai arrêta leur charrette. « Venez voir ça ! »

« Quoi encore ? On va devoir passer la nuit à Caerhun si ça continue. Tu sais à quel point il est important de ne pas faire attendre le roi Owain. »

« Mais, Père ! » Gwalchmai sauta de la charrette et se mit à courir devant eux.

« Il est sérieux. » Gwen talonna son poney pour doubler la charrette et s'arrêta brusquement près de son frère. « *Par la Sainte Mère !* »

Ils venaient de gravir une côte et c'était seulement en arrivant au sommet qu'ils avaient découvert le carnage qui les attendait. Vingt hommes et le même nombre de chevaux gisaient sur la route, morts, les corps tordus, leur sang imbibant la terre brune. Gwalchmai se plia en deux et se mit à vomir dans l'herbe au bord du chemin. L'estomac de Gwen menaçait aussi de se révolter mais elle s'efforça de ravaler la bile qui lui montait dans la gorge et mit pied à terre pour prendre son frère dans ses bras.

Meilyr arrêta sa monture à la hauteur de ses enfants. « N'approchez pas. »

Gwen jeta un bref coup d'œil à son père avant de se retourner vers la scène devant eux. Pour la première fois, elle remarqua un homme à genoux au milieu des cadavres, une main sur la poitrine de l'un des corps et l'autre sur la poignée de son épée toujours dans son fourreau. L'homme se releva et Gwen cessa de respirer.

Gareth.

Ses cheveux bruns étaient plus courts que dans son souvenir, mais le regard de ses yeux bleus l'atteignait toujours en plein cœur. Celui-ci se mit à battre plus vite tandis qu'elle le buvait des yeux. Cinq ans plus tôt, Gareth avait été l'un des hommes d'armes du prince Cadwaladr, le frère du roi Owain Gwynedd. Gareth et Gwen étaient devenus amis, puis un peu plus que des amis, mais avant que Gareth ne puisse demander sa main à son père, une querelle l'avait opposé au prince Cadwaladr qui l'avait banni de son armée. Malgré ses efforts, Gareth n'avait pas réussi à persuader Meilyr qu'il était capable, dans cette situation, de subvenir aux besoins de Gwen.

Gwen était si concentrée sur Gareth qu'elle ne vit pas les autres hommes, bien vivants ceux-là, qui se déplaçaient parmi les corps, avant qu'ils ne s'approchent de sa famille. Six au moins convergèrent sur eux en même temps. L'un la saisit par le haut du bras. Un autre agrippa la bride du cheval de Meilyr. « Qui êtes-vous ? » demanda le soldat.

Meilyr se dressa sur ses étriers et pointa Gareth du doigt. « Dites-leur qui je suis ! »

Gareth s'avança vers eux, son regard passant de Meilyr à Gwalchmai puis à Gwen. Il était aussi plus large d'épaules que dans son souvenir.

« Ce sont des amis, » dit Gareth. « Lâchez-les. »

Et à la grande surprise de Gwen, le soldat obéit à Gareth sans hésiter. Était-il possible qu'au cours des années écoulées depuis la dernière fois qu'elle l'avait vu, Gareth ait retrouvé une partie de ce qu'il avait perdu ?

Gareth s'arrêta près du cheval de Meilyr. « Je suis venu d'Aber sur ordre du roi, à la rencontre du roi Anarawd afin de l'escorter à travers le Gwynedd. Il ne devait même pas arriver au château de Dolwyddelan avant aujourd'hui mais... » Il désigna d'un geste les hommes à terre, « nous sommes de toute évidence arrivés trop tard. »

Gwen regarda derrière Gareth les corps éparpillés sur la route.

« Retournez-vous, Gwen, » dit Gareth.

C'était impossible. Elle ne pouvait pas. Le sang, sur les corps, sur le sol, sur les genoux des chausses de Gareth, semblait l'hypnotiser. Ces hommes avaient été *massacrés*. La haine qui flottait dans l'air lui piquait les yeux. « Vous voulez dire que le roi Anarawd se-se-se trouve parmi eux ? »

« Le roi est mort, » dit Gareth.

https://books2read.com/lepreuxchevalier

Also by Sarah Woodbury

Children of Time
Exiles in Time
Castaways in Time
Ashes of Time
Warden of Time
Guardians of Time
Masters of Time
Outpost in Time
Shades of Time
Champions of Time
This Small Corner of Time
Refuge in Time
Unbroken in Time
Outcasts in Time
Hidden in Time
Legacy of Time
The After Cilmeri Series Duo: Footsteps in Time & Prince of Time
The After Cilmeri Series Boxed Set
The After Cilmeri Series Twelve Book Boxed Set

The Gareth & Gwen Medieval Mysteries
The Bard's Daughter
The Good Knight
The Uninvited Guest
The Fourth Horseman
The Fallen Princess
The Unlikely Spy
The Lost Brother
The Renegade Merchant
The Unexpected Ally
The Worthy Soldier

The Favored Son
The Viking Prince
The Irish Bride
The Prince's Man
The Faithless Fool
The Honorable Traitor
The Admirable Physician
The Gareth & Gwen Medieval Mysteries Boxed Set (Books 1-3)
The Gareth & Gwen Medieval Mysteries Books 1-7

The Last Pendragon Saga
The Last Pendragon
The Pendragon's Blade
Song of the Pendragon
The Pendragon's Quest
The Pendragon's Champions
Rise of the Pendragon
The Pendragon's Challenge
Legend of the Pendragon
The Last Pendragon Saga: The Complete Series (Books 1-8)

The Last Pendragon Saga Boxed Set
The Last Pendragon Saga Volume 1
The Last Pendragon Saga Volume 2
The Last Pendragon Saga Volume 3

The Lion of Wales
Cold my Heart

the Oaken Door
of Men and Dragons
A Long Cloud
Frost against the Hilt
The Lion of Wales: The Complete Series (Books 1-5)

The Paradisi Chronicles
Erase Me Not

The Welsh Guard Mysteries
Crouchback
Chevalier
Paladin
Herald
The Welsh Guard Mysteries Three Book Boxed Set

Was nach Cilmeri geschah
Tochter der Zeit
Spuren in der Zeit
Wind der Zeit
Prinz der Zeit
Am Scheideweg der Zeit
Kinder der Zeit
Verbannt in der Zeit
Schiffbruch in der Zeit
Asche der Zeit

Watch for more at www.sarahwoodbury.com.

Milton Keynes UK
Ingram Content Group UK Ltd.
UKHW010739080324
438959UK00004B/239

9 798224 977765